国家社会科学基金项目（21XZW037）阶段性成果

广义叙述学视域下口传史诗叙述研究

以《江格尔》为中心

李国德　著

中国海洋大学出版社

·青岛·

图书在版编目（CIP）数据

广义叙述学视域下口传史诗叙述研究：以《江格尔》为中心 / 李国德著 . -- 青岛：中国海洋大学出版社，2022.6

ISBN 978-7-5670-3189-0

Ⅰ. ①广… Ⅱ. ①李… Ⅲ. ①《江格尔》－诗歌研究 Ⅳ. ①I207. 912. 22

中国版本图书馆 CIP 数据核字（2022）第 104305 号

出 版 发 行	中国海洋大学出版社		
社　　　址	青岛市香港东路 23 号	邮政编码	266071
出 版 人	杨立敏		
网　　　址	http://pub.ouc.edu.cn		
订购电话	0532-82032573（传真）		
责任编辑	付绍瑜	电　　话	0532-85902533
印　　制	日照日报印务中心		
版　　次	2022 年 6 月第 1 版		
印　　次	2022 年 6 月第 1 次印刷		
成品尺寸	170 mm ×230 mm		
印　　张	16.25		
字　　数	260 千		
印　　数	1～1 000 册		
定　　价	49.00 元		

发现印装质量问题，请致电 18663037500，由印刷厂负责调换。

目 录
CONTENTS

绪　论

　　叙述是人的本能,是人认识外部客观世界和表达自身经验思想的一种最基本方式,与人类社会历史一样久远。叙述具有许多重要的功能,是推进人类社会向前发展的动力,没有叙述,人们的生活将不可想象。叙述对人类的重要性不言而喻,因此,叙述研究具有十分重要的意义和价值。但叙述何时成为人类的一门语言艺术还有待于进一步研究和考证。

　　史诗(Epic)是一个民族远古时期文化的载体,包含神话传说、英雄故事、部落战争、宗教信仰、歌辞谚语、风俗习惯等丰富的文化信息,堪称一个民族的百科全书。史诗具有历史记忆、文化认同、知识传承、教育娱乐等功能和价值,这使其在早期人类社会发展进程中的作用无可替代。最终流传下来的史诗成为该民族(国家)传统文化的根脉与象征,《摩诃婆罗多》《罗摩衍那》之于印度文化,《伊利亚特》《奥德赛》之于希腊文化,《尼伯龙根之歌》之于德国文化,《罗兰之歌》之于法国文化,《卡勒瓦拉》之于芬兰文化,《江格尔》之于蒙古族文化,《格萨尔》之于藏族文化,《玛纳斯》之于柯尔克孜族文化,无不如此,不一而足。

　　目前学界普遍认为史诗是以叙述为主的古老的语言艺术形式,是最早[1]的文类之一。由于现存史诗的复杂多样性和分类标准不同,目前对史诗的理解与界定也不一致。但综合来看,史诗是对人类社会早期族群的迁徙、灾难、战争等重大历史事件和神话英雄人物艺术化地记忆与口头表达。文字是人类

---

① 亚里士多德、黑格尔都认为史诗早于戏剧和抒情诗。

一项伟大的发明创造，是对口头语言意义的符号化和媒介化。史诗起源于一个民族（部落）发展的初期，即无文字的口头文化时期，并以口头话语形式世代口耳相传；直到文字符号出现后，史诗才有被文字符号记录的可能；但口头史诗转变为书面经典化史诗仅是可能中的可能。因此，书面经典化史诗（荷马史诗）是史诗的一个发展阶段的存在形态，是文字符号参与人类文明进程的必然产物。

本书以文字符号作为划分依据，将史诗的发展历程分为 3 个主要阶段：原初阶段（原始阶段）、口头－文字并存阶段和书面经典化阶段。从现存文本成因看，史诗可分为口传史诗和文人创作史诗两大类，前者为民间集体创作，后者为文人作者独自完成，两者是源与流之关系，即口传史诗是文人创作史诗的滥觞，文人创作史诗是口传史诗的一个变体。本书以口传史诗为主要研究对象，不把文人创作史诗列入研究范围。

口传史诗本初职责是史诗艺人为在场听众演述传统的神话英雄故事，其演述的实质是一种叙述交流活动。把史诗作为一种叙述活动的探讨从古希腊就已开始，柏拉图是较早讨论史诗叙述模式问题的西方学者，但对该问题的研究没有延续下去，而被亚里士多德的戏剧化史诗理论所替代，荷马史诗的叙事结构得到亚里士多德的充分肯定，情节要素成为史诗叙述的第一要素，自此史诗叙述与情节结构被主观地联系在一起。史诗与戏剧合流，共同影响了西方文学总体叙事化发展倾向。黑格尔是史诗研究的集大成者，代表西方古典史诗理论的高峰，他深入研究了史诗的一般性质和特征，认为史诗的职责就在于叙事，并根据荷马史诗情节整一性的特征，提出了荷马史诗作者"一人说"。可见，黑格尔的史诗观建立在戏剧化史诗观基础之上，是书面化史诗研究思想的体现。长期以来，西方学界一直把荷马史诗当作西方文学的源头，这无可厚非，但把荷马史诗权当书面文学，把荷马看成史诗作者的观点就引起了不少的争论。

考察西方 20 多个世纪的史诗研究情况不难发现：西方对史诗研究的轨迹与史诗自身发展历程相错位。西方史诗研究始于已书面经典化的荷马史诗，以荷马史诗为研究典范的古典史诗理论"统治"西方史诗学长达 20 多个世纪。在 20 世纪，荷马史诗源于口头的假设终于被帕里和洛德证实，他们在研究中还发现了大量活态史诗,这才引起西方学界对原初阶段口头史诗的重视。至此,史诗研究范式、研究对象和研究方法都发生了彻底的转向,活态史诗研究大潮随之到来。这都足以说明原始史诗并没有全部消亡或书面化,一些原始阶段的口头史诗仍在民间活态传承,但许多已处于活态传承的危机时期。因此,对活态口传史诗的保护和研究就成为当今国际史诗学的重点问题。活态史诗的出现彻底打破了人们对史诗的固有的研究观念,开拓了史诗研究的新视野。但西方史诗研究轨迹的错位以及所引起的问题还很少受到重视与研究。如何客观评价西方古典史诗理论成果?如何研究不同阶段口传史诗和整个口传史诗的叙述问题?如何将理论研究与保护这些活态史诗的实际行动有效结合起来?这些都是学界需要认真思考和研究的问题,也是本书重点研究的问题。

中国史诗研究与史诗的抢救、收集、整理和保护紧密结合在一起,呈现出中国史诗研究特点:既立足本国活态口传史诗的现实,又同国际史诗学术前沿紧密结合。依据现存文本形态来看,学界对中国三大史诗是活态口传史诗的判断是准确的,但对其所处历史发展阶段的定位还很模糊。从史诗发展阶段来看,中国三大史诗既不属于原初阶段,也不属于书面经典化阶段,而是处于口头-文字并存阶段,该阶段是史诗发展最复杂的阶段,是继续活态传承还是向书面经典化发展的关键期。口头文本(声音文本)和文字化文本并存,但还没有形成书面经典化的权威文本,因此对该阶段史诗的研究必须具有宏观的视野与合适的理论方法,而不能直接套用现有的西方史诗研究理论。

作为语言艺术,史诗的功能与价值主要通过史诗艺人的叙述来实现,对叙述的研究就是对史诗本质的研究。从宏观视角来看,口传史诗在不同发展阶段,其叙述者、受述者和文本等叙述要素及其关系会发生一定程度的变化和变异,这就给整个口传史诗的叙述研究带来极大的难题。西方古典史诗理论、经典叙事学和后经典叙事学等限囿于书面文学,未能就活态史诗的叙述问题展开研究;口头程式理论主要研究活态史诗,以故事歌手的演述创编为研究重点,但未对受述者等其他叙述要素重视。可见,学界目前对整个口传史诗叙述的研究还不深入、不全面。新兴的广义叙述学以人类所有叙述为研究对象,以探寻人类叙述的共同规律为目标,这就为整个口传史诗的叙述研究提供了新的视角和理论支撑。鉴于此，本书引入并运用广义叙述学理论，在重新分段分类的基础上，对整个口传史诗的叙述问题进行深入系统的研究。

蒙古族史诗《江格尔》是活态口传史诗的典范，但被发现之时已处于"人亡歌息"的危机时期，虽经过几代学者的努力抢救，但随老一辈史诗艺人的相继离世，真正意义上的传统口头史诗艺人已难再寻觅，想通过田野作业去完成口头文本的采录和研究已很困难。值得庆幸的是，还有抢救时保留下来的录音文本和文字化文本，这些文本很大程度上还保留着口头史诗叙述的原始风貌。目前这些文本是《江格尔》研究的主要资料，本书的研究也在此基础上展开。

一、研究目的与意义

（一）研究目的

第一，运用广义叙述学理论全面深入研究口传史诗《江格尔》的叙述问题。口传史诗蕴含着大量的民族文化信息，如只从情节结构、人物、母题、主题或语言等任何单一方面进行研究，都不能真正理解口传史诗的深层文化内涵。蒙古族口头传统文化的代表《江格尔》是活态口传史诗的典范，但其被发现和研究都较晚且始于国外。其中，俄罗斯和德国的研究成果较为突出，但受西方民间故事研究理论的影响较大。国内研究《江格尔》始于20世纪80年代中期，90年代取得丰硕成果，产生了一批重要研究专著和论文。从国内外已有的《江格尔》研究成果来看，研究内容主要包括演唱艺人、主题思想、历史根源、情节结构、母题、母题系列、人物形象、语言特和程式句法等，研究视角主要有社会学、政治学、宗教学、美学、哲学、文化和民俗等，研究的理论主要有西方古典史诗理论、民间故事学理论和口头程式理论等。但从叙事学视角或运用叙事学理论来研究《江格尔》的论著还很少，且有一定的局限性，正如朝戈金先生所言：

将西方古典史诗理论及主要建立在"民间故事"基础上的叙事学理论在史诗研究中直接套用。由于对这些理论学说缺乏系统的接受和深细的琢磨，尤其缺乏对这些学派的学科背景和使用范围的了解，故而在研究史诗中的结构、神话、母题、情节和象征意义，或勾勒史诗的活态传播方式时，只注意到了表层形式而不究深层义理,注意了成分要素而没有顾及功能,不免令人有隔靴搔痒之感。①

　　该批评一针见血地指出目前学界对《江格尔》在叙事研究方面存在的不足:直接片面套用一些西方叙事理论,研究不够深入系统。这些叙事理论主要建立在书面文学研究基础之上:西方古典史诗理论是以书面经典化的荷马史诗为基础;经典叙事学理论主要建立书面小说研究基础之上。因此,在对叙事学缺乏系统了解和深入研究的情况下,就不能直接简单地套用这些研究书面文学的叙事理论。这也是较典型的研究错位问题。鉴于此,本书在全面梳理叙事学学术史的基础上,引入并运用广义叙述学理论,以《江格尔》为范例对整个口传史诗叙述问题进行深入系统研究。

　　第二,从比较诗学视角研究文字化史诗②各叙述要素及其相互关系。世界史诗诗学在三个方面取得较好成果:一是建立在对书面经典化史诗研究基础之上的西方古典史诗理论;二是建立在对民间故事基础之上的民间故事化史诗理论;三是建立在对活态口传史诗研究基础之上的口头程式理论。但目前学界对处于口头史诗和书面经典化史诗之间的文字化史诗的研究还不够,尤其从叙事学视角的研究更为不足。正如上文所述,口传史诗叙述实际上是叙述交流活动,其叙述是由叙述者、受述者、二次叙述化、底本与述本等多种叙述要素共同构成,上述史诗理论难以对整个口传史诗的各项叙述要素及其相互关系进行系统深入的研究。文字化史诗具有独特的阶段性和过渡性,既有原始史诗的口头属性,也有一定的文字书面性。通过比较发现,广义叙述学理论适合研究文字化史诗的叙述问题:既关注口传史诗叙述交流活动的两次叙述化过程,也关注其文字化文本以及其他叙述要素。对文字化史诗的叙述研究是对整个口传史诗叙述研究的必要环节,这也是本书要研究的重点内容。

　　第三,对处于活态传承危机时期的《江格尔》进行跨语言、跨民族、跨文

---

① 朝戈金.口传史诗诗学:冉皮勒《江格尔》程式句法研究 [M].南宁:广西人民出版社,2000:7.

② 文字化史诗主要指用文字记录下来但还没有形成权威的经典化的口传史诗文本,该类型史诗处于口头－文字并存期。

化研究。目前，《江格尔》的传承处于一种特殊时期，即口头传承危机时期，从其文本存在形态来说，口头文本（声音文本）和文字化文本并存，但书面经典化文本还没有形成。那么《江格尔》的研究到底应以哪类文本形态为研究中心呢？无疑，口头形态具有重要的价值和意义，但此时《江格尔》处于口头传承的危机时期，这已经被专家学者通过田野调查所证实。仁钦道尔吉曾多次到新疆卫拉特地区进行田野作业，他证实说："纵观近几百年来江格尔奇的情况，可以看到这样的趋势：演唱《江格尔》的活动，一代不如一代，《江格尔》的许多部渐渐被人们忘记了，江格尔奇的人数日益减少，江格尔奇们会演唱的部数也在不断减少。"① 从调查中不难发现口传危机的表现：传承人的数量在逐代递减；传承下来的诗章部数也越来越少；演唱活动的质量越来越差。仁钦道尔吉这样的判断并非危言耸听，而是对《江格尔》口传危机做出了正确的预判。朝戈金在田野调查后总结说：

> 以笔者的亲身田野调查经历，再综合各方面信息来看，《江格尔》文本采集的黄金期已然过去。在20世纪80年代统计的《新疆江格尔奇名录》记录了100余名"江格尔奇"（会演唱一个或一个以上诗章的人），其中年长的占大多数，土尔扈特部人占大多数，文盲占大多数。到现在，"名录"上的绝大多数歌手已经相继谢世。②

可见，就《江格尔》现存状态而言，其被发现之时就处于口头传承危机时期。这种状况引起一些学者和相关部门的高度关注，一场抢救和保护文化遗产的行动开始。终于，2006年，《江格尔》被列入国家第一批非物质文化遗产名录。抢救的一个重要成果就是大量采集了老一辈江格尔奇演唱的诗章，"据他们统计，共录制了民间口头流传的《江格尔》187盒式录音磁带（约187小时），其中有157部长诗及异文，约19万诗行"③。经过几代学者的努力，《江格

---

① 仁钦道尔吉.《江格尔》论[M].呼和浩特：内蒙古大学出版社，1999：43.

② 朝戈金.口传史诗诗学：冉皮勒《江格尔》程式句法研究[M].南宁：广西人民出版社，2000：55.

③ 该数据是在新疆《江格尔》工作领导小组领导下，20世纪80年代由新疆民协《江格尔》工作组所采录的成果，不包括其他机构和个人的采录成果以及其后采录的数据。具体见：仁钦道尔吉，郎樱.中国史诗[M].南京：江苏凤凰文艺出版社，2017：500.

尔》的抢救、保护和研究工作取得很大成果,大量的录音或文字记录被整理为
文字化文本,这为《江格尔》的学术研究打下了坚实的基础,多种类型的版本
对史诗多学科、多视角和多方法的研究提供了可能。同时《江格尔》的民译、
汉译和外译工作也取得很大成绩。目前《江格尔》有俄文、德文、英文、日文、
汉文等多种语言的译本,这些译本从本质上讲属于文字化文本。在国外,《江
格尔》译文是重要的研究资料:"译成俄文、德文和其他国家的语言文字出版
的《江格尔》书籍和汇编也有六十多本,译本的内容与用卡尔梅克文出版的
《江格尔》大体一致。"① 不仅译本丰富,而且根据译本的研究成果也很惊人:
"从19世纪初到20世纪10年代,俄罗斯和欧洲不仅出版了多种《江格尔》资
料本、翻译本,而且还出版发表了相关论著二十多部与千余篇论文。"② 因此,
从国外研究经验来看,对《江格尔》进行跨语言、跨民族、跨文化的研究是可
行的,而且是必要的。但目前国内学者对汉译本《江格尔》的学术研究成果还
很少,被诟病的主要原因是这些汉译本只是文学读本,在汉译时为了阅读而
改动了很多原有的形式。这种批评是中肯的。汉译本主要有3种:1983年人
民文学出版社出版的色道尔吉汉译本,1998年新疆人民出版社出版的胡尔
查汉译本,1993—2004年新疆人民出版社陆续出版的黑勒、丁师浩和李金花
的汉文全译本。前两种经过译者的文学处理,具有明显的删减加工痕迹,其
目的是适应阅读需要;而汉文全译本《江格尔》在口传基础上将蒙古文文本
翻译成现代汉语文本,基本保留着史诗原始说唱风貌,虽有些诗章是编者为
了故事完整性需要而对多位艺人演唱进行一定的整合,这确实不利于进行社
会科学研究,但对史诗进行叙事活动过程的研究影响不大,还提供了一种比
较的视野:一个艺人独自演述的史诗与多人演述的汇编史诗在叙事上的异同
点。口头传统中的说唱活动本身也没有权威之本,而与艺人(叙述者)说唱能
力、记忆水平有直接关系,叙述者比文本更重要,因此在活态口传史诗研究中
更注重对史诗艺人(故事歌手)的研究,而书面经典化史诗与史诗的编者有密

---

① 旦布尔加甫. 卫拉特 - 卡尔梅克《江格尔》在欧洲:以俄罗斯的搜集整理为中心 [J].民
族文学研究,2018(1):38.

② 旦布尔加甫. 卫拉特 - 卡尔梅克《江格尔》在欧洲:以俄罗斯的搜集整理为中心 [J].民
族文学研究,2018(1):38.

切的关系,研究重点是文本。但由于老一辈艺人的相继离世,对真正艺人的直接研究已很困难,录音或录音整理的文字就成了重要的研究资料。录音整理的文字文本具有独特性,既不是纯粹口头文学,又不是仅供阅读的书面文学,是口头史诗的文字化,但还没有形成书面经典化史诗。从世界史诗发展历程来定位,《江格尔》处于口头-文字并存期。汉文全译本《江格尔》是口传史诗文字化汉译本的代表,因此对该种类型文本进行跨语言、跨民族、跨文化研究本身就是一种对《江格尔》的保护与传承。

第四,促进优秀民族文化在社会主义文化建设中更好地发挥作用。以三大史诗为代表的中国少数民族史诗是中华民族传统文化的重要组成部分。在当前经济全球化时代,怎样促进传统文化在社会主义文化建设中发挥作用是一个重要的问题。中国三大史诗都是以伟大民族英雄命名的口传史诗,都在讲述各自英雄的故事,这无疑是讲好中国故事的重要组成部分。因此,保护好、研究好和传承好中国少数民族史诗是使其在社会主义文化建设中发挥重要作用的最基本的工作。《江格尔》是蒙古族的史诗,是中华民族的史诗,也是世界的史诗。但要面对一个基本现实:《江格尔》在其流传地区可谓家喻户晓,但在非流传地区由于语言、文化、民族等原因却鲜有人能阅读和研究,因此,对《江格尔》汉译的宣传、推广和研究工作还需加强。在这方面已做出杰出贡献的学者有色道尔吉、仁钦道尔吉、黑勒、朝戈金、胡尔查、陈岗龙、斯钦巴图等,他们的高质量的汉译本或学术论著为研究史诗《江格尔》打下了良好的基础。这还需要更多不同领域的学者加入《江格尔》研究队伍中来,传播优秀民族文化,共享优秀民族文化,促进优秀民族文化在社会主义文化建设中发挥积极作用。民族传统文化在数字化电子媒介时代如何发扬其文化功能也是当今需思考和研究的重要问题。马克思主义文艺观认为任何文艺都要受时代的影响并向前发展,我们也相信《江格尔》不会停滞在目前的发展阶段,必然会创新发展和创造性转化。

(二)研究意义

1. 理论意义

本书初尝把广义叙述学理论引入并运用于史诗研究领域,突破了古典史诗理论、经典叙事学理论等囿于书面文本的研究范围,对整个口传史诗的叙述主体、二次叙述化、叙述文本、叙述模式、叙述情节、叙述时间和叙述空间等叙事因素以及关系进行研究,进而对口传史诗的叙述特点和规律做出总结,为国际史诗学构建广义叙述学研究体系。

广义叙述学是新兴的叙事学理论,具有一些专业性很强的概念和术语,因此本书在论述时对涉及的重要概念和术语进行概要阐释与辨析,以便读者理解与思考。在综合研究的基础上,本书重新界定了一些概念与术语,如口传史诗、口头史诗、文字化史诗和书面经典化史诗。

2. 现实意义

口传活态史诗《江格尔》是蒙古族优秀的传统文化,具有重要的文化研究价值,然而由于受社会历史、政治经济和宗教文化等因素影响,史诗活态传承面临危机。在当代社会、科技和文化语境下,史诗《江格尔》研究还有大量工作要做:对《江格尔》的汉译、宣传和跨学科研究还不够;对《江格尔》所处世界口传史诗发展阶段的认识还很模糊;对《江格尔》叙述规律和特点的研究还不系统、不充分。本书将对上述问题进行的研究与探讨视为本课题研究之现实意义。

二、研究理论基础与方法

本书从上述写作目的出发,以马克思主义文艺观为指导思想,主要运用广义叙述学理论,以蒙古族史诗《江格尔》为具体研究范例,在吸收借鉴中外史诗研究成果的基础上,对口传史诗的叙述特点和规律做出总结;在论述过程中综合运用有机整体论、经典叙事学、西方古典史诗理论、口头程式理论、神话原型理论、比较诗学、民间文艺学、民俗学、人类学、心理学、美学、可能世界理论以及空间叙事学等学科的知识理论。

下面对本书主要使用的广义叙述学和有机整体论思想进行简要介绍与分析。

广义叙述学(The General Narratology),亦称符号叙述学、广义符号叙述学,是由中国著名符号学家赵毅衡先生创建的一门新学科。"叙述符号学"最早由法国叙事学家格雷玛斯提出,倡导用符号学来研究叙事问题,但未能实现学科独立。直到赵毅衡先生的《广义叙述学》出版,广义叙述学作为一门学科才正式诞生，这是叙事学历史上具有里程碑意义的事件，自此叙事学进入一个新的发展时期。叙事与人类存在一样久远，叙述无论过去、现在还是未来都是人类认识世界与传承经验思想的一个基本途径，叙述研究具有十分重要的意义与价值。

从发展过程来看，叙事研究主要经历了 4 个阶段：古典叙事理论、经典叙事学、后经典叙事学和广义叙述学。古典叙事理论可以溯源到柏拉图和亚里士多德，对史诗和戏剧的结构研究蕴含着丰富的叙事理论思想。20 世纪 60 年代，叙事学才正式诞生，被称为经典叙事学或结构主义叙事学。经典叙事学研究模式受当时结构主义思潮和索绪尔语言学思想的影响，以小说这种书面文学体裁作为主要研究对象，对小说之外的叙述，如历史、新闻、戏剧、电影、史诗没有展开研究，这是一种静态研究。由于其研究模式和对象的局限，经典叙事学诞生后不久便进入一种自身发展的危机时期。到 20 世纪 70—80 年代，叙事学开始转向，在历史、社会学、心理学、政治学、医学等学科领域获得较大发展，历史叙事、社会叙事、法律叙事、医学叙事、新闻叙事、教育叙事、影视叙事、戏剧叙事等空前繁荣，叙事学重获生机，后经典叙事学时代到来。后经典叙事学关注语境和读者，具有跨学科研究性质，但没有脱离经典叙事学的研究模式。面对如此纷繁复杂的叙事现象，这时也亟须一门对全部叙述领域进行分类与研究的学科，以便对叙事规律做出全面总结，广义叙述学由此诞生。

广义叙述学是后经典叙事学在当代的新发展。以叙述体裁分类为基础，从叙述最简定义出发，以参与叙述活动的叙述者、受述者、文本、时间、空间世界等叙述因素及其相互关系为着眼点，研究所有叙述体裁的共同规律。与经典叙事学注重静态文本研究相比，广义叙述学更加注重动态过程的立体化研究，这就彻底打破了经典叙事学研究的书面文学范围和语言学范式。同时广义叙述学也整合了后经典叙事学中各门类叙事学研究的成果，使其成为整个人文学科甚至自然学科研究的新方向。叙事学的这次转向使叙事研究进入人类叙述交流活动的广阔天地，这使叙事研究更为立体、全面、科学。广义叙述学研究所有叙述类作品的共同规律，几乎覆盖了整个人类叙述领域，聚焦叙述交流活动。这为处于口头－文字并存期的《江格尔》叙述研究提供了新的理论、视角和方法，为研究口传史诗叙述活动的各项因素功能及其关系提供理论和方法,也为探索口传史诗的叙述特征和规律提供了可能。

有机整体论思想对本书整体构思与具体研究都具有重要启示意义,即将口传史诗作为一个有机整体来进行研究。从哲学上讲,整体论(Holism)作为一种认知理论古而有之。

整体论思想在西方可追溯到古希腊的柏拉图和亚里士多德对整体与部分的讨论,近代活力论、突现论、有机论等均是整体论哲学的重要资源。但是,把整体论作为一种科学研究纲领则是 20 世纪以来的事情。1912 年格式塔心理学把"整体"纳入心理学的研究纲领。1945 年贝塔朗菲提出的一般系统论可视为整体论的第一个较完善的科学范式。20 世纪 60—70 年代复杂性科学异军突起,被视为 21 世纪的"整体论科学"。①

整体论作为科学方法论是在 20 世纪后才被确立起来,这主要是对近代科学研究中还原论②的反驳。有机整体论(Organic Unity)被认为是整体论的一个分支。其实,有机整体论是一种古老的文学隐喻思想,在柏拉图和亚里士多德的文学批评著作中经常出现这样一些话语:"整体是第一性的";"整体大于部分之和";"部分不能离开整体而存在"。这些观点都强调了整体的重要性。亚里士多德在《诗学》中不仅认为戏剧结构应该像一个活的生物,要有头、有身、有尾;也认为史诗的情节也应如此,要环绕着一个整一的行动来安排情节,而不应像历史那样安排结构。他对史诗和悲剧进行比较研究,目的是突出戏剧的优势,结论自然是史诗不如戏剧,但只有荷马史诗才有资格与戏剧相媲美。亚里士多德称赞荷马为史诗第一人,对其他史诗诗人进行了批评。究其原因,荷马史诗的结构形成一个有机连贯的整体,史诗的各个部分都为这个整体而存在。古希腊的柏拉图和亚里士多德时代是诗性艺术思维向理性艺术思维的过渡期,口传史诗衰落而戏剧艺术崛起正是这一艺术思想转折时期的真实体现。荷马史诗是从口头传承过渡到书面化传承的典型代表,顺应了当时戏剧崛起的文化语境。史诗戏剧化是当时史诗的一个发展方向,即叙事化发展倾向。史诗与叙事、情节结构就紧密联系起来,这一文学观念直接影响

---

① 刘劲杨.论整体论与还原论之争[J].中国人民大学学报,2014(3):66.

② 还原论认为并不存在超越部分的整体,科学研究的任务是揭示最底层的简单实体,还原其本质。

了后世西方文学理论和批评。伏尔泰将史诗解释为一种用诗体写成的关于英雄冒险事迹的叙述。黑格尔认为史诗的第一要务在于叙事,他在《美学》中反复强调史诗的叙事性:"史诗以叙事为职责。"① "史诗的任务一般在叙事。"②俄国文艺理论家别林斯基继承了黑格尔的观点,他认为史诗是抒情诗和散文的混合体,这种诗叙述的特点在于客观性和外在性的整一。这些源自《伊利亚特》《奥德赛》等书面化英雄史诗的研究构成了西方古典史诗理论,其思想内核就是有机整体论思想。本书所要研究的口传史诗《江格尔》正处在口传危机特殊时期,经典化的权威版本还没有真正形成,不同艺人演唱的录音整理本是当前研究的主要文本资料,但每一诗章都是一个有头、有身、有尾的完整故事。因此,本书站在比较诗学立场,通过对不同艺人的叙述活动及其叙述文本的比较与总结,对《江格尔》叙述活动进行整体研究。有机整体论是本书研究中运用的又一重要思想和方法。

三、国内外研究现状

史诗《江格尔》约产生于 15 世纪中叶到 17 世纪初叶新疆卫拉特蒙古人民群众中,直到 19 世纪末 20 世纪上半叶仍在中国、俄罗斯和蒙古国的卫拉特民众生活地区中活态传承。江格尔研究早已成为一门国际性的学问。其中俄罗斯的研究成果令人瞩目,涌现一批著名的研究者,如波佩、弗拉基米尔佐夫、米哈伊洛夫、科津、李福清、科契科夫、涅克留多夫、比特科耶夫;蒙古国杰出学者有仁亲、达木丁苏伦、策仁索德那木、娜仁图雅等;欧美学者包括德国著名蒙古学家海西希、英国学者鲍顿、匈牙利学者劳仁兹、捷克斯洛伐克的学者帕兀哈等。中国研究《江格尔》著名的学者有仁钦道尔吉、金峰、宝音和西格、朝戈金、斯钦巴图、陈岗龙、孟开、塔亚等;著名汉译家有色道尔吉、贾木查、胡尔查、黑勒、丁师浩、李金花等。

仁钦道尔吉在《〈江格尔〉论》中对《江格尔》国内外的研究状况做了全面、翔实的梳理和分析,本书主要从叙述学视角去梳理和分析国内外有关口传史诗《江格尔》的研究状况。

---

① ［德］黑格尔.美学(第三卷下册)［M］.朱光潜,译.北京:商务印书馆, 1988:107.

② ［德］黑格尔.美学(第三卷下册)［M］.朱光潜,译.北京:商务印书馆, 1988:135.

（一）国外研究状况

1. 俄罗斯

俄罗斯是最早进行《江格尔》研究的国家之一。弗拉基米尔佐夫的《蒙古—卫拉特英雄史诗》是真正开始《江格尔》学术研究的第一部专著。他对蒙古史诗进行了分类和比较，即布里亚特史诗、卡尔梅克史诗和卫拉特史诗，论述了蒙古史诗的共性，又总结出《江格尔》的独特性：规模巨大、结构复杂。他肯定《江格尔》的人民性和其精神文化价值。仁钦道尔吉认为这部著作至今仍是一部权威之作，该著作为后来《江格尔》研究奠定了基础。朝戈金在《口传史诗诗学：冉皮勒〈江格尔〉程式句法研究》《千年绝唱英雄歌——卫拉特蒙古史诗传统田野散记》中都对弗拉基米尔佐夫的研究做了充分肯定。

1967年，卡尔梅克首都厄利斯塔举办了纪念著名江格尔奇鄂利杨·奥夫拉诞生110周年学术讨论会；1990年，也是在厄利斯塔为纪念《江格尔》诞生550周年而召开了"《江格尔》与叙事创作问题"国际学术研讨会。这两次会议的主题都与史诗叙述有密切的关系。前者涉及叙述者的问题，叙述者在《江格尔》史诗中被称为江格尔奇；后者的主题与史诗的创编问题有密切关系。

20世纪下半叶俄罗斯的《江格尔》研究中，阿·科契科夫的成就最大，他主要研究了史诗英雄人物、史诗各部分之间的联系等与史诗叙事有密切关系的问题。鄂·奥瓦格洛夫是在史诗叙述上探讨最多的学者，他专门比较研究《残暴的哈尔·黑纳斯之部》的各种异文，分析了这个诗章的思想内容、人物形象、情节结构、表现形式等内容。《卡尔梅克文学史》第一卷中重点分析了《江格尔》英雄人物、演唱艺人、情节结构和诗学特征，这些大部分内容都涉及叙述学领域。

总之，俄罗斯学者为《江格尔》研究做出了突出的贡献。第一是使用比较研究的方法，寻找蒙古史诗的共性，首先把《江格尔》在蒙古文学的内部进行比较，有蒙古史诗之间的比较研究，有与神话、民间故事等其他民间文学体裁比较；然后把《江格尔》与外民族史诗进行比较研究，如与突厥史诗进行横向比较。第二是开展结构分析与母题研究。鄂·奥瓦格洛夫的《蒙古人民的叙事诗歌》《残暴的哈尔·黑纳斯之部》等著作都有对人物形象、演唱艺人和情节结构分析的章节，这都是对史诗叙述要素的研究。1978年召开了"《江格尔》与突厥——蒙古各民族叙事作品问题"讨论会,这次会议提交了许多江格尔母题研究方面的文章。第三是对《江格尔》的版本和艺人研究成绩斐然,尤其是对鄂利杨·奥夫拉和巴桑嘎·穆克宾两位艺人演唱风格的研究成果突出。

2. 蒙古国

在蒙古国,对《江格尔》的研究始于 20 世纪 40 年代。策·达木丁苏伦在《江格尔》的序言中谈到作品的思想内容及艺术特色等问题。宾·仁亲在研究后认为《江格尔》在其他民族中也有流传。乌·扎嘎德苏伦在《蒙古文学概况》中对《江格尔》流传、演唱、调查情况、他国研究状况、史诗的思想内容、人物形象和艺术性等问题进行了细致的研究。娜仁托娅在《关于史诗〈江格尔〉的起源和发展变化问题》中探讨了史诗的起源和后来的发展问题,注重对异文的研究。口传史诗的异文问题与广义叙述学中的述本研究是对应的,异文问题是民间文学普遍存在的一个现象。达·策仁索德那木在《蒙古文学》中论述了《江格尔》研究概况、情节结构、古老观念、主要人物和艺术特征等问题。

总之,蒙古国学者更注重收集异文,并与卡尔梅克人的异文进行比较,也注意收集一些新的诗章,并对《江格尔》的结构情节、古老观念、主要人物等叙述问题进行了研究。

3. 欧洲国家

20 世纪 50—60 年代,欧美学者开始研究《江格尔》,他们主要研究史诗的类型、结构和母题等问题,这与史诗叙述密切相关。欧洲对史诗的分类主要有两种,一是传统二分法,即把史诗分为求婚型和失而复得型;二是民间故事结构类型分析法,即 AT 分类法。尼·波佩是最早进行蒙古史诗类型研究的专家,在专著《喀尔喀蒙古英雄史诗》中把蒙古史诗分为单一情节史诗和多个情节史诗。卡尔梅克学者特·博尔查诺娃运用普罗普的民间故事结构学思想分析蒙古史诗结构,在《蒙古—卫拉特英雄史诗的体裁特征》一文中把蒙古史诗结构分为 8 部分:开场、希望找到未婚妻、启程远征、途中经历、斗争和胜利、消除不幸和灾难、返回家乡及英雄的婚礼。阿·科契科夫运用此法把蒙古史诗分为 12 部分:年老无子、祈求得子、神奇的怀孕及孩子降生、起名、神奇成长及不平凡的幼年、挑选坐骑、关于未婚妻的消息、小英雄启程远征、为获得未婚妻而战、携妻返乡途中遇奇、解救父母消灭敌人、幸福生活与统治。博尔查诺娃和科契科夫的史诗结构研究深受民间故事结构形态研究的影响。德国学者瓦·海西希用 AT 分类法研究蒙古史诗结构和母题，在《关于蒙古史诗的母题和结构类型的一些看法》一文中，他把蒙古史诗的结构分为 14 大类：时间、英雄出身、英雄故乡、英雄本人、与主人有特殊关系的马、启程远征、助手及朋友、受到威胁、仇敌、遇敌作战、英雄的机智和魔力、求婚、婚礼、返还家乡。海西希又把每一大类又分为许多小类和母题，如遇敌作战这一大类下又分为 6 小类，20 多个母题。仁钦道尔吉认为海西希的结构和母题分类是蒙古史诗最详细、最全面的分类，为全世界学者研究史诗结构和母题提供了范例。很明显，西方学者对史诗结构和母题研究明显受到民间故事类型学的影响，民间故事侧重于不平常的事，注重结构完整，即形成一个有头有身有尾的故事整体。

总之，在国外学者对《江格尔》的研究中，俄罗斯学者较全面，蒙古国学者侧重于异文搜集与比较，欧美学者倾心于结构和母题。他们的研究各有侧重，虽都与史诗叙述活动要素有一定的关系，但还没有真正运用叙述学理论方法进行深入的系统研究。

（二）国内研究状况

在中国，《江格尔》的研究起步较晚，但发展较快，成果显著。从研究队伍、著作、论文和调查报告等的数量看，已经非常可观。早期研究者有色道尔吉、诺尔布、仁亲嘎瓦、额尔德尼等，他们主要是对史诗《江格尔》进行整理、翻译和介绍。20 世纪 80 年代以后，《江格尔》研究进一步发展，这一时期比较系统全面地研究作品主题、人物、结构、艺人、产生时代、流传地区以及演唱情况等，研究角度更加多维，有文学、语言学，也有哲学、美学、宗教和民俗等视角。

1. 论文

（1）博士论文。在中国知网上搜索以江格尔为主题的博硕论文，共 69 篇（截至 2020.4.4），与选题相关的博士论文只有 6 篇：斯琴的《蒙古英雄史诗〈江格尔〉与萨满教》（中央民族大学，2007 年）、玉折的《〈江格尔〉社会制度研究》（内蒙古大学，2012 年）、额尔敦的《〈江格尔〉美学研究》（中央民族大学,2007年)、乌力吉仓的《冉皮勒〈江格尔〉口头诗学研究》(内蒙古大学,2016年)、李叶的《蒙古族文学审美意象研究——以〈江格尔〉为中心》(吉林大学,2017年)、烛兰琪琪格的《〈江格尔〉故事统计研究》(内蒙古大学,2019年)。这几篇论文分别涉及《江格尔》与宗教、社会、美学、口传诗学、统计学等几个方面,但没有关于从叙述学方面来全面研究《江格尔》叙述的博士论文。

(2)期刊论文。在中国知网上,与《江格尔》相关的期刊论文有200多篇。从内容上看,涉及《江格尔》的叙事研究方面的论文为数不多。郎樱的《我国三大英雄史诗比较研究》是较早研究我国三大史诗与西方史诗之不同的论文;区别在于我国三大史诗都是口传活态史诗,而西方史诗是书面化的史诗;在叙事结构上,我国三大史诗是由本及末,顺时连贯的叙事模式,而西方大多采取倒叙方式。在《论北方民族的英雄史诗》中,郎樱进一步指出中国史诗叙事模式为:英雄奇异诞生、苦难的童年、少年立功、娶妻成家、外出征战、家乡被劫、杀死入侵之敌、再次征战、英雄凯旋,这种叙事模式成为典型的东方英雄史诗的结构模式,《玛纳斯》是该叙事模式的代表。从这两篇论文可以看出,西方书面化史诗多为倒叙方式,而东方活态史诗为顺时连贯叙事模式,这种通过西方史诗和中国三大史诗叙事模式的比较研究而得出的结论对中国叙事模式的研究产生深远影响,该结论深受民间故事化史诗研究和经典叙事学的影响明显,这也为本书研究整个口传史诗的叙述模式和史诗发展阶段打下基础。熊黎明的《中国少数民族三大英雄史诗叙事结构比较》认为史诗《江格尔》没有统一的情节结构,各个诗章在情节上互不连贯,各自像一部有独立情节的长诗,并称之为并列复合型史诗,串珠式结构,这种观点实际上是对仁钦道尔吉《江格尔》史诗的结构类型研究的再阐释。张越的《说唱的艺术—诗化的叙述:〈江格尔艺术论〉之五"叙事论"》从经典叙事学的叙事时态、叙事视角和叙事节奏等3个方面对《江格尔》进行了研究,他认为《江格尔》是以叙事为主,叙事与抒情相结合的英雄史诗,史诗的叙述时态是以顺时连贯的线性叙事时态为主,穿插使用倒叙、闪回、闪前等叙述手法,史诗中英雄门第、骏马来历、马具佩饰、武器制作和智者预言等看似烦冗枝节就可以用叙事学的倒叙、闪回、闪前等术语来阐释,这很契合《江格尔》的叙述实际情况。这是国内较早运用经典叙事学的概念和术语进行《江格尔》研究的论文,具有一定的意义和价值,但没有进行系统的叙述学研究。罗文敏教授的《组材:集与散——〈伊利亚特〉与〈格萨尔〉的情节结构》从叙事比较的视角研究了中西两部史诗的情节结构特点——集与散,这为本论题的研究提供了较好的思路和方法。以上几篇论文是与本书主题密切相关的期刊论文,主要是从史诗的结构、母题和叙事模式等方面来分析研究的,明显受到经典叙事学的影响,即重视静止结构分析,而不是从叙述活动的本质特征和各叙述要素及其关系进行系统化的叙事研究。

2. 专著

国内研究《江格尔》的专著集中出现在 20 世纪 90 年代,有汉文和蒙古文两种。汉文专著有:仁钦道尔吉的《〈江格尔〉论》,该书被认为是国内研究《江格尔》史诗专题的权威之作;贾木查的《史诗〈江格尔〉探源》,该书对"江格尔"进行了历史溯源;朝戈金的《口传史诗诗学:冉皮勒〈江格尔〉程式句法研究》是运用口头程式理论研究中国史诗的典范。相关的重要汉文著作还有斯钦巴图的《蒙古史诗——从程式到隐喻》和陈岗龙的《草原史诗文化研究》。蒙古文的研究专著有:敖·扎嘎尔的《江格尔史诗研究》,涉及叙述学方面的内容有情节结构、人物形象等问题;格日勒的《十三章本〈江格尔〉中的审美意识》;金峰的《江格尔黄金四国》;萨仁格日勒的《史诗〈江格尔〉与蒙古文化》;斯钦巴图的《江格尔与蒙古宗教文化》。这些专著从历史、文化、美学、宗教等多方面进行研究,其中一些涉及了史诗叙事因素,但还没有从广义叙述学来进行《江格尔》研究的专著。

《〈江格尔〉论》是一部全面研究《江格尔》的扛鼎之作,也是与本书主题密切相关的专著。全书共 11 章内容。第一章研究《江格尔》活态史诗的传统及特征。第二章谈到中外江格尔奇的自然情况,讨论江格尔奇的职能与地位、中外江格尔奇的演唱情况。历代江格尔奇是《江格尔》的保存者、传播者、创编者,是民俗活动宣传家、教育家,是受各个阶层尊敬的文艺家。第三章对《江格尔》的搜集、出版和研究情况做了较详细的论述,这些资料对研究《江格尔》起到很大的作用。第四章探讨了《江格尔》的文化渊源,把《江格尔》放在北方民族英雄史诗传统的大背景下讨论,辨析了史诗的神话、萨满教和佛教等多元文化因素。第五章从社会学的视角研究《江格尔》的社会原型，涉及政治、军事、社会结构、社会思想等。第六章阐述国内外关于史诗形成的时代的看法，并提出自己的观点，该问题在叙述学研究中对应叙述时间-空间理论，可以通过分析时空的背景来推断《江格尔》的形成时代。第七章论述了史诗的形成条件，认为史诗是在早期英雄史诗的基础上，经过历代江格尔奇的努力，又融合进原始神话传说和本时代的文化特征而形成的。第八章研究了在史诗的发展与变异的问题，这与叙述学中要研究的底本与述本问题有关系，异文在叙述学中的术语就是述本。哪些是底本，哪些是述本？这是《江格尔》叙述研究中的一个很重要的问题。第九章研究史诗的情节结构问题，在综合各种情节结构分类的基础上，结合自身的研究实际，与普罗普的拆分母题方法相反，仁钦道尔吉把母题合并，提出"母题系列"的概念，在"母题系列"的基础上把史诗情节结构分 3 类：单一情节结构、串联复合型情节结构和并列复合型情节结构。这种三分法是以蒙古史诗的整个发展历史阶段为依据：单一情节结构史诗为第一阶段，主要有征战和婚姻主题；串联复合型史诗是第二阶段，是征战和婚姻型史诗的联合；第三阶段是并列复合型史诗，即包括前两种史诗类型，是史诗的发展最高级阶段。仁钦道尔吉重点研究了史诗《江格尔》的结构和母题，《江格尔》属于并列复合型史诗，其情节结构分为总体情节结构和诗章情节结构，诗章的情节结构由序诗和基本情节构成。序诗的母题有 7 类：时间、地点、江格尔、汗宫、妻子、众勇士、酒宴。婚事母题系列17 类：时间、小勇士出生、未婚妻的信息、启程娶亲、遭到劝告、备马、携带武器和盔甲、远征、途中之变、勇士变身为秃头儿、遇到未婚妻之父、父亲提出婚嫁条件、赛马、射箭、摔跤、婚礼、携带妻子返乡。征战母题 14 类：汗宫聚会、战争起因、参战勇士、抓战马、备鞍、穿戴、武器、出征、途中之遇、勇士变身、二勇士相逢、打仗、取胜、凯旋。第十章研究人物形象，人物形象类型主要有英雄人物、理想首领、勇猛型将领、智谋型将领、贤惠女性、神奇骏马、乱世暴君等 7种类型，并举例对 7 种类型人物进行分析与评论。人物是史诗演述的主要内容，不同的诗章有不同的主要英雄出场，洪古尔这样的英雄出场最多。第十一章总结了《江格尔》的语言艺术，韵律优美、生动形象、口头语体、想象夸张，这些语言是经过历代演唱艺人的打磨与加工而形成的，是民族语言文化的宝藏。人物语言的直接引用、描述性话语、夸张性表达、程式化语言都很有研究价值,这可以用一个诗章为例来进行数量统计。仁钦道尔吉对蒙古史诗的语言给予极大的肯定。

该专著中的第二章、第八章、第九章所论及的江格尔奇、史诗文本、史诗结构等问题与本书所要论述的叙述主体、叙述文本和叙事结构相对应。仁钦道尔吉把西方母题理论与自己的实践相结合来研究《江格尔》的情节结构,认为《江格尔》是并列复合型情节结构史诗,主要包括婚姻型史诗、征战型史诗、婚姻 + 征战型和征战 + 征战型 4 种类型,这也是与蒙古族其他史诗相比较而得出的科学结论。在综合西方情节结构母题研究的基础上,他提出了"母题系列"的概念,这是对史诗情节结构进行的创新研究,也是实践研究的结果。该专著研究所涉及大量叙事因素对本书所要进行的口传史诗叙述研究提供了重要的借鉴和参考。

朝戈金的《口传史诗诗学:冉皮勒〈江格尔〉程式句法研究》是又一部研究《江格尔》的权威之作,这是从民俗学视角运用口头程式理论研究《江格尔》程式句法的学术专著。朝戈金有着极为深厚的学历背景和丰富的学识,又精通汉、蒙、英等多种语言,加之田野作业的实践经历,使这部专著极具学术价值。本书主体分为 6 章。第一章主要阐述国内外《江格尔》研究概观,其中主要涉及了江格尔奇与演唱传统的内容,这与本论文的选题关系较为紧密。第二章主要写史诗文本的类型和属性,这也是广义叙述学中重点研究的底本与述本问题。第三章主要研究文本与传统之间的问题,这一章与本书的文本研究内容相关,口传史诗由口头文本演变为书面文本,其叙述交流活动与文化传承之间的关系是值得研究的问题,汉文全译本的文本叙述能否实现民族文化的传承,还能承载多少历史、社会、宗教、风俗、美学、文学等民族文化信息。第四章、第五章以著名江格尔齐冉皮勒演唱的《江格尔》为个案,进行词语、句子的语法程式研究。第六章总结程式语法的规律,如程式的类型、频密度、程式运用和系统。通过对词语、片语、布格、韵式、句法、程式、程式系统的层层分析,朝戈金认为冉皮勒《江格尔》的句法核心是程式,由此证明了《江格尔》是活态口传史诗。这是口头程式理论在中国史诗实践研究中的具体运用,这为中国口传史诗研究提供了新的视角和理论基础。口传史诗句法的程式化对其叙事模式的程式化也必然产生影响,这是该专著对本书研究的一个重要启示,口传史诗叙事主要程式化叙事。

张越的《探秘〈江格尔〉》是以汉译本《江格尔》为研究基础的学术专著,他从母题和艺术两个维度对史诗《江格尔》进行了较详细的解读与分析。该专著的第十五章题目为"叙事论",专门从叙事学视角进行了研究。他认为《江格尔》的叙事特点是以叙事为主,叙事与抒情相结合的英雄史诗;史诗叙述的时态是线性叙述方式为主;兼用倒叙(闪回)、预叙(闪前)等叙述手法;史诗的叙述者采用客观的叙述法,即第三人称叙述视角,也是全知全能视角;史诗大多数诗章的叙述节奏以等述为主,经常使用概述、扩述、静述等,这就产生了快慢缓急的叙述节奏感。该专著的叙事论主要建立在经典叙事学理论之上,以别林斯基、黑格尔等人关于史诗的论述为重要的论据,对《江格尔》叙事研究做出了一定的贡献,也为本书叙事研究提供一些启示。但叙事研究仅是该专著的一个章节,也未能进行系统的叙事学分析与研究。

综上所述,国内对《江格尔》研究取得多方面成就:研究队伍逐渐扩大,研究成果的理论方法多样、内容视角多元、层次类型丰富。从研究理论来看,国内《江格尔》研究主要受民间故事母题理论和口头程式理论影响明显。但从叙事学视角看,研究成果明显存在一定的不足。

四、研究思路

(一)口传史诗内涵

如何界定史诗,学界一直存有争议。西方学界认为史诗就是英雄史诗;而我国学界则认为史诗应包括创世史诗、迁徙史诗和英雄史诗。黑格尔按照艺术类型把史诗分为3种:象征型史诗,如《罗摩衍那》《摩诃婆罗多》;古典型史诗,如《伊利亚特》《奥德赛》;浪漫型史诗,如《贝奥武甫》《尼伯龙根之歌》。俄罗斯史诗专家 E.M. 梅列金斯基认为英雄史诗经历了从"原始"到"经典"的过程,阶级的出现和国家的建立是史诗发展的重要分水岭。[①]"经典史诗"是由"原始史诗"发展而来,史诗的产生和发展受到社会、宗教、政治、战

---

① [俄] E.M. 梅列金斯基 . 英雄史诗的起源 [M]. 王亚民,译 . 北京:商务印书馆,2007:15.

争等多因素影响。由于研究史诗视角和分类标准不同,因此对史诗的界定就不同。但学界普遍认为史诗是产生于人类社会早期的一种文化现象,它的产生、发展、繁荣和衰亡过程与人类社会活动息息相关,具有一定的社会历史阶段性。由此可见,辨清史诗的内涵十分必要。

　　文字符号的产生对史诗的传承与发展影响很大,本书尝试从文字符号的视角对史诗内涵进行阐释。

　　亚里士多德在《诗学》中就用媒介符号来区分雕塑、绘画和诗歌等艺术形式。洛德在《故事的歌手》中以一章的篇幅来探讨口头与书写之间的关系,他肯定地说:"叙事歌的艺术远在文字出现之前就已经很成熟了,我这样措辞是相当慎重的。叙事歌成为一种完整的艺术和文学的媒介,并不曾需要笔和墨。"① 很明显,史诗在文字出现前就已经存在并且很成熟了。即使文字出现后,也没能立即影响到史诗艺人(歌手),只有当史诗被文字记录下来以后,文字化文本才诞生,该文本实质上还是口头的。文字化文本具有唯一性,因为它记录的是史诗艺人千百次演唱中的"这一次"。但文字记录一次完成的可能性不大,文字初期还不是很丰富,很难能满足记录如此长篇史诗的需求。中国汉字的发展历史就能提供很好的例证。此外,文字记录也不可能跟上史诗艺人演唱的速度,于是用文字记录有两种可能情况发生:其一让史诗艺人慢下来,以便完成记录,这样会对史诗艺人的即刻创编思维产生影响,因为史诗艺人要在快速演唱中完成创编;其二,通过多次的演唱,才完成一部史诗的记录。但史诗艺人完全重复上一次演唱是不可能的。这就对洛德提到的唯一性提出挑战。口头文本和书面文本并存期,两者互相影响的可能性也是极大的。文字化文本是口头文本的延伸和变体。然而随着口头演唱的逐渐消失,只有一部分被文字记录的史诗文本保留了下来。文字化史诗文本为书面经典化史诗文本的出现提供了可能。由文字化文本发展成为书面经典化文本,这与史诗艺人的个人才华和当时社会权威文化有极大关系。荷马史诗就是很好的例证。史诗进入书面经典化时期,也就是进入文本固化时期,而没有被文字化或书面经典化的史诗消亡可能性极大,这恐怕是个无法统计的数字。

① ［美］阿尔伯特·贝茨·洛德.故事的歌手[M].尹虎彬,译.北京:中华书局, 2004:179.

随着录音设备出现,对长篇史诗进行一次性"记录"成为现实。录音设备对活态史诗的抢救发挥了巨大的作用,许多老一辈史诗艺人的演唱被录音机记录下来,根据录音整理而成的文字化文本很大程度上保留了口头史诗演述的原始风貌,是目前学界进行学术研究的重要资料。需要说明的是,录音只是记录语言更有效的技术手段,并不能取代文字,文字是研究口传史诗内涵,划分口传史诗发展阶段的真正的符号。

综上所述,笔者认为史诗是一门十分古老且流传至今的以叙述为主的语言艺术形式,其原初形态是口头史诗(原始史诗),即史诗艺人为在场的听众演述传统的神话英雄故事,这其实是一种纯口头的叙述交流活动;文字符号诞生后,文字化史诗和书面经典化史诗才相继出现,二者是口头史诗在不同发展阶段的变体。因此,史诗应有口头史诗、文字化史诗和书面经典化史诗3种主要类型,是世界史诗的主流,也是文人创作史诗的根源。本书将口头史诗、文字化史诗和书面经典化史诗统称为口传史诗,文人创作史诗不包含在口传史诗之内。

(二)口传史诗发展三阶段

以文字符号为依据,本书将口传史诗发展分为3个主要阶段:前文字时期、口头-文字并存时期和书面经典化时期。

前文字时期,也可称之为口头期或原始期。该时期处于有语言而无文字的时代,史诗演述、传承完全靠口头来完成,口耳世代相传,是史诗产生、发展和繁盛阶段。该时期持续的时间是无法统一划定的,与各民族或部落发展历史和文字产生使用情况有关。前文字时期的史诗是最难以研究和考证的。人类学兴起后,对人类早期无文字时代的社会生活的研究才有了一定的进展,本选题的研究将密切关注人类学研究的最新学术成果。

口头-文字并存时期。一种民族文字诞生后,文字发挥其符号表意功能,并逐渐成为人类记忆的重要工具。该时期是口传史诗发展特殊阶段,一般有2种文本形态和3种发展走向。2种文本形态为口头文本和文字化文本;3种发展走向:一部分史诗逐步从口头向文字化演变;一部分仍然保持口头传承;一部分逐渐走向消亡。从叙述者来分析,主要可分为不识字的艺人(文盲艺人)和识字艺人两种。盲人应归属于不识字的一类,这也就能解释这一奇怪现象：许多优秀诗人为盲人。文盲艺人和盲诗人是口头传统的直接继承者，他们一般不会凭借文字来死记硬背，或参看文字来演述，而是真正学会了史诗的创编技巧，运用程式化句法现场演述长篇史诗。这些艺人演述的史诗更具有口头传统的特点。从受述者来分析，文字化史诗文本形成后，能识字者即可阅读被文字记录的史诗，也可听艺人演述；不识字的听众还完全依赖艺人演述。可见，文字对口传史诗叙述交流活动的各叙述要素都产生了重要影响，各叙述要素及其相互关系决定了不同阶段口传史诗叙述的特点。此外，口传史诗叙述还会受到当时政治权威、宗教信仰、民族战争等多种外在因素的影响。口头－文字并存期是史诗发展最关键最复杂的时期。这一时期史诗还没有形成权威本或经典化文本。

书面经典化时期。口传史诗的口头演唱传统已消失，文字化文本经过文人学者加工、整理和编选后逐步形成了稳定的书面经典化文本。《摩罗衍那》《摩诃婆罗多》《伊利亚特》《奥德赛》以及中世纪一些英雄史诗就是这方面的代表。书面经典化史诗往往被后世研究者当作书面文学进行研究，这是本书第一章要重点论述的内容。从口头到文字再到经典只是极小部分口传史诗的发展历程。经典化史诗虽经文人加工处理，但一定还保留一些早期口头时期的痕迹，这是书面经典化史诗源于口头的最有力证据。我们可以推测，文字产生越早的民族，其口头文学书面化就越早，口头传统消亡的可能性就越大。书面经典化是口传史诗在内外因素共同影响下的一个文学高级形态，但这并不是所有史诗的必由之路。

总之，除文人创作史诗之外，无论以口头还是书面形式流传至今的史诗其实质都是口传史诗。口传史诗包括活态口传史诗、文字化史诗和书面经典化史诗三种主要类型。文人创作史诗不是本书研究重点，此不赘述。口传史诗是传统叙事性作品，其叙述的本质是一种叙述交流活动，即使在书面经典化的史诗中，其文本仍呈现为对话交流模式；其叙述的突出特征是两次叙述化过程。

从史诗发展历程来看，中国三大史诗正处于口头－文字并存时期。即有活态演述活动的存在，又有文字记录的文本，但都还没有形成书面经典化史诗文本。其文本主要有口头文本①和文字化文本，后者包括转述本、口述记录本、手抄本、录音整理本等类型，这些文本源自对史诗艺人演唱的记录，体现了文字化时期文本的主要特性——唯一性、变异性、多样性。这也是活态的中国史诗与具有权威性和稳定性的荷马史诗的主要区别之所在。西方主流文学为叙事文学，其源头就建立在书面经典化的荷马史诗之上，其发展脉络为荷马史诗、戏剧、中世纪传奇、近代小说。古希腊戏剧繁盛发展是荷马史诗经典化时期的社会文化语境，由于正处于这样一个特殊时期，古希腊史诗演唱传统终结，只留下荷马史诗为样板。因此中国三大史诗的研究不可直接套用西方的叙事理论的论断是有道理的，要根据自身现存发展历史阶段和当代的社会文化语境来研究。这也是对史诗《江格尔》进行发展历史时期定位和分析的原因。

文字符号在口传史诗发展过程中的作用巨大，形成了文字化史诗和书面经典化史诗，二者可统称为书面史诗。书面经典化史诗是文字作为符号媒介参与到史诗发展进程的必然结果。这也是本书以文字符号作为口传史诗内涵考察、发展阶段划分的基础。在当前高科技引领社会发展的大环境下，口传史诗也必定在新的符号媒介下会继续发展，如自媒体技术为口传史诗的活态传承提供了新的传播平台，数字图像化也许是口传史诗未来的新走向。

（三）研究范例

从口传史诗发展历史阶段看，只有极小部分史诗历经了口头阶段、口头与和文字并存阶段和书面经典化阶段。一个民族的史诗在发展过程中不是封闭的、独立的自我发展历史，其在不同阶段会受到内外因素的影响，因此史诗一般是多元的语言文化的复合载体。《江格尔》是世界著名的英雄史诗，在中国新疆、俄罗斯卡尔梅克和蒙古国都有流传，目前已经有多种语言译本，这些译本也属于文字化文本，还不是书面经典化文本。在跨文化、跨语言、跨民族的学术研究中，对译本的选择是很重要的。

目前《江格尔》汉译本主要有 5 种：

（1）边垣记录：首版《洪古尔》，1950 年上海商务印书馆出版；第二版《洪

---

① 口头文本此处主要是指史诗艺人现场演述时产生的声音文本，非演述时以大脑文本的形式存在于艺人头脑之中。

谷尔》，1958 年作家出版社出版。

（2）色道尔吉译:《江格尔——蒙古族民间史诗》，1983 年人民文学出版社出版。

（3）胡尔查译:《江格尔》，1988 年新疆人民出版社出版。

（4）黑勒等译:《江格尔》(1—6 册)汉文全译本，1993—2004 年新疆人民出版社出版。1—4 册为黑勒、丁师浩译;第 5 册为黑勒、丁师浩、李金花译;第 6 册为黑勒、李金花译。

（5）贾木查主编:《史诗〈江格尔〉校勘新译》(上、下册)，2005 年新疆大学出版社出版。

边垣记录的《洪古尔》是国内第一部以汉文形式介绍蒙古族史诗《江格尔》中主要英雄人物洪古尔的作品。作者边垣在新疆工作期间接触到许多民族兄弟，后来被封建军阀盛世才投入监狱，无书籍情况下，民族兄弟们讲述本民族的民间故事等成为主要的文化生活。其蒙古族朋友满金说唱的洪古尔故事给边垣留下了深刻影响，苦于无纸笔，边垣只能牢记于心。从 1942 年开始边垣凭记忆开始用文字记录《洪古尔》，1950 年出版，1958 年再版。满金讲述的是洪古尔的故事，这与《江格尔》诗章中洪古尔故事最多的事实不谋而合。据边垣介绍，满金是在往来于新疆、张家口和乌兰巴托等地方的商路上拉骆驼时学会说唱洪古尔故事的，多次听到这个故事后就渐渐背诵并说唱下来。边垣的《洪古尔》在情节结构方面未加删改，只是把口头的说唱体变成书面诗行体形式，这对研究口传史诗叙述活动具有一定意义，正如仁钦道尔吉所说:"边垣在编写时没有擅自改动史诗的情节结构，所以，《洪古尔》一书，对了解《江格尔》具有一定的价值。"[1]

色道尔吉是著名的蒙古族翻译家，他的 15 章汉译本史诗中的 10 章的底本源自杜尔伯特民间艺人奥布莱·额勒，《洪古尔和萨布尔的战斗》与《萨纳拉归顺江格尔》两章是新疆学者巴拉玛等搜集的，另三章是墨力根巴特尔从新疆搜集的手抄本中选择的《西拉·胡鲁库败北记》《黑纳斯全军覆灭记》《洪古尔出征西拉·蟒古斯》。该译本书学性较高，主要目的是为阅读，色道尔吉先生在《译后记》中解释:

---

[1] 仁钦道尔吉.《江格尔》论 [M].呼和浩特:内蒙古大学出版社，1999:53.

在描写人物、骏马、戎装、武器和战斗场面时，已形成了一套程式化的描写，这也是民间说唱艺术的特点。因为必要的程式，甚至雷同，便于加强记忆，深化感情，渲染气氛，这是符合说唱艺术的传统和听众欣赏习惯的。但作为书面文学去阅读，就感到这种程式化的描写雷同，过多的重复。……因此，在译文中把过多雷同的描写删掉了一些，目的是为了紧凑些；必要的地方也都保留下来，保留它原来的风格。①

色道尔吉首先肯定了程式化描写是民间说唱艺术的特点，程式化描写的目的主要是加强记忆，深化感情，渲染气氛和满足听众欣赏习惯等，而其译文《江格尔》主要目的是用于阅读，因此删掉了一些程式化或雷同的描写。这是口头史诗走向书面经典化史诗发展的一次尝试，为辨别一部作品是口头文学还是书面文学提供了经验，源于口头文学的书面经典化作品仍会保留许多口头文学的程式化词句的特点。

胡尔查汉译本的底本是新疆人民出版社 1980 年出版的十五章本托忒文《江格尔》。该汉译本主要目的是向兄弟民族的专家学者提供学术研究资料，具有一定的参考价值。胡尔查在《译后记》中谈道：

十五章本跟十三章本一样，也有雷同的地方，那就是"套语"（即程式化的描写）太多。不仅章与章之间，就是在一个章节里，同一个程式化的描写也有重复几次的。在江格尔齐演唱时，由于听众的增换，在每一章的开头或中间对勇士的家谱、身世，骏马的神通技能以及武器、鞍具等功能，作一番介绍或复述一遍，这也是顺乎听众要求的。但经文字整理成书向读者推广时，就显得啰嗦冗赘了。因此，我在翻译时，把所有重复的地方都删掉了。②

不难看出，胡尔查先生对江格尔齐演唱时的雷同（套语或程式化描写）进行了解释：由于听众的增换，史诗艺人会在演述中根据听众要求把烂熟于心的程式化诗句重复叙述。但在汉译本中把所有这些重复的程式化的诗句都删除掉了，可见，其目的主要也是为适应读者的阅读需要。

贾木查的《史诗〈江格尔〉校勘新译》（上、下册）包括 25 个诗章，这些诗章从中国、俄罗斯和蒙古国的 200 多种《江格尔》版本中挑选出来加以汇编

① 江格尔 [M].色道尔吉,译.北京：人民文学出版社,1983：528.
② 胡尔查.胡尔查译文集（第一卷）[M].呼和浩特：远方出版社,2009：342.

而成,并进行了文学润色和艺术加工。仁钦道尔吉评论说:"《江格尔》没有一章不被贾木查删改,完全失去了文献资料价值。"① 因此该版本可作为文学普及读物,但作为学术研究的对象似乎不太合适。

以上 3 种汉译本《江格尔》的共同特点是汉译者对口头文学的程式化诗句进行了不同程度的删除或删改,因为注意到了叙述要素中受众发生了变化,即由听众或观众变为读者;叙述媒介由声音符号转变为文字符号;叙述语境由叙述者、受述者在场转变为二者不在场。这些汉译本可以说都是口头文学向书面化文学转变的尝试。

黑勒、丁师浩、李金花的汉文全译本《江格尔》(1—6 册)以七十章托忒文《江格尔》三卷本为底本。这三卷本《江格尔》是中国民间文艺研究会新疆分会和《江格尔》工作小组在我国新疆和蒙古的卫拉特人民群众中搜集整理出来的,多数篇章根据录音文本整理而成,基本还保留着口头史诗说唱的原始形式特点,以一个完整的故事构成章节。由于没对重复的程式化词句进行删减和修改,也没有做过多文学化加工处理,因而其具有一定的原始资料性。汉文全译本《江格尔》是文字化文本,是口头史诗与书面经典化史诗中间阶段的重要文本资料,对研究口传史诗发展过程和叙述交流活动的本质具有重要的参考价值。该译本不仅为汉语学者研究《江格尔》提供了较好的文本资料,而且为《江格尔》进入更广阔的跨文化跨语言研究打下了基础,为宣传、传播、研究优秀民族文化做出贡献,这是本书选择该译本作为口传史诗叙述活动研究范例的主要原因。

---

① 仁钦道尔吉.《史诗〈江格尔〉校勘新译》述评[J].民族文学研究,2010(3):164.

西方史诗叙事论

  史诗的本质在于叙述。在古希腊,史诗就已经作为一种艺术形式被关注和研究。哲学家兼诗人的柏拉图把史诗归为诗歌的一种,并将其看作哲学的死敌,他恐惧的不是史诗的格律、音乐或诗人本身,而是史诗艺人所叙之事及其感染听众的力量。亚里士多德虽然最终认为史诗不如悲剧,但在叙事上史诗可同时叙述发生的多件事,且可叙述一些不近情理之事,这是戏剧艺术无法达到的。黑格尔肯定地说史诗的主要职责在于叙事。伏尔泰认为史诗就是用诗体写成的关于英雄冒险事迹的叙述。歌德认为史诗诗人把一个事件完全当成过去的事来叙述,表现的是英雄人物在外界活动,如战斗或游历活动,而悲剧表现的是人物内在的悲苦。美国当代文学批评家艾布拉姆斯认为:"在严格意义上,史诗或英雄史诗指的是至少符合下列标准的作品:长篇叙事体诗歌,主题庄重,风格典雅,集中描写以自身行动决定整个部落、民族或人类命运的英雄或近似神明的人物。"[①] 我国荷马史诗研究专家陈中梅认为史诗是一种古老的诗歌形式,其产生于抒情诗和戏剧之前,希腊史诗的前身可能是某种以描述神和英雄们的活动和业绩为主的原始的叙事诗。由此看来,史诗的本质就在于叙述,其历史文化价值和社会功能主要体现于叙述交流活动中。

  史诗的产生、传承、发展、繁荣与衰亡是一种世界性的文化现象,不是某个民族所独有,也不是每个民族所必有。史诗作为一种语言符号艺术,既有

---

① [美]M.H.艾布拉姆斯,杰弗里·高尔特·哈珀姆.文学术语词典 [M].吴淞江,编译.北京:北京大学出版社,2014:215.

其自身发展规律,又受战争、宗教、文化、科技等多种外在因素的影响,这些因素导致不同民族的史诗处于不同发展阶段,呈现不同的存世状态。印度史诗、荷马史诗等在公元前已成为定型的书面化史诗,中世纪的一些民族英雄史诗也以书面文本形式固定下来;而中国三大史诗处于口头－文字并存期;在一些原始部落中,没有被文字记录的史诗还在口头传唱。

因此,研究口传史诗的叙述问题应站在整个世界史诗发展历史进程中来考察,根据不同发展阶段史诗的叙述特点来进行;想通过对某一民族史诗或某部史诗的研究来得出整个口传史诗叙述特征和规律的做法是行不通的。

据上所述,以文字符号作为划分依据,史诗主要有 3 类:口头史诗、文字化史诗和书面经典化史诗。目前西方史诗研究的理论成果主要有 3 类:古典史诗理论,即对经典化史诗的研究成果,这一理论主要代表有柏拉图、亚里士多德、黑格尔等;民间故事化史诗研究理论,主要代表有维谢洛夫斯基、普罗普、海西希、仁钦道尔吉① 等,主要使用母题理论对史诗结构类型进行分类整理;口头程式理论,即对活态口头史诗研究,主要代表有米尔曼·帕里、艾伯特·洛德、约翰·迈尔斯·弗里、朝戈金② 等,主要集中于对故事歌手的研究。前二者是以书面经典化文本为基础,后者是以活态口传史诗为主要对象。本章主要阐述西方对口传史诗的书面经典化形态和口头形态的理论成果,以便对文字化形态史诗的叙述研究打下基础,这也是研究整个口传史诗叙述问题的必要环节。

一、西方古典史诗叙事论

西方古典史诗理论主要就是指以《伊利亚特》《奥德赛》等书面经典化史诗为研究核心的理论,正如《民间文学教程》所叙:

自从希腊荷马史诗的文字定型后,一门专门研究史诗创作的学问迅速在西方产生,经过无数学者的探索,形成了一门完整的独立学科——西方古典

---

① 仁钦道尔吉为国际著名史诗专家,此处提及是为强调其成果归类,其成果介绍见本书国内研究现状部分。

② 朝戈金是当代国际史诗研究的领航者,首把口头程式理论引入国内,并将其成功运用于《江格尔》研究,其成果介绍见本书国内研究现状部分。

史诗学，并成为西方古典美学的重要组成部分。它的代表学者有柏拉图、亚里士多德、维柯、伏尔泰、黑格尔。①

可见，"西方古典史诗学"这个概念是从中国学者或东方学者的视角上提出的，至于说其形成了一门完整独立的学科，目前还缺少系统的论证和学术体系的构建。苏格拉底、柏拉图、亚里士多德、维柯、伏尔泰和黑格尔等西方学者都论及了史诗，并以文字定型后的荷马史诗为研究典范，但他们有关史诗的观点多有不同，甚至就某些问题还持有相反的见解，这要认真梳理与总结方能辨清其理论之实质。由于篇幅所限，下面主要对柏拉图、亚里士多德和黑格尔有关史诗叙述的理论进行梳理与总结，这三者在古典史诗理论方面成就突出。

（一）柏拉图的史诗叙述观

诗论在柏拉图的思想体系中占有重要的位置。从叙事学的角度看，他对诗和诗人的批评与现在人们对荷马史诗的认识大相径庭。陈中梅指出："事实上，在希腊乃至西方历史上，柏拉图对诗和诗人的批评，就深度、广度、用词的严厉、抨击的次数而言，都创下了空前，甚至是绝后的记录。"②作为一个诗人，柏拉图对诗人和史诗进行严厉批评和指责明显带有哲学色彩和政治意图，但他对史诗叙述模式的讨论很有叙述学价值。

1. 对诗人和史诗的批评

作为哲学家，柏拉图对诗人的态度很苛刻，表现在：第一，对诗人的"无知识"背景进行攻击；第二，对表演时迷狂不理性的状态的鄙视；第三，对诗人没有理性的思考进行驳难；第四，对诗没有把大众引领到真善美之境界进行批评。柏拉图最终结论认为诗人不配与哲学家争高低。

柏拉图要把诗人逐出他的"理想国"举世闻名，主要原因在于对诗人的鄙视和不信任，对诗的非理性表示深恶痛绝。他假托苏格拉底和伊安（当时著名的荷马史诗吟唱者）的对话阐述了自己的观点：诗人不仅无知还不懂装懂，满足于说说唱唱，花言巧语，没有求知之欲望和本领。

诗人置身当代，回首过去，把历史当作一种伴随人品堕落的"故事"，而不

---

① 刘守华，陈建宪. 民间文学教程 [M]. 武汉：华中师范大学出版社，2002：183.

② 陈中梅. 柏拉图诗学和艺术思想研究 [M]. 北京：商务印书馆，2016：52.

是深化认识的过程。诗人缺乏鲜明的时代意识,跟不上哲学和认识论发展的脚步。正当苏格拉底提醒人们注意观念的知识背景的时候,诗人们却在食古不化,坐井观天,把未经审辩的故事和传说当作可以用来教育子孙后代的真理。①

　　字里行间流露出的批评语气中,我们可以看出柏拉图批评的对象主要指向史诗的叙述者,即诵诗人或吟唱者。当时著名荷马史诗吟唱者伊安对苏格拉底陈述实情:谈及荷马总有很多话要说,谈及其他诗人,说不出有见地的话来。柏拉图借苏格拉底之口进行了解释:伊安讲述荷马靠的不是技艺和知识,如果能靠技艺和知识讲述荷马,就能讲述其他诗人。柏拉图进一步得出"诗作为一个整体是一种技艺"的认识,但他马上又推翻了自己的结论,因为如此懂得这样技艺和知识的诗人是不存在的,根本原因在于诗人的一切源自神赐:"由于诗人的创作不是凭借技艺,因此他们说出许多事情或讲到许多人的功绩,正如你谈论荷马一样,凭的不是技艺,而是神的指派。"②柏拉图对诗人严厉批评的一个重要"事实"是诗人只擅长一种诗,而不会其他诗,就像伊安只会荷马史诗一样,所以柏拉图主观地认为诗人创作灵感来自神,诗人诗性勃发受神力控制,无法自拔:"诗的性质决定了诗人总是处在从属于外力操纵的被动地位;无须掌握技艺和知识便可顺利从事圆满完成本分工作的奇妙现实,断绝了诗人通往理解与认识世界的道路。"③诗人不是靠自身努力获得智慧和知识,而是靠神的恩赐。诗人感受神力获得灵感,诗歌从口中喷涌而出,有时歌词还带有哲理和高深见解,形成诗歌魅力;诗歌本身所具有的魅力吸引吟诵者;吟诵者使听众痴迷,尤其对青年有害。这就是柏拉图反对诗人和史诗的主要原因。

　　柏拉图把诗歌(史诗、戏剧和抒情诗)与哲学进行比较,认为诗远不如哲学。其理由有如下几点:诗没有本体属性,没有扎实的根基;诗不用分析和思辨的方法达到目的,因此没有逻辑性和说理性;诗歌是失真的、不负责任的摹仿所构成的关于实体的假象。这些理由还不足以涵盖柏拉图对诗的指责和批

① 陈中梅.柏拉图诗学和艺术思想研究[M].北京:商务印书馆,2016:21.

② [古希腊]柏拉图.柏拉图全集(第一卷)[M].王晓朝,译.北京:人民出版社,2002:305.

③ 陈中梅.柏拉图诗学和艺术思想研究[M].北京:商务印书馆,2016:26.

评，但我们似乎可以感到作为哲学家的柏拉图对当时大众痴迷于诗的不满与失望，他试图把大众带入到理性与智慧的理想国。

2. 对叙述学的贡献

柏拉图对诗的批评不是本书关注的重点，但客观地讲，柏拉图在对史诗的分析中却对史诗叙述研究做出了贡献：其一，他认为"对话摹仿是叙述的一种手段"；其二，提出"纯叙述"的概念；其三，总结出史诗叙述的两种模式，即纯叙述和摹仿。

柏拉图通过苏格拉底与阿德门托之间的一段对话阐述了什么是摹仿。苏格拉底首先提出问题："当诗人以他者的身份张嘴说话，我们是否可以说，在这种情况下，他会使出浑身解数，使自己的言词语气似同于他曾告知将要说话的那个人的方式？"① 在得到阿德门托的肯定回答后，苏格拉底亮出自己的用意："通过说话或姿势使自己等同于别人，这种做法即为摹仿，我说的对吧？"② 但接着，柏拉图对摹仿进行了限定，认为这种摹仿是狭义摹仿，即演员或诗人"扮演"。柏拉图对摹仿的限定实质上是要区别于哲学家的摹仿，哲学家的摹仿导向是最终的"形"或"真形"。"摹仿论"在柏拉图的前辈学者中已有广泛地讨论与使用，柏拉图区分了广义和狭义的摹仿，试图对摹仿做出哲学分析，并为己所用。柏拉图在用摹仿论对诗进行批评的过程中，却对诗的分类起了很大作用，对后世诗的种类研究奠定了基础。完全凭借摹仿的诗就是悲剧或喜剧；凭借诗人述诵的诗是酒神颂之类；凭借摹仿与述诵二者的诗是史诗。这是把史诗和戏剧归为诗歌类型的分类基础，这对亚里士多德、黑格尔的史诗观产生了极大的影响。

柏拉图站在维护哲学的立场，对诗人及诗进行了严厉的指责与批评，但他客观地分析了史诗的叙述模式问题，提出了"纯叙述"和"摹仿"两个重要概念，这对口传史诗的叙述模式研究极有参考价值。

（二）亚里士多德的戏剧化史诗观

亚里士多德开创了西方书面经典化史诗研究之路。文学研究者集中关注亚里士多德的悲剧理论而忽视其史诗观念是可以理解的，因为《诗学》主

---

① 陈中梅. 柏拉图诗学和艺术思想研究 [M]. 北京：商务印书馆，2016：60.

② 陈中梅. 柏拉图诗学和艺术思想研究 [M]. 北京：商务印书馆，2016：60.

要研究的是戏剧,尤其是悲剧,而对史诗研究用意很明显:衬托悲剧艺术,主
要表现在对当时绝大多数史诗诗人的否定上。《诗学》用 2 章的篇幅(第 23、
24 章)集中讨论史诗的情节结构、史诗诗人、史诗事件等问题。虽然他最终认
为史诗不如悲剧,但还是盛赞了荷马。究其原因,荷马史诗更符合他的诗学理
想,即有机整体论思想。亚里士多德在悲剧研究基础上提出了史诗应该戏剧
化的理论主张。

　　1. 史诗情节结构戏剧化

　　亚里士多德认为:悲剧是对一个严肃、完整、有一定长度的行动的摹仿;
悲剧的有 6 个成分:情节、性格、思想、言语、唱段和戏景。情节是悲剧最重要
的因素,情节应该是一个有机整体。他认为史诗的结构不应与历史一样,而是
应像戏剧一样:"显然,和悲剧诗人一样,史诗诗人也应该编制戏剧化的情节,
即着意于一个完整划一、有起始、中段和结尾的行动。这样,它就能像一个完
整的动物个体一样,给人一种应该由它引发的快感。"①不难看出,亚里士多德
站在观众(受述者)审美接受的立场来规定史诗情节要戏剧化。史诗最重要的
因素与戏剧一样也是情节,并且要形成一个像活的动物一样的有机整体。《伊
利亚特》和《奥德赛》都是对行动的摹仿,从此荷马史诗就成为亚里士多德
《诗学》中史诗的典范,成为衡量其他史诗的标准,这对以后西方史诗研究、文
人史诗创作甚至叙事文学的发展都产生极大的影响。亚里士多德认为荷马具
有高超的情节编排能力,主因就是荷马学会了如何"选择"和"穿插"。由于
荷马在情节安排中出色地使用了选择和穿插,因此荷马没有像其他诗人那样
变成史诗的编年史家,也没有费力不讨好——把整个战争写出来,而是围绕
一个整一的行动来安排情节,最终使史诗形成一个有头、有身和有尾的有机
整体。在"一个人物""一个时期"和"一个行动"中,荷马无疑选择了"一个
行动"来组织史诗的情节结构。围绕阿喀琉斯的愤怒来组材《伊利亚特》,围
绕奥德修斯返家组材《奥德赛》,而把相关事件作为穿插点缀在叙述中。亚里
士多德还充分考虑了观众的感受,如果故事太长或太复杂,观众就不能一览
而尽,达不到应有的效果。

　　亚里士多德为荷马史诗情节结构戏剧化找到另一条证据:《伊利亚特》和

_____

① ［古希腊］亚里士多德. 诗学［M］. 陈中梅,译. 北京:商务印书馆, 1996:163.

《奥德赛》各提供一出、至多两出悲剧的题材，而《库普利亚》《小伊利亚特》等史诗却各能提供多部悲剧题材，后者甚至达 8 部之多。荷马史诗可提供悲剧题材的有限性是其戏剧化的最好明证。

2. 对史诗艺人的要求

史诗情节戏剧化的决定性因素在于史诗诗人：

和其他诗人相比，荷马真可谓出类拔萃。尽管特洛伊战争本身有始有终，他却没有试图描述战争的全过程。不然的话，情节就会显得太长，使人不易一览全貌；倘若控制长度，繁芜的事件又会使作品显得过于复杂。事实上，他只取了战争的一部分，而把其他许多内容用作穿插，比如用"船目表"和其他穿插丰富了作品的内容。①

亚里士多德认为，史诗情节不应按照事件本身的自然顺序进行编排，否则就成了编年史，应跟戏剧一样由诗人编制而成。无疑，亚氏认为把史诗情节安排的最好的诗人只有荷马，因为荷马没有像其他诗人那样按照历史方式编制情节，没有费力不讨好地把整个战争写出来，而是围绕一个整一的行动来安排情节，最终形成一个有头、有身、有尾的有机整体。他认为荷马高超的情节编制能力主要表现在"选择"和"穿插"两方面。在围绕"一个人物""一个时期"或"一个行动"来编制史诗情节的选择中，荷马无疑选择了"一个行动"，而把其他相关事件作为穿插点缀在对主要行动的叙述中，如战争的起因、船目表、日常生活场景。

选择"一个时期"来编制史诗情节在当时是大多数诗人的普遍选择：

历史必须记载的不是一个行动，而是发生在某一时期内的、涉及一个或一些人的所有事件——尽管一件事情和其他事情之间只有偶然的关联。正如萨拉弥斯海战和在西西里进行的与迦太基人的战争同时发生，但没有引向同一个结局一样，在顺序上有先后之别的情况下，有时一件事在另一件事之后发生，却没有导出同一个结局。然而，绝大多数诗人却是用这种方法编作史诗的。②

由此可见，以历史的方式来编制史诗情节的诗人遭到亚里士多德的批

① ［古希腊］亚里士多德 . 诗学［M］. 陈中梅，译 . 北京：商务印书馆，1996：163.
② ［古希腊］亚里士多德 . 诗学［M］. 陈中梅，译 . 北京：商务印书馆，1996：163.

评,其主要原因是在一个历史时期内的各种事件无法形成一个有机整体,虽然这些事件之间存在一定的时序和偶联,但这些事件并不能导出同一个结局。如果诗人以历史方式编制情节,史诗就会形成一个庞然大物,这会对观众的审美接受造成困难。不难看出,有机整体论思想是亚里士多德进行史诗批评的基础。

亚里士多德对诗人提出明确要求:"诗人应尽量少以自己的身份讲话,因为这不是摹仿者的作为。其他史诗诗人始终以自己的身份表演,只是摹仿个别的人,而且次数很有限。"① 这是亚里士多德把荷马史诗当成摹仿艺术而把其他史诗斥为编年史的根由。《伊利亚特》总行数 15 693 行,其中人物摹仿 7 110 行,约占 45%;《奥德赛》总行数 12 110 行,其中人物摹仿 8 237 行,约占 68%,两部作品人物摹仿约占史诗总行数的 55%。② 荷马在这方面比其他史诗诗人高明,荷马只是在简短的序诗中用自己的身份说话,然后主要就摹仿各具性格的人物说话了。"史诗"这个词的古希腊语的本义就是"话、话语",伏尔泰在《论史诗》中记载:" '史诗'一词来自希腊文 EPOS,原意是'谈话'。只是由于习惯相沿,这个词语才与用诗体写的关于英雄冒险事迹的叙述联系起来。"③ 伏尔泰考证史诗之原意与英雄体叙述之间并不存在根本关联,而只是习惯使然,但无疑有一点是肯定的:英雄冒险故事的叙述中使用大量的人物话语摹仿,而且人物话语摹仿所占比例很高。可见,亚里士多德要求史诗戏剧化的主要原因就是当时绝大多数诗人摹仿的程度大打折扣。

3. 对史诗长度的规定

在史诗情节长短的问题上,亚里士多德认为这是史诗可与悲剧的不同之处。悲剧的情节长度不能太长也不能太短,太长不能一览而尽,太短则不可感知,应该适当:"就长度而论,情节只要有条不紊,则越长越美;一般来说,长度的限度只能容许事件相继出现,按照可然律或必然律能由逆境转入顺境,或

---

① ［古希腊］亚里士多德 . 诗学［M］. 陈中梅,译 . 北京:商务印书馆, 1996:169.

② 该数据总行数参见《荷马史诗•伊利亚特》《荷马史诗•奥德赛》,罗念生,王焕生,译,1994 年人民文学出版社;人物摹仿话语的行数是笔者从作品中统计出来的,仅供参考。

③ 伍蠡甫 . 西方文论选(上卷)［M］. 上海:上海译文出版社, 1979:320.

由顺境转入逆境，就算适当了。"① 亚里士多德对悲剧的情节长度做了严格的规定，"事件只能相继出现"是明显的按时间顺序出现，出现的原因必须符合因果逻辑关系，即按照可然律或必然律，情节具体表现为由顺境转向逆境或由逆境转向顺境，如俄狄浦斯王就由顺境转入逆境。

亚里士多德认为史诗的长度也应像悲剧一样有一览而尽的效果，但史诗的长度可比悲剧大幅增加："在扩展篇制方面，史诗有一个很独特的优势。悲剧只能表现演员在戏台上表演的事，而不能表现许多同时发生的事。史诗的摹仿通过叙述进行，因而有可能描述许多同时发生的事情——若能编排得体，此类事情可以增加诗的分量。"② 无疑亚里士多德肯定了史诗的这一优势，诗人可以同时描述许多发生的事，其功能主要是调动听众的兴趣，而悲剧只能在舞台上摹仿人物语言和行动，容易使观众腻烦。但让史诗宏大的气势吸引观众，就必须对情节有一个得体的编排，那就是在主要行动中可穿插一些相关事情。

4. 对事件的态度

亚里士多德根据人们的批评总结出诗人所叙之事有：不可能发生之事、不合理之事、有害之事、前后矛盾之事和技术上处理欠妥当之事。③ 悲剧演员在舞台上为观众表演摹仿人物的语言和行动，史诗诗人主要是为听众叙述英雄故事，所以听众不能亲眼看见人物的动作，只能听到叙述者的叙述。这样，史诗与悲剧相比就较能容纳不合理之事。

亚里士多德认为荷马具有"把谎话说得圆"的才能，很会利用似是而非的推断：第二件事是真实的，便推出第一件事也是真实的。典型的例子便是伪装成乞丐的奥德修斯在洗脚前告诉他的妻子，他曾经款待过奥德修斯，理由是他提起奥德修斯当时穿的衣服。他的妻子便推测出这个乞丐真见过奥德修斯。第二件事情奥德修斯当时穿的衣服确实如其所说，于是便做出这样的推断。亚里士多德随后又总结：一桩不可能发生而可能成为可信的事，比一桩可能发生而不可能成为可信的事更为可取；情节不应由不近情理的事组成；情

---

① ［古希腊］亚里士多德.诗学［M］.罗念生，译.北京：人民文学出版社，2000：26.

② ［古希腊］亚里士多德.诗学［M］.陈中梅，译.北京：商务印书馆，1996：168.

③ ［古希腊］亚里士多德.诗学［M］.陈中梅，译.北京：商务印书馆，1996：180.

节中最好不要有不近情理的事；如果有了不近情理的事，也把它摆在布局之外，而不应把它摆在主要情节内。[①] 但是如果采用了荒诞不经的事，那最好是使这样不合情理之事变得十分合乎情理，这就需要诗人的美化和掩饰，荷马具有这样的天才。亚里士多德把史诗能容纳不合情理之事归为两方面：观众不能亲眼所见和诗人撒谎美化艺术。

综上所述，在《诗学》中，亚里士多德主要对史诗情节构成、史诗诗人（叙述者）、史诗长短，以及事件的真实性等问题进行比较研究，并提出史诗戏剧化的要求与规定。结论很显然：悲剧艺术形式高于史诗。但亚里士多德唯独对荷马史诗艺术给予高度的赞扬，主要原因是荷马史诗是"戏剧化史诗"，可以与悲剧比肩而立。自此，西方史诗研究被深深打上了戏剧的印记，这似乎也成了西方史诗批评的导向和文人史诗创作的指南。从叙事学角度看，亚里士多德研究了史诗叙述中的多项要素，但更关注史诗的情节结构构成问题，而对作为叙述主体的绝大多数史诗艺人赞誉不多，除荷马之外，对类似编年史的史诗艺人更是表示极为不满。亚里士多德根据自己的诗学理想和当时的史诗实际情况提出了史诗应该戏剧化的理论主张。有机整体论无疑是其诗学核心思想。史诗的没落宣告史诗时代的终结，史诗被戏剧艺术取代，成为那个时代的独特的社会文化语境。书面经典化的荷马史诗逐渐被奉为典范，这也就奠定了西方史诗 20 多个世纪以荷马史诗为典范的研究传统。

（三）黑格尔的二元统一史诗观

亚里士多德的《诗学》是西方文学研究的源头。他的古典史诗理论直接影响了古罗马贺拉斯、朗基努斯、维吉尔等人有关史诗的研究与创作，经过漫长的中世纪的沉寂之后，文艺复兴时期，史诗研究得以重现，17、18 世纪史诗研究取得一定成就，出现了伏尔泰、弥尔顿和维柯等史诗研究的学者，但受到新古典主义及理性主义思潮的影响，研究并未有实质性发展。直到 19 世纪，涌现了赫尔德、歌德、席勒、黑格尔等学者，尤其是黑格尔对世界史诗进行了系统的比较研究，西方古典史诗理论研究可谓达到鼎盛时期。由于对上述学者的史诗理论无法逐一进行分析阐释，本书只选择古典史诗理论的集大成者

---

① ［古希腊］亚里士多德．诗学［M］．罗念生，译．北京：人民文学出版社，2000：90.

黑格尔为代表。

　　在批判继承亚里士多德诗学的基础上，黑格尔把史诗纳入自己的哲学美学体系中，在对比东西方史诗的基础上，以荷马史诗为典范，总结了史诗的一般性质、正式史诗的特征。黑格尔还梳理了史诗的发展史，认为史诗是内容与形式、一般与具体、客观和主观二元对立统一的有机整体。他站在哲学立场，通过对史诗与其他艺术类型进行外部比较，又从诗的内部把史诗与其他两种诗歌（抒情诗、戏剧体诗）进行比较，认为史诗就应是民族英雄史诗。这种多视角的比较使黑格尔的史诗观念具有权威性和总结性，但也具有一定的局限性。从叙事理论上看，黑格尔明确地提出史诗主要职责就是叙事的观点，将叙事与史诗紧密联系在一起，并奠定了书面经典化史诗叙述研究之理论基础。

　　1. 史诗一般性质

　　黑格尔明确指出史诗的职责：

　　至于史诗以叙事为职责，就须用一件动作（情节）的过程为对象，而这一动作在它的情境和广泛联系上，须使人认识到它是一件与一个民族和一个时代的本身完整的世界密切相关的意义深远的事迹。所以一种民族精神的全部世界观和客观存在，经过由它本身所对象化的具体形象，即实际发生的事迹，就形成了正式史诗的内容和形式。属于这个整体的一方面是人类精神深处的宗教意识，另一方面是具体的客观实在，即政治生活、家庭生活乃至物质生活的方式，需要和满足需要的手段。史诗把这一切紧密地结合到一些个别人物身上，从而使这一切具有生命，因为对于诗来说，普遍的具有实体性的东西只有作为精神生活的活生生的体现，才算存在。①

　　由此看见，黑格尔规定了史诗的职责，那就是叙事。怎样叙事及叙述什么样的事是黑格尔关注的焦点，也是他所谓正式史诗内涵。叙事的对象是一个动作（情节）的过程，不难看出，黑格尔直接继承了亚里士多德的史诗观点，史诗以一个动作（情节）为中心。从此段话，我们还可以看出黑格尔为史诗注入了民族性、战争性，强调了史诗事件必须是一个民族之大事，或一个时代之大事，即民族战争。他说："一般地说，战争情况中的冲突提供最适宜的史诗情境，因为在战争中整个民族都被动员起来，因为这里的动因是全民族作为

①　[德] 黑格尔. 美学（第三卷下册）[M]. 朱光潜，译. 北京：商务印书馆，1988：107.

整体去保卫自己。"① 战争叙事的主要兴趣在于英雄的"英勇",史诗最适宜这样的情境,黑格尔把史诗概念与民族战争联系在一起,于是在西方史诗为英雄史诗的观念就逐步确立起来,这也是黑格尔所谓"正式史诗"内涵之一。仅仅凭"动作"和"民族大事"两点不能构成真正的史诗,黑格尔继续丰富他的"正式史诗"的内涵性质:有机整体性、原始整体性、客观性是黑格尔接下来着重强调的正式史诗的性质。

黑格尔从目的和结果出发来比较史诗和戏剧,他认为戏剧和实践行动都要匆忙到达目的和结果,而史诗的世界在实现过程中以平静的步伐前进:

这样就便于我们在所发生的事情上流连,对事变过程中某些个别画面深入玩索,对描述的周密鲜明进行欣赏。全部描述的进展在它的客观形象之中就是连成一片的,但是这种连贯的基础和界限却由已定的史诗题材的内在本质来定,只是不把这种基础和界限明显指出来。②

黑格尔对史诗情节的节外生枝和联系松散进行了美学上的辩护,"流连""玩索"和"欣赏"这些词都带有明显的美学意味。史诗情节的节外生枝和联系松散并不是史诗的结构本质,史诗本身必须是一个有机整体。不难看出,黑格尔的有机整体性的观念源于亚里士多德,这种戏剧化史诗结构的观念对后世文学研究影响甚大。

原始整体性中,"原始"是"原始精神"之意,"整体"强调的是"不分裂"之意。在诗歌体裁分类内部,黑格尔认为史诗出现在抒情诗和戏剧诗之前,处在诗歌发展史上的最初阶段。原始精神是一种民族精神或宗教意识。史诗是一个民族的"圣经",是"一个民族精神标本的展览馆"。黑格尔辩证地说明了一个民族的原始精神要么熔铸成宗教经典,要么成为传唱的史诗,而宗教经典和史诗不必为一个民族全部拥有。与有机整体性的内涵不同,原始整体性中的整体表现在民族信仰和个人信仰、意志和情感融合在一起,还没分裂开来。这是一种朴素的刚刚觉醒的民族意识,感觉到自由和精神力量。但是到了追求自由和运用精神力量的时代,抒情诗和戏剧兴起了,这种原始整体性的分裂标志着史诗时代的没落,这也是黑格尔为诗排序之根据。

① ［德］黑格尔. 美学(第三卷下册)[M]. 朱光潜, 译. 北京:商务印书馆, 1988:126.
② ［德］黑格尔. 美学(第三卷下册)[M]. 朱光潜, 译. 北京:商务印书馆, 1988:107-108.

黑格尔认为史诗的客观性与史诗诗人有直接关系:"尽管史诗须客观地实事求是地描述一个有内在理由的,按照本身的规律来实现的世界,尽管诗人自己的观念方式还接近这个世界并且还能使自己和这世界等同起来,描述这个世界艺术品却还是他个人的一部自由创作。"① 黑格尔的观点很明显:史诗作品是由一个史诗诗人生产的,而不是民族集体,该观点立论之基础就是这部史诗作品是一部首尾连贯的有机整体。这种观点与史诗源于民间歌唱,后来由文人汇编加工而形成一部作品的观点(集体创作论)相对立,史诗的一人创作论和集体创作论的争辩在学界并没有停止。不过在 20 世纪,口头程式理论证实了荷马史诗源自口头,并且获得了学界的普遍认可。史诗诗人在诗中隐藏自己,不流露诗人自己的情感和思想,而是表现全民族的客观观照。无疑,该观点认为史诗只表现客观事实,有整一性的、内在联系的史诗作品只能是某一个人的整一精神的体现。因此,史诗诗人既是叙述者又是创作者,史诗的整一性源于诗人精神的整一性。诗人的隐退让史诗客观性突现,这对后世小说产生直接的影响。正如福楼拜对小说所做出的总结:作家在小说中应像上帝一样,处处存在,又处处不见。这成为经典叙事学研究的重点——小说中作家与叙述者之关系。史诗的客观性表现为史诗艺人在演述中不让自己的世界出现在其所要创造的世界中,也就如巴赫金所说的"绝对的过去"。

2. 史诗的本质特征

黑格尔在比较史诗、抒情诗以及戏剧诗后得出史诗的一般性质。在此基础上,他试图对所有正式史诗作品进行研究,目的是抽绎出史诗的本质特征。但黑格尔也遇到了困难,各民族各时代的史诗作品不仅数量极多而且差异极大,他采取了典型样例分析的方法来研究史诗的本质属性,以荷马史诗为范例,从 3 个方面总结了史诗的基本性质:史诗世界、史诗情节、前两者所形成的统一整体。

在真正的史诗事迹里要完成的因而要描述的并不是一件孤立的偶然的事,而是一件从时代与民族情况的整体中派生出来的动作(情节),所以只有把这个动作放在一个较广大的世界里才能把它认识清楚,在描述中也要求反

---

① [德] 黑格尔. 美学(第三卷下册)[M]. 朱光潜,译. 北京:商务印书馆, 1988:111.

映出这种结合在一起的实际情况。①

从这段论述中可见,史诗的 3 个基本性质的因素之间的关系已经被确立,史诗情节(动作)须在一个较大的世界中才能被考察清楚,史诗的世界是史诗情节产生的土壤和基础,史诗动作(情节)是史诗世界的一个部分,二者在史诗描述中得以统一为一个真正的整体。

(1)史诗一般世界情况。

适宜于史诗背景的世界一般具有以下特性:原始性、时代性、民族性、战争性等。首先,在人与自然、人与社会的关系中,原始生活风尚尚存于史诗世界。固定的、严格的道德法律等规章制度在史诗世界中还没有普遍生效,虽然对个人有一定的约束力,但个人还有凭主体的感情和意志去行动的自由。正义感、是非感、道德风俗、心情和性格是史诗世界的根源和支柱。我们在史诗中随处可见的程式化风格的对人物所用之器物不厌其烦的描摹,这在黑格尔看来是人与自然保持原始关系的生动表现。

凡是人在物质生活方面所需要的东西,例如居房和园地、帐篷、床、刀矛、航海的船、载人去打仗的车、烹调、屠宰、饮食等等,没有哪一件对人只是一种死板的手段,而是每一件都必使人感到其中有他的全部聪明才智,有他自己。所以本来是外在的东西因为和人有密切的联系而就打下了人的个性的烙印。②

黑格尔对这一点上的解释让我们对史诗中重复出现的器物描述行为不再厌烦,而且必须给予尊重。史诗《江格尔》中英雄出征前对套马、备马、马匹、马鞍、马鞭、武器等详细备至的描述就验证了黑格尔所言,每一个物件都是这个民族智慧的结晶,每一次叙述都是民族智慧的传承。一次次重复描述除了为现场演述创造时间外,还体现了史诗的原始风貌及其真正的文化内涵。

其次,史诗世界的时代就是英雄时代。英雄时代的特点就表现在英雄人物的性格上,英雄人物形象本身所具有的突出特点是自由的个性。这可以间接反映出一个社会现实,即在英雄史诗的世界里并没有强迫人们必须服从的

---

① ［德］黑格尔.美学(第三卷下册)［M］.朱光潜,译.北京:商务印书馆,1988:116.

② ［德］黑格尔.美学(第三卷下册)［M］.朱光潜,译.北京:商务印书馆,1988:118.

严格法律体系。黑格尔从历史发展的角度认为，这个英雄时代（史诗时代）是"中间状态"，其法律规章等还没有普遍生效，英雄们"服从是根据荣誉感，崇敬心，在能用暴力的强汉面前的羞耻以及英雄性格令人折服的力量等等"①。情感和道德习俗是勇士进行独立冒险的动力与根源。史诗世界不应局限于某一特定场所的特殊事迹，而应具有更加宏大的全景性。阿基留斯的盾牌上所刻画的生活场景弥补了战争场所的局限，让人们看到希腊生活的全景。

再次，史诗所反映的世界应有民族性。民族性主要体现在具有个性的民族精神中，具体表现在家庭生活、社会生活、需要、技艺、兴趣和习俗等方面。民族性的形成主要受自然环境和社会环境的影响。根据黑格尔的分类，我们很容易去为史诗划分种类：受地理自然环境影响而命名的史诗有"草原史诗""海洋史诗""雪域史诗""森林史诗"和"山地史诗"等；受社会等影响而命名的史诗有"英雄史诗""战争史诗""宗教史诗""婚姻史诗""迁徙史诗"和"创世史诗"等。根据马克思主义文艺观点，自然环境对史诗民族性的形成不是主要的，宗教、社会等精神意识是主要的因素，后者是民族性的主要体现。具有个性的民族精神是一个民族异于其他民族的根本所在。

最后，黑格尔认为战争冲突是最适宜史诗的。在英雄时代，战争是全民族的大事，战争中英雄的英勇行为既不适合抒情诗，也不适合戏剧，史诗最合适。"只有一个民族对另一个民族的战争的才真正有史诗的性质。"② 在西方，史诗就是英雄史诗的观念已牢固树立。然而并不是所有互相敌视民族之间的战争就有史诗的性质，黑格尔认为这种战争的理由："并不是出于主观私图或是奴役其他民族的动机，而是根据一种本身绝对的高度必然性，尽管表面的动机一方面像要侮辱对方，另一方面像要报复。"③ 黑格尔所谓的"高度必然性"是一种在世界历史中较高原则对较低原则的胜利，欧洲的文明对野蛮的亚洲、非洲乃至美洲的胜利就是一种高度必然性，是文明对野蛮的胜利，他认为欧洲才是文明的中心。从这种论调中我们不难看出，黑格尔是典型的西方中心论者。

---

① ［德］黑格尔 . 美学（第三卷下册）[M]. 朱光潜，译 . 北京：商务印书馆，1988：119.

② ［德］黑格尔 . 美学（第三卷下册）[M]. 朱光潜，译 . 北京：商务印书馆，1988：128.

③ ［德］黑格尔 . 美学（第三卷下册）[M]. 朱光潜，译 . 北京：商务印书馆，1988：128.

（2）史诗的情节。

关于史诗的情节问题，黑格尔提出了3个主要观点：首先，史诗的目的是动作情节的归宿，有具体性和客观性，要从某些个别人物身上获得它（目的）的生命，在史诗里以事迹的形式表现出来。动作和事迹都源于人物的内在精神意蕴，内在精神意蕴不仅表现于认识方式的思想感情，而且还要在实践中获得实现："第一是经过考虑而预订下来的目的，当事的个别人物对这目的的一般性质和后果必须有了认识，起了意志，抉择了它，决定为它负责；其次是周围的精神界和自然界的客观现实情况，人只有在这种客观现实情况里才能行动。"① 这样就使行动获得事迹的形式。可见，行动主要体现主体的性格、意图、责任感等主观性因素；而事迹除了动作外还体现其周围精神界和自然界的客观性因素。史诗就是以事迹的形式去叙述行动目的的。黑格尔区分了动作和事迹，着重强调了史诗的客观性。史诗的事迹所要实现的目的不能是抽象的，只能是具体的一个民族的实际生活情况。史诗的事迹和动作情节要有整一性。黑格尔对史诗的整一性要求很高，只有人物整一性和动作情节整一性协调一致并结合起来，才能形成真正的史诗。人物传记不能算作史诗，因为只有人物整一性，而没有动作情节的整一性。然而按照黑格尔的史诗观，很多编年史类型的史诗就不能算作真正的史诗了。

其次，史诗的客观性要求主要人物也具有客观性，这样客观性体现在人物特征的完整性："如果要使史诗人物特别是主角显出客观性，他们就要本身是许多特征的整体，是完整的人，从他们身上可以见出一般心灵的各个方面，特别是全民族的已发展出来的思想和行动的方式。"② 叙事是史诗的根本任务，事迹构成叙事的主要内容，人物性格的完整性就成为史诗叙事的主要任务之一。人物性格主要由人物所处的时代来确定的，英雄人物身上集中着该民族的许多英雄的品质，他成为这个民族的命运代表，对这个民族负责。黑格尔依此为荷马史诗中的阿喀琉斯的狂怒做了辩护：不能凭现在的道德伦理观点来责备阿喀琉斯，他是全希腊精神的体现。戏剧人物总是显示自己有力量去专心致志地实现行动目的，虽然史诗人物有行动目的和结果，但这并不是

① ［德］黑格尔.美学（第三卷下册）[M].朱光潜，译.北京：商务印书馆，1988：131.

② ［德］黑格尔.美学（第三卷下册）[M].朱光潜，译.北京：商务印书馆，1988：136.

史诗叙事真正的意图,反而阻碍史诗目的实现的各种偶然事件及困难却成了史诗叙事的重点。对《奥德赛》中各种各样还乡所遇到困难的深入分析,黑格尔看到了史诗和戏剧之间人物描述的细微差别:戏剧侧重于一个动作,而史诗侧重于事迹。《江格尔》的一个诗章就是一个完整的英雄事迹。

最后,史诗中客观现实事物对史诗动作情节有重要的意义。环境、偶然事故和人物主体意志一样在史诗中都同样发挥作用,前两者作为客观存在和后者共同构成了史诗整体。黑格尔认为史诗中也充满命运的必然性,命运的力量化为环境的力量,决定着人物的命运,人物成败取决于命运力量,而不是人物自己的意志等主观因素,据此黑格尔得出结论:"史诗在整体上总不免荡漾着一种悲哀的音调。"① 以荷马史诗为研究对象,得出这样结论并无异议,但推而广之运用到其他民族的史诗研究中,这个结论不免有以偏概全之嫌。蒙古族史诗《江格尔》就是一例反证,史诗中始终洋溢着一种乐观英雄主义情调,史诗都是以胜利大团圆为结局。关于史诗事迹必然性的表现形式,黑格尔主要讨论了两种类型:一是简朴式;二是综合式。简朴式主要叙述事迹,诗人不操纵神,不用神去干预、决定事件的进展;综合式是诗人把人类命运和自然现象、神的决断、意旨和行动完全交织在一起。黑格尔详细分析了人和神在诗中的关系后认为人的行动和神的行动在诗中保持各自独立的关系是最理想的事迹形式。这为他批评原始史诗和后世人工创造的史诗之间的本质区别奠定了基础,他指出:"荷马史诗所出自的那个文化教养阶段和题材本身还处在很好的和谐状态;而维吉尔的作品里每一行诗都令人想起诗人的观照方式和他所描绘的世界完全脱节了,其中神们尤其没有新鲜的生命。"② 可见,诗人和诗人所描绘的世界之间的关系是黑格尔关注的中心,看二者是否形成一个有机的整体。也由此可见,黑格尔对后世文人史诗并无好感,诗人会将自己的关照无形中注入那个不属于他的世界。最理想的事迹形式是英雄和神各自独立,而不是混战在一起。《江格尔》中神话因素也很浓,但神直接出现干预战争的场面不多,英雄本身具有一定的神性功能,如变身、特异功能,但英雄主要内涵是人的因素。从神与人关系考察,《江格尔》是传统的口传史诗,不是文人

① [德] 黑格尔. 美学(第三卷下册)[M]. 朱光潜,译. 北京:商务印书馆,1988:141.
② [德] 黑格尔. 美学(第三卷下册)[M]. 朱光潜,译. 北京:商务印书馆,1988:144.

史诗。

（3）关于史诗的整一性问题。

在讨论史诗的一般世界和动作情节的基础上，黑格尔接下来讨论了史诗作为统一的整体这个问题。他认为前两者因素必须有机结合才能形成一个史诗整体。

首先，史诗所要表现的与抒情诗和戏剧不同，是一切可以纳入人类生活的对象的整体，包括自然环境的整体（全貌）、神界整体、人物整体和精神生活整体。自然环境不仅表现动作发生的具体地点，还要概括自然环境全貌；神界整体包括对神的生活、作用和行动的看法；人物整体包括家庭生活、社会生活、和平与战争时期情况、道德风俗、人物性格和事迹等；精神生活整体包括内心的情感、目的、意图和理由等。这些内容必须形成史诗所必有的个别事迹，个别事件与其他材料交织而形成一个史诗整体。这个个别事迹就是史诗的出发点，事迹的情境从哪儿开始是一个十分重要的考量。这个观点的得出，黑格尔很好地参考了荷马史诗。

其次，旁生枝节是史诗展现方式的主要形式。旁生枝节不是毫无原则，而是起着暗中阻碍或促进情节发展的作用。戏剧情节进展主要因为人物性格作用，而史诗情节进展的强大动力源自周围环境情况，这是史诗与抒情诗和戏剧诗很大的区别。所以史诗的表现方式要多花些时间去描绘客观现实，从实现主要目的的过程中旁生枝节，因而有机会把全部世界情况展现出来，这种方式是史诗式的。

最后，史诗是自由的、本身完满的艺术整体，通过这种整体来描述一个独立自足的世界。黑格尔承认："在真正的原始史诗里主要任务并不在对各个部分的设计和组织，穿插故事的安排和完满性之类问题进行审美判断，因为在原始史诗里压倒一切的因素是这种民族圣经里所表现的世界观、宗教信仰，总之，内容丰富的意蕴。"[①] 史诗的"整一性"与戏剧"整一性"不同，戏剧更注重情节结构的安排与设计，而史诗的整一性要靠两个方面：一方面，动作情节要自我完满；另一方面，动作进展中所涉及的客观世界要展现出来。因此史诗更注重整个民族的世界观，史诗所要叙述的就是全部世界观的客观实际情

---

① ［德］黑格尔.美学（第三卷下册）[M].朱光潜,译.北京:商务印书馆，1988:162.

况，要在具体的动作情节找到史诗整一性的中心点。

3. 史诗的发展观

黑格尔是从建筑、雕刻、绘画、音乐等艺术类型发展的历程来观照史诗发展的，艺术发展历程主要经历了象征型、古典型和浪漫型 3 个阶段。他认为正式史诗也有 3 个重要发展阶段：象征型史诗，印度史诗是中心；古典型史诗，荷马史诗为典范；传奇型史诗，中世纪的基督教各民族的半史诗半传奇故事式诗歌为主。最后，正式史诗被近代小说所取代。可见，黑格尔是在整个艺术史的大背景下研究史诗的发展史的，而史诗本身的发展历程似乎就是艺术发展历程的浓缩，他认为古典史诗是真正的史诗，达到史诗的顶峰，之前和之后的史诗都无法与之媲美。不难看出，关于史诗发展观，黑格尔带有明显的套用痕迹，即把史诗发展按照整个艺术发展类型来处理，这不免给人生搬硬套之感。他站在世界史诗大背景下研究史诗是值得肯定的，但他没有考虑不同民族的史诗有不同的发展阶段和存在形态。他唯荷马史诗独尊的行为与亚里士多德如出一辙，这对整个史诗研究产生不良影响。

正因如此，黑格尔对东方史诗的论述充满偏见。其一，他认为在东方只有印度和波斯才有真正的史诗，不过都很粗枝大叶；其二，称中国人没有民族史诗，原因是中国人散文式思维和独特的宗教观点。黑格尔的"中国人无民族史诗"的观点早已不是谈资，事实证明，中国不仅有史诗而且藏量丰富，种类繁多。仁钦道尔吉认为："我国是一个史诗蕴藏量极为丰富的国家，约有各类史诗数百部之多，它们分布于我国少数民族地区。"[①] 中国不仅有史诗而且类型丰富，包括英雄史诗、创世史诗和迁徙史诗等，这极大丰富了世界史诗的种类和内涵。我国民俗学专家钟敬文在《史诗论略》中认为："史诗，是民间叙事体长诗中的一种规模比较宏大的古老作品，它用诗的语言，记述各民族有关天地形成、人类起源的传说，以及关于民族迁徙、民族战争和民族英雄的光辉业绩等重大事件，所以，它是伴随着民族的历史一起成长的，从某种意义上说，一部民族史诗，往往是该民族在特定时期一部形象化的历史。"[②] 显然，钟敬文不仅把史诗作为一种文学体裁，更把史诗看作重要民间文化信息的载

---

① 仁钦道尔吉，郎樱. 中国史诗 [M]. 南京：江苏凤凰文艺出版社，2017：3.

② 赵秉理. 格萨尔学集成（第一卷）[M]. 兰州：甘肃民族出版社，1990：586.

体。

综上所述，从柏拉图、亚里士多德到黑格尔，以书面经典化的荷马史诗为研究典范的西方古典史诗理论逐步形成，并成为衡量世界其他史诗的标准。古典史诗理论既有揭示史诗叙述规律的真知灼见，但也存有一定的局限和狭隘。下面对西方史诗理论进行总结，以便为整个口传史诗叙述研究提供比较和参考。

第一，西方古典史诗理论是以书面经典化的荷马史诗为研究典范。荷马史诗在公元前 6 世纪末已经是家喻户晓的"经典"。无论柏拉图、亚里士多德还是黑格尔，他们的史诗观都建立在研究荷马史诗基础之上。书面经典化史诗是口传史诗在发展过程中逐渐形成的文本形态，但不是所有史诗所必须经历的阶段。

第二，西方古典史诗理论深受有机整体论思想影响。有机整体论思想是人们对艺术与自然关系的理想化表达，是亚里士多德重要的诗学思想。据此，在《诗学》中，亚里士多德首先提出史诗应戏剧化的理论主张，这对史诗研究产生了极大影响。黑格尔继承并发展了该理论，并对史诗一般性质、本质特征以及发展历程进行总结与归纳，总结了史诗的原始性、客观性、整一性等特征。

第三，在西方，史诗就是英雄史诗的观念一直延续。把史诗作为英雄史诗一直是西方古典史诗研究的总体思路，这与我国对史诗的看法不同，不可否认英雄史诗是史诗最主要的类型，但还有创世史诗和迁徙史诗等。

最后，西方古典史诗理论充满西方中心论思想。我们认真总结不难发现，西方古典史诗理论具有唯荷马史诗独尊、以欧洲史诗为中心的观念。今后，国际史诗学研究应打破这些中心论思想，应在史诗整体发展的大背景下，对不同阶段的史诗形态和史诗理论进行认真研究与辨析，这样才能对史诗有较客观科学的认识与理解。

二、民间故事化史诗叙事论

18 世纪末 19 世纪初兴起的浪漫主义文学思潮促进了西方民间故事的搜集、整理、发表和研究工作。浪漫主义作为一种文学思潮和运动，过早就结束了自己的历史使命——对抗僵化和机械的新古典主义，但作为一种"眼睛向下"的研究方法,客观地讲,其对民间文学发展的贡献是极大的。斯蒂·汤普森在《世界民间故事分类学》前言中指出:"民间故事作为一种重要的艺术,活跃于人类大多数种族当中,并为一切文学叙事形式奠定了基础。"① 民间故事是一切文学叙事形式的基础或原型,这种观念即是对叙事文学发展历史的总结,亦可从现存叙事文学来证实,史诗、戏剧、传奇和小说等文学体裁都以单个或多个民间故事为内核。面对通过各种方法手段从世界各地收集来的大量的庞杂的故事,对民间故事的分类整理与研究就十分必要,西方主要形成了三种民间故事研究方向:其一,对故事材料进行分类整理研究,使庞杂的世界民间故事变得有序,如地理-历史学派和 AT 分类法;其二,注重口头叙事结构与方法研究,如俄国维谢洛夫斯基的叙事诗理论和普罗普的故事形态学;其三,把民间故事还原为历史事件的研究。前两种的研究成果突出,世界影响较大。史诗是长篇叙事诗。学者们对荷马史诗或印度史诗源于民间口头传统虽有争议,但中世纪英雄史诗首先在民间口头流传后来才被文字记录下来是学界一致意见,这就使得把英雄史诗纳入民间故事研究行列显得极为自然。用民间故事研究法来研究史诗,就形成了故事化史诗研究理论,这主要表现为对史诗叙事结构和母题的研究。德国学者海西希教授对蒙古英雄史诗的分析与研究就是运用民间故事的母题和结构类型方法。我国著名史诗研究专家仁钦道尔吉在此基础上提出"母题系列"概念,并总结了《江格尔》的叙事结构类型。

(一)维谢洛夫斯基史诗理论

"俄罗斯比较文学之父"亚历山大·尼古拉耶维奇·维谢洛夫斯基(1838—1906)毕生致力于构建科学的总体文学史。"科学的"含义表现在他研究总体文学史所运用的方法上,即以实证为基础的研究文学过程的历史比较方法,其目的是研究各民族文学在统一的世界文学形式的形成过程中相同或相似的东西,从而揭示出世界文学形成和发展的规律性,构建世界总体文学史,这形成他的历史诗学体系:"混合艺术"说、情节诗学、诗歌语言风格论、诗人论。这个体系中,叙事诗是其诗学研究重镇,史诗作为长篇叙事诗,是讨论的重

---

① [美]斯蒂·汤普森.世界民间故事分类学[M].郑海,译.上海:上海文艺出版社,1991:2.

点。从叙事学视域看，维谢洛夫斯基着重研究了叙事诗的起源、母题与情节、叙事时间、叙述者、叙事话语（诗歌语言）等要素。

维谢洛夫斯基认为："混合艺术"是有节奏的舞蹈动作同歌曲音乐和语言因素的结合。简单即兴歌词是最初的语言因素，随着一些仪式和祭祀活动的加入，领唱者的作用突显出来，他们吟诵或领唱主题故事，问答对话也随之出现，领唱、独唱、吟诵、歌队合唱对话交替出现，逐步构成混合艺术的组成成分，除去音乐和舞蹈动作的因素，这就形成了原初的抒情叙事诗歌。叙事诗就是从混合艺术体中逐步分离出来的艺术形式，并形成比较稳定的叙事模式和风格。混合艺术思想观念其实是一种整体论思想，舞蹈、音乐、语言、主题等作为混合艺术的组成部分存在，随着历史发展，这些部分逐渐分离并形成单独的艺术种类。

维谢洛夫斯基通过对叙事诗母题和情节研究，构建了情节诗学。母题和情节是叙事文学作品的基本构成元素；情节的模式形成于远古时代的生活方式与文化习俗；母题是最简单的叙事单位，源于混合艺术体；母题的组合形成情节。

维谢洛夫斯基对叙述主体（歌手）进行了较深入的研究和细致的分类，对歌手研究时，往往把他们所属时代、社会文化环境以及前辈歌手的传统等进行综合比较分析。他认为从混合艺术整体中分化出吟唱传统的歌手，分化的方式和分化后组成的形式是极其复杂的，但基本的规律是由混合型传统歌手向专业化和职业化歌手发展，即叙述主体是由歌手向诗人过渡："分化是以分组聚集的方式完成的，积淀于氏族的、等级的、行会职业的形式而这种职业创造的流派，缩小和保全了传统，提炼和加工了流传下来的风格技巧和节目组成。"[①] 歌手是代代相传诗歌的演唱者，传统歌手随着社会历史的发展也出现了分化，其中曲艺歌手和说唱艺人是处于分化开端但还没有专业化的歌手，他们能演唱的节目很多，节目的综合性较强。较早出现的专业化歌手是歌颂英雄战绩武功的歌手，他们是氏族大事记忆的保持者，是显贵家族谱系的知情者，能用竖琴弹唱古老往事为酒宴助兴，能歌唱祖先的英勇事迹以激励族人，他们社会地位较高，处处受到尊敬，过着客居流浪的生活，收取恩赐封赏。

① ［俄］维谢洛夫斯基. 历史诗学［M］. 刘宁，译. 天津：百花文艺出版社，2003：408.

侍卫歌手是其中较为特殊的一种，除了能完成君王贵族所交给的重大军事任务外，侍卫歌手独有的本领是还能说会唱。《江格尔》中最好的例子就是美男子明彦，他身上具有侍卫歌手的典型特征，既能歌唱，又能外出征战。

随着封建时代的到来，职业化歌手出现，对其称呼也多种多样，如民间歌舞演员、戏子、优伶、小丑、流浪歌手、江湖艺人，流浪歌手最终获得社会的普遍承认：

> 他记得各种咒语，魔法巫术，并利用他们来保护自己；人们把他当作巫医，即请他治病，又怕他作祟。他演唱，逗乐取笑，靠乞讨为生；谁供养他，讨好和羞辱他，他就追随谁，不论什么人，只要环境合适，包里有钱就行。他靠游手好闲干活赚外快，没有职业就是他的职业；他不受人尊敬，不享有任何权力，被人蔑视，却继续不断有人召请他。①

从这段话可见，出身卑微成为歌手显著的身份特征，侍卫歌手所具有的尊荣已经消失了。除了侍卫歌手、流浪歌手外，维谢洛夫斯基将其他领域的歌手分为3个职业集团：宗教仪式传统歌手；宫廷侍从歌手；短篇叙事诗歌手。在爱尔兰短篇叙事中，歌手被称为游吟诗人。在这些歌手的混合体中逐渐形成了个体创编的诗人——行吟诗人。"诗人一词来源于积淀、构成、造型，其本义为为本人的或他人的诗歌的建造者，造型者，就像吟唱诗人所吟唱的诗篇，其实是他所编织的一样。"②维谢洛夫斯基通过对"诗人"一词的语义学研究，揭示诗人具有"积淀""构成""造型"的内涵，诗人从歌唱传统到编织个体诗歌的发展过程正是叙述主体由集体向个体的发展历程。

（二）普罗普故事形态学

俄罗斯民间文艺学家弗·雅·普罗普的《故事形态学》和《神奇故事的历史根源》构成了其学术研究系列，研究神奇故事的形态结构以及形成的历史根源。普罗普在歌德有机整体论哲学思想的影响下，发展了维谢洛夫斯基的母题理论，认为最小的叙事单位不是母题，而是角色的功能，提出了功能主义理论。通过对阿法纳西耶夫故事集中100个俄罗斯神奇故事的结构形态系统研究后，普罗普总结出了7种角色和31项功能项，他认为这100个神奇故事

① ［俄］维谢洛夫斯基．历史诗学［M］．刘宁，译．天津：百花文艺出版社，2003：416.
② ［俄］维谢洛夫斯基．历史诗学［M］．刘宁，译．天津：百花文艺出版社，2003：422.

的结构具有神奇的一致性,并把这一结构规律用俄文字母写成公式:

$$ABC \uparrow \text{Д}\Gamma ZR \left\{ \frac{\text{Á}}{\text{Ç}} K \frac{\text{Ï}}{\text{p}} \right\} \Lambda \downarrow \Pi\text{p-Cn}X\Phi YOTHC^{*①}$$

普罗普认为任何一个神奇故事的结构都包含在这一公式内。需要说明的是,并不是所有故事的结构都如此,只对神奇故事有效,这是通过对 100 个神奇故事的结构研究而总结出来的规律;该公式绝不意味着每一神奇故事的结构都具有 7 种角色和 31 项功能,而只是具有该公式的一部分角色和功能。相较于数量和分类,普罗普着重强调的是神奇故事结构顺序一致性,这一学术成果对结构主义叙事学产生直接影响。

在把史诗与神话比较后,普罗普认为史诗的基本特征不是其历史精神,而是为民族的理想英勇斗争的精神。国家出现前,史诗的源头是神话,几乎没有什么历史内容,典型的情节是英雄娶亲和勇斗妖魔。史诗中妖魔形象是由神话中的主人公神灵形象转变而来,原因是随着驾驭自然能力的增强,人类逐渐从神灵崇拜中解放出来,家庭的社会力量突显并取代了氏族。普罗普的推断得到英雄史诗专家梅列金斯基的认可:"在史诗起源的基本理论方面比较有价值的当属日尔蒙斯基和普洛普。两位学者均是采用历史类型比较的研究方法来诠释史诗的起源问题的。"② 普罗普关于史诗产生背景的分析主要受到他的另一部著作《神奇故事的历史根源》的影响,虽然具有一定的主观性,但这掩盖不了普罗普对民间故事叙事结构研究的贡献,罗伯特·休斯评论道:"普罗普就叙事文学的性质交给我们大家一些基本的东西。他教我们分析情节功能和人物角色时注意它们之间精确的和细致的相互联系。因此,他的研究已经成为后来一批理论家——尤其是格雷玛斯、柏莱蒙德和托多罗夫——的一个出发点。"③ 这也就明确了俄罗斯 100 个神奇故事的角色与功能之间所具有精确而细致的联系,而且这些故事结构具有惊人的一致性。这种字母公式为文学叙事研究做了铺垫,格雷玛斯、柏莱蒙德和托多罗夫等叙事学家也

① 李国德.论歌德对普罗普故事结构研究的影响[J].俄罗斯文艺,2018(1):34.

② [俄]E.M.梅列金斯基.英雄史诗的起源[M].王亚民,译.北京:商务印书馆,2007:10.

③ 美]罗伯特·休斯.文学结构主义[M].刘豫,译.北京:生活·读书·新知三联书店,1988:105.

都纷纷用字母公式来表达文学叙事研究,普罗普被许多学者称为叙事学奠基人是有一定道理的。其实普罗普的真正贡献不在于发现这一复杂的结构公式,而是他研究文学作品情节结构的数理统计方法,以及用字母公式来表示结构顺序独特做法。

从民俗学视角看,口传史诗是民间文学的重要文类,与神话、故事、寓言等一样在民间广为流传。研究民间故事主要有神话学、结构主义、母题学、主题学、类型学等理论。研究主要以大量的多样化的书面化文本①作为具体分析对象,重点研究故事的结构、母题、原型及其流变,这对完善人类文化的整体研究具有重要的意义。因此,用研究民间故事的方法和理论来研究口传史诗是可行的,但只限于史诗的情节、结构、母题、人物等个别叙述要素上,而不能对整个口传史诗的叙述交流活动进行研究。

三、口头程式理论

口头程式理论缘于荷马问题的研究。哈佛大学古典学者米尔曼·帕里为了验证自己关于荷马史诗源自口头诗歌的假设而亲自去南斯拉夫研究现存的活态口头诗歌,他不仅验证了自己的假设,即荷马史诗源于口头史诗,而且发现了大量活态史诗存世,他对这些活态史诗进行了研究,提出了程式概念。其弟子艾伯特·洛德继承帕里开创的事业,创立了帕里－洛德理论,即口头程式理论。从广义叙述学来看,《故事的歌手》是一部以研究叙述者为主的经典著作,该著作的出版宣告了口头程式理论诞生。自此,口头程式理论闻名于世,成为20世纪以来最有影响力的世界史诗学理论。民俗学家阿兰·邓迪思在《〈口头程式理论:帕里－洛德理论〉·编者前言》中对口头程式理论进行了客观的评价:史诗歌手的每次演唱都是与以往不同的重新创作,他们利用从传统程式中所抽取出的某个择选,来填充整个主题空间中每个转折当口的空位。该理论的意义和价值远远超过了当初的预期,不仅成功地解决了荷马史诗源自书面还是口头之争的问题,还具有方法论意义,即创建了关于现存活态史诗研究的田野作业－文本研究相结合的方法。

口头程式理论研究的重点内容是叙述主体的创编和演述:"对于口头诗

---

① 书面化文本是相对于口头文本而言,主要包括文字化文本和书面经典化文本。

人来说，创作的那一时刻就是表演。在书面诗歌的情形中，创作与表演、阅读有一条鸿沟；在口头诗歌中，这条鸿沟并不存在。因为创作与表演是同一时刻的两个方面。"[1] 不难看出，歌手表演过程也就是诗歌创编的过程，口头史诗艺人在表演和创编过程中最关键的因素是"程式"。

口头程式理论对"程式""程式表达"等概念做出了阐释："程式"指的是在相同格律条件下为表达一种特定的基本概念而经常使用的一组词。"程式化表达"[2] 指的是以程式模式来建构的一行诗或半行诗。"程式"是帕里-洛德理论的核心，通过对故事歌手从练习到独自演述再到成熟的全过程研究，洛德阐释了口头史诗是如何产生以及何以产生的问题。熟练地运用"程式"是成熟的歌手的标志，当歌手演唱时，"程式"能为他赢得宝贵的创编时间。"最稳定的程式是诗中表现最常见意义的程式。这些程式表示角色的名字、主要的行为、时间、地点。"[3] 洛德在程式这一章的结尾处讨论了程式的起源、发展与保存以及其实用价值和美学价值等问题。他认为程式的起源绝不仅仅是为了创编，成为创作的一种手段，而是对一些重要的重复的词语碎片的保存，这些重复词语具有一种力量。洛德从实用的立场肯定地指出，程式是歌手在创编诗歌时的快速反应行为，此时，歌手无暇顾及程式的核心意义和美学价值。洛德总结了程式与叙述之间的关系：程式和程式群，不论其大小，都服务于一个目的，那就是为这种讲述提供一种手段。程式是叙述的手段，叙述是程式的目的，二者之间关系在史诗中结合得十分紧密，这种叙述可称之为程式化叙述。在口传史诗的叙述中，史诗艺人掌握程式的程度与数量是其成熟与否的标志。当熟练掌握程式后，史诗艺人就可以长时间不间断自由地演述史诗了，这并不是死记硬背或照本宣科所能达到的效果。因此，程式化叙述是活态口传史诗十分突出的叙述特点。

史诗中经常重复性出现一些事件和语段，它们组成意义群，口头程式理论称之为"主题"，洛德用一章的篇幅来讨论这个问题。这主要是因为主题与程式都是史诗叙述的关键性因素。主题对史诗叙述的整个逻辑起到很大的牵

---

[1]　[美]阿尔伯特·贝茨·洛德.故事的歌手[M].尹虎彬，译.北京：中华书局，2004：17.

[2]　[美]阿尔伯特·贝茨·洛德.故事的歌手[M].尹虎彬，译.北京：中华书局，2004：5.

[3]　[美]阿尔伯特·贝茨·洛德.故事的歌手[M].尹虎彬，译.北京：中华书局，2004：46.

引作用:

一个主题牵动另一个主题,从而组成了一支歌,这支歌在歌手的脑海里是作为整体而存在的,具备亚里士多德的开头、中间和结尾,在这一整体中叙事单位、主题群则具有了他们自己的半独立性。口头诗歌中的主题,它的存在有其本身的理由,同时又是为整个作品而存在的。①

一个主题的结果会引发下一个行动,一部史诗就是由这些主题组合在一起而构成的,主题是为作品而存在。洛德很好地发挥了亚里士多德的有机整体论思想,史诗作为一个观念整体而存在,史诗艺人在头脑中形成史诗整体是十分重要的环节,即大脑文本,这是口头文本的基础。史诗整体由多个主题组合而成,主题与主题组合在一起形成史诗整体。但主题并不是一成不变的,洛德总结了主题性质:发展变化性;不一致性;适应性。每个歌手主题的产生既可能来自歌手学习过程中的积累,也可能源自演唱实践中灵光突现。歌手演唱生涯中所掌握的同一个主题随时间和阅历的变化而变化。同一主题具有明显的不一致性:同一史诗由不同歌手演唱会出现不一致;一个歌手在不同时期演唱同一史诗主题也会出现不一致;根据一个歌手的同一史诗印出来(记录下来)的文本和口头传统文本不一致。主题的不一致性也是口传史诗叙述的一个十分突出的特征,但史诗结构框架相对于主题是较稳定的,这是史诗传承的基本原则。

各类主题还具有适应性。歌手根据演唱实际需要对主题采用多种形式,甚至可以重新创作这一主题,主题不是单独存在的,而是为作品而存在的。小主题组合成大主题,大主题形成主题群。这就涉及一个重要的问题,史诗众多的主题是如何排列组合成一个有机整体的:"这些主题群的组合,是由叙事的逻辑和约定俗成的联系力量,内聚到一起的。"② 口头史诗虽然不能像书面文学那样有强大的逻辑性,但口头史诗组合也具有一定逻辑因素和较强的习惯性。主题之间组合可以呈现线性的叙事逻辑关系,也可以呈现非线性的习惯性联系。史诗习惯性的组合的力量被洛德称之为可感觉到的"潜隐的张力"。

---

① [美]阿尔伯特•贝茨•洛德.故事的歌手[M].尹虎彬,译.北京:中华书局,2004:135-136.

② [美]阿尔伯特•贝茨•洛德.故事的歌手[M].尹虎彬,译.北京:中华书局,2004:139.

洛德研究了南斯拉夫史诗中一个被俘的英雄返回的主题群,一个欺骗的故事和相认的场景的主题几乎都能在这类史诗歌中出现。洛德认为这种非线性的主题组合的潜隐的张力是源于传统的。这些主题有时并不是史诗的主要主题,但却是歌手和听众所熟悉的,因为这是传统的一部分。亚里士多德认为史诗较能容纳不合情理之事,或有人认为史诗结构松散,这在一定程度上都与史诗的这种非线性主题排列有关。把这些主题群排列到大的排列组合的主题中,显然有旁生枝蔓、拖沓烦冗之感,但这就是口头史诗所独有的叙述魅力,这是对传统的继承。如果史诗叙述者对这些主题弃之不用,那就是对传统风格的丢弃,这样就不能真正了解口头史诗的文化传统内涵。

美国密苏里大学口头传统研究中心的约翰·迈尔斯·弗里教授是当代口头程式理论的大家,他的《口头诗学:帕里-洛德理论》(1988)、《传统口头史诗:〈奥德赛〉〈贝奥武甫〉和〈塞尔维亚-克罗地亚归来歌〉》(1990)、《永恒的艺术:传统口头史诗的结构与意义》(1991)、《表演中的歌手》(1995)等著作是运用口头程式理论对史诗研究的实践性成果。然而,除了《口头诗学:帕里-洛德理论》被朝戈金汉译外,其他几部作品的翻译和研究都有些滞后。

口头程式理论是继西方古典史诗理论后影响最大的史诗学理论,不仅打开了活态口传史诗研究之门,而且对世界各地丰富多样的口头传统的研究也产生了巨大的影响,这远远超出了文学研究的范围,而进入更广阔的跨学科研究领域。

但口头程式理论也存有一定的局限性,阿兰·邓迪思总结为 3 点:其一,重视叙述主体和叙述文本的研究,而忽视了对听众或观众的关注;其二,口头程式理论的一个主要缺陷是它从一部史诗中找出传统程式所呈现的特征过程正是一个过于机械式的过程,是形式主义和结构主义的一个变种;其三,该理论对于口传史诗的研究价值无需质疑,而推而广之到对整个口头传统的民俗现象的研究值得深思。[①] 邓迪思的总结具有一定的道理。口头程式理论研究中对叙述者和文本这两种叙述要素重视而对受述者忽视,这会导致对整个叙述交流活动的整体研究产生影响。至于批评口头程式理论为形式主义或结构

---

① [美]约翰·迈尔斯·弗里.口头诗学:帕里-洛德理论[M].朝戈金,译.北京:社会科学文献出版社,2000:38-39.

主义的一个变种就有不切实际之嫌，口头程式理论寻找程式的方法与形式主义或结构主义寻找结构规律的方法只是相似而已，不能将口头程式理论归为后两者的变种。对于口头程式理论并不是放之四海而皆准的真理的提醒，邓迪思做得很及时，口头传统像大海一样广博无涯，而口头程式理论毕竟源自对活态口传史诗研究的阶段性成果。

史诗作为一种叙述艺术早已存在，对史诗的叙述研究始于古希腊时期。古典史诗理论是以书面经典化的荷马史诗作为研究对象，其实质是一种戏剧化史诗理论；18 世纪末到 19 世纪，人们把史诗作为一种民间故事来研究，出现了故事化史诗研究理论；直到 20 世纪，帕里－洛德理论诞生，西方史诗研究才开始真正转向，口头程式理论突破书面经典化史诗的研究范围，以活态的口传史诗为研究对象，这为国际史诗研究提供了新的范式、方法和理念。由此，我们可以推断口传史诗最初形态就是口头的，文字符号产生后才有书面化史诗。活态口传史诗是史诗的"活化石"，在一些地方和民族中仍然在活态传承，中国三大史诗就是如此，对这些活态史诗的叙述研究十分必要和迫切。

综上所述，通过对西方史诗研究理论的梳理与分析不难发现，西方史诗研究始于口转史诗的书面经典化阶段，而 20 世纪才开始对口传史诗的原初口头形态进行研究，史诗研究与史诗自身发展的轨迹呈相反态势，这样研究就不免会产生一些问题与矛盾。古典史诗理论主要是建立在书面经典化史诗基础之上；故事学理论的主要研究对象是民间故事，主要涉及了母题、结构等史诗叙述要素的部分内容；口头程式理论主要建立在活态口头史诗研究基础之上，侧重于叙述主体（故事歌手）和文本的研究。由此可见，西方史诗研究集中在书面经典化史诗和活态口传史诗这方面，而对口传史诗的口头－文字并存时期的文字化史诗的研究还没有足够重视，更为重要的一点是，学界还没有把口传史诗作为一个叙述交流活动的整体来系统研究。这是本书为之努力的方向。本章从口传史诗整个发展阶段的宏观视角出发，对西方史诗理论进行了叙述学视角的梳理与总结，为下面深入研究口传史诗的叙述活动特征及各叙述要素进行铺垫。

第二章

口传史诗叙述特征

　　口传史诗作为一种古老的叙述艺术,经历了不同发展阶段,存有多种文本形态,对其叙述特征的把握具有重要意义。从广义叙述学来看,口传史诗叙述特征主要有三:其一,口传史诗以叙述交流活动为本质特征;其二,口传史诗叙述是演示类叙述;其三,口传史诗的叙述是"两次叙述化"的相互转化过程。

一、叙述交流活动

(一)叙述内涵

　　"叙述"内涵的重新界定是广义叙述学产生的一个背景。美国叙述学家杰拉德·普林斯在2003年新版的《叙述学词典》(*A Dictionary of Narratology*)中重新定义了"叙述"(Narrative):由一个、两个或数个(或多或少显性的)叙述者向一个、两个或数个(或多或少显性的)受述者传达一个或更多真实或虚构事件(作为产品和过程、对象和行为、结构和结构化)的表述。所谓重新定义就是改动了一个词,把旧版(1987年版)的"重述"(Recount)改为了"传达"(Communicate)。[①] 这个动词的改动意味着杰拉德·普林斯叙述学观念的转变,脱离了亚里士多德以来"叙述"必须是关于"过去的"的观念的束缚,这标志着叙述学的一个重要转折,即由经典(后经典)叙述学进入了广义叙述学。"叙

---

① [美]杰拉德·普林斯.叙述学词典[M].乔国强,李孝弟,译.上海:上海译文出版社,2016:3.

述"内涵由"重述"到"传达"的转变，其重要意义在于将戏剧、电影、游戏等原不属叙事学研究范畴的叙述类体裁纳入广义叙述学研究的范围。本书的研究对象口传史诗也应理所当然地归为广义叙述学的研究范畴。

玛丽－洛尔·瑞恩对叙述内涵的要求较为苛刻，认为叙述文本必须满足以下3点：一个叙述文本必须创造一个有人物和物件的世界；此文本世界必须经历意外或人为的非常规事件；此文本必须允许在叙述周围重构一个目的、计划、因果的解释网络，这个网络给予叙述中的物理事件一致性与可理解性，从而把这些物理事件变成情节。[①]

而瓦尔特·菲歇的定义似乎走向另一个极端：叙述是具有序列的符号性行为、词语或事件，对于生活在其中的人，创作的人，以及解释的人，具有序列性和意义。[②] 这个定义强调了叙述的序列性和意义向度，但叙述的内容要求降低至仅有行为甚或词语即可，更没有提出事件顺序的要求。这与瑞恩的定义正好形成两个极端：瑞恩要求事件必须是非常规的事件，而且事件是叙述的最主要的元素之一。

赵毅衡对二者关于叙述的定义做出了批评，在综合比较玛丽－洛尔·瑞恩、瓦尔特·菲歇等人关于叙述定义的基础上，他从符号学视角提出了叙述的底线定义："一个叙述文本包含由特定主体进行的两个叙述化过程：（1）某个主体把有人物参与的事件组织进一个符号文本中。（2）此文本可以被接收者理解为具有时间和意义向度。"[③] 他为叙述下的底线定义纠正了玛丽－洛尔·瑞恩和瓦尔特·菲歇关于叙述定义的不足，强调了叙述文本的形成过程以及满足叙述需要的底线条件。从符号学来看，叙述实际上就是人类用言语进行交流的一种方式："叙述指的是将叙述内容作为信息由信息发送者传递给信息接受者的交流过程。"[④] 可以看到，在符号叙述学中，信息发送者对应叙述主体，信息接收者对应叙述接受主体，信息对应叙述内容，信息传递过程对应叙述交流活动。广义叙述学重视叙述交流活动的过程。一个完整的叙述交流过

---

① 赵毅衡. 广义叙述学 [M]. 成都：四川大学出版社，2013：6.

② 赵毅衡. 广义叙述学 [M]. 成都：四川大学出版，2013：7.

③ 赵毅衡. 广义叙述学 [M]. 成都：四川大学出版社，2013：7.

④ 谭君强. 叙事理论与审美文化 [M]. 北京：中国社会科学出版社，2002：11.

程分别由叙述主体和接收主体共同完成,这就形成了两次叙述化过程,这也是叙述文本的形成过程。因此,广义叙述学与重点研究书面文本的经典叙述学的研究范式、研究方法和研究对象有本质的区别。

人物卷入行动是广义叙述学对"叙述"的一个最基本要求。"有人物参与的变化"是形成叙述最低要求,这是区别叙述文本与符号文本的根本所在。著名的叙述学家格雷玛斯和赫尔曼要求人物必须卷入复杂的行动,后者还要求行动必须有明确的目的。赵毅衡对行动论和目的论的苛刻要求进行了批评,他认为:事件只要是"有人物参与的变化"即可满足叙述的要求。他关于叙述的底线定义主要强调了人物参与的重要性:

人物(人,以及拟人)是叙述绝对必需的要素,不然叙述与陈述无从区分,如果呈现无人物事件变化的各种陈述,例如实验报告、生理反应、机械说明、化学公式、宇宙演变、生物演化、气象观察记录等等也能视为叙述,叙述研究就失去了最基本的形态,我们就无法讨论叙述的一系列本质问题。①

判断叙述与陈述的区别主要就是看是否有人物的参与:有人物(包括拟人化事物)参与的事件才能被称为叙述,没有人物参与的事件只能是陈述,因为有人物参与的事件才具有社会伦理的"意义向度",这是文学艺术的叙述与其他科学陈述的主要区别。

叙述最简定义看似简单,实际上却包含着复杂的两次叙述化过程:"某个叙述主体把人物和事件放进一个符号组成的文本,让接受主体能够把这些有人物参与的事件理解成有内在时间和意义向度的文本。"② 第一次叙述化是叙述者向受述者传递信息,第二次叙述化是受述者对信息的接收和理解。这其中涉及叙述主体、人物、事件、发送符号文本、接收主体、时间向度、意义向度、接收符号文本等叙述要素。这些叙述要素及其相互关系是广义叙述学的核心概念和理论研究的基础。

从广义叙述学关于叙述的底线定义可以看出,叙述是一次叙述化与二次叙述化构成的两次叙述交流活动。口传史诗作为一种主要用语言符号进行叙述的艺术形式,故事内容首先在史诗艺人内心形成一个大脑文本(观念文

① 赵毅衡. 广义叙述学 [M]. 成都:四川大学出版社,2013:9.

② 赵毅衡. 广义叙述学 [M]. 成都:四川大学出版社,2013:8.

本),然后在适当的语境下向观众演述出来,这是一次叙述化文本;接收主体(观众)把史诗艺人演述的故事接收并理解成具有时间和意义向度的接收文本,完成二次叙述化;这样经过两次叙述化过程才能形成了一个完整的口传史诗的叙述交流活动。口传史诗在原初阶段和口头-文字并存阶段主要就是两次叙述化过程的现场交流活动。在口传史诗书面经典化阶段,叙述主体、接收主体、语境等叙述要素发生了变化,在场的叙述交流活动转变为接收者(读者)与书面文本之间的对话交流,虽然形式发生了变化,但其本质仍是叙述交流活动。从广义叙述学来看,口传史诗无论处于哪种发展阶段,其叙述交流的本质没有改变,这为研究整个口传史诗的叙述问题提供了可能。

(二)叙述分类

广义叙述学把之前许多不被认为是叙事学研究对象的叙述(如戏剧、新闻、广告、电子游戏、体育比赛)都划归为重要的叙述体裁,并对这些体裁进行了重新分类。这是叙述学研究转向后跨学科发展的必然趋势,也是当今文化发展所需。表一就是广义叙述学全部叙述体裁的分类表。

表一　叙述体裁基本分类表 [①]

时间向度	适用媒介	纪实型体裁	虚构型体裁
过去	记录类:文字、言语、图像、雕塑	历史、传记、新闻、日记、坦白、庭辩、情节壁画	小说、叙事诗、叙事歌词
过去现在	记录演示类:胶卷与数字录制	纪录片、电视采访	故事片、演出录音录像
现在	演示类:身体、影像、实物、言语	(电视、广播的)现场直播	戏剧、比赛、游戏、电子游戏
类现在	类演示类:心像、心感、心语	心传	梦、幻觉
未来	意动类:任何媒介	广告、许诺、算命、预测、誓言	

根据上表,广义叙述学从时间向度和适用媒介视角把叙述主要分为纪实型叙述和虚构型叙述,共28种子类型。其中纪实型叙述主要包括历史、传记、

---

① 赵毅衡.广义叙述学·前言[M].成都:四川大学出版社,2013:1.

新闻、日记、坦白、庭辩、情节壁画、纪录片、电视采访、现场直播、心传、广告、许诺、算命、预测、誓言等16种；虚构型主要包括小说、叙事诗、叙事歌词、故事片、演出录音录像、戏剧、比赛、游戏、电子游戏、梦、幻觉等12种。

这两大类体裁分属于过去、过去现在、现在、类现在和未来5种时间向度。记录类适用媒介主要有文字、言语、图像、雕塑；记录演示类适用媒介有胶卷与数字录制；演示类适用媒介有身体、影像、实物、言语；类演示类适用媒介有心像、心感、心语；意动类适用任何媒介。新媒介导致了新的叙述体裁的出现，如纪录片、录音、录像、故事片、电视、电影、电子游戏。

这个分类表基本涵盖了目前所有的叙述体裁类型，可谓最细、最全的叙述体裁分类。然而不难发现，上表中唯独没有史诗（口传史诗）这种古老的叙述艺术类型，而只有与史诗相近的叙事诗和叙事歌词的归类，并且这两种归为过去向度的虚构型体裁。诚然，学界一般都将史诗定义为长篇叙事诗的一种，这只是从音乐性和语言格律的视角提出的观点，虽然具有一定的合理性，但实质上口传史诗与叙事诗、叙事歌词具有十分明显的区别。史诗是源自传统的集体口头创作，而叙事诗多为抒发个人情感的诗人创作；史诗叙述主体要现场创编史诗，而叙事诗作者创作没有这样的情境限制。因此，史诗与叙事诗之间的各叙述要素的区别是明显且客观存在的。

难道史诗不属于叙述体裁吗？这更不可能。史诗自古就是典型的叙事类型，而且是中世纪浪漫传奇和现代小说的前身，在柏拉图、亚里士多德和黑格尔等人的著作里都被认真讨论过。罗兰·巴特在《叙事作品结构分析导论》中明确提到了史诗：

世界上叙事作品之多，不计其数；种类浩繁，题材各异。对人类来说，似乎任何材料都适宜于叙事：叙事承载物可以是口头或书面的有声语言、是固定的或活动的画面、是手势，以及所有这些材料的有机混合；叙事遍布于神话、传说、寓言、民间故事、小说、史诗、历史、悲剧、正剧、喜剧、哑剧、绘画、彩绘玻璃窗、电影、连环画、社会杂闻、会话。而且，以这些几乎无限的形式出现的叙事遍存于一切时代、一切地方、一切社会。叙事是与人类历史本身共同产生的；任何地方都不存在、也从来不曾存在过没有叙事的民族；所有的阶级、所有人类集团，都有自己的叙事作品，而且这些叙事作品经常为具有不同的，乃至对立的文化素养的人所共同享受。所以，叙事作品不分高尚和低劣文学，它超越国度、超越历史、超越文化，犹如生命那样永存着。①

可见，史诗无疑是一种古老的典型的叙述体裁。是史诗这种体裁过时了吗？这也明显不可能。已经经典化的荷马史诗和印度史诗早已是世界文化瑰宝，被视为民族文化的端源，各个时期对它们的研究从未中断。20世纪对民间口传活态史诗研究可谓后来者居上，帕里和洛德开创的口头程式理论不仅对经典化的荷马史诗研究做出了杰出贡献，也为当今的民间口传活态史诗甚至口头传统的研究指明了方向。由此可见，无论是经典化史诗还是活态史诗都没有过时，而且对史诗研究也是日趋兴盛。仅中国近几十年的活态史诗的研究就极其活跃，中国三大史诗的研究人数、研究规模、研究层次都是史无前例的。

口传史诗没有被广义叙述学明确分类，这不仅不能说明口传史诗不是叙述类型，反而说明口传史诗的叙述具有极大的特殊性和复杂性。这也正是本书研究的一个旨趣所在，补充一下广义叙述学在叙述分类上存在的一个问题。笔者认为，难以对史诗做出现代叙述学归类的主要原因就是口传史诗叙述类型的混合性和复杂性，混合性是由其自身发展的阶段性所决定。史诗体裁分类难的原因主要有以下3点。

首先，在纪实性和虚构性上，史诗难以归类。仁钦道尔吉认为史诗不仅是文化艺术的载体，还是当时社会现实和历史事件的反映：

英雄史诗是在父系氏族社会的一定的发展阶段上产生的原始文化艺术现象或原始文学体裁，其中存在着原始萨满教因素，也有神话、传说成分，但更重要的是它反映了自己产生的氏族社会时代的现实斗争和婚姻习俗，也反映了某些氏族英雄的英雄事迹和民族部落首领的丰功伟业。研究者早已注意到了英雄史诗反映的社会现实和历史事件的问题。②

史诗一般是以重大民族历史事件为原型的，具有一定的历史真实性。德国人施里曼和英国考古学家伊文斯根据《伊利亚特》中所记载的特洛伊城信息去考古，在今土耳其境内找到特洛伊城遗址，这已被学界普遍认可。这大

---

① 张寅德.叙述学研究[M].北京：中国社会科学出版社，1989：2.

② 仁钦道尔吉.蒙古英雄史诗源流[M].呼和浩特：内蒙古大学出版社，2001：89.

大增强了史诗的历史真实性。欧洲中世纪的一些英雄史诗所歌颂的英雄人物也是历史上真实的人物；波斯史诗《列王传》等主人公也是历史真实人物。在《江格尔》的流传地区，当地人们认为史诗《江格尔》所述是真实的。历史性是史诗的本质属性之一，只是真实度有强弱之分。史诗的虚构性是其文学性的主要体现，史诗的神话因素也有强弱之分，越古老的史诗神话性因素越强，主要表现在神与神之间或神与人之间，中世纪的一些史诗主要表现为英雄人物变身的法术、动物说话、对手的妖魔化等。这些虚构性因素并不是凭空想象的，而源于远古的祭祀、仪式、宗教等。因此，史诗应归于纪实型还是虚构型叙述就难以判断。

其次，在时间向度上，史诗难以明确。经典叙事学研究的两个层面为故事和话语，故事时间为事件的实际发生时间，而话语时间则是故事重新安排后的时间，二者都属于过去时间向度。史诗所述为过去之事，这是从故事层面来说的；而从叙述者言语层面来看，我们无论是阅读经典化史诗还是欣赏活态口传史诗，似乎我们都在与叙述者现场交流。在故事层面，史诗属于过去向度，在言语层面，史诗属于现在时间向度。史诗艺人现场向观众演述史诗是演示类叙述，也属于现在时间向度。因此史诗的时间向度分类亦是难题。

最后，在适用媒介上，史诗难以统一。文字符号出现后，民间口传史诗逐渐被记录下来，史诗进入口头－文字并存时期，用文字记录下了的史诗经过一代代艺人或文人的完善，演变成书面经典化史诗；而通过口头传承下来的史诗成为现在的活态口传史诗。录音录像设备使用后，记录史诗的媒介进入了数字电子时代，史诗适用媒介进一步发展。史诗艺人一般在乐器的伴奏下演述史诗，除了铿锵有力的语言外，还有丰富的表情和各种身体语言媒介。因此从适用媒介看，史诗可归属于演示类、记录类和记录演示类等。

可见，史诗有纪实性和虚构性两种性质，兼有过去、现在和未来三种时间向度，兼属记录类叙述和演示类叙述等。因此，史诗没有被明确划分叙述体裁是可以理解的，主要原因是其叙述体裁的混合性和复杂性特征。史诗虽没有被明确归于哪一种叙述体裁，但史诗是叙述类体裁是毫无争议的事实。这也正是本书要努力辨清的问题之一。

二、口传史诗叙述类型的双重性

(一)演示类叙述与记录类叙述

广义叙述学根据文本意向性的内在时间向度,把叙述主要分为 3 种类型:记录类叙述、演示类叙述和意动类叙述。在最简叙述定义中,"此文本被接收主体理解为具有时间和意义向度的文本"中的"意义向度"就是文本意向性,其实质是文本接受者如何解释自己所接收的事件问题。文本意向性指向时间不同,叙述类型就不同,因此呈现的体裁就不同。记录类叙述主要体裁有历史、小说、照片、文字新闻、档案等。演示类叙述主要体裁有戏剧、行为艺术、互动游戏、超文本小说、音乐、歌曲等,还有电影、电视、录像、录音等记录演示类。意动类叙述主要体裁有广告、宣传、预告片、预测、诺言、未来学等。①

3 种叙述类型主要不同在文本意向性的内在时间向度,记录类叙述对应过去时间向度,使用人造特质媒介,如文字,对应陈述式;演示类对应现在进行时间向度,使用现成的非特质媒介,如语言、身体,对应疑问式;意动类叙述对应未来向度,使用媒介不受限制,对应祈使式。可惜史诗也没有被纳入文本意向性分类标准。

根据文本意向性原理,笔者认为口传史诗主要有演示类叙述和记录类叙述的双重叙述特性。口传史诗原初叙述是演示类叙述,以说唱为主要传播方式,以听、看为主要接收方式;而口传史诗在书面经典化阶段则主要是记录类叙述,以阅读为主要接收方式;在口头-文字并存时期,既有口头演示叙述,也有文字记录类叙述,还有通过录音、录像等方式保存的胶卷或录音,这是前两者的结合,即记录演示类叙述。因此,从媒介符号的视角看,口传史诗叙述在不同发展阶段呈现不同的类型,并具有一定的顺序性,最初是演示类叙述,然后才有记录类叙述和记录演示类叙述。如果把口传史诗仅作为一种叙述类型来研究,就会出现以偏概全、顾此失彼的危险。

西方古典史诗主要建立在对记录类叙述的研究基础之上,柏拉图、亚里士多德对史诗和诗人的严厉批评就意味着他们对原初阶段口传史诗的演示类叙述的认识出现了偏颇,以书面化逻辑思维去评判当时的口头史诗。口头程

---

① 赵毅衡.广义叙述学[M].成都:四川大学出版社,2013:35-36.

式理论主要建立在对演示类叙述的研究基础之上,对古典史诗理论进行了纠偏,但也未能对口传史诗记录类叙述进行充分研究。虽然广义叙述学对史诗叙述没有明确分类是一憾事,但其叙述分类理论来看,演示类叙述是口传史诗最原始的叙述类型,也是最根本的类型,而记录类叙述和记录演示类叙述是不同阶段的变体。

从演示类叙述的定义来看,口传史诗完全满足该定义的要求:

演示叙述,是用身体－实物媒介手段讲述故事的符号文本,它最基本的特点是,面对演示叙述文本可以被接受者视为'此时此刻'展开,它不一定(虽然可以用特殊媒介录下)留存给此后的接收者读取;与之相反的是,记录叙述肯定是在'彼时彼刻'讲述,而且肯定是留给后来的接收者读取。[①]

从上文可见,在叙述媒介上,演示类叙述主要包括身体、言语、物件、音响、音乐、图像、光影等媒介。口传史诗主要媒介是言语、身体和音乐。史诗艺人在演唱时一般以乐器伴奏,唱词(言语)一般是从传统继承下来的程式化词句,肢体语言和表情也常常发挥重要作用。叙述的媒介具有社会历史性,随着社会的发展而变化,根据出现时间先后主要分为 3 个阶段:第一阶段是原始媒介阶段,主要有身体媒介和实物媒介,它们属于现成的非特用媒介,如身体、言语、声音、表情和实物,叙述类型主要是演示类叙述。广义叙述学认为演示类叙述是人类最古老的叙述方式,戏剧是最典型的体裁。[②] 这种判断言之有理。史诗是早于戏剧的叙述艺术,这已是学界共识,而且原初的口头史诗就是典型的演示类叙述,完全符合演示类叙述的定义,因此笔者以为口传史诗是最古老的演示类叙述,而戏剧是最典型的摹仿艺术。第二个阶段是文字符号媒介阶段,文字被广泛用来记录事件等,记录类叙述出现。演示类叙述此阶段有 2 种发展趋势,其一是继续用身体、实物媒介来叙述,与记录类叙述并肩而行;其二是演示类叙述被文字记录下来,形成书面文本,即记录类叙述,这是演示类叙述的变体。第三阶段是录音、电子数字等高科技媒介阶段,科技的发展使演示类叙述的"此时此刻"的现场发生行为被录制下来,并供此后接收者继续读取,这使演示类叙述的现在在场时间内发生的叙述及其语境得

---

① 赵毅衡.广义叙述学 [M].成都:四川大学出版社,2013:40.

② 赵毅衡.广义叙述学 [M].成都:四川大学出版社,2013:37.

以重复展示，后续接收者依然把该叙述当作现在进行的叙述，可以理解为"过去进行时"。因此，从时间向度来分析，演示类叙述的时间对应"现在进行"，指的是故事讲述行为的时间，而不是被讲述故事的发生时间。

作为演示类叙述的口传史诗主要有 3 条发展路径。第一，由演示类叙述演变成记录类叙述，如《伊利亚特》《奥德赛》《罗摩衍那》《摩诃婆罗多》等世界经典史诗；第二，演示类叙述与文字记录类叙述并存，如《江格尔》《玛纳斯》《格萨尔》等活态史诗；第三，演示类叙述仍继续口头传承，如一些原始部落还没有被文字记录的口头史诗，这种史诗还有待田野作业的工作者去进一步发现和研究。其中演示类叙述与记录类叙述并存时期是口传史诗发展历史中一个极为特殊的时期，如果口头史诗没有得到很好的传承而消失的话，文字化文本又没有得到及时整理和完善，那么该种史诗就会逐渐消亡。世界上因此而消亡的史诗的数量恐怕是惊人的。中国三大史诗都处于这个特殊时期——活态口传危机时期，好在中国史诗学者对活态史诗进行了及时抢救与研究、整理。

（二）演示类叙述特征

演示类叙述有展示、即兴发挥、受述者参与以及使用非特有媒介等几个显著特征，这正是与记录类叙述和意动类叙述的区别所在。口传史诗《江格尔》本身也具有这些基本特征。

第一，展示与观众在场。展示意味着面对观众，把故事"直接"展示给观众看。这就需要观众在场，展示的意义正在此。如果戏剧是演示叙述典型体裁的话，这里所谓"直接展示"就十分好理解了，戏剧演员正在模仿发生过的行为，语言模仿是戏剧重要组成部分，并且演员人多至少 2 人。史诗展示的实质是叙述。柏拉图早就指出该叙述中有大量人物对话的模仿，只不过一般都由史诗艺人独自来完成。二者都要求有观众在场，这样演示才有意义。这也是口传史诗是演示类叙述最有力的证据。史诗被文字记录成文本后，观众在场语境消失，声音消失，演示类叙述变成记录类叙述。而戏剧是在文字脚本的基础上来完成，文字脚本对语境、演员动作、表情等都有明确的说明。史诗与戏剧虽然是不同的叙述体裁，但具有许多的相似点，这就是亚里士多德在《诗学》中比较二者的缘由，他肯定了戏剧的优势。这也从另一个侧面说明史诗在古希腊为何被文字化固定下来的原因,戏剧的崛起意味着新兴的叙述方式要取代史诗这样古老的叙述样式。展示与观众在场是演示类叙述的本质要求,活态史诗叙述活动具有这两种特点。

第二,即兴发挥与观众参与。口传史诗的长短问题不是客观规定的,而是与叙述者和环境有密切关系:"即兴发挥是演示叙述的本质,即兴与规则抗衡。即兴越多,叙述的意外因素就越多。这就是为什么民族史诗或话本小说,口头传承表演,年代越长,文本就越长,每一代都加上即兴段子。"① 该段论述从另一个方面解释了为什么有的民族史诗具有那么多诗行的原因,史诗艺人的即兴发挥是民族史诗文本越来越长的一个重要因素。《江格尔》在 13 世纪产生后,经过民间艺人的不断整理、补充,现今形成了一部庞大的英雄史诗集群。托·巴德玛在《试论〈江格尔〉》中记载新疆有一个广为流传的故事。在 20 世纪 20 年代,和布克赛尔王爷的江格尔奇胡里巴尔·巴雅尔有一次说唱《江格尔》时,旁边有观众说道:"江格尔这帮人真怪,怎么在制服蟒古斯之后,也不举行盛宴欢庆胜利呢?"胡里巴尔·巴雅尔在继续说唱《江格尔》时,在一个合适地方就加上了这样的诗句:

> 多多地煮上鹿肉,
>
> 白面揉得象座山,
>
> 光荣的江格尔君臣,
>
> 准备喝个够吃个欢。②

这样的诗句无疑是由受观众参与所引起的即兴发挥,也只有真正成熟的史诗艺人才能在这种情况下即兴发挥。由于史诗主要靠师徒传承,老师演述的内容会被徒弟传承,这样史诗的内容就会越来越丰富。即兴发挥只在演示类叙述中存在,在记录类叙述和意动类叙述中无法存在。记录类叙述文本已成定稿,所以没有即兴的可能;意动类叙述由于动作还未发生,所以也不会有即兴发挥。即兴发挥在民族史诗中出现主要受叙述者、受述者、语境等因素影响。

---

① 赵毅衡.广义叙述学 [M].成都:四川大学出版社,2013:42.

② 中国民间文艺家协会新疆维吾尔自治区分会.《江格尔》论文集 [C].乌鲁木齐:新疆人民出版社,1988:114.

第三，非特有媒介。文字、图画等是记录类叙述所"特有的"媒介符号。演示叙述的媒介主要有言语、身体及其延伸，如史诗艺人的言语、歌声、吼喊、动作、表情都是身体媒介，不是人类特制的媒介。巴图那生在《〈江格尔〉在和布克赛尔流传情况调查》中记载著名江格尔奇胡里巴尔·巴雅尔演唱时的情景："开头用大嗓门，然后慢慢降调，讲得抑扬顿挫，节奏分明，感情充沛，并带着手势，因而能紧紧抓住听众。他在王府说唱《江格尔》时，讲到高兴处，就情不自禁地离位挪身到王爷面前，喝他的酒，吃他的糖，王爷听得是那样的出神，忘了周围的一切。"① 这一段描述把史诗艺人用言语、声音、表情和行动等非特有媒介的使用情况生动地记录下来，为读者以身临其境之感。史诗作为古老的叙述体裁，除了身体媒介及其延伸外（如乐器）没有其他叙述媒介可用。本身所具有的原始性、丰富性的身体叙述在史诗叙述中已经发挥了相当的作用；非特有媒介在后来的戏剧表演中发挥到极致；在当代的电影、电视中，身体性媒介依然发挥重要的作用。

总而言之，口传史诗不只属于一种叙述类型，而是以演示类叙述为根本，在不同阶段出现记录类叙述和记录演示类叙述两种变体。这与本书第一章论述史诗分期问题相呼应，记录类叙述与演示类叙述并存时期是口传发展的最关键时期。汉文全译本《江格尔》主要源于歌手现场演唱的记录或录音。文字化文本是目前最主要的研究文本，该种文本是对当时现场叙述歌词的直接记录，演述的内容基本保持原貌，这为研究口传史诗原初阶段的叙述规律和特点提供了较可靠的资料。

三、两次叙述化过程

按照广义叙述学理论，一次叙述化（叙述化）发生在文本构成过程中，符号文本转化为叙述文本；二次叙述化发在接收主体对文本接收过程中。两次叙述化过程缺一不可，否则不是一个完整的叙述交流过程。符号文本为散存状态，叙述文本呈整体状态。叙述主体（如江格尔奇）将散存符号按照一定的逻辑组织在一起，演述成一个有头、有身、有尾的叙述文本，该文本具有一定

---

① 中国民间文艺家协会新疆维吾尔自治区分会 .《江格尔》论文集 [C]. 乌鲁木齐：新疆人民出版社，1988：114.

的整体性和稳定性,一次叙述化完成;当该文本被接收主体(读者、听众)接收并理解后,叙述文本在不同程度上被接收主体"消化"理解,二次化叙述完成。两次叙述化过程共同实现了叙述活动的艺术价值和伦理价值。

(一)口传史诗叙述化特征

从口头程式理论来看,故事歌手是史诗故事现场创编者,为观众现场演述,叙述主体和接收主体都具有在场性,那么史诗表演活动就是一次完整的叙述交流过程。与书面文学阅读相比,口头史诗演述的两次叙述化特点突出。书面文学(如小说)的一次叙述化完成后,叙述文本即被构造完成,构成后叙述文本不再发生变化;因为不同时代不同类型读者面对是同样的一次叙述化文本,因此书面化文学的二次叙述化不断进行,二次叙述化文本就处于不断构造中;一次叙述化和二次叙述化之间可以有时间间隔。口传史诗叙述化特征表现为一次叙述化和二次叙述化同时进行并处于不断循环演化过程中;一次叙述化文本和二次叙述化文本都处于不断构造和传承中。因此,口传史诗是一次叙述化和二次叙述化不断循环的结果。口传史诗叙述化特征形成主要在于口传史诗这种叙述主体的特殊性,以及史诗故事受传统与个人因素双重影响。

第一,口传史诗诗人与传承者。任何事物都有源头,只不过我们没有记载下来或还没有弄清楚而已。口头史诗的作者身份一直是学界的难解之谜。民间史诗的作者(史诗诗人)可能是个人也可能是集体,虽有不同的观点,但有一点是肯定的:从理论上讲史诗原作者是存在的,其主要功能是完成史诗创作,并将其演唱播散出去,实现其艺术和伦理价值。史诗叙述者是史诗艺人、故事歌手或史诗表演者,但不能完全等同于原作者(集体或个人)。鉴于作者这个概念的含混性,本书将口头史诗原作者称为"理论上作者"[①],将这些后来表演者称为史诗艺人。口传史诗的理论上作者已无法考证;史诗艺人就是现实中的史诗传承者,不同民族对史诗演唱者有不同的称呼,如《江格尔》

---

① "理论上作者"这个概念是根据中国社会科学院斯钦巴图教授建议而用,在此表示特别感谢。

演唱者叫江格尔齐①。理论上作者与史诗艺人是源与流之关系：理论上作者是史诗之源，是独一性的；史诗艺人是史诗之传承者，具有多样性。理论上作者完成故事创作；故事在史诗艺人口中代代相传。史诗艺人将自己学会的史诗说唱给听众；听众中又产生了史诗艺人，也学会了演唱史诗。从此，史诗艺人不断从听众中产生："口传文学依靠多数人之间的耳听口传，并且往往是一人向多人讲述，听者在接受了反复的讲述之后可能又会成为新的讲述者。"②口头史诗进入一次叙述化和二次叙述化相互循环转化中；而书面文学一旦完成一次叙述化，叙述者不再变化，文本不再变化，书面文学的二次叙述化不断进行。一部书面文学作品的批评史就是二次叙述化的历史。史诗艺人的主要功能是演述史诗，如何演述就是"故事歌手"所要回答的问题，那就是创编。真正的史诗艺人不是通过死记硬背歌词来进行演述的，而是用自己的经验和程式化语词来进行现场的创编，这样史诗艺人是受述者和叙述者身份合一，这也是口传史诗独有的叙述特征。

　　第二，史诗故事既源于传统，又具个人独创性。由于故事源于传统，那么史诗艺人（叙述者）的身份就是一个值得探讨的问题。帕里-洛德理论认为："我们故事的歌手是故事的创作者。歌手、表演者、创作者以及诗人，这些名称都反映了事物的不同方面，但在表演的同一时刻，行为主体只有一个。吟诵、表演和创作是同一行为的几个不同侧面。"③可见，歌手的创作者的身份被突出了，把创作与吟诵、表演视为一个行为的不同侧面。歌手在表演中进行创作，在创作中表演，两者同时进行，这是口头史诗一次叙述化过程的显著特点。这种创作、表演是独特的、唯一的，只有这个版本，哪怕接着再表演一次也未必完全一样。但这个创作者不是原作者，而是一次叙述化叙述主体。他们的行为主要是重述故事，而不是去创造新的诗歌："史诗讲述者在讲一个传统故事。推动他的原始动力既不是历史的，也不是创造的，而是再造的。他在

---

① 演述《江格尔》的史诗艺人被称为江格尔奇，有的译文也写作江格尔齐，本书不做区分。

② 朝戈金. 口传史诗诗学：冉皮勒《江格尔》程式句法研究 [M]. 南宁：广西人民出版社，2000：97.

③ ［美］阿尔伯特·贝茨·洛德. 故事的歌手 [M]. 尹虎彬，译. 北京：中华书局：2004：18.

重述一个传说的故事,因此他主要忠于的不是现实,不是真理,不是娱乐,而是神话(Mythos)本身——被保存在传统的故事。"①这种观点突出了口头史诗的功能在于"重述"被保存在传统中的故事,而不是去创新、创造、追求真理等,这些不是口头史诗的任务。再造就是重述之意,这种重述必须与神话紧密联系在一起,可以说神话是史诗的灵魂。

故事歌手在演述一首史诗时是叙述符号发送主体,向受述者(接收主体)讲述一个传统故事。受述者由于文化素养、能力水平和身份地位等因素,在理解过程中会产生很大差异,但对主要人物和主题等方面的理解会有一致的意见或看法,如洪古尔的勇武忠诚、阿拉坦策吉的智慧、江格尔的领导才华,这些属于稳定的传统因素。当然,歌手不可能完全充当传统的复制机器,会在演唱中表现出很强的个体性因素:歌手的演唱能力、整体性构思和选择性功能等都会对现场创编产生很大影响;客观环境也会歌手对选择词句、修辞以及演唱长短等方面产生影响。歌手个体性因素是口传史诗丰富多样性和变异性的主因。但史诗的传统因素是主流,是史诗稳定的根源,一般不会被史诗艺人随意改动。这也是传统史诗魅力之所在。传统因素与个人才能结合在歌手的演唱吟诵之中。一部口头史诗被无数次重复演唱,每一次也都不完全一样,但这部史诗的稳定性因素不会发生大的变化。稳定性因素主要有人物名称、故事梗概、程式词语等,仁钦道尔吉总结说:

各个组成部分的变化程度不同,有的组成部分较为稳定,有的组成部分较易变化,我们可以把它们称为相对稳定的因素与易变性的因素,《江格尔》里相对稳定的因素主要有以下几种:(1)江格尔、洪古尔和阿拉坦策吉等主要英雄人物的名字;(2)英雄们的家乡阿鲁宝木巴汗国的国名;(3)史诗的主题,宝木巴汗国的英雄们与其他汗国之间大规模的军事斗争。因此,如果这些因素一变,英雄史诗《江格尔》就不会存在下去了。②

传统因素是史诗最根本的因素,个人才能使史诗表现出丰富多,较为稳定部分就是史诗最传统的部分,如人名、地名和主题,史诗艺人不能随意改动这些关键部分。史诗中的人名、地名和主题等在一次叙述化和二次叙述化中

---

① [美]华莱士·马丁.当代叙事学[M].伍晓明,译.北京:北京大学出版社,2005:24.
② 仁钦道尔吉,郎樱.中国史诗[M].南京:江苏凤凰文艺出版社,2017:492.

都保持不变,在一代代传承中存留下来,这也就解释了为什么口传史诗中许多地名现在难以与现实对应的问题。主要因为山、河流的名字在不同民族中有不同的称呼,即使在同一民族中也会在不同历史时期出现不同叫法,这是历史中很常见的现象。同地异名的现象需要从地理学、历史学、考古学等方面综合研究。但口传史诗依然传承最古老的人名、地名和主题,这就出现了对口传史诗地名问题研究的困难。这并不是本书重点研究内容。但从广义叙述学上来讲,稳定性因素在口头史诗中一次叙述化和二次叙述化不断循环转化过程中保持不变,而史诗艺人的个体性因素在两次叙述化过程中都在发生变化。

一次叙述化与二次叙述化循环转化:

作者(理论上作者)→叙述者Ⅰ(一次叙述化叙述主体,史诗艺人)→受述者(二次叙述化主体,观众)→叙述者Ⅱ

不考虑口传史诗理论上存在的作者因素,史诗艺人在成为真正的歌手之前首先都必须是一个受述者,即叙述文本接收者,经过多次反复聆听和学习前辈歌手的演唱,学习熟练后为他人演述史诗,这时才成为新的叙述者。帕里在《故事的歌手》总结了歌手学艺的3个阶段:"在第一阶段,一个学歌的人通常要选择某一位歌手,紧紧跟随着他学歌,这个歌手可能是他的父亲,要好的叔叔,或附近乡里有名的歌手,当然学歌的人也常常听别的歌手的演唱。"[1]可见,口传史诗的歌手只有先经历二次叙述化,即成为叙述符号接收者,然后才能成为叙述符号发送者,成为真正的故事歌手。歌手的每一次演唱行为都完成一个叙述交流过程,在他(她)的受述者中,就可能存在下一个歌手。故事歌手身兼受述者和叙述者的责任,是名副其实的叙述主体。当然,这个不是根据一次叙述行动得出的结论,而是对歌手的成长历程总体观照。

(二)口传史诗二次叙述形式

根据广义叙述学理论,二次叙述的主体(接收主体)是拥有文化条件和认知能力的"解释社群",只有属于这个"解释社群"的成员才有能力成为二次叙述的主体,并不是所有的读者、观众都可以成为二次叙述的主体。[2]接收主

① [美]阿尔伯特·贝茨·洛德.故事的歌手[M].尹虎彬,译.北京:中华书局,2004:30.

② 赵毅衡.广义叙述学[M].成都:四川大学出版社,2013:108.

体的二次叙述能力部分地与个人叙述天性有关,但更重要的是社会文化熏陶的结果。按情节复杂性程度来分,二次叙述主要有4种类型:对应式二次叙述、还原式二次叙述、妥协式二次叙述和创造式二次叙述。对应式二次叙述是简单的复制文本;还原式二次叙述是对情节比较混乱的需要重建文本的叙述;妥协式二次叙述是对情节非常混乱的需要再建文本的叙述;创造式二次叙述是对情节最乱的甚至逻辑上不能成立的需要创建文本的叙述。这4种类型可以分别用"复制""重建""再建"和"创建"来概括。

二次叙述具有很重要的社会功能。没有二次叙述,叙述活动的整个过程就不完整;二次叙述能传播文本意义,亦能传承文化;"只有二次叙述才使叙述成为艺术,成为人性的存在方式。艺术的本质在重读中才能显现。"[1] 评论家或文化学者就文本写些评论、批评等行为,是一种文化性二次叙述。广义叙述学认为重读是一种创作性二次叙述,这与口头程式理论不谋而合,故事歌手的创编与演述是同时进行,是一种典型的创作性二次叙述。因此,口传史诗就是一代代史诗艺人不断重读,不断进行的创作性二次叙述。

口传史诗由于其体裁的混合性特征,其二次叙述方式也有混合性,主要以还原式二次叙述和创作性二次叙述为主,下面以《江格尔》为例进行分析。

1. 还原式二次叙述

二次叙述最重要的任务是接收主体重新构筑情节,让一次叙述文本成为具有"可理解性"文本。二次叙述者在重建情节时会涉及4个情节因素:时间、因果、道义、逻辑,这4个因素在情节重构中发挥重要作用,但二次叙述无法把文本还原到一个事件的原始形态。二次叙述能做到的,只是把叙述理顺到"可理解"的状态。因此,"可理解性"是二次叙述至关重要的因素。叙述的"可理解性"内涵目前有2种主要观点:一是乔纳森·卡勒的"自然化"和莫妮卡·弗鲁德尼克的"口述自然性";二是赵毅衡提出的"人们整理日常经验的诸种认知规则"。第一种观点为:"叙述文本一旦能被读者归化到像口头讲述那样'自然',文本的各种紊乱已经理顺,就取得了可理解性。"[2] 因为口述故事在时间-因果和道义-逻辑上具有理想文本状态特点,情节在时间环链上

---

① 赵毅衡.广义叙述学 [M].成都:四川大学出版社,2013:118.

② 赵毅衡.广义叙述学 [M].成都:四川大学出版社,2013:109.

呈线性排列，结构属于理想化逻辑，事件发生符合因果规律，道义上能满足民族伦理需求。第二种观点为："二次叙述不是'归化'到弗鲁德尼克的'口述自然性'上，而是'归化'到常识上。"[①]接收主体是解释社群成员，是受社会文化熏陶的，这个社会文化常识成为"可理解性"的关键。"可理解性"是归化在"口述自然化"还是"常识"上呢？这是两种观点争论的焦点。第一种观点主要从读者因素来说，着眼于小说、故事等叙事文本，只要读者能够感到时间－因果清晰，逻辑－道义令人满意，二次叙述就算完成。第二种观点主要从认知视角来说，着眼于全域叙述，二次叙述要符合接收主体认知常识，二次叙述就完成。

对于口传史诗来说，二次叙述的"可理解性"符合上述两种观点：口传史诗的叙述既是口述自然化，又是对民族文化常识的遵循。除去音乐元素，口传史诗就是口述故事，史诗艺人尽量"还原"故事原始形态，在时间上呈现线性叙事，符合前因后果逻辑规律，同时又弘扬英雄主义精神道义，符合接收主体的认知规则和文化常识。

还原式二次叙述是口传史诗二次叙述的主要形式，其主要任务是重述传统故事。口传史诗的情节主要按照故事本来发生的顺序进行演述，其特征就是"自然化"。口传史诗二次叙述不会在情节结构安排上犯难，只需还原传统故事的情节结构，并且运用程式进行演述，这就为口头史诗的现场快速创作表演提供了可能。因此，情节的自然化也是口头叙事普遍存在的规律。普罗普通过分析 100 个俄罗斯民间神话故事而得出的情节公式，证明神奇故事的情节规律是一样的。史诗集群《江格尔》虽有多篇诗章，但在情节结构上基本一致：酒宴开头，威胁出现，选派英雄，出征，战斗，困难，战胜，返回，酒宴结束，这样的情节结构是自然化的情节。这与经典化史诗《伊利亚特》的戏剧化情节结构形成鲜明对照。《伊利亚特》是在中间开始也在中间结束的史诗，而《江格尔》的每个诗章几乎都是一次完整的行动，一般都是始于酒宴，结束于酒宴，这既是叙述时间线性呈现，又符合解释社群的文化常识。

史诗的两次叙述化过程中因果关系明显。情节结构除了自然化外，也符合因果联系。前因后果的顺序在史诗中最常见：因为外敌威胁出现，所以要征

---

① 赵毅衡. 广义叙述学 [M]. 成都：四川大学出版社，2013：109.

战;因为要出征,所以要备马戎装;因为敌人强大,所以英雄要遭难遇险;因为英雄智勇,所以战胜强敌;因为胜利,所以酒宴庆祝。

伦理道义在一次化叙述文本中是隐性的,二次化叙述就需从文本整体及语境来做出判断。在欣赏史诗的时候,史诗中伦理道义就十分明显易懂,这与书面文学又有显著的区别。从广义叙述学来解释,口传史诗的一次化叙述者也同时必须是二次化叙述者,因此史诗叙述者在演述时已是伦理道义的阐释者了。江格尔奇在讲唱《江格尔》时,对英雄、战马、器物都有程式化的赞语,如用"赤胆忠心""狮子英雄""雄狮""力敌雄狮""力大无穷"等赞誉洪古尔,用"聪明过人""能预卜未来九十九年凶吉,能追述过去九十九年往事"等赞美阿拉坦策吉智慧过人,用"圣主""一代孤儿"等称呼江格尔,用"美男子"称英雄呼明彦。对敌人的叙述则带有明显的贬义色彩,如对敌人泛称为"莽古斯",描述敌人还经常用多头、鼻子冒烟、嘴巴喷火、语言粗鲁等词句。惩恶扬善、敬重英雄等伦理道义是通过二次化史诗叙述者而表现出来,这些也正是口传史诗教育功能的体现。口传史诗二次叙述实现了文本的伦理价值,也是其叙述的意义和价值所在。

还原式二次叙述并不是一句不落地真实还原原文本,而是二次叙述主体对一次叙述文本的"可理解"的再现。在口传史诗中,一次化叙述文本其实就是史诗艺人头脑中存在的文本,这是从前辈艺人那学来的,也有从书本上学来的,其实质也是二次叙述化文本。文本问题会在后面章节中专题讨论。从内容来看,还原式二次叙述主要就是对传统的继承,人物、主要情节、地名等保持原来风貌,形成了史诗的稳定性因素。

2.其他二次叙述形式

继承传统是史诗艺人的主要责任,但史诗艺人的演述中也会融入个人性因素,这些个人性因素就形成了史诗的独特性,不同艺人演述同一诗章其内容是不一样的,即使是同一艺人,在不同时间演述同一诗章也不完全是一样的。史诗艺人的主要任务是运用程式化句法还原传统故事,虽然有独特的个性和即兴发挥的成分,但这不是故事的主体。史诗艺人从前辈那里继承了创编的技巧后,运用程式化词句、主题和故事范型等,将传统故事重新创编出来。口头史诗进入循环传承中,其中稳定性因素保持不变,而个体性因素随着歌手的个性和时代不同而发生一定变化。这与帕里-洛德的口头程式理论相符:故事歌手是这一支歌的创作者。因此,口传史诗是受传统与个人双重影响。

对应式、妥协式和创造式二次叙述在史诗中也存在,但不是主流。对应式二次叙述的任务就是忠实地复制原文本,没有叙述者的介入,这种二次叙述方式多见于纪实型叙述。史诗《江格尔》中经常会有使者传达命令,这就要忠实地复制命令的原文本。在《阿尔格乌兰洪古尔与凶恶的道格新芒乃汗之战》中,使者纳林乌兰对江格尔转述了他主人的命令:

尊贵的江格尔诺颜/我要向你转告/阿尔格满吉玛的主人/道格新芒乃汗的旨意/"听说走亲访友时,/骑阿仁赞非常舒适,/请把那阿仁赞送给我。/听说阿盖沙布德拉夫人,/脾性温和可亲,/心地忠厚善良,/是个可汗的公主,/让她做我的奴婢,/给我夫人手上倒水,/请把那阿盖夫人送给我。/听说有个叫铭彦的英雄,/他是天下有名的美男子,/他像玛吉玛黄金坡般宏伟,/闪着太阳的光芒,/我要让他做我的颂其,/叫他招待远方的客人,/请把美男子铭彦送给我。/……如果不答应送我/这些东西,/如果限期超过了/来年的六月八日,/我就率领我十三宝木大军,/放干你的本巴大海,/踏平你的本巴国土。/让你身离佛道神灵,/把你一切财宝洗劫一空。/不给你留下一个孤儿,/不给你留下一只狗,/不给你留一只绵羊羔,/不给你留一匹小马驹。"①

史诗艺人演述纳林乌兰转告道格新芒乃汗命令时,先以纳林乌兰口吻演述,然后在传达命令时使用的是道格新芒乃汗的口吻,这就是直接引用。该叙述形式上使用的就是复制原文本内容,即对应式二次叙述。

妥协式二次叙述,即部分应用自然化方式,部分放弃生活经验和文化规约提供的准则。②妥协式二次叙述时常使用"分和脚本法",即把文本分为不同的部分,分别加以理解。口头史诗中有大量的神话因素,也有纪实因素,因此对此就应分别加以叙述化。神话在史诗随处可见,战马在危难时帮助主人脱险就是许多口传史诗常见的内容;英雄在遇到强敌时经常变身为小秃子或

① 江格尔(汉文全译本 第一册)[M].黑勒,丁师浩,译.乌鲁木齐:新疆人民出版社,1993:553-555.

② 赵毅衡.广义叙述学[M].成都:四川大学出版社,2013:112.

蜘蛛等,这些带有神话性质的内容如果跟纪实性联系起来叙述,恐怕难以使人相信,因此,对这些有神话性因素的情节叙述就要用妥协式二次叙述。只有放弃现实生活经验的束缚,才能更好地理解史诗。口传史诗的神话与神话性思维逻辑有关,史诗情节发展的动力有时就源于神性因素。侦探小说或推理小说需要作者有缜密的思维逻辑,是书面文学逻辑性较强的种类;然而口传史诗作为最古老的叙述体裁,在逻辑思维方面较为原始,神话性和宗教性思维在情节发展过程中具有重要的作用。神话性因素在史诗的整个发展历史中总体呈递减趋势,越古老的史诗神话色彩越浓,甚至可以说史诗是神话的载体,许多民族的神话就保存在该民族的史诗中。史诗留存至今的民族,其神话或宗教文化也相对较兴盛,如荷马史诗之于希腊神话、罗马史诗之于罗马神话、印度史诗之于印度神话。可见,史诗与神话宗教之关系极为密切又复杂。在口传史诗《江格尔》中,神话性因素主要表现在以下几方面:其一,法术。英雄在强敌面前为保存自己而变身,最常见的是英雄变身成小秃子,还可变成其他。其二,法器。如阿拉坦策吉用法绳将对手的宫殿拉倒。其三,战马。战马能与主人说话交流,可以在主人生命危险时刻帮其脱身。其四,妖魔。如多头蟒古斯、妖女、妖婆、小妖。其五,神灵。在江格尔生命危急时刻,神灵会帮助他战胜敌人。不难看出,神话源于古老的传统,是史诗的灵魂。这些神话能推动史诗情节发展,如英雄遇到强敌时常常通过变身法术骗过敌人,而保存自己的实力,这样就推动了情节进一步发展;战马在主人危难时常常帮其化险为夷,使情节进入到下一阶段等。神话性思维逻辑在古老的文学体裁史诗中保存着,这与古人原始观念和信仰是分不开的。

创造式二次叙述主要是对无法还原、无法妥协的文本而言的,此时文本不再是解读对象,而是再创造的跳板。道义伦理上过于犯忌的文本往往需要创造性二次叙述来加以接收。创造性具体表现为创造新的道德理由来让社会接收。如对英雄史诗中抢掠战利品和战争残酷的行为如何理解?本民族的解释社群自然会把这些行为看作英雄的行为;但对于其他民族来说,这可能就需要创造式二次叙述。抢掠本为违反伦理道德的,但是史诗中英雄的主要行为就是打败强敌,掠夺其财产。这种文化差异与矛盾在现实生活中较为常见,创造式二次叙述在跨民族跨文化跨语言的阐释和交流中会起作用。

口传史诗叙述主体

任何叙述都离不开叙述主体。口传史诗的传承主要靠史诗艺人，口传史诗的叙述主体就是史诗艺人。史诗艺人的身份及其功能在史诗中极为重要。史诗艺人的身份首先是接收主体（受述者），然后是叙述主体（叙述者）。对整个口传史诗叙述主体的研究要根据史诗具体所处阶段的文本形态而定。

目前，口传史诗处于不同的发展阶段，具有文本不同形态，因而叙述主体也不尽相同。印度两大史诗、荷马史诗以及中世纪英雄史诗都处于书面经典时期，其文本形态是书面经典化史诗，叙述主体（史诗艺人）已不在场；中国三大史诗处于口头－书面并存期，既有口头文本形态，也有文字化文本形态，前者的叙述者就是史诗艺人，后者的叙述者已不在场，保留了在场的演述形式；一些还没有被文字化的史诗保持着原始阶段的口头形态，其叙述者就是史诗艺人。对于书面经典化史诗来说，其叙述者已不是现实中的史诗艺人，因此对其叙述者的研究只能通过书面文本去分析；对于口传活态史诗来说，其叙述者就是现实中的史诗艺人。《故事的歌手》是活态史诗研究的代表作，其研究的重点是史诗艺人，即叙述主体。故事歌手在第一次叙述化过程中主要身份就是叙述主体。叙述主体这个叙述要素的最大特点是创作和表演同时进行。口头程式理论不仅对古老的荷马问题进行了当代的解读，还在口头史诗中发现了大量的程式、主题和故事类型，并成功地解释了口头史诗艺人能演唱成千上万诗行的秘密，该成果的取得建立在对活态史诗叙述者的研究基础之上。但对于文字化形态史诗的叙述主体而言，史诗艺人已不在场，但其文本最大程度上保留着史诗艺人在场口头演述时的形态,相对于书面经典化史诗文本的叙述者而言文字化史诗的叙述者更接近在场的史诗艺人。

一、叙述主体内涵

史诗艺人是口传史诗的叙述主体。关于口传史诗创作来源问题,目前学界认为口传史诗是一种民间集体智慧的结晶,即集体创作论。口传史诗被创作出来后主要通过史诗艺人代代口耳相传至今。如果不考虑史诗的原创作者问题,那么史诗艺人就是史诗传承的最重要因素。史诗在流传过程中主要受史诗传统与史诗艺人因素的双重影响。史诗传统因素使史诗流传千年,史诗艺人因素是史诗文本丰富多样的根源。因此,对口传史诗叙述主体的内涵的辨析与讨论就是十分重要的问题。

(一)叙述主体

主体(Suject)其实是近代哲学一个十分重要的概念。英国哲学家伯特兰•罗素对笛卡尔的名言"我思,故我在"进行了阐释:"在'我思'时,我才存在。如果停止了'我思',我便没有存在的依据。"[①]"我思",即主体精神、心灵,这成为笛卡尔乃至后代哲学家研究的主要对象,西方哲学研究对象发生了转向,由本体论哲学转向主体论哲学。"主体"成为近代哲学研究的中心内容。从 17 世纪到 20 世纪,西方主体论哲学却历经一个从建构到解构的发展过程。20 世纪后半叶随着后结构主义和解构主义兴起,对"主体性"的批判达到顶峰,使主体彻底遭到解构。这种复杂的哲学现象波及到文学研究领域。在叙述学层面上,表现为作者潜隐或消失,而叙述者、隐含作者被发现;在符号学层面,主体可以等同为自我。自我在交流中具体化为两种身份:表意身份和解释身份。表意身份为叙述主体,解释身份为接受主体。身份可以暂时代替自我,自我最终是身份的集合;自我具有稳定性,身份灵活易变。主体哲学家胡塞尔提出"另一个自我"和"主体间性"概念,加深了对自我和主体之间关系的探讨。主体必须与他者结合成"另一个自我"或"他我",因此,理解自我必须与他者结合在一起。对主体的哲学研究并不是本书的主旨,但对主体的符

---

① ［英］伯特兰•罗素 . 西方哲学简史［M］. 文利,编译 . 西安:陕西师范大学出版社,2010:295.

号学和叙述学探讨是责无旁贷的。中西对主体的理解存在一定的差异：中文的主体包括心灵与实践之意，而西文的 subjectivity 只是心灵的，不含有"实践"之意；行动的主体性在西语中对应的是 agency。① 因此，叙述主体实际上就是叙述行为的发出者，包含着明显的"实践"之意。

普林斯给主体下了定义："在格雷玛斯的模式中，指深层叙述结构层面上的行动者 ACTANT 或基本角色 ROLE。主体 SUBJCET 寻找客体 OBJECT。在叙述表层结构层面上，它被具体化为主人公 PROTAGONIST。"② 普林斯认为主体具体表现在格雷玛斯深层叙述结构和表层叙述结构中。在经典叙述学中深层叙述结构对应故事，叙述表层结构对应话语，故事是按事件正常发生顺序的叙述，话语是对事件发生顺序重组的叙述。所以这里主体相当于故事里的行动者，相当于话语中主人公。主体的任务是寻找客体。这个主体为行动主体或人物主体，具有明显的"实践"之意。普林斯对叙述主体的定义建立在书面文学基础之上。

在关于的叙述底线定义中，赵毅衡提到了"特定主体""某个主体"，分析其定义可知，"特定主体"实际应是"叙述主体"，而"某个主体"是第一次叙述化的主体，也就是符号发送主体。"叙述主体"这个词首见于对叙述底线定义的阐释中：

与符号文本不同的是，叙述必然有一个叙述主体，具有情节意义的叙述文本不可能自然发生，叙述文本的发送者也可能是叙述者构筑的，例如"天狗吃月亮"；例如许多历史学家把火山爆发毁灭了庞贝城的报道，看作是上帝对庞贝罗马人的骄奢淫逸的惩罚。此时，符号的发送主体是符号文本接收者构筑的，例如古代政治家热衷于"望气"，或"夜观星象"，他们是在构筑天意这个发送主体、这就成为一个完整的叙述过程，因为已经追加了（哪怕是"想象的"）叙述主体。③

由该段论述可知，叙述主体是叙述文本必不可少的叙述要素；叙述文本

---

① 赵毅衡. 符号学原理与推演 [M]. 南京：南京大学出版社，2011：334.

② [美] 杰拉德·普林斯. 叙述学词典 [M]. 乔国强，李孝弟，译. 上海：上海译文出版社，2016：220.

③ 赵毅衡. 广义叙述学 [M]. 成都：四川大学出版社，2013：7.

的发送者既可以被叙述者构筑，也可以被文本接收者构筑；叙述文本的发送主体与接收主体在特殊的叙述体裁中可以同一，如日记、梦、发誓。因此，可以推断叙述主体包括叙述的发送主体。在《广义叙述学》的"叙述者"这一章中，赵毅衡肯定了这个观点："叙述者，是故事'讲述声音'的源头，'导论'中给出的第一种，所谓'叙述主体'，即叙述的发出者。"① 这句简短的话中实际包含了3个重要概念：叙述者、叙述主体、叙述发出者。这3个叙述要素之间关系是："叙述主体是叙述发出者"，"叙述者是叙述发出者"。由此可以推断，叙述者就是叙述主体，因此，叙述主体、叙述发出者和叙述者三者是同一含义的不同名称，是三位一体的关系。从另一个角度也可以看出叙述者、叙述主体与叙述发出者内涵一致，即这三者共同对应的概念是受述者。广义叙述学并没有在具有哲学和符号学色彩的"叙述主体"这个概念上展开研究，而是将"叙述主体"等同于经典叙述学的概念"叙述者"，然后研究了一般叙述者的普遍形态规律。由此可见，广义叙述学是在经典叙述学基础上发展起来的，并不是横空出世；其研究范围虽然空前扩容，但叙述者这个叙述要素还是得到学界的普遍认可和广泛运用。

为了不与小说叙述者概念混淆，突出史诗叙述者是有血有肉的创作者的形象，必须弄清史诗叙述者与小说叙述者的各自内涵：前者是生活于现实世界中的人，是史诗作品的传承者、演述者和创编者；而后者是"真实作者是生活在现实世界的人，叙述者则是真实作者想象的产物，是叙事文本中的话语。"② 史诗叙述者主要责任是传承古老的神话英雄故事；而小说叙述者的主要责任是表达作者内心。史诗叙述者直接面向现实中的受述者（观众）；小说叙述者面向真实作者的想象读者。史诗叙述者依赖传统；小说叙述者依赖虚构。史诗叙述者是史诗作品的传承人，是传统与个人的综合体；小说叙述者是作者的替身，或是作者另一个自我。

（二）口传史诗叙述主体内涵

本书认为在口传史诗中，叙述主体不仅包括叙述符号发送者，还包含叙述符号接收者，因为叙述符号发送者是由叙述符号接收者发展转化而来，这

---

① 赵毅衡. 广义叙述学 [M]. 成都：四川大学出版社，2013：91.

② 胡亚敏. 叙事学 [M]. 武汉：华中师范大学出版社，2004：37.

两者共同构成口传史诗叙述主体的真正内涵。

叙述者与叙述发送者内涵一致，是叙述主体的一个方面。叙述主体的主要功能有二：其一，把人物、事件构造成可被接收和理解的符号文本，并进行传递；其二，接收主体接收和理解这个符号文本。接收主体完成接收理解后转变成两种身份：首先成为叙述的消费者，自己脑海可重现这个文本中人物形象或事件框架，自己也可进行伦理、道德、社会和心理等层面的分析与讨论等，因此这是一个内化过程，完成二次叙述化。[①] 其次变成新的叙述者，在前一内化过程的基础上，接收主体将自己头脑中的事件向其他人叙述，变成了新的二次叙述者，成为又一个叙述主体。这是叙述主体互相转化的过程，先内化再外化，接收主体变成了新的叙述者，即叙述符号发出者。

与经典叙述学重视文本深层和表层结构研究相比，广义叙述学更加注重叙述交流中两次叙述化过程，这两次叙述化过程必须由叙述主体参与完成。在一次叙述化过程中，叙述主体是叙述符号发送者，是符号文本形成和发送的阶段，大脑文本转变为叙述符号文本；在二次叙述化过程中，叙述主体是叙述符号接收者，叙述符号文本转化为接收文本，是接收和理解的阶段。因此，叙述主体应包括叙述符号发送主体和叙述符号接收主体，二者共同完成叙述交流过程。在二次叙述化过程中，叙述符号接收者可转化为新的叙述符号发送者，叙述主体之间相互转化，在口传史诗中我们可以将这个过程称之为传承。

史诗叙述是史诗艺人面对观众的现场创作和表演，因此，从最简叙述定义来看，史诗的一次叙述化和二次叙述化同时进行，这是口传史诗叙述最突出的特点。这就要求史诗叙述者和听众同时在场，二者处于同一叙述层面。史诗能进行现场创作和表演主要是因为史诗叙述的内容是代代相传的英雄故事，史诗的叙述高度程式化，人物名字前的修饰语、典型场景、结构模式等即使在同一诗章中也会重复出现。史诗艺人的任务是将这些内容组织成语言符号文本，并现场演述出来。因此，从符号信息交流的视角看，在每一次表演中，史诗艺人都是一次叙述化的叙述主体，但从演述内容和传承方式来看，史诗艺人是古老史诗艺术的传承者，在成为史诗艺人之前其必须是二次叙述化过

---

① 口传史诗艺人首先是受述者，即接收主体。

程中的叙述接收主体。

　　史诗艺人具有双重身份：一次叙述化叙述主体；接收主体，即二次叙述化叙述主体。史诗叙述与现代汉语语法中兼语（加注）功能十分相似，兼语是前一个动作的接收者，后一个动作的发出者，因此，可将民间史诗艺人理解为兼语式叙述者。

　　民间史诗《江格尔》的理论上作者已不可考，史诗艺人通过前辈艺人学会演唱史诗。江格尔奇在成为真正的史诗艺人之前主要以二次叙述化过程中叙述符号接收者身份存在，这是学习和成长阶段，也是接收和理解阶段。当江格尔奇成为真正的史诗艺人后，开始为他人演唱史诗，这是一次新的叙述化过程，他将史诗中人物和事件组织进符号文本，然后传递给受述者，或许他的受述者中也有未来的江格尔奇。因此，从作为叙述者的江格尔奇的自身发展过程看，先是作为叙述符号接收者，然后才是叙述符号发送者。作为叙述者的史诗艺人具有双重主体身份，既是一次叙述化过程的叙述主体，也是二次叙述化过程的叙述主体，但需说明的是，这两个叙述化过程不是发生在同一次叙述交流活动中。

二、叙述者身份

（一）人格与框架统一

　　叙述者身份问题在叙述学研究中占有极重要的地位。米克·巴尔在《叙述学：叙述理论导论》中将叙述者作为整个叙述理论的第一个研究对象："叙述者是叙事文本分析中最中心的概念；叙述者身份，这一身份在文本中的表现程度和方式，以及含有的选择，赋予了文本以独有的特征。"[①] 除了肯定叙述者在文本分析中的重要性外，米克·巴尔还涉及叙述者的身份以及由此而决定的文本特征。找到叙述者、分析叙述者身份一直是经典叙述学研究小说之旨趣。广义叙述学将叙述者身份的确定和分析列为自己的第一要务："找到叙述者，是讨论任何叙述问题的出发点。"[②] 仅小说叙述者身份都很难确定，广义

① ［荷］米克·巴尔.叙述学：叙述理论导论［M］.谭君强，译.北京：北京师范大学出版社，2015：15.

② 赵毅衡.广义叙述学［M］.成都：四川大学出版社，2013：91.

叙述学意义上的一般叙述者的形态的确立就更难上加难。然而这主要是针对书面文学而言，口传史诗的叙述者相对更明确。口传史诗的叙述者就是史诗艺人，这是生活中真实存在的人，与小说中虚构的叙述者是不同的，这一点已在上一部分内容中阐释过。

赵毅衡认为："寻找叙述者，是建立一般叙述学的第一步，却也是最困难的一步。"[①] 因此，他在全域叙述体裁的叙述者研究中提出了叙述者二象理论：叙述者有时候呈现为人格性的个人或人物，有时候却呈现为叙述框架。二者同时存在于叙述之中，框架叙述者是普遍存的形态，是基础；而人格叙述者是特殊形态。

叙述者二象理论是广义叙述学独特的贡献。本书以图表形式概括了广义叙述学的叙述者类型，具体见表二，根据叙述者所使用媒介将叙述分为了纪实（拟纪实）型叙述、书面文字虚构型叙述、记录演示类虚构叙述、现场演示类虚构叙述和内心拟虚构型叙述等5种类型。[②]

表二　叙述者类型表

叙述类型	叙述者类型	二象呈现	体裁
纪实型叙述	作者-叙述者人格合一	极端人格	历史、新闻、庭辩
记录类虚构叙述	分裂式叙述者	人格分裂	小说、叙事诗
记录演示类虚构叙述	框架叙述者	框架	电影、电视
现场演示类虚构叙述	框架叙述者	框架	戏剧、游戏、比赛
心像虚构叙述	梦叙述者	极端框架	梦、白日梦

根据上表，叙述者身份处在"极端人格"和"极端框架"的两个极之间，叙述者身份的人格-框架化程度根据不同的体裁而定。纪实型叙述属于极端人格化的叙述，叙述者与作者合二为一，其叙述真实度最高；而梦属于极端框架化的叙述，无真实性可言。处于二者之间的叙述体裁都具有人格化和框架化二象因素。

---

① 赵毅衡.广义叙述学[M].成都：四川大学出版社，2013：91.

② 赵毅衡.广义叙述学[M].成都：四川大学出版社，2013：93.

根据此理论,口传史诗叙述者(史诗艺人)在叙述中经常用两种身份演述,一是史诗艺人身份,一是史诗人物身份,以史诗艺人身份进行的叙述主要是框架叙述,是对背景、人物、故事、细节、结构等全面把握;以史诗人物身份进行的叙述是人格叙述,是对史诗人物话语的直接摹仿。在史诗《江格尔》中,史诗艺人主要是以这两种身份不断进行转换叙述。因此,口传史诗叙述者呈现"人格-框架二象"。

(二)传统与个人统一

口传史诗理论上的作者已不可考,口传史诗主要靠艺人一代代传承下来。史诗叙述者都是二次叙述化的叙述主体,同时也是一次叙述化接收主体。史诗叙述者的身份是双重的,是传统与个人的统一,这与"人格-框架二象"对应。

口传史诗叙述者是有血有肉的实际讲述者,虽然讲述传统故事,但个人因素对史诗传承与发展影响很大。口头程式理论认为故事歌手是史诗叙事歌的创作者。据田野考证,一个歌手在不同时间演唱的同一首歌,内容是不完全相同的;不同歌手演唱同一首歌也是不同的,因此,歌手每一次演唱就是一个独特的文本,进而得出活态口传史诗的演唱者就是创作者的结论。但这个创作者与史诗的理论上的作者是不同的,创作者仅是"这一"史诗的作者,这时可以说叙述者与作者身份合一,"这一"史诗的独特性就在于不会有完全一致的史诗出现,即使叙述者立刻重唱也不会完全一致。"唯一性"是口传史诗在叙述上的主要特点。叙述者个人的能力水平对史诗发展有着很大的影响。《伊利亚特》和《奥德赛》流传至今,这与荷马的创编能力是分不开的;卡尔梅克江格尔齐奥夫拉·鄂利杨演唱的《江格尔》有世界性的影响;在我国新疆,著名的江格尔齐有冉皮勒、加·朱乃等,他们演唱的《江格尔》有很重要的地位,这都与史诗艺人有很密切的关系。一般来讲,演唱水平高,会唱的章节多,江格尔齐的名望也高,经常被封为某汗王的江格尔齐,经常会得到奖赏。特·贾木查在《〈江格尔〉的流传及蕴藏概况》中说:"早在二三十年代,和布克赛尔的土尔扈特蒙古中曾有过西希那·布拉尔、夏拉那生、胡里巴尔·巴雅尔等著名江格尔齐。"[①]可见，史诗叙述者个人能力因素对叙述接收者的影响很大，对于口传史诗的传承来说，最好的影响就是在叙述接收者中培养了新的江格尔奇。因此，口头史诗的研究应重视史诗艺人因素，但随着老艺人相继离世，对艺人的研究几乎成为奢谈。于是，对由录音整理而成的文字文本进行研究显得尤为重要。

史诗叙述者主要受传统因素影响，这是史诗能够传承下来最主要的原因。传统因素就是史诗中的稳定性因素，这些稳定性因素决定了史诗的性质。活态口传史诗因叙述者不同，文本也有较大不同，但其中的稳定性因素是不变的，而且稳定性因素在史诗中占主导地位。稳定性因素主要包括程式化词句、典型场景、故事结构类型等。

程式化词句中，英雄的名字是较强的稳定性因素。在《江格尔》中，修饰江格尔常用的程式化词语有"一代孤儿""像十五的月亮的""端坐在四十四条腿的赞丹金座上的"等；修饰洪古尔的程式化词语有"赤胆忠心的""狮子英雄""勇敢的""力大无穷的"等；修饰阿拉坦策吉的程式化用语有"聪明过人的""能追述九十九年的往事，能预卜未来九十九年凶吉"等。在典型场景描述中经常有英雄出征前的备马鞴鞍场景，诗章开头和结尾喝酒聚会场景，途中战马帮助英雄的场景等。征战和婚姻是史诗《江格尔》主要的故事范型。这些构成了口传史诗中的稳定性因素。史诗叙述者作为叙述主体，并不是完全自由想象的主体，而是受传统的严格约束。史诗艺人与史诗理论上的作者之间是流与源的关系；史诗叙述者也不会像梦叙述者一样毫无主体性，史诗文本的多样性就与史诗叙述者个人因素有关。但江格尔奇一般都要把他已经开始演述的史诗说唱完，但又不能把史诗全部唱完，更不能随便改动史诗内容，如果不遵守这些约束，史诗艺人认为自己将会受到神灵的惩罚或折寿。这些都是江格尔奇恪守的传统法则，这也是史诗传统得以传承的主要保障。

口传史诗叙述者是两次叙述化过程的叙述主体。史诗艺人掌握了足够的程式词句、典型场景和故事范型，那么每一次演唱都是一次新的叙述化过程。这也是史诗大量异文存在的原因。因此，口传史诗叙述者既受传统因素

---

① 中国民间文艺家协会新疆维吾尔自治区分会.《江格尔》论文集 [C]. 乌鲁木齐：新疆人民出版社，1988：30.

影响又与其个人因素有一定关系,其身份是传统因素与个人因素的结合,在传统与个人二象性因素中恪守传统是主导。

(三)主体性与变异性

叙述主体是口传史诗最重要的叙述要素之一。口传史诗作为古老的叙述艺术,是由史诗艺人独自演述完成,可称为一个人的艺术。口传史诗在前文字时期是艺术的无冕之王,至少在柏拉图时代堪与哲学比肩,史诗叙述者的影响力甚至超越哲学家,也因此遭到哲学家的嫉妒。荷马是受到亚里士多德赞扬的唯一一个史诗诗人,而其他史诗诗人则被贬低为编年史家,因为荷马史诗的叙述符合亚里士多德的情节理论。史诗被戏剧化之后,其他类型的史诗便很难流传下来。史诗叙述研究被情节化理论所支配,但围绕荷马"一人说"和"多人说"对史诗叙述者的研究却没有中断,口传史诗作者问题一直是西方史诗研究的重要问题,如维柯的"多人说"、黑格尔的"一人说"。这都说明史诗叙述者是口传史诗研究重镇,没有了他们,口传史诗就失去活态传承的基础。专门对史诗叙述者的研究始于口头程式理论,帕里和洛德通过对歌手训练与表演的研究,揭示了史诗诗人能滔滔不绝演唱长篇史诗的奥秘。国际史诗研究终于在 20 世纪彻底转向,即由重文本情节结构模式的研究转向重叙述者的研究。世界其他地区的史诗并没有走古希腊史诗戏剧化的发展道路,在一些没有受荷马史诗影响的文化中还流传着许多活态史诗,如中国三大史诗。这就阐释了古希腊史诗研究为什么定格在书面经典化阶段,荷马史诗成了西方史诗研究的典范。无论何种形态,口传史诗叙述者主体性身份的地位不会改变。

1. 变化性

从口传史诗整个发展阶段来看,口传史诗的叙述者具有变化性。在原始史诗时期,叙述者就是史诗艺人,但在进入到书面化时期后,叙述者已不在场,不是活生生的史诗艺人了,而是潜隐起来,这就与小说叙述者相似。这就是为什么要将书面经典化口传史诗当作书面文学的源头原因。书面经典化史诗是经过了文人的加工处理与编排,具有明显的文学化的痕迹,如色道尔吉和胡尔查的《江格尔》汉译本就是如此。书面文学的叙述者由真实作者设定,创作完成后就不会发生变化,变化的是受述者,不同的读者可以做出不同的理解；口传史诗由于理论上作者不详，史诗由代代史诗艺人传承下来，史诗叙述者就是史诗艺人。因此，史诗叙述者处于不断的变换中。一个符号文本的接收者（读者）是无限多的，即使同一读者在不同时间读同一部作品的认识和理解是很不同的，因此叙述文本始终处在"不断构造的（Structring）"状态中，而不是已经"构造好的（Structured）"。符号文本转化为叙述文本关键在接收主体（受述者），叙述文本的多样性就在于二次叙述化主体的多样化。我们经常听到"一千个读者就有一千个哈姆雷特""每一位藏族人心中都有一部《格萨尔》"，这都说明接收主体在理解主要人物和作品上是不尽相同的。二次叙述主体与一次叙述主体在口头史诗中处于不断循环转化中，史诗叙述者是由史诗受述者转化而来。一个史诗艺人就是一个史诗叙述者。因此，口头史诗叙述者不是固定不变的，具有明显的变化性。一种情况是史诗艺人随着时间和环境的变换而自身发生，一个歌手在其学艺、出徒和成熟时其演述的效果是大不同的；另一种情况是不同时代的史诗叙述者之间传承也会发生变化，比如作为叙述者的老师与作为叙述者的徒弟，他们演述内容会有很大不同，徒弟高于或低于老师的情况都有。叙述者的变化性是口传史诗叙述主体的特性，其结果就是异文大量产生。《江格尔》现存大量的文本就是口传史诗叙述者不停变化的结果。

2. 变异性

变异性与口传史诗叙述者个人因素有直接关系。变异性是相对于具有稳定性的传统因素而言的。史诗叙述者的身份是传统性和个人性的综合体，传统性内容占主导的史诗艺人就是传统型史诗艺人，反之个人性因素越强，口传史诗叙述者变异性就越大。史诗叙述者个人因素主要表现在两次叙述化过程中。史诗艺人是在接收和继承前辈艺人的基础上进行的，个人因素使口传史诗的独特性表现出来。巴图那生记载的一件趣事可为例证：查干活佛一次来和布克赛尔[①]时，让西希那·布拉尔说唱《江格尔》中的"布尔洪·包尔芒乃"一章，布拉尔演述结束后，查干活佛评论说："你说得很好，只是布尔洪·包尔·芒乃英雄在战斗中断了马鞭上的皮条，掉了马鞭，返回来拿的情节没有

---

① 该县被称为江格尔故乡。

说,其余都说了。"①从这段记载可以看出,史诗艺人在选择演唱内容材料时具有很大的自主性,在不偏离传统的情况下,叙述者应有对故事情节的选择权。个人性因素是口传史诗叙述主体变异的主要原因。在现代高科技以及复杂社会环境作用下,不得不面临的一个实际问题是口传活态史诗的活态传承困境。在 20 世纪 70—80 年代为了抢救《江格尔》,大量口传史诗被文字和录音记录下来,形成了宝贵的研究资料,现在研究所用的大部分文本就是录音文本。这些文本是当时现场演唱的记录,因此实质还是口传史诗,而不是经过文人加工整理后的书面化文本。研究这些被记录的文本不能仅就文本论事,而是应尽量还原当时叙述交流的场面,这样才能更好地抓住口传史诗的本质,而不只是流于对文本的形式分析。口传史诗叙述主体变异性主要发生在活态传承阶段,当口传史诗由口头阶段进入文字化阶段后,叙述主体就不会发生变化,也就不会有变异性了。

当今是"互联网+"的时代,这为口传史诗的活态传承搭建了新的传播平台。拍摄视频已不再是行家里手的专利,微视频在网络平台传播已是平常事。随着国家对传统文化的重视,口传史诗的活态传承会进入新的发展阶段。

三、叙述者功能

(一)叙述者功能分类

叙述者作为叙述学研究的核心概念之一,其价值主要体现在功能方面。叙述者必须与视角一起才能构成叙述交流活动。叙述者最核心功能就是叙述功能。

热奈特在《叙事话语》中根据叙述者与不同的叙述要素关系总结了叙述者的 5 项功能:叙述功能、管理功能、交际功能、见证功能(证明功能)和思想功能。叙述功能是叙述者最根本的功能,是任何叙述者类型所必须具备功能,如果没有讲述故事行为,叙述者便失去其资格;管理功能是叙述者的组织文本的功能,即在元语言中标出话语的衔接、关联、内在联系;交际功能涉及叙述者发出者与叙述接受者之间的关系,这属于叙述情境问题;见证功能(证明

---

① 中国民间文艺家协会新疆维吾尔自治区分会.《江格尔》论文集[C].乌鲁木齐:新疆人民出版社,1988:55.

功能）是叙述者与故事之间的情感、道德或精神的关系；思想功能是叙述者对故事的权威性评论，带有对故事的直接或间接的干预甚至说教。[①] 热奈特建议研究者不必拘于以上 5 种功能的划分，不同的真实作者对叙述者功能的要求是不一致的。除了叙述者的叙述功能外，"其余的既不是完全不可以缺少的，也不是——哪怕费尽心机——可以彻底避免的。确切地说，问题在于重点和相对分量上"[②]。这就意味着叙述功能是必不可少的，其余 4 项功能则是非必要的。

我国叙述学专家胡亚敏在整合热奈特的叙述者功能基础上，也提出叙述者的 5 项功能：叙述功能、组织功能、见证功能、评论功能、交流功能。[③] 与热奈特相比，其中叙述功能、交际功能和见证功能保持不变；组织功能代替了管理功能，组织功能就是文本内在结构和要素的管理和取舍；评论功能代替了思想功能，二者实质上是一致的，都指叙述者介入叙述，对叙述进行解释和评论。胡亚敏的功能理论更容易被接收理解，但该理论主要是针对小说叙述者而言，这类叙述者最大特点在于其虚构性，叙述者本身是真实作者的虚构。

广义叙述学认为叙述者在叙述交流活动中应有以下 5 项功能：（1）设立一个"叙述者框架"，把叙述文本与实在世界或经验世界隔开。在框架内的任何成分都是替代性符号，而把直观经验连同其对象现象世界，隔到框架外面。（2）这个框架内的材料，不再是经验材料，而是通过媒介再现的携带意义的叙述符号。（3）这些叙述元素必须经过叙述主体选择，大量可叙述元素因为各种原因（如风格化、为道德要求、为制造悬疑）被选下。（4）留下的元素则经过时空变形，以组成卷入人物与变化的情节，此即叙述者的一度叙述化。（5）受述者把叙述文本理解成具有时间向度与伦理意义的情节，此即受述者的二度叙述化。[④] 对这 5 项功能进行概括：框架区隔功能、媒介再现功能、选择素材功能、组织文本功能（一度叙述功能）、传播交流功能（二度叙述功能）。这 5 项功能是在一次完整的叙述交流过程中实现的，具有因果逻辑联系，而不是

① 张寅德. 叙述学研究 [M]. 北京：中国社会科学出版社，1989：275.

② 张寅德. 叙述学研究 [M]. 北京：中国社会科学出版社，1989：275.

③ 胡亚敏. 叙事学 [M]. 武汉：华中师范大学出版社，2004：52.

④ 赵毅衡. 广义叙述学 [M]. 成都：四川大学出版社，2013：103-104.

并列平行关系,框架区隔功能、媒介再现功能、选择素材功能是叙述者叙述功能的前提条件,一度叙述化是二度叙述化的前提条件。可见,广义叙述学是从符号交流的角度来研究叙述者功能的,叙述者功能贯穿在叙述交流整个活动过程中。

从热奈特、胡亚敏和赵毅衡三位学者关于叙述者功能分类来看,叙述者最本质的功能就是叙述功能,存在于任何于叙述中,而其他功能则受作者风格和文体影响。本书综合上述观点,对口传史诗的叙述者功能问题进行探讨。

（二）口传史诗叙述者功能

从广义叙述学二次叙述化理论上看,口传史诗叙述主体是兼语式叙述主体,既是一次叙述化叙述主体,也是二次叙述化的接收主体,且二者处于不断的转化中。叙述主体或叙述者就是现实中史诗艺人,这是一种具有特殊身份的叙述者,是史诗叙述者和创编者的综合体。因此,其叙述者功能具有独特性。

史诗在古希腊时期就被亚里士多德称为用韵文讲述传统故事的文体,史诗艺人就是传统故事的讲述者,也就是史诗的叙述者。史诗叙述者不同于经典叙述学的"叙述者"概念,而是生活中真实存在的人。史诗叙述者具有一般"叙述者"最本质的功能——叙述功能。史诗艺人不仅是叙述者,而且还是故事的创编者。这个创编者不可混同于真实作者,而是"这一"史诗歌的创编者。理解这样观点我们必须承认这样的事实:口传史诗虽然理论上作者不详,但不能否认其存在。作为"这一"史诗的创编者,具有这样几点内涵:第一,不同于作者的原创性,因为史诗是从前辈继承下来的,但又不是完全的复述和背诵,而是对传统故事的再创作,即二次叙述化。第二,"这一"意味着史诗的独特性,或唯一性,无论是同一艺人不同时间演唱同一史诗歌,还是不同艺人演唱同一史诗歌,都不会出现完全一致的史诗歌。第三,"这一"创作者具有叙述者的组织功能、选择功能,因此"这一"创作者具有明显的叙述者的功能,是叙述者和创编者的合一。

根据经典叙述学和广义叙述学叙述者功能理论,本书认为口传史诗叙述者具有叙述功能、创编功能、传承功能、情感功能和交流功能,下面以《江格尔》为例进行阐释。

其一，叙述功能。史诗艺人用韵文演唱或讲述传统神话英雄故事。无论讲述还是演唱，史诗艺人都会向受述者发送传统故事的人物、情节、场景等符号信息，完成叙述交流和传达信息的任务。口传史诗叙述者就是史诗艺人，具有现场性和真实性，而不像书面小说叙述者那样是由作者虚构而成。因此，口传史诗叙述者的叙述功能直接取决于史诗艺人（叙述者）自己，而不取决于真实作者，这是口传文学与书面文学叙述者功能的本质区别。叙述功能是史诗艺人最基本的功能，失去该功能便不是史诗叙述者。

其二，创编功能。史诗艺人现场表演的过程，其实就是现场创编的过程，这是史诗艺人的独特能力，包含组织文本能力、选上选下材料能力等，这种创编能力的形成需要一定时间。在学习的时间内，故事歌手主要学会运用程式来叙述。程式是由于表演的急迫需要而出现的一种形式，只有在表演中程式才存在，才有关于程式的清楚的界定。① 只有学会程式化叙述，史诗叙述者的创编能力才真正成熟。现场的创编能力一般只存在于活态口传史诗中，创编功能有两方面的内涵：一是在原有素材（传统故事）基础上编制而成史诗艺人口中的故事，这种编制能力是主要方面；二是在编制传统故事时需要发挥个人的主观能动性，组织能力和选择能力很重要。因此，口传史诗叙述者的创编功能是一种传统的在场口头文学创作与编制的能力，是衡量史诗艺人是否优秀的重要标志。

与书面小说叙述者功能相比，创编功能无疑是史诗叙述者所独具的功能，这由史诗叙述者是现实中的人所决定的。当前活态史诗口传危机的出现主要原因是史诗艺人不断减少，一批老艺人离世后史诗的真正的传承人断层。不难看出，史诗艺人是口传史诗最重要的叙述因素。史诗艺人的演唱被记录下来而形成了文字化文本，从此史诗这种古老口头文学现实中的叙述者（史诗艺人）消失，取而代之的是"纸上的生命"，即书面上的叙述者，这意味着口头文学向书面文学的转变。"纸上的生命"源自罗兰•巴特："叙述者和人物主要是'纸上的生命'。一部叙事作品的（实际）作者绝对不可能与这部叙事作品的叙述者混为一谈。叙述者的符号是存在于叙事作品之内的，因此，完全

---

① ［美］阿尔伯特•贝茨•洛德著.故事的歌手［M］.尹虎彬，译.北京：中华书局，2004：44.

能够作符号学分析。"①罗兰·巴特在注释中解释了这个区分的原因：历史上有极其大量的叙事作品是没有作者的，如口头叙事作品、民间故事、行吟诗人和朗诵者的史诗。口传史诗就是其中之一，没有作者只有叙述者。不难看出，罗兰·巴特是站在书面文学的立场来区分实际作者与叙述者的。书面文学的叙述者是纸上的生命；但无作者的口传史诗的叙述者却是活生生的现实中的人。创编功能就是现实中活生生的人的功能，"纸上的生命"无法进行创编。

其三，传承功能。史诗故事源于传统，而不是史诗艺人的独创或异想天开。因此，传承功能是史诗叙述者极为重要的一项功能。传承功能让史诗保留着大量关于早期人类社会的文化信息，如神话、传说、宗教、仪式、历史、人物。史诗艺人一般不会随便更改史诗传统的内容，这也是一些史诗内容具有重要文化研究价值的主要原因。口传史诗的传承功能是民族文化认同的重要保障，在不同发展阶段，口传史诗的文化传承功能保持稳定。《江格尔》几乎每一诗章都会出现有关战马的颜色、形态、名字和马具等一系列的叙述，其实这就是一种民族文化传承现象。作为马背上的民族，战马是他们的生活生存必需品，这就容易理解史诗《江格尔》中对战马反复进行叙述甚至神化叙述的深层原因。

其四，情感功能。口传史诗艺人在表演中具有明显的情感倾向，民族英雄主义精神是贯穿史诗的主旋律。口传史诗艺人现场演述的声音和用词都具有很明显感情基调，如《江格尔》主要表现英雄和蟒古斯恶魔的斗争，史诗艺人始终具有鲜明饱满的情感，对英雄极度赞美，对恶魔万分憎恶。这也是当时人们善恶观的表现。通过录音整理的文字文本虽然失去声音，但通过用词依然能明显感受到叙述者江格尔奇情绪的感染力。然而在书面经典化的荷马史诗中，荷马对希腊和特洛伊双方英雄都进行了赞扬，作为叙述者的荷马，其情感基调就不是很鲜明，这种现象值得引起思考，即荷马的身份问题。荷马不属于希腊或特洛伊人，而是另一民族或国家的诗人吗？另一种推测就是口传史诗在书面经典化阶段由于真实叙述者消失，史诗的情感基调也就相对变得不突出，鲜明的爱憎情感以及民族性减少，纯粹英雄主义精神增加，这为口传史诗的跨文化、跨语言、跨民族传播与发展提供了可能。

① 张寅德．叙述学研究［M］．北京：中国社会科学出版社，1989：29．

其五，交流功能。该功能是对受述者而言的，指史诗叙述者在表演中与叙述接收者之间的交流与沟通，这体现在两次叙述化过程中。在口传史诗现场演述时，也是口传史诗一次叙述化和二次叙述化同时进行时，史诗艺人可以暂停叙述，与周围听众进行交流互动，或者观众主动提出问题，让艺人回答。但在书面文学中，这种叙述交流不可能发生在作家创作时，可能发生在二次叙述化过程中，读者在接收和理解作品时会产生与作者进行对话交流的想法，或者在现实中与作者进行现场或书面的交流对话。口传史诗的叙述交流功能在口头形态演述中是直接而明显的，正如上文中提到，江格尔奇在演唱中被问到为什么打胜仗不喝酒庆祝的问题时，江格尔奇随后便加了一段喝酒吃肉庆祝胜利场面的即兴叙述。但在口传史诗文字化和书面经典化形态，其叙述交流功能是隐性的，是"纸上的生命"与读者的对话交流，与书面文学的对话交流相似。

综上所述，从广义叙述学关于叙述的底线定义来看，叙述有两次叙述化过程：一次叙述化是叙述主体把某些事件组合进一个文本；二次叙述化是接收主体在文本中读出一个卷入人物的情节。两个叙述化过程都涉及了叙述主体问题，即一次叙述化的叙述主体和二次叙述化叙述主体，后者兼有的身份就是一次叙述化的接收主体。由于口传史诗理论上作者不可考，口传史诗叙述主体主要就是史诗叙述者，即史诗艺人或故事歌手。口传史诗作为古老的叙述艺术，其表演过程就是一次完整的叙述交流过程。史诗艺人是一次叙述化的叙述主体，同时又是具有特殊身份的叙述主体，其特殊性表现在在成为一次叙述化的叙述主体之前首先必须是以往一次叙述化的接收主体[1]，也就是说，史诗艺人具有两种身份：首先是一次叙述化的接收主体，然后是新的一次叙述化的叙述主体，史诗艺人首先是信息符号的接受者，然后是信息符号的发出者。史诗艺人的两种身份是在不同的叙述交流过程中形成的。叙述主体的兼语性也是口传史诗的一个共性，即只有首先是接收者和学习者，然后才能成传承者和演述者。

史诗的功能主要通过史诗叙述者来体现，因此叙述者是口传史诗最重要

---

① 史诗艺人在成为真正艺人之前，首先是接收主体，作为接收主体的史诗艺人与作为叙述主体的史诗艺人是在两次不同的叙述交流过程中的身份。

的叙述要素。口传史诗叙述者的功能主要有叙述功能、创编功能、传承功能、情感功能和交流功能。这些叙述者功能在口传史诗的原始阶段最为突出，但随着口头演述传统的消失，口传史诗逐步受到文字记录者和史诗编辑者的影响，其叙述者身份内涵也越来越复杂，叙述者功能也发生一定的变化。

口传史诗叙述文本

口传史诗研究中一个难点就是文本问题。由于流传时间长且口耳相传的方式，再加上主客观因素，口传史诗在活态传承阶段难以形成统一的权威文本或标准文本，即使同一诗章也出现多种异文文本。因此，合理选择史诗文本并做出科学的学术分析是口传史诗研究的关键。对书面经典化的史诗研究无疑建立在书面文本基础之上；同样对活态史诗的研究也离不开文本分析。本章运用广义叙述学的底本（Story）述本（Discourse）理论对口传史诗文本问题进行分析研究。本书选用的汉文全译本《江格尔》主要是根据录音整理本翻译而成，最大程度保留了口头文本原貌。

一、口传史诗文本类型与属性

（一）口传史诗文本演变

现存的史诗文本类型与其演变过程有密切关系。从文本来源上讲，主要有两类：口头史诗文本和口头史诗文本变体。正如朝戈金认为："从作为史诗研究对象的文本来源上讲，一般划分为两个主要的层面：一则是口头文本（Oral Text），二则是源于口头传统的文本（Oral-Derived Text）。"[1] 这种化繁为简的分类方法比较符合史诗发展的实际。从史诗文本来源看，史诗最原始文本就是口头文本；其余文本类型都可归于源于口头传统的文本，包括文字化

---

[1] 朝戈金.口传史诗诗学：冉皮勒《江格尔》程式句法研究 [M].南宁：广西人民出版社，2000：89.

文本和书面经典化文本。口头文本是本源，其余文本是变体，二者是源与流的关系。前者主要媒介为口头言语，在现场表述为声音文本；后者主要媒介为文字，主要有文字化文本、书面经典化文本和文人创作的史诗文本，这些实质都是口头文本的变体。换言之，一切现存史诗文本都源自口头文本，口头史诗才是史诗真正的原始形态。这是本书书名选用"口传史诗"的主要原因。

口头文本主要就是指现场演述的声音文本。如果现场演述结束，口头文本也随之结束。口头文本是史诗早期最主要的传承文本，也是最符合史诗文体特征的活态文本，灵活地存在于史诗艺人的大脑意识之中，可称为"大脑文本"或"意识文本"；在现场演述过程中，史诗艺人把"大脑文本"转化为声音符号文本，即叙述文本；同时被在场观众（听众）接收理解为接收文本，即二次叙述化文本，亦即接收主体头脑中形成的文本。

学界目前确定了源于口头的书面文本主要有两类：其一是书面经典化作品；其二是文人创作史诗。但本书认为还应有一类文本应明确，即文字化文本。所谓文字化文本主要就是指用文字记录但还没有经过文人（艺人）加工处理的文本，应说明的是，通过录音整理出来的文本是文字化文本的一个重要类型。在前文字社会中，对重大灾难、历史事件和英雄人物等的记忆被艺术地保留在声音文本中，并代代口耳相传。文字作为一种替代人类记忆的工具出现后，用文字记录事件成为人类社会文明的一大进步。口头文本首先被记录成文字化文本，经过文人加工和长时间流传最终才可能形成书面经典化文本。用文字记录声音文本是许多民族留存口头文学的主要方式。我国《诗经》就是对当时各国民风民歌声音文本的记录，印度史诗和荷马史诗也都是很早就被文字记录的史诗。因此，一般来讲，文字出现越早的民族，口头文学文字化就会越早。用文字记录下来的文字化文本还在一定程度上保留着口头文学的主要形式和特点，如语句重复性、语词程式化、结构简单。随着文人作家书面文学的兴起，为了便于阅读，文人和学者不断对传统的文字化文本进行修订和凝练，最后形成了书面经典化的作品。《诗经》《罗摩衍那》《摩诃婆罗多》《伊利亚特》《奥德赛》《圣经》等作品都经历了这种"磨炼"才形成书面化经典。荷马史诗在柏拉图时代之前就已经开始书面经典化过程，最终成为西方文学文化源头之一。文人创作史诗主要是对书面经典化作品的模仿，如维吉尔的《埃涅阿斯纪》就是对荷马史诗模仿。文人创作史诗不是本书要重点讨论的问题，此不赘述。

　　文字化文本最早的媒介无疑就是文字。文字记录明显的一个劣势就是需要多次才能完成一个诗章的记录，明显的优势是可以阅读。随着录音设备的使用，现场演述的声音文本能被完整地录制下来，这就能有效弥补文字记录的不足。录音设备录制的文本可分为 2 类：其一是声音文本，这是目前口传史诗研究的原始资料；其二是用录音文本转成的文字文本，形成一种新的文本类型，即录音文字本，这是目前口传史诗研究使用最常见的文本，与文字记录本统称为文字化文本。《江格尔》是世界上为数不多的大型活态传承史诗，随着一批老艺人的离世，真正能演述史诗的艺人已很少，口头传承危机重重。其文本目前主要有口头文本（现场实施艺人演述的文本）、文字记录文本、录音文本（采录的声音文本）和录音文字本。这些源于口头的文字化文本具有独特的文本属性。

（二）口头史诗的文本属性

　　朝戈金认为："口传史诗有其内在的、不可移易的质的规定性，它决定着史诗传统的基本构架和程式化总体风格。"[①] 掌握口头史诗文本属性是开展文本分析的前提，文本属性决定着口头史诗区别于其他文学作品的内在品质。

　　口传史诗文本主要也经历 3 个阶段：第一阶段是口头文本（声音文本）；第二阶段是文字化文本；第三阶段是书面经典化文本。口头文本就是以口耳形式传播的声音文本，在文字和录音诞生之前，是史诗唯一传承方式。文字出现后，口头文本被记录下来，这就产生了手抄本、口述记录本等。录音机出现后，史诗文本出现了现场录音文本和录音文字文本。录音文本和录音文字文本是一种特殊形态文本。一些民族或国家的口头史诗活态流传至现今，其声音文本也就流传至今。我国新疆近几十年整理出版的《江格尔》文本，主要就是对老艺人的声音文本进行文字化处理的文本。这就意味着口头文本与文字文本、录音文本可以共存，而且互相之间关系复杂。口头文本（声音文本）与文字化文本、书面经典化文本的属性有着很大的区别。口头程式理论主要依

----

① 朝戈金. 口传史诗诗学：冉皮勒《江格尔》程式句法研究 [M]. 南宁：广西人民出版社，2000：72.

据口头文本对史诗艺人进行研究;西方古典史诗理论主要就是对口传史诗的书面经典化文本进行研究,柏拉图、亚里士多德、伏尔泰、维柯、黑格尔等都有对经典化史诗的精彩的论述,这些理论对当今的文字化口传史诗的研究也具有一定的借鉴意义,因为书面化经典史诗、活态口传史诗与文字化口传史诗同根同源。这已经在第一章做过较系统的阐述,此不赘述。

总之,学界对活态口头史诗文本和书面经典化史诗文本的研究都取得一定成果,但对文字化史诗文本和对整个口传史诗文本研究还有不足。主要原因是对口传史诗整个文本演变发展阶段和类型没有进行详细分析,加之文字化文本不适宜阅读,这些因素共同导致学界对文字化文本研究的困境。其实,文字化文本基本上保留着演唱原貌,口头演述形式特点突出,还没有被文人(艺人)文学化。与经典化书面史诗和文人创作的史诗相比,这是用文字化文本研究口传史诗叙述交流活动的最大优势。

朝戈金从 5 个层面探究了口传史诗的文本属性问题:其一,从口头文学与书面文学文本比较层面看,口传史诗没有"权威本"或"标准本";其二,从一个诗章内涵层面看,"一个"诗章和"这一个"诗章内涵不同;其三,从不同诗章比较层面看,诗章之间具有互涉关联的文本间性;其四,从活态演述层面看,口传史诗的文本是表演中创作的文本;其五,从语境层面看,以文字形式固定的文本(文字化文本)不仅是传统的文本,也是具体表演语境中的文本。[①]口传史诗没有"权威本"是相对于书面经典化文本而言得出的结论,因为书面经典化文学的研究建立在"权威本"或"精校本"之上。这一研究模式也曾被误用到口头文学中,由此而得的结论就很难具有说服力,因为无法确定哪位史诗艺人的口头文本是权威或标准。可见,没有"权威本"或"标准本"是文字化文本最突出的文本特征。每一个诗章的每一次演述,即使同一史诗艺人,也都是"这一个"诗章。第二个属性充分说明史诗艺人不是依赖机械地死记硬背来演述史诗,而是在传统的基础上,每次演述都是新的,这也是导致一个诗章异文多的主要原因,口传史诗的变异性随之产生。文本之间具有互涉关联的文本间性说明了口传史诗具有相当的稳定性因素,只有具有稳定性因

① 朝戈金. 口传史诗诗学:冉皮勒《江格尔》程式句法研究 [M]. 南宁:广西人民出版社, 2000:71-105.

素才能保证"一个"史诗长久传承。口头史诗是在现场具体语境中表演完成文本创作的，这与文人创作文学作品有着根本的区别。史诗艺人现场创编和演述受传统因素、个人因素和在场语境因素的多重影响，这种环境下创作的文本保持了稳定性，但又有了变异性。由此看来，这5种属性是口传史诗的文本共性，这主要是对口传史诗口头文本和文字化文本的概括和总结。

本章主要从广义叙述学视角以《江格尔》为例对口传史诗的文字化文本属性进行总结。

第一，稳定性与变异性共存。藏族的《格萨尔》、柯尔克孜族的《玛纳斯》和蒙古族的《江格尔》等口传史诗从产生到现在一直都能被本民族民众所认同理解和接受，其主要原因就是史诗文本具有很强的稳定性因素。但口传史诗中还有一些变异性因素，因为每位艺人所唱又是独特的"这一个"。从叙述学来看，无论稳定性还是变异性都与叙述主体有密切关系。史诗是民间集体创作，其叙述主体有2层内涵：其一是史诗艺人这个叙述者大群体，可称为史诗集体叙述者或史诗集体叙述主体；其二是一个史诗艺人叙述者，可称为史诗叙述者或史诗叙述主体。史诗集体叙述主体是能使史诗保持稳定性的主体，史诗个人叙述主体是史诗变异主要因素。正如刘魁立所言："民间文化事象的雷同性、重复性和不断再现性，是以这些事象的稳定性，或者说传统性，以及它们的变异性为前提的。如果没有前者，就不存在所谓不断重现的特点。如果没有后者，一切比较研究，也就变得毫无意义、毫无价值了。"[1] 口传史诗就是民间文化事象中雷同性、重复性和不断再现性的典型文体，其文本具有明显的稳定性因素和变异性因素。文本的稳定性因素是主要存在于口传史诗集体叙述者（史诗艺人）身上的共同传统因素。稳定性意味着传统性，传统性是史诗能够传承下去且被本民族认同的最主要因素。文本稳定性因素主要体现为英雄人物名称、典型场景和故事范型等在不同艺人之间的相同或相似。史诗艺人一般不会轻易改动这些传统的东西。

由于个人演述能力、社会权威、在场语境以及在表演中进行创作等诸多因素影响，史诗艺人每一次演述都是不一样的，这就会导致口传史诗的文本也发生变异。文本变异导致的直接结果就是史诗篇幅的逐渐增大和异文增

---

[1]　刘魁立. 刘魁立民俗学论集 [M]. 上海：上海文艺出版社，1998：96.

多。因此,"权威本"或"标准本"在活态史诗中难以确定。口传史诗中稳定性是决定性因素,是主要方面;变异性是客观存在的偶然性因素,二者是活态口传史诗始终共存的一对矛盾。口传史诗是民间文学中变异程度较小的艺术形式,而民间文学其他艺术形式(如故事、寓言)在跨文化、跨语言、跨民族传播时变异程度就更大,可能只保留了故事原型,如小红帽故事、灰姑娘故事,这些艺术形式的文本变异性超过了其稳定性。稳定性与变异性是民间文学较突出的文本属性,但口传史诗稳定性更强,这与史诗集体叙述者有关,与史诗叙述主体所要共同遵守的叙述伦理有密切关系。

第二,互文性(Intertextuality)突出。杰拉德·普林斯在《叙述学词典》中从 3 个层面解释了互文本(Intertext)的内涵:(1)被其他文本引用、重写、延长或者通过一般意义上的转换从而使其变为富有意义的文本(文本组合)。荷马的《奥德赛》是乔伊斯《尤利西斯》的互文本之一,二者具有互文性。(2)吸取并黏合其他文本多重性的文本。任何文本都有可能构成为互文本。(3)在互文意义上联系在一起的一组文本。① 从普林斯对"互文本"的定义来看,口传史诗文本是典型的互文本。口传史诗口耳相传的传承方式使得史诗艺人必须先学习前辈们的演述传统,然后把自己学会的歌表演出来。优秀学习者的文本中到处可见对前辈文本的引用、重写、延长或转换,但将前辈的歌一字不落地表演出来的歌手是不存在的。虽然在现场演述中有歌手个人主观因素和社会权威和具体语境等影响,史诗文本产生一定的变异,但传统还是必修被保存着。这就是代与代之间的互文本,即前一代文本影响下一代文本,这是口传史诗最基本的互文本形式。新疆江格尔奇冉皮勒的老师就是著名江格尔奇胡里巴尔·巴雅尔,他们师徒的文本是典型的互文本。从普林斯对互文本定义的第三层内涵来看,口传史诗还是在互文意义上联系在一起的一组文本。比如,现已发现 200 多部的《江格尔》各诗章之间就有十分明显的互文性,表现在一些程式化语词、典型的场景和故事模式的相似度上。在不同诗章中,对英雄的程式化赞语几乎完全一样;备马戎装、敌对方英雄见面对话以及喝酒庆贺等场景几乎一样;故事结构模式也基本一致,酒宴开始,中间派英雄出

---

① ［美］杰拉德·普林斯.叙述学词典［M］.乔国强,李孝弟,译.上海:上海译文出版社,2016:106.

战,结局酒宴庆功。由此看来,口头史诗的文本都是互文本,互文性突出。可以说互文性是口传史诗文本的本质属性。

第三,现场性递减。史诗艺人是在现场的表演中完成创作的,因此其文本具有明显的现场性。口传史诗文本逐渐演变,现场性也随之递减,到最后消失。口传史诗的口头文本现场性最强,文字化文本较弱,书面经典化文本现场性消失。现场完成创作表演必须具备三要素:史诗艺人、听众和场域。史诗艺人的声音文本被作为二次叙述主体的观众接收理解,并在其头脑中形成新的"大脑文本",场域作为客观性因素对声音文本的形成具有一定的影响。因此,声音文本是通过口耳在大脑之间传递。文字符号出现后,声音文本才有被文字化的可能。文字化文本是用文字如实记录史诗艺人演唱的歌词。乐器和语言的韵律在声音文本具有重要作用,但在文字化文本中乐器不再发挥作用了,而语言的韵律给文字分行分段提供了基础。朝戈金翻译的冉皮勒演唱的《铁臂萨布尔》就是极好的样例:

十五层 /

金黄色宫殿里 /

英名盖世的江格尔为首领的 /

阿尔扎的八千勇士们 /

唱歌欢饮的时候 /

右翼的 /

英雄们首席上坐着的 /

未来的九十九年 /

预测着知道 /

过去的九十九年 /

猜测着知道的 /

阿拉谭策吉大伯 /[①]

"/"是分行符号,可见该译文分行是根据源口头文本的韵律进行的,而没有根据汉译文语义来分行,最大限度地保留着口头文本演述现场的原貌。因

---

① 朝戈金.口传史诗诗学:冉皮勒《江格尔》程式句法研究[M].南宁:广西人民出版社,2000:245.

此,在声音文本转化为文字化文本过程中,分行是音乐和口头语言的韵律在文字化文本中的保留,这是口头文本最突出特征。与口头文本不同,文字化文本中并没有史诗艺人、听众和场域三者在场,只有文字对歌手唱词的记录,因此文字化文本所具有现场性无法与史诗的口头文本相比。文字化文本也无法与现场性最强的传统体裁戏剧的脚本相比,具有文字脚本的戏剧表演是集体完成,要实现戏剧目的,是理性文艺代表;而史诗歌手在现场演述神和英雄的神奇故事的艺术是感性艺术的代表,与史诗个人主观因素有密切关系。这也是亚里士多德认为戏剧优越于史诗的一个重要原因。文字化文本形成后主要有 2 种功用:一方面,可以成为一些后世史诗艺人的脚本,如现在一些史诗艺人就依赖文字化文本才能演述;另一方面,文字化文本逐渐向适宜读者阅读的书面经典化文本转变,即经典化道路。因此,从功能来看,文字化文本具有十分明显的过渡性。

口头史诗演述时间长短与现场性有关。口传史诗文本长短问题是学界一直关注的问题。有的史诗长则数万甚至几十万行,有的短则几百几千行。值得注意的是,同一史诗的长短也是不同的。学界主要认为史诗演述的长度跟演唱者和场合有关。弗拉基米尔佐夫认为:"歌手现在正如以线串珠,他可以将各类诗段伸展或拉长,他的叙事手段或直白或隐晦。同样一部史诗,在一位经验丰富的歌手那里,可以用一夜唱完,也可以用三四夜,而且能同样保留题材的细节。"① 由此可见,史诗演述时间长短主要取决于歌手(史诗艺人)演述经验是否丰富。他可根据场合的需要和听众的要求随意增加或缩减演述的时间。口头文本是歌手与听众互动的产物,文本长度主要取决于歌手演唱时间的长短。同一史诗如果被大幅度增加修饰成分,那么演述时间就会大幅加长,反之,演述时间就会大幅缩减。这与表演的场合、表演者自身状况、听众的情绪反映等有密切的关系。正如朝戈金所言:"可见,歌手根据不同场合和环境,任意处理故事长度的事情,随时都会发生。歌手奈卡 20 分钟和 15 小时分别演述同一则故事的例子,非常充分说明口头诗歌变动不居的属性。"② 这说明

---

① 朝戈金. 口传史诗诗学:冉皮勒《江格尔》程式句法研究 [M]. 南宁:广西人民出版社,2000:39.

② 朝戈金. 多长算是长:论史诗长度问题 [J]. 中央民族大学学报,2015(5):133.

口头史诗文本的长度不是由史诗本身所决定的,而主要由叙述者演述的现场性所决定,史诗文本长度不是史诗本质的决定性因素。因此,不能主观判断史诗越长就越好,史诗的优劣不应是长短所决定的。从口头形态到文字化形态再到书面经典化形态,口传史诗文本的现场性递减并逐渐消失。

第四,程式化主题。口头史诗中大量诗行和场景有规律地反复出现是很普遍的叙述现象,在声音文本(口头文本)中和文字化文本中这种现象更为突出,即使在经典化史诗文本中,这种现象依然存在。如荷马史诗中重复出现的诗行与场景早就引起学界注意,常被称为"重复""常备的属性形容词""陈词套语""惯用的词语"。帕里用"程式"(Formula)一词高度概括了这种现象,并结束了这些术语的混乱。帕里和洛德通过对南斯拉夫活态史诗的田野调查找到了这些词句重复或循环出现的缘由:这些诗行和场景是歌手们即兴创作必备的材料,这可以有效缓解现场演唱带来的时间压力,也能为下面的演唱赢得准备的时间。帕里为"程式"下了定义:"在相同步格条件下,经常用来表达一个特定基本概念的一组词汇。"[①]"一个特定基本概念"可具体理解为人物、动作、器物、方位、战马等,围绕一个特定概念而出现的一组词构成了"程式"。《江格尔》中修饰洪古尔常反复出现的词有"狮子英雄""力量巨大的""勇敢过人的"和"忠诚的"等,修饰阿拉坦策吉的词句有"声音洪钟般的""聪明过人的"等。史诗艺人有时用一组词来描述宴饮聚会、鞴鞍备马、狭路相逢和好汉三项赛等典型场景,这些词汇形成一组固定的主题经常出现在不同诗章中。

洛德对帕里的"程式"的定义又进行了补充,他认为"程式是思想和被唱出的诗句彼此密切结合的产物"[②]。通过对帕里和洛德对"程式"的定义不难看出,帕里是从音乐和词汇组群视角来认定程式的,洛德将程式与思想主题联系起来,把程式的内涵丰富起来。主题就是"观念的组群,在传统的歌中常

---

① ［美］约翰·迈尔斯·弗里.口头诗学:帕里-洛德理论［M］.朝戈金,译.北京:社会科学文献出版社，2000:98.

② ［美］约翰·迈尔斯·弗里.口头诗学:帕里-洛德理论［M］.朝戈金,译.北京:社会科学文献出版社，2000:98.

常被用于以程式的风格讲述故事。"① 洛德把主题作为口头史诗的一个叙事程式。无疑,程式不仅仅是一组词汇,也是一种观念的组群。程式构成了口头史诗叙事语法的故事层面,史诗艺人围绕程式进行话语的构筑。帕里－洛德理论不仅解释荷马史诗中一些难题,还为当今活态口传史诗叙事语法研究提供了理论支撑。口头史诗的叙述文本就是现场演述的文字记录,程式化主题和唱出的诗句共同构成了口头史诗叙事语法的故事层面和话语层面。

　　第五,阐释性。民间文学一个突出的特点就是通俗易懂。要达到通俗易懂,除了语言词汇的通俗易懂外,还有对特定事物进行阐释,铺垫和说明是两种重要阐释手段。口头史诗文本实际上是史诗艺人和听众的交流过程,史诗艺人的一个最基本任务是向听众述说清楚所讲之事。为了使听众明白或弄懂所述之歌,史诗艺人一般会在讲述故事之前先演述序诗,序诗就是很好的铺垫。亚里士多德在《诗学》中说:"荷马却在简短的序诗之后,立即叫一个男人或女人或其他人物出场。"② 荷马在演述史诗前先用简短序诗作铺垫,其目的就是向观众做一个总体介绍,使他们更容易理解所要讲的故事。史诗《江格尔》是史诗集群,江格尔奇在演述史诗前一般也都先演述序诗,序诗对整个《江格尔》史诗集群而言具有极大的意义:首先序诗是整个故事的大背景,概要介绍江格尔及其族谱、宝木巴国家、宫殿、各位勇士和江格尔妻子等,还对人物、座次、英雄所独具的特点等进行介绍,这都能为即将演述的英雄故事做好铺垫。其次,序诗使《江格尔》各章形成一个联系整体:"序诗的功能是使得所有的《江格尔》诗章彼此紧密地联系起来。而且它预先为重大的事件和人物之间的关系给出了规定,从而保证了该史诗集群能够在广泛流播的过程中保持其内部的相对一致性。"③ 观众在听过序诗后再听其中一个诗章就更容易理解和接收。"圣主"江格尔是贯穿在每一诗章中的结构性人物。还有,在许多诗章中,都会出现阿拉坦策吉的预叙。《江格尔》中预叙的作用一般是对该

---

① ［美］约翰·迈尔斯·弗里 . 口头诗学:帕里－洛德理论 [M]. 朝戈金,译 . 北京:社会科学文献出版社, 2000:99.

② ［古希腊］亚里士多德 . 诗学 [M]. 罗念生,译 . 北京:人民文学出版社, 2000:88.

③ 朝戈金 . 口传史诗诗学:冉皮勒《江格尔》程式句法研究 [M]. 南宁:广西人民出版社, 2000:81.

诗章中即将出征的英雄主人公起到警示作用；预叙还能起到铺垫作用，使在场听众预知接下来会发生什么事情，《江格尔》中预叙一般都会成为"现实"。

口头史诗文本中反复出现的程式化语段，除了具有完成创编功能之外，还有一个功能就是说明。该功能主要有：（1）说明性质，如说明阿拉坦策吉聪明过人，就常用"能追述过去九十九年的往事，能预卜未来九十九年的吉凶"这样句子来说明；形容一个英雄厉害就常用："有舌头的人不敢提他，有嘴巴的人不敢说他。"（2）说明来源，可分为说明人物来源和事物来源。人物来源即介绍祖先、父母等，最突出的例子就是江格尔的来源说明："塔黑勒珠拉汗的后裔，唐苏克本巴汗的嫡孙，乌仲阿拉德尔汗的儿子。"（3）说明器物如何制作，典型的例子是勇士的皮鞭："这皮鞭的鞭心用三岁的牛皮编成，鞭表用四岁的牛皮织成，鞭背仿着蛇皮制成，鞭皮用毒液泡成，鞭身用乌钢镀成，鞭稍用金刚石点成，柄绳用绸缎做成。"① 由此看来，阐释性是口头史诗文本的一个重要特征。典型场景的反复也具有明显的阐释说明功能。《江格尔》中英雄出征前备马鞴鞍的场景几乎在每一诗章中出现，这些程式化语段蕴含着丰富的民族文化的信息，是增强民族认同感的重要因素，这也是受述者的兴趣点。

（三）口传史诗文本的研究理论

本书把口传史诗文本分为3种主要类型：声音文本（口头文本）、文字化文本和书面经典化文本，前两者主要是口头程式理论、表演理论和民族志诗学的研究对象，书面经典化文本主要是西方古典史诗理论研究的对象。口头程式理论注重田野作业，其成果主要是在活态史诗文本分析的基础上取得的；而表演理论注重研究表演的线索和提示，而不注重文本研究；民族志诗学主要注重讲述中的物化事实，认为视觉效果、乐器配置、服装等都具有特定的象征指示内涵。目前，口头程式理论是口传史诗口头文本形态主要的研究理论成果。

阿兰·邓迪思在为迈尔斯·弗里的《口头诗学：帕里－洛德理论》所作的编者前言中说："史诗歌手的每次演唱都是与以往不同的重新创作，他们利

---

① 江格尔（汉文全译本 第二册）[M].黑勒，丁师浩，译.乌鲁木齐：新疆人民出版社，1993：589-590.

用从传统程式中所抽取的某个择选,来填充整个主题空间中每个转折当口的空位。"① 邓迪思肯定了口头程式理论在史诗研究领域的巨大价值,即阐释了口头史诗如何进行现场创编的问题,程式在史诗演述中承担着过渡连接的作用,这也正是口传史诗能长时间演述而不中断的重要原因。但同时他也指出了口头程式理论的缺陷:"它从一部史诗中找出传统程式所呈展出的正是一个过于机械式的过程。"② 口头程式理论研究的主要目的是找出一部史诗中传统的程式,统计程式的频密度,得出该史诗是口头作品还是文人作品。邓迪思认为这样的过程显得有些机械,缺少人文和审美的维度,他还提醒研究者们注意:"则不应坚持口头程式理论在口头传承范围内是'放之四海而皆准'的囿见。"③ 这就是说在谚语、格言、谜语等口头传统的类型上,口头程式理论就不适合,因为这些固定的形式被直接运用,而不像史诗那样需要即兴创作。

口头程式理论给我们的启示是套用书面文学研究套路来研究活态史诗会使许多研究进入误区。这样的警示确实能提醒研究者认清口头文学和书面文学两种不同类型的文学,其研究方法不能混同。但这样也将史诗的口传阶段文本形态和书面经典化阶段文本形态严重对立起来,这样也不利于全面客观整体的研究口传史诗。笔者认为,口头史诗、文字化史诗和书面经典化史诗是口传史诗发展过程的不同形态,它们是一脉相承的,都源于口头史诗。因此口传史诗文本研究不应仅局限于一个阶段,而应全面审视史诗发展整体过程,明确该史诗所处发展阶段后再选用适当的方法进行研究。史诗《江格尔》文本就处在这样一个特殊阶段:活态口传阶段,但已不是口传鼎盛时期,声音文本和文字化文本共存,书面经典化文本(权威本或标准本)还没有产生。因而,对处于这样特殊时期的文本,单用口头的或书面理论来研究就会遇到很多困难,而应将口头程式理论、西方古典史诗理论等有机融合进行史诗文本

① ［美］约翰·迈尔斯·弗里. 口头诗学:帕里-洛德理论［M］. 朝戈金,译. 北京:社会科学文献出版社, 2000:35.

② ［美］约翰·迈尔斯·弗里. 口头诗学:帕里-洛德理论［M］. 朝戈金,译. 北京:社会科学文献出版社, 2000:38.

③ ［美］约翰·迈尔斯·弗里. 口头诗学:帕里-洛德理论［M］. 朝戈金,译. 北京:社会科学文献出版社, 2000:39.

的整体研究。

广义叙述学是对人类所有叙述的研究,这就跳出经典叙述学对书面文学研究范围限制,只要满足叙述底线定义要求的所有叙述都是其研究对象。因此,无论口头文学的叙述还是书面文学的叙述都是其研究范围。口传史诗文本类型有口头文本,也有文字化文本和书面经典化文本。活态口传史诗是古老口头史诗在当代的延续,是史诗的活化石,活态口传史诗的叙事研究对了解人类远古无文字时期生活状况具有重要意义;文字化史诗文本是口头史诗文本向书面经典化史诗文本的过渡阶段,其文本形态更接近于口头史诗。广义叙述学的底本和述本关系理论为口传史诗文本研究提供了理论框架。

二、文本分层理论

叙述学界关于文本分层意见不一。主张一元论的学者有乔纳森·卡勒、芭芭拉·赫恩斯坦·史密斯、布莱恩·理查森、辛西娅·切丝、布鲁克·罗丝等,他们认为只有述本,反对双层理论;主张双层理论的学者占多数,主要有什克洛夫斯基、托多罗夫、巴尔特、热奈特、里蒙·凯南、米克·巴尔和保罗·利科等;主张三层次论的理论家基本是原来的主张双层理论者,如热奈特、里蒙·凯南、米克·巴尔、赵毅衡。双层理论是叙述学百年大厦的根基,虽不断遭到批评,但仍然是叙述学研究的基础。广义叙述学综合了上述理论的合理成分展开叙述文本研究。口传史诗由于所处发展阶段不同,其文本形态也较复杂。书面经典化史诗文本具有稳定性和权威性;而活态口传史诗和文字化史诗多异文且无权威文本。广义叙述学的底本/述本双层理论为口传史诗文本的研究提供了有益启示。

(一)双层理论

双层理论中一层是潜在层,一层是呈现层。潜在层是素材集合,事件按自然顺序排列,即真序;呈现层是素材重新安排组合,按因果逻辑构成情节结构,是假序。不同学者对这两层所用术语不一致,由此导致了术语的混乱。但其内在实质没有改变。广义叙述学厘清了叙述学双层理论中术语的混乱,把历史上习惯使用的法布拉/休热特、故事/话语、素材/故事等术语对应地称为底本/述本。述本就是叙述文本的简称;底本是叙述之所本,是述本形成之前的文本形态①。述本是分析研究所用之本，是现实存在的；底本是一种抽象的存在，是读者或听众心理构筑的"真正发生的事情"或"符合现实的事情"，因此底本是看不见，摸不着的。底本与述本之间的关系如下：

述本可以被理解为叙述的组合关系，底本可以被理解为叙述的聚合关系。底本是述本作为符号组合形成过程中，在聚合轴上操作的痕迹：一切未选入，未用入述本的材料，包括内容材料（组成情节的事件）以及形式材料（组成述本的各种构造因素）都留存在聚合之中。如此理解，底本到述本的转化，最主要就是选择，其次是再现，也就是被媒介化赋予形式。②

由此可见，底本与述本分别是叙述的聚合和组合关系，这是在叙述学扩容基础上提出的新的双层理论，也是对史密斯、乔纳森·卡勒、布莱恩·理查森等叙事学家关于述本与底本理论合理成分的综合运用：史密斯认为每个述本都是独特的，任何简写都不是另一个述本的底本；卡勒认为述本并非只是加工底本，而是有自身的意义逻辑；理查森认为一旦文本内在矛盾过多，底本可能无法重构。

广义叙述学认为底本与述本相互关系原则有三：其一，底本与述本分层是普遍的，由于符号再现的片面性原则，这是所有符号文本不可避免的；其二，每个虚构述本各有其底本，虚构的底本与述本是叙述过程同时创造的；其三，底本与述本互相以对方的存在为前提，不存在底本为"先存"或"主导"的问题。③ 我们可以将这三原则概括为普遍性原则、同构性原则和共存性原则。这三项原则对口头史诗文本分析很有启示意义。这一理论所要解决的问题也正是口传史诗要解决的重要问题：为什么同一个故事可以有多种异文？异文之间是什么关系？异文有共同的底本吗？口头史诗为什么没有权威本或标准本？我们运用底本与述本关系理论分析史诗《江格尔》时更应明确以下两点：其一，现存的《江格尔》文本都是独立的述本，各个述本不共享一个底本，更没有任何叙述可以被当作另一个叙述的底本；其二，底本是没有被媒介

---

① 赵毅衡．广义叙述学 [M]．成都：四川大学出版社，2013：121.

② 赵毅衡．广义叙述学 [M]．成都：四川大学出版社，2013：129-130.

③ 赵毅衡．广义叙述学 [M]．成都：四川大学出版社，2013：130-131.

再现的材料聚合的非文本，是叙述元素库，底本是述本形成之前的准备形态。

（二）三层次论

双层理论受到质疑的同时，热奈特、里蒙·凯南、米克·巴尔等叙述学者提出了叙述三层次论。他们把叙述分解成故事、叙述行为和文本三个层次，认为底本（故事）到文本（述本）转化中还有一个叙述行为。叙述三层次论在书面文学分析中不占优势，毕竟小说阅读最终是针对文本（述本）和故事（底本），叙述行为并不影响读者，但在口头史诗中情况就大不一样。口头传统艺术最大特质就是现场性，表演与欣赏同时进行，即一次叙述和二次叙述同时展开。口头史诗是口头传统艺术的主要类型，史诗艺人的演述、创作与听众的欣赏都是同时进行的。史诗艺人的演述与创作的过程就是选择和再现的过程，这就是底本转化为述本的叙述行为，口头史诗文本就是这种叙述行为的产物。口头程式理论已经很好地论证了这种叙述行为的重要性。因此叙述三层次论对口头史诗的文本分析研究具有重要意义。

广义叙述学在双层叙述理论基础上，对三层次叙述论进行整合，提出了新的三层次叙述论，即"底本1—底本2—述本"[①]。叙述行为的两个关键是选择和再现。两个行为几乎同时发生，所以先后顺序难以确定。一般来说是先选择然后再现。那么底本1是素材的聚合，没有形成情节，是素材库、备选对象；底本2是材料的组合，素材通过选择已形成情节，即情节化，以情节的形式存储于底本中；述本就是选择和再现的结果呈现，文本化。新三层次论是对双层理论的细化，将复杂的底本细分为底本1和底本2，这样底本本身的复杂性被分解了，底本的内涵就更加具体明确。底本1还是聚合型素材，零散没有形成情节；底本2就以故事的形式存在，把一部分素材组合起来，形成情节，是比底本1大一层次的素材。在口头传统史诗中，史诗艺人的素材库中存储更多的是底本2，底本2应是程式化的"大词"、典型场景和故事范型，史诗艺人就是在底本2基础上展开表演创作的。他们所使用的素材基本是已经情节化的故事，这样才能收放自如地演述史诗。

---

① 赵毅衡.广义叙述学[M].成都：四川大学出版社，2013：140.

三、《江格尔》述本

（一）《江格尔》述本的类型以及诗学价值

蒙古族英雄史诗《江格尔》文本类型复杂多样。据朝戈金研究,《江格尔》文本类型主要有 5 种:（1）转述本;（2）口述记录本;（3）手抄本;（4）现场录音整理本;（5）印刷文本。这些版本的形成原因、过程和特点不同,诗学价值也不一样。其中德国的旅行家本亚明·贝格曼的《本亚明·贝格曼的卡尔梅克游牧记》和中国边垣的《洪古尔》是典型的转述本。转述本的"完整性、准确定等等自然会大打折扣。不过,若不是从文本的诗学分析角度出发,则转述本在提供其他信息上,还是有其宝贵价值的"[①]。歌词被抄写下来,由于各自用途不同形成了手抄本和口述记录本,手抄本是"在民间保留和传承的、由当地人自做自用的文本"[②];口述记录本是"由外面来访的人自己或由他雇请别人所做的记录,记录后又被用于学术研究目的的（文本）"[③]。帕里－洛德认为,口述记录本的讲述因素和细节因素比现场演唱的记录更加充盈。但朝戈金认为,口述记录本由于是在放慢演唱速度情况下记录而成,因而现场创编时会产生很多问题,所以也不是研究口头史诗文本的理想材料,目前,现场录音整理本是研究现场演唱史诗文本的理想版本。现场录音整理本是目前《江格尔》研究中最主要的文本类型,因为该文本最接近演唱原貌。"我们在将史诗文本从表演情境中剥离出来,以文字的形式固定下来,进而进行研究时候,我们特别想强调,这个文本不仅是传统中的文本,而且也是具体表演语境中文本,它本身就是口头传承的一个组成部分。"[④]现场录音整理本是用文字把声音文本如实记录下来,是一种文字化文本,这种文字化文本要比手抄本或口述记录本

① 朝戈金.口传史诗诗学:冉皮勒《江格尔》程式句法研究［M］.南宁:广西人民出版社,2000:61.

② 朝戈金.口传史诗诗学:冉皮勒《江格尔》程式句法研究［M］.南宁:广西人民出版社,2000:63.

③ 朝戈金.口传史诗诗学:冉皮勒《江格尔》程式句法研究［M］.南宁:广西人民出版社,2000:63-64.

④ 朝戈金.口传史诗诗学:冉皮勒《江格尔》程式句法研究［M］.南宁:广西人民出版社,2000:97.

等其他书面文本更具有传统性和现场性。但同时也要看到声音文本与文字化文本之间的区别，最主要的不同就是媒介和语境的不同：前者是声音媒介，后者是文字媒介；前者有现实语境，有听众在场，后者没有现实语境，听众变成读者。但现场录音整理本真实记录了史诗艺人演述的内容，是真实表演语境中的文本，这就为研究口头文本提供了较可靠的材料。

（二）《江格尔》述本的形成

述本就是叙述文本之意，是与底本相对的概念。口传史诗的各种文本都可以被称为述本。其中录音整理文本最接近现场演唱原貌，从而也是最具有口头性特征的文本。那么述本如何形成就是一个极为关键的问题。口头程式理论已经通过田野作业和文本分析得出结论：口头史诗艺人是在表演中运用程式进行创作的，表演与创作同时进行。这一结论已经得到世界史诗学界的普遍认可。口头程式理论主要从史诗艺人视角研究史诗如何被创编出来的，本节试图从另一个视角，即广义叙述学底本与述本理论探讨口传史诗述本形成问题。

底本和述本是聚合和组合的关系，史诗艺人演述史诗的过程就是由底本到述本的转化过程。因此，述本的形成过程与史诗艺人现场演述有密切关系。

史诗艺人的演述行为主要包括创编和表演两个方面。史诗创编的定义为："这一术语是指史诗歌手在即兴演唱时，即高度依赖传统的表述方式和诗学原则，又享有一定的自由度去进行即兴的创造，因而是介乎创造和编排之间的状态。"① 由此可见，创编是按照传统表达方式的编排和个人即兴创造相结合的产物。编排是指史诗艺人根据演唱的场合的要求，从自己的大脑素材库中选择合适的故事范型、典型场景和片语（程式化的一组词），并把这些素材现场组合成史诗的故事情节。当然，在选择与编排中，史诗艺人的个人即兴创造是客观存在的。这种一定程度的自由即兴创造是在高度依赖传统表达形式和诗学原则下进行的，而不是随心所欲地编造。个人即兴创造与史诗的传统性并非格格不入，其主要体现在编排的独特性上，而不是指创造出新的史诗来。个人创造性带来了口传史诗文本的丰富性和多样性，因此异文也就增

---

① 朝戈金.口传史诗诗学：冉皮勒《江格尔》程式句法研究 [M].南宁：广西人民出版社，2000：13.

多。创编与表演同时进行。表演就是把这些选择出来的素材媒介化,即以语言、韵律、声音和姿态等媒介符号进行信息传送。创编是故事情节形成过程,主要包括选择和组合两个关键环节;表演是素材媒介化过程,是传播过程,也是一次叙述化过程。史诗艺人表演的同时也是二次叙述化过程,因为在场听众现场就能理解接收甚至参与史诗艺人的表演。

　　口头程式理论的创编与广义叙述学中述本的选择和组合的过程相对应。选择和组合是创编的两个方面,二者在时间上几乎同时,组合过程就是在选择,选择过程就是在组合。选择主要发生在聚合轴上,组合发生在组合轴上。史诗艺人选择和组合的过程包含着故事范型、典型场景以及程式,这3个要素是口头程式理论的研究核心。一个史诗艺人在学习成长过程中,一般是先学会只言片语或半句诗行,然后是对某一主题的熟悉,再进一步掌握主题群,最后对整个诗章的理解和熟练,这过程符合人类从部分到整体的一般认知规律。但对于一个成熟的歌手而言,史诗艺人的表演一般却是从整体到部分的顺序:即先叙述序诗,然后再叙述某位英雄出征的故事。先确定所叙故事的范型,然后选择典型场景或主题,在叙述中主要依靠程式化词语。这3个核心要素也是述本的主要构成成分。

　　1.故事范型

　　故事范型对史诗叙述起着框架的作用。故事范型一般由3种情况确定:一是由听众来确定,如达官贵族指定;二是由史诗艺人自己确定表演什么史诗,一般表演自己比较熟练的诗章;三是场合确定,如竞赛场合。婚姻型和征战型是史诗最基本的故事范型。蒙古史诗代表性作品《江格尔》的故事范型主要有征战型、婚姻型和婚姻征战型。故事范型不同,其基本叙述要素的顺序也是不同的。仁钦道尔吉认为《江格尔》征战类型有6种:追击战、迎敌战、守卫战、收复战、进攻战和突围战。虽然战争的类型不同,但基本结构和母题排列顺序几乎是一致的:汗宫聚会、战争起因、参战的勇士、抓战马、备鞍、穿戴、武器、出征、途中之遇、勇士变身、二勇士相逢、战斗、受伤、取胜、凯旋聚会。征战型史诗故事范型可概括为酒宴聚会—征战—庆功会。婚姻型史诗基本序列是时间背景、小勇士出身、未婚妻消息、启程娶亲、遭到劝告、备马、携带武器和铠甲、远征、途中之遇、勇士变为秃头儿、遇到未婚妻之父、父亲提出婚嫁条件、赛马、射箭、摔跤、婚礼、携带妻子返乡。婚姻型史诗的故事范型可以概括为小勇士成长—娶亲—返乡庆祝，其中勇士三项赛一般是必不可少的内容。史诗艺人演述前要选定故事范型，在脑海中形成故事范型的结构框架，接下来的任务就是对每一部分进行表演，每一部分都有许多主题，即典型场景。

2. 主题（典型场景）

主题是构建一部史诗情节结构的关键性因素。口传史诗中的主题是"诗中重复出现的事件、描述性的段落"[①]，又被称为典型场景，但不是我们常说的某一书面文学作品的主题，而与叙事学中"母题"概念接近，是一种比母题大的叙事单位。

主题主要以事件或描述性段落的状态存在于史诗，是诗人的记忆单位，其功能主要体现在情节结构的构成上："一个主题牵动另一个主题，从而组成了一支歌，这支歌在歌手的脑海里是作为整体而存在的，具备亚里士多德的开头、中间和结尾，在这一整体中叙事单元、主题群则具有了他们自己的半独立性。"[②] 可见，前一个主题和后一个主题之间存在着逻辑上的因果关系，最终多个因果相关的主题组合形成了史诗的情节整体。以亚里士多德的有机整体论来看《江格尔》征战故事范型，其开头的主题常有汗宫聚会、战争起因、选派勇士、抓战马、备鞍、穿戴、武器和出征；中间的主题常有途中之遇、勇士变身、二勇士相逢和打仗取胜；结尾的主题常有凯旋和欢庆。战争起因主题要引出派哪一位英雄出征的主题，出征的主题引出一系列有关战马、备鞍、穿戴和武器等描述性段落的主题。这些主题在史诗中占很大的篇幅，史诗艺人不厌其烦地反复演述，这正是民族文化认同和传承的关键所在。

多个关系紧密的主题形成一个更大的单位——主题群。"歌手在脑海里必须确定一支歌的基本的主题群，以及这些主题出现的顺序。"[③] 这样主题顺序呈线性结构，这也导致口头史诗的总体结构是稳定的，即开头—中间—结尾这样自然化的结构顺序，结构复杂的故事并不利于口头表述以及听众的理

---

① ［美］阿尔伯特·贝茨·洛德. 故事的歌手［M］. 尹虎彬，译. 北京：中华书局：2004：5.

② ［美］阿尔伯特·贝茨·洛德. 故事的歌手［M］. 尹虎彬，译. 北京：中华书局：2004：135-136.

③ ［美］阿尔伯特·贝茨·洛德. 故事的歌手［M］. 尹虎彬，译. 北京：中华书局：2004：137.

解。这样自然化的简单结构有利于史诗艺人把精力集中于主题内容的选择上。但主题群所包括的主题内容是灵活的、多变的，不是机械僵化的，这导致同一部史诗演唱长短存在差异。史诗艺人对主题内容的选择会导致一部史诗有不同的文本产生。史诗艺人在演述时，可以根据实际情况进行主题的选择，对自己熟悉或感兴趣的主题可能会演述得更加细致入微，惟妙惟肖，这样史诗演述时间就被加长了，并逐渐形成各自的演述风格。《江格尔》开头部分的主题群一般包括江格尔族谱描述、聚会主题、宝木巴家乡描绘性段落、战争起因和选派英雄等主题，这些主题常常是史诗艺人演述时必须选择的内容。史诗艺人要根据现场情况来选择所需的主题，所以在主题的选择上，史诗艺人之间的区别就十分明显了，个人独特性表现出来。史诗艺人对主题的选择具有一定的自主性和灵活性。一个主题与下一个主题之间的关系和顺序不是固定不变的、僵化的，下一个主题一般是上一个主题的一种可能。一些主题在某类故事范型中经常出现，但并不是在所有史诗中出现。

口头史诗的主题并不是静止的，而是一种活的、变化的、有适应性的艺术创造。[①] 史诗艺人根据演唱语境的实际情况，在某一特定诗章中选取一些主题，组合成情节结构，某一部分主题被选下，还留存于素材库中，即底本中。《江格尔》主要有征战和婚姻两种主要故事范型，每个范型中诗章的主题顺序以及主题内容具有很大不同。从广义叙述学来看，底本/述本关系原则认为底本与述本没有先后之分，选择与组合是同时进行。底本1中的素材是一些程式和主题，底本2是已经情节化的故事，相当于主题群。因此，口头史诗的情节主要存在于底本2中。史诗艺人从传统中学习演述史诗，首先要记住故事的结构范型，再记住一些常用的片语或套语和一些常见的典型场景，最终在脑海里形成一支史诗歌的整体，并经过不断的练习后才能熟练地演述这支歌。在演述前，史诗艺人会确定故事范型，这需要在底本2中选择；演述时，史诗艺人会充分调动大脑文本，从底本1中选择主题和程式，并通过声音媒介将典型场景描述出来，让听众接收理解。典型场景是史诗艺人演述内容的重点，也是述本的重要构成。

3. 程式

---

① ［美］阿尔伯特·贝茨·洛德. 故事的歌手［M］. 尹虎彬，译. 北京：中华书局：2004：136.

　　帕里认为程式是"相同格律条件下为表达一种特定的基本观念而经常使用的一组词"①。程式可以是句法结构中的短语、从句或句子，是主题（典型场景）构成的主要成分，是构成一部史诗的叙事语法基础。年轻的史诗艺人在学艺过程中逐步建立起属于自己的程式和程式系统，这个学习过程也是一种"无意识吸收的，融会贯通的过程"。"无意识吸收"指在学习时反复地聆听前辈或其他诗人的演述，在不知不觉中掌握演述的内容和技巧；"融会贯通"就是能把学会的史诗歌熟练地演述出来，但并不是死记硬背，而是灵活的有变化的再现过程。这说明史诗艺人在演述史诗中对程式的选择只是一个瞬间的过程，这一过程的呈现源于学习过程中的反复练习，以至于形成了自己的习惯性表达，这似乎是一种无意识的语言的自然流淌。其实程式熟练运用与史诗的格律和音乐也有密切的关系，格律和音乐一般是史诗艺人踏入诗人行列的基础，但只有掌握了程式化的表达才意味着真正的史诗艺人诞生了。本书不在音乐和格律问题展开研究，故而不在此展开论述。

　　程式的实用性体现在替换功能上。歌手首先掌握最基本的程式模式，如人物名称的程式、行为的程式、时间程式和地点程式，这些最基本的程式是程式系统的核心。"他最先使用的那些最典型的程式，便成了最基本的模式，一旦他掌握了基本的模式，他便只需要用其他的词替换这个关键词。"②替换就是史诗艺人选择的一个重要过程，在不改变格律和诗行形式的基础上，更换他表演所需要的内容。从另一个角度说，程式就是思想和诗行有机融合后的形式。思想包含在故事程式或程式系统中，如英雄史诗的英雄主义思想、爱国主义思想、忠诚思想都蕴含在程式化词语中。史诗艺人对主题的选择相对更自由些；诗行则有限制，这主要是因为诗行的形式和格律源于传统，具有一定的固定的外形，这与中国的词牌形式相似，填词就是在词牌格律要求之下来进行的，但填词要求更加严格。程式的替换性功能主要表现在故事内容层面，诗行格律是基本保持稳定的。因此，史诗艺人学会程式化的表达实际上就是掌握了思想内容和诗行格律的融会贯通，这样史诗艺人就能够自由流畅地现场演述史诗。

---

① ［美］阿尔伯特·贝茨·洛德. 故事的歌手［M］. 尹虎彬，译. 北京：中华书局：2004：40.

② ［美］阿尔伯特·贝茨·洛德. 故事的歌手［M］. 尹虎彬，译. 北京：中华书局：2004：50.

程式是构建一行诗或半行诗的基础。朝戈金认为,单个词汇并不能构成程式,必须是词汇的组合且经常被使用的组合。程式的定义也说明程式是一组词,并且是相同格律条件下,为表达一种特定的基本观念而经常使用的一组词。经常使用是程式形成的基本频率要求,偶然的组合不能构成程式。因此,口头史诗叙事语法基础是程式,是口头史诗创编的基础。程式与广义叙述学中叙述文本新三层论中底本1相对应。程式是史诗艺人演述的最基本素材,是聚合轴上素材的集合。

据此可以推论,在史诗演唱兴盛的时代,史诗艺人辈出,史诗述本无疑更多样;史诗艺人减少或消亡的时代,史诗述本也会随之减少或消亡。《江格尔》的现实状况属于后者,随着老艺人的去世,一些诗章已无法再现。通过录音整理出来的文字化文本是现场演唱文本的歌词,具有现场性,同时这些演唱歌词也是史诗艺人选择和组合的最直接的文字记录。每一位史诗艺人的每一次演述都是一次新的选择和组合,是与以往不同的重新创作。因此,口传史诗述本的形成就是史诗艺人在演述时对底本素材的选择和组合过程,是一个叙述行为发生在聚合轴和组合轴上两个方面。

四、《江格尔》底本

广义叙述学认为述本是在选择和组合中形成的。口传史诗的述本是史诗艺人现场演述的产物。根据底本与述本的关系原则,每一个述本都是对底本的一次新的选择和组合。底本与述本之间的关系一直是学界争论的焦点问题之一。底本以什么形式存在?底本构成元素有哪些?

(一)底本构成元素

恰特曼从经典叙述学出发,认为述本就是形式,底本就是内容;里蒙·凯南认为写作风格、语言和媒介是述本所独有的,不存在于底本中;中国叙述学家申丹认为底本无风格、也无媒介,形式因素只存在于述本,但同时认为一个因素即出现于底本又出现于述本时,二者界限不清,双层叠合;与上述学者相反,中国符号学家赵毅衡认为:述本的所有成分,不管形式还是内容的成分,都来自底本。底本并不只是提供内容,底本提供一切可以组成述本的元素。[1]

---

[1] 赵毅衡.广义叙述学[M].成都:四川大学出版社,2013:135.

底本与述本构成元素的关键区别在于有没有被选中，而不是内容与形式之间的区别问题。底本与述本的构成元素中既有内容要素，也有形式要素，内容与形式不是区分述本与底本的关键所在。

综合上述学者的观点，本书认为口传史诗现有文本都是述本，且述本的构成要素主要源于底本。这主要是由口传史诗这种体裁自身属性所决定，即史诗的内容和形式主要都源自传统，传统就是底本。但也有一个不可忽视的问题：其述本的构成与史诗艺人、在场观众和具体现场语境因素有密切关系，尤其史诗艺人个人能力对传统内容与形式具有一定的影响，这是史诗述本丰富多样的根本原因。

口传史诗的内容与形式无疑都是源于传统的。史诗艺人一般不会随意更改传统的内容，因为这些内容承载着重要的文化信息。如《江格尔》中的人名、地名、典型场景都是远古时代重要文化信息在史诗中的艺术化"记忆"，甚至可以说，史诗是前文字时期人们传承大事件的主要方式。口传史诗对形式因素的传承十分重要，失去形式，传统史诗也就变为一般英雄故事了。史诗形式因素主要体现在步格和韵式等方面。朝戈金对冉皮勒演唱的《铁臂萨布尔》研究后认为："总之，冉皮勒文本的抽样分析表明，该文本诗句的平均步格长度是四个，也就是以四音部诗句居多。除了极为个别的一个词和两个词的诗句外，总体而言是以四个步格为基本特征。"①史诗《江格尔》继承了蒙古民间诗歌的传统韵式，主要有头韵、句首韵、尾韵等韵式。可见，口传史诗述本的形式元素是源于传统的，这与作书面文学的形式元素只存在于述本中是不一样的。

因此，从底本到述本的转化中，形式与内容经过选择与组合以程式的形式表现在述本中，程式是传统的内容因素与形式因素逐渐融合凝聚而成。底本既存在于史诗艺人脑海中，更普遍地存在于一定地域、语言、文化范围的阐释群体中；而述本是属于史诗接收者。这也就是"这一"诗章与"这一个"诗章之别。例如在《江格尔》史诗集群中，《洪古尔婚礼》这一诗章就有多种异文。通过对多种异文的比较研究可以看出，《洪古尔婚礼》这些述本并不共同

---

① 朝戈金.口传史诗诗学：冉皮勒《江格尔》程式句法研究［M］.南宁：广西人民出版社，
2000：183.

享有一个底本,每位史诗艺人都有一个自己的底本。虽然不同的述本中会出现雷同部分或重叠部分,但这些雷同的部分并不是这些述本出自同一个底本的证明。述本不能共享一个底本,但可以共享底本中重叠的部分。底本中重叠(雷同)的部分就是故事得以流传最主要的底本元素。这说明同一诗章在不同时代的史诗艺人的演述中,主要围绕这些重叠部分或雷同部分来选材和组合,这就导致同一故事有多样异文但又不是同一个底本的缘由。

虽然底本是述本的构成素材库,但并不是述本的一切元素都源于底本。因为史诗艺人个人因素和现场演述的语境对述本的形成具有一定的影响。虽然史诗传承传统才是最根本的任务,与独创性和新颖性无缘,但口头史诗可以有在限度之内适当地变化。

(二)《江格尔》底本范围

述本范围清晰,具有开头、中间和结尾等明显的时间结构标志;底本的范围就没有这么清晰了,但也并不是无边无际。根据广义叙述学的底本与述本关系原则,这些述本并不共享同一个底本,而是每一述本都有各自的底本。每位史诗艺人都有自己的底本。

虽然每个史诗艺人的底本是不同的,但述本有时表现出极大的相似性。《江格尔》序诗几乎是每个史诗艺人都要演述的,虽然底本不一样,但述本具有很大的相似成分。这种相似成分根源在不同底本中重叠的部分,这些重叠的成分就是史诗传承中不容易变异的稳定性元素。《江格尔》序诗中人物名称、族谱中人物名称、汗宫描绘、家乡描绘、十二大英雄、妻子等构成了每个述本中重叠的部分,重叠部分使这些述本听起来就是《江格尔》序诗之部。这些序诗述本并不共同享有一个底本,而是这些述本的底本中包含着共同的成分,因此,试图找到共同的底本或还原出一个底本都是无意义的。《江格尔》是史诗集群,共有多少诗章还无法精确统计,至目前约发现200多诗章(包括异文)。这些述本之所以被称为《江格尔》,最主要就是以江格尔这个人物为底本中心人物,以江格尔派一名英雄出征为主要故事范型。如果把江格尔、阿拉坦策吉、洪古尔等人物名称改变了,那么这些故事肯定不能归为《江格尔》史诗集群了。所以,底本之重叠部分(程式化词语、典型场景、故事范型)是使不同的述本被称为同一类型或同一故事的原因。

　　口传史诗的底本是供述本组合选择之用的具有聚合性质的元素库，主要包括程式化词句、主题和主题群、故事范型等具有传统程式化的要素，这些共同构成了底本的范围。由此可见，底本的范围要比述本的大。在史诗艺人心中，底本还不是一个有完整情节结构的故事，只有用语言把这个故事媒介化并演述出来，才能成为一个完整的故事，成为述本。述本只是底本元素的一种单向的组合，或者说是一种选择的组合。这时底本的含义具有普遍性，具有"这一"底本之意，是阐释群体所共有的底本，而不是指某个史诗艺人的底本，但史诗艺人也都有自己的底本，是"这一个"底本。史诗艺人的底本是源自阐释社群的底本，是源于传统的。

（三）《江格尔》底本真实性与虚构性

　　经典叙述学认为底本就是人类经验事实，比述本更接近事实和经验的本质；述本是对底本的变形，甚至扭曲。这样不难得出，底本比述本应该更加真实。但广义叙述学认为底本是素材库，不是真实故事或事实经验，底本与述本之间不是内容与形式、事实和变体的关系，而是双轴关系，底本在聚合轴，述本在组合轴。因此，底本并不只是真实的事件或纯粹的事件，而是一个聚合体，也包括虚构的神话情节、宗教故事和民间传说等。

　　史诗《江格尔》的述本是纪实叙述和虚构叙述的结合体，那么口头史诗底本的叙述构成元素从性质上说既有纪实性也有虚构性。

　　《江格尔》述本中纪实性叙述主要源于底本的真实性。述本中纪实性主要表现为英雄出征时对一些民族文化习俗的细节描绘上。江格尔奇把勇士出征前套马、绊马、鞴鞍、戎装等程式化的描绘的词语烂熟于心，对英雄的武器和征途所遇到的恶劣的自然环境的叙述也是张口就来，这些程式化词句始终是口头史诗艺人演述的重点，虽然有时用极大夸张的语句，但这些正是对当时生活于草原的蒙古族人民战斗和现实生活的写照，这些是史诗艺人演述的底本，源于生活与传统。史诗中关于战马的一系列演述是该民族每一位成员所特别熟悉和亲切的，这种演述就能唤起一种民族文化认同感。民族英雄的故事能提高民族自豪感，英雄克服困难的故事能鼓舞处在困境中的人。据传，土尔扈特部从伏尔加河东归途中遇到困难时，江格尔奇就给他们讲述江格尔故事，以激励士兵们的勇气。又如，边垣记录了满金在狱中演述史诗《江格尔》

以激励狱友的故事。

《江格尔》述本中虚构性叙述主要源自底本的虚构性。神话、传说、寓言和故事都构成史诗的底本虚构的素材，神话叙述在《江格尔》中尤其具有很重要的意义和价值，这与古老的萨满教和佛教的双重影响有密切关系。万物有灵论就源于萨满教。史诗中邪恶的势力一般被称为蟒古斯，恶魔具有超人的勇力，这个勇力根源在于灵魂，一般魔王的灵魂藏在身体之外的某物之中，打败魔王必须先杀死藏匿灵魂之物。正面的英雄形象一般具有变身和使用法术等神性；英雄一般都有神佛的保佑，如江格尔的生命守护神是天上的阿尔山格日勒神，江格尔又是洪古尔的生命守护神，洪古尔又是萨纳拉和萨布尔的生命守护神；有时神直接帮助危难中的英雄人物。恶魔的形象是原始萨满教因素的遗留，而英雄人物则受神佛保佑，是恶魔蟒古斯的对立面。神话传说是口传史诗底本本身所具有的内容，没有神话也就没有了史诗，神话是史诗的灵魂。传说、寓言和故事等也都是史诗的底本的构成内容，底本本身就有虚构性，这样才能在述本中表现虚构性叙述。

从广义叙述学来看，口传史诗的底本与经典叙事学所谓底本具有很大的不同：口传史诗的底本既具有真实性，又具有虚构性，底本与述本之间的关系是聚合和组合关系。经典叙事学认为底本和述本之间的关系主要就是生活真实与艺术真实（虚构）的关系，这是受语言学和结构主义影响的结果。广义叙述学则立论基础更加广泛，突破语言学和结构主义藩篱，在全部叙述体裁内进行研究，得出的底本与述本之间关系的原理更具有全面性和说服性。口传史诗的文本问题研究主要依靠广义叙述学底本与述本关系原理的普遍性，该理论更注重文本形成过程研究，是动态研究，而不是静止的情节结构分析。

第五章

口传史诗叙述模式

从叙述者来看,口传史诗的叙述主要由讲述和摹仿①两种模式构成。讲述模式是叙述者以自己的身份叙述故事,摹仿模式指叙述者以人物身份进行叙述,叙述者在这两种叙述模式之间互相转换。从其他叙述要素看,口传史诗还是多种叙述摹仿模式的综合体,神话性虚构叙述模式特征明显。

一、叙述模式辨析

普林斯在《叙述学词典》中对"模式 MODE"这一概念做出了两种叙述学阐释。第一种解释是"距离 DISTANCE"。叙述者调节的限度体现了叙述模式的特性:"展示 SHOWING"和"讲述 TELLING"是两种不同的模式。② 在叙述学中,"模式"的含义之一便是"距离"。热奈特认为距离与视角是调节叙述信息的两个主要因素。距离的具体内涵之一是指叙述者与被叙的情境和事件之间的关系远近:"叙述者调节越隐蔽,关于被叙情境与事件的细节就会提供得越多,这些细节和叙述 NARRATION 之间的距离就会越小。例如,模仿 MIMESIS 或展示 SHOWING 要比(讲)故事 DIEGESIS 和讲述 TELLING 的

---

① MIMESIS 在亚里士多德和柏拉图的译著中用"摹仿"一词,在普林斯的《叙述学词典》中用"模仿"一词。"摹仿"与"模仿"两词意思相近,本书引用时根据原文用词。

② [美]杰拉德•普林斯.叙述学词典[M].乔国强,李孝弟,译.上海:上海译文出版社,2016:127.

距离小。"① 当叙述者调节距离处于最小限度时，叙述者就变身为故事中的人物，以人物身份进行叙述，即进行人物对话的模仿，或展示人物内心世界；当叙述者调节距离拉大后，叙述者就以其自身的身份进行叙述了。口传史诗《江格尔》的叙述模式主要就是讲述模式和展示模式或摹仿模式。第二种解释是根据弗莱的批评模式："从与人类及其环境相关的英雄人物行动能力这一视点出发来考虑的虚构世界。"② 普林斯总结了佛莱批评的 5 种模式：神话模式、浪漫模式、高级模仿模式、低级模仿模式和反讽模式。他认为 5 种模式中都有神话原型，神话与原型的象征有 3 种组合方式：纯神话、传奇倾向和现实主义倾向。

　　玛丽-洛尔·瑞恩（Marie-Laure Ryan）将叙述模式主要分为 4 种：讲述模式、模仿模式、参与模式和模拟模式。讲述模式是告诉某人过去发生的某事，典型的体裁是小说、口头故事；模仿模式是在当下演出故事、扮演人物，如戏剧、电影；参与模式指通过角色扮演与行为选择时创作故事，如观众参与的戏剧，口头史诗表演中也有听众参与的案例；模拟模式指通过使用引擎按照规则并输入实现一个事件序列而实时创造故事，如故事生成系统。③ 如用玛丽-洛尔·瑞恩叙述模式分类理论来研究口传史诗，除最后的模拟模式外，口传史诗叙述构成中包含着前 3 种模式，其中讲述模式和模仿模式是口头史诗的主导叙述模式。但由于许多史诗艺人是通过演唱来讲述故事，这里需要涉及口头史诗的韵律和音乐，并不是单纯口述故事。因此，口头史诗的叙述模式包含着演唱和讲述的性质。本书重点讨论讲述模式和模仿模式。

　　赵毅衡认为玛丽-洛尔·瑞恩的 4 种叙述模式没有覆盖叙述全域，她主要讨论了非文字叙述的模式，因此并不是真正的广义叙述学叙述模式分类范畴。他还对把小说和口头故事都归入讲述模式进行批评：

　　　　口头言语，是与身体姿势同类的"现成媒介"，舞台上的演出，经常是动作

① ［美］杰拉德·普林斯 . 叙述学词典［M］. 乔国强，李孝弟，译 . 上海：上海译文出版社，2016：51.

② ［美］杰拉德·普林斯 . 叙述学词典［M］. 乔国强，李孝弟，译 . 上海：上海译文出版社，2016：127.

③ 赵毅衡 . 广义叙述学［M］. 成都：四川大学出版社，2013：2.

言语兼用。令人困惑的是,口头叙述似乎用的是与文字相仿的语言,某教授讲解历史,某亲历者谈一个事件,某行吟诗人说一段史诗,似乎与阅读他们的文字文本相似。实际上这二者必须分清:说书、相声、戏剧、电影可以预先有脚本,并不能消解它们的演示叙述的基本特征。因此,口头叙述,是一种演示类叙述。因此,将口述与笔述并列为同一种叙述模式,会造成极大困惑。①

瑞恩没有把文字叙述这种重要的媒介类型考虑进叙述模式的分类,而且将口述与笔述混淆在一起。从表面看,口述与笔述都是在讲故事,但分清口述与笔述也是十分必要的。赵毅衡在这里明确指出,口头叙述是一种演示类叙述。口头叙述一般会有脚本,可演述出来的实际情况与脚本会有很大的不同,因此不能将口头叙述的脚本与演述行为混同,更不能与笔述混同。有些口头叙述,如说书、相声、戏剧和电影,是明确预先有脚本的,演员在脚本的框架或提示下进行表演。该段论述中提到史诗问题,认为史诗明显属于口头叙述,这种判断是正确的,并在下面的论述中明确了说书、相声、戏剧、电影都有脚本,但没有明确史诗是否有脚本问题。但这不影响论述所得出的结论:口述模式与笔述模式有很大区别,更不能混同。

这里对广义叙述学中关于史诗的问题进行一点补充。口传史诗在不同发展阶段呈现出不同的文本形态,原始阶段的口头史诗根本没有脚本;口头-文字并存阶段,传统的史诗艺人凭借头脑中的底本即兴演述,也没有脚本,这个时期还有一种情况就是史诗艺人凭借文字文本说唱史诗的情况。上述引文所提到的行吟诗人说一段史诗就是后两种情况中的一种。在《江格尔》演述中,有的史诗艺人演述时凭借文字记录,如江格尔奇加·朱乃;有的史诗艺人没有文字凭借,是纯粹的口头演述,如江格尔奇冉皮勒。因此,口传史诗没有脚本,这是口传史诗与其他口头叙述之间的最大区别。

通过以上分析,本书认为口传史诗是一种由讲述和摹仿两种叙述模式共同构成的口头艺术,其实质是演示类叙述。用文字记录下来口传史诗,如未经过文人加工,仍会保留其口头演示叙述的本质。口传史诗由口头文本转化为书面文本后,其叙述因素会发生很大变化,也变得更加复杂,但讲述模式和摹仿模式没有变化,并各占一定的诗行比例。从神话到史诗,从史诗到传奇,从

---

① 赵毅衡.广义叙述学[M].成都:四川大学出版社,2013:3.

传奇再到小说是西方整个叙事文学发展的脉络，叙述者的讲述和人物话语的摹仿仍是文本主要构成模式。巴赫金称之为对话交流活动的精神体现。

二、讲述模式

讲述模式和摹仿模式的结合是口传史诗与戏剧艺术在叙述模式上最大的区别。讲述是对情境与事件进行更多的叙述者调节。讲述在叙述模式中所占的比例具有区分体裁类型的意义，讲述具有结构、连接和阐释等功能。

（一）讲述内涵与构成比例

作为诗人的柏拉图虽然对诗和诗人充满了偏见，但在客观上区别了叙述的两种主要诗学模式：纯叙述和人物摹仿。

我想说的是，有一种诗歌或叙述完全使用摹仿，包括你提到过的悲剧和喜剧，还包括表达诗人自己情感的抒情诗，酒神赞美歌是这种诗歌的最佳范例。如果你懂得我的意思，那么还有既使用叙述又使用摹仿的做法，用在史诗以及其他的地方。①

从这段引文不难看出，柏拉图认为悲剧、喜剧、抒情诗和酒神颂等作品的叙述完全是人物摹仿，这些作品并不需要叙述者的存在，演员扮演人物，话语与行动是完全摹仿作品人物，叙述中没有演员自己的思想和情感表现。而史诗叙述并不是单纯的摹仿，而是讲述和摹仿的综合体。柏拉图认为摹仿是叙述的一种重要手段。他所谓的"纯叙述"就是讲述之意，纯叙述是以诗人的身份和口吻对故事进行的叙述，是口传史诗叙述的主要构成成分。

普林斯为讲述下了定义："讲述 TELLING 是一种模式，与展示（或模仿）MIMESIS 相比较，其特点是对情境与事件进行更多的叙述者调节和更少的细节表现。"② 不难看出，普林斯关于"讲述"与"展示"的界定与柏拉图的叙述模式观念十分相近。柏拉图的"纯叙述"概念与普林斯的"讲述"模式内涵基本相同；柏拉图的"摹仿"概念和普林斯的"展示"模式的内涵也是一致的。

① ［古希腊］柏拉图.柏拉图全集（第一卷）[M].王晓朝，译.北京：人民出版社，2003：359.

② ［美］杰拉德·普林斯.叙述学词典[M].乔国强，李孝弟，译.上海：上海译文出版社，2016：227.

"纯叙述"与"摹仿"是一种传统的叙述观念,"讲述"与"展示"是一组现代的叙述学概念。

根据普林斯关于讲述的定义,叙述者与叙述事件、情境的距离更大;细节描述应明显少于展示(模仿)。他关于讲述的阐释更符合书面文学的叙述实际;如将该理论运用于口传史诗叙述研究中,普林斯的前半句无疑是正确的,而后半句"更少的细节表现"则与口传史诗实际不符。口传史诗讲述中细节描述的成分并不少,反而构成史诗最精彩部分。《江格尔》对英雄出征的一系列行动进行充分的细节描述,有关战马、武器等的程式化细节描写在史诗中占有很大的篇幅。在诗章《阿尔格乌兰洪古尔与洪德尕尔萨布尔之战》中,对洪古尔出征前备马戎装过程进行了详细的刻画:

> 说完他派人 / 到胡尔撒木拜山的上坡 / 把那吃着青青的嫩草 / 饮着冰凉的泉水 / 能驮走一座大山 / 一口气跑完整个大地的 / 青色白额马牵来 / 然后顺着白额马后颈套上 / 新吉尔银做的笼头 / 顺着白额马腮帮扣上 / 哈来银做的嚼子 / 在白额马的背上铺上 / 德里德尔银镀的汗屉 / 上面又铺上六层毡垫 / 再鞴上又重又沉的马鞍 / 用额木尼格河的木头 / 制成马鞍的鞍翅 / 用杭嘎勒河的木头 / 制成马鞍的两翼……它跑动时下巴擦着地面 / 前胸支着下巴 / 它鼻孔呼出的热气 / 吹开平原的花草……用三岁犍牛的皮子 / 编成黑鞭的鞭心 / 用四岁犍牛的皮子 / 编成黑鞭的外皮 / 鞭身仿造毒蛇的脊梁编制 / 又用毒液浸泡而成 / 鞭身用软钢点成 / 鞭箍用乌钢做成 / 鞭柄用赞丹削成 / 鞭套用丝绸缝成……[①]

这段细节叙述了洪古尔酒醒后准备出征的过程,一共有117行。对马笼头、马嚼子、汗屉、马鞍等构成部分及其所用材料进行了描述,尤其对马鞭的鞭心、鞭皮、鞭身、鞭柄、鞭箍和鞭套讲述得更为细致;对出征的路上战马奔跑姿态细节刻画十分传神,如马鼻孔呼出的气息能吹开草原的花草。《江格尔》的其他诗章也经常出现这些细节。不难看出,口传史诗的讲述模式中充满了细节叙述,这正是口传史诗的魅力所在。

叙事文学作品的叙述模式主要有讲述和展示,二者的构成比例直接关乎

---

① 江格尔(汉文全译本 第一册)[M].黑勒,丁师浩,译.乌鲁木齐:新疆人民出版社,1993:346.

文学体裁类型的划分。讲述比例为零时，作品完全是展示模式，此时最典型的文类就是戏剧；展示（模仿）比例为零时，完全是讲述模式，此种文类就是没有人物对话的寓言故事；史诗介于二者之间，讲述与人物摹仿各占一定的比例。

从史诗《江格尔》的汉文全译本来看，70 个诗章共 80 572 行，其中讲述共 53 307 行，约占全部诗行的 66%。《伊利亚特》总行数是 15 693 行，讲述行数为 8 583，讲述所占比例为 56%。[①] 而《奥德赛》总行数为 12 110，讲述所占比例为 32%。[②] 从以下数据统计（见表三）不难看出，口传史诗叙述模式主要就是讲述和摹仿，活态口传史诗讲述比例要略大于文学经典化的口传史诗。

表三　史诗讲述、摹仿比例表 [③]

史诗	总行数	讲述行数	摹仿行数	讲述比例
《江格尔》汉文全译本	80 572	53 307	27 265	66%
《伊利亚特》王焕生中译本	15 693	8 583	7 110	56%
《奥德赛》王焕生中译本	12 110	3 873	8 237	32%

《江格尔》汉文全译本讲述总行数为 53 307，摹仿总行数为 27 265，其中讲述约占 66%。[④] 讲述所占比重最大的是序诗，达到 96%，摹仿诗行仅为 11 行；除序诗外，诗章《布和蒙根希格西力格将希尔格汗五百万怒图克交于江格尔》中讲述比重最大，约占 92%；讲述比重最小的诗章是《铁嘴贺吉拉根同希尔郭勒的三位可汗打官司》，为 49%。对讲述与展示（模仿）的比例进行统计，我们或许能对文本类型的划分做出更客观的说明。

《江格尔》汉文全译本序诗共 285 行，主要以纯叙述为主，纯叙述共 274 行，人物摹仿仅仅有 11 行。纯叙述的母题情节主要有：英雄诞生，幼年磨难，英勇少年（3 岁、4 岁、5 岁、6 岁、7 岁），娶妻，收复失地，如仙境的家园，

① 统计数据见附录一。

② 统计数据见附录二。

③ 此表数据为笔者统计而出，仅供参考。

④ 统计数据见附录四。

汗宫修建、落成及庆典；接着简要描述了汗宫主人江格尔，妻子莎布德拉公主，十二英雄中的阿拉坦策吉、洪古尔、古哲根贡布、萨布尔、萨那拉，以及 7 圈围坐的人们（白发苍苍的老人、慈祥和蔼的老妪、青年人、勇士们、姑娘们、小伙子们）饮酒欢庆的场景。英雄诞生用了 8 行："在很久很久以前 / 佛宝弘扬的开始 / 众神崛起的年代 / 人世间出了一位英雄 / 他是塔黑勒珠拉汗的后裔 / 唐苏克本巴汗的嫡孙 / 乌仲阿拉德尔汗的儿子 / 一代孤儿江格尔 /"[①]"人世间出了一位英雄"已经暗示着接下来主要讲述江格尔英雄故事，"一代孤儿江格尔"也提前透露了江格尔幼年遭难的故事，这都是故事讲述者的口吻。"英雄""孤儿"都包含着讲述者的评价成分。在诗章中，纯叙述所占比例远远高于摹仿叙述。冉皮勒演唱的《阿拉坦策吉与阿拉德尔江格尔之战》这一诗章共 355 行，其中独白或对话性质的叙述是 96 行，约占 27%，纯粹叙述是 259 行，约占 73%。布和蒙根希格西力格为了除掉未来有大出息的江格尔，想借阿拉坦策吉之手杀死江格尔："你去阿拉坦策吉叔叔家里，他家有八万匹青色白额马，你把这群马给我赶来。"[②]这 3 行对话之后，史诗艺人用了 42 行的纯叙述，叙述了江格尔从出发到阿拉坦策吉发现 8 万匹马被人赶走。接下来关于阿拉坦策吉射伤江格尔的叙述中插入了阿拉坦策吉的两处内心独白，一处为 5 行，一处为 4 行。因此，在诗章的叙述模式中，纯叙述占主体。由以上可以看出，纯叙述与摹仿各自所占比例说明了活态口传史诗以诗人身份进行的叙述为主体。

活态口传史诗的叙述是处于交流框架中，直接面对叙述接收者。史诗叙述者由史诗艺人（故事歌手）独自担当，在诗人身份和多个故事人物身份之间自由转换，主要任务是完成对整个传统故事的叙述。

（二）讲述的功能

讲述（纯叙述）在口传史诗叙述中占据主体地位，其主要功能有结构（框架）功能、连接功能和阐释功能等。

---

① 江格尔（汉文全译本 第一册）[M].黑勒，丁师浩，译.乌鲁木齐：新疆人民出版社，1993：1.

② 江格尔（汉文全译本 第一册）[M].黑勒，丁师浩，译.乌鲁木齐：新疆人民出版社，1993：114.

1. 结构功能

口传史诗叙述模式中纯叙述的一项重要功能就是结构功能,即构建整个故事的结构框架,以便听众理解。故事讲述的一个必要前提是故事结构清晰。对于叙述接收主体来说,故事结构不清晰,便很难真正理解故事内涵。作为古老的叙述艺术,史诗故事结构类型主要两大类:其一是戏剧化结构,即以一个主人公的行动目标为中心安排结构,穿插安排此前的重要事件。书面经典化的史诗《伊利亚特》是戏剧化结构类型的代表,故事从中间开始,从中间结束。《伊利亚特》结构与荷马有密切关系,难以考证的是荷马之前这部史诗是如何演述如何结构的。其二是线性结构,即按照事件发生发展的时间-因果顺序展开。一般活态口传史诗的结构都是线性结构,如中国三大史诗。由于史诗讲述的是传统故事,因此一般来讲,故事结构框架是固定下来的。诗人要学会如何开始、如何叙述中间过程以及如何收尾,关键是要记住与开始、中间和结尾相关的程式化用语。因此,史诗艺人的讲述必须在一个清晰的故事结构框架内进行。

《江格尔》的各个诗章主要就是线性结构。诗章一般都是以酒宴聚会为开端和结尾。在开端主要讲述的内容一般是江格尔族谱、美丽如画的家乡和宏大的聚会场面,接着讲述威胁来临,然后选派英雄出征,选定某一英雄后讲述重点是一系列牵马、备马、戎装、武器以及告辞等具体细致的描绘。在讲述模式中经常使用程式化话语,这些话语经常出现在不同艺人的诗章之中。征途的描写一般较为简练,主要突出英雄克服重重困难才到达目标地,对战斗过程的讲述一般会突出英雄的智慧、勇力和坚韧,返程和迎接一般也会出现在史诗中,结尾是较简单的讲述,一般用几行诗句交代:为了庆祝胜利举行 80 天、70 天或 60 天的聚会。

从不同视角出发可以总结出《江格尔》不同的结构框架。从民族文化背景看,可总结为:聚会—战斗—聚会;从地理空间世界看,可总结为:家乡—征途—家乡;从主人公行动上看,可总结为:征前—出征—征后。掌握故事结构框架对史诗艺人讲述是十分重要:聚会是征前在家乡的主要活动,是以背景的形态出现的,征前的准备过程往往就是史诗艺人演唱的重点,这些信手拈来的演述是一次民族文化的大展示;主人公的智慧和勇力主要表现在征途中，一是克服恶劣的自然环境，二是与强大敌人的斗智斗勇，出征部分也是史诗艺人重点表演之处；史诗最简化处理的部分是胜利后的返乡庆祝，往往就是聚会饮酒庆祝。

因此，史诗叙述者的讲述无论是对叙述接收主体还是对诗人自己都具有结构性的作用，对一部诗章结构的掌握程度是一个史诗艺人是否成熟的重要标志，成熟的史诗艺人知晓在开端、中间以及结尾部分演述的重点是什么。

2. 连接功能

讲述还有一个重要的功能就是连接功能，即在人物心理、语言摹仿和纯叙述之间进行连接过渡和恰当区分，形成清晰的叙述层次，摹仿层嵌套在整个叙述层之中。

在《阿拉德尔诺彦博格达江格尔迎娶阿盖沙布德拉公主》这一诗章中，江格尔见到未来岳父图布新占巴汗问候说："'你好，尊敬的可汗阿爸／你好，尊敬的哈腾额吉／你们好，尊敬的英雄宝通'／说罢提起前襟领首施礼／图布新占巴汗回礼说道／'拜那，你可一路顺风／你们阿日本巴家园／这一向是否平安无事／你路上可曾受累／快请到上面来坐／'"[①]史诗艺人摹仿完江格尔问候的话语后，转成叙述者口吻，接着讲述江格尔向图布新占巴汗施礼的动作，然后接着叙述了图布新占巴汗回礼的话语，讲述在这里就起到了连接这两处人物摹仿的作用。"说罢""回礼道"等词语就是连接的标志性词语。

在《阿尔格乌兰洪古尔洪德尕尔萨布尔之战》诗章中，洪古尔酒醒后前去救援江格尔一伙，初次见到萨布尔后有一段精彩的心理描述：

好一个厉害的比尔曼／你敢把我们的江格尔汗／和我们的八千名阿尔扎英雄／困在这茫茫的旷野／荒无人烟的沙丘／黄澄澄的沙湾／不停地残害折磨／整整过了二十一个昼夜／如今我洪古尔／不把你打翻在地／我愿受江格尔的责骂而死／做一名无名的小鬼／去守阎王的鬼门关／想罢他大喝一声／喊声震撼了山岩／震碎的岩石一块块地滚落。[②]

---

① 江格尔（汉文全译本 第一册）[M].黑勒,丁师浩,译.乌鲁木齐:新疆人民出版社,
　　1993:264.

② 江格尔（汉文全译本 第一册）[M].黑勒,丁师浩,译.乌鲁木齐:新疆人民出版社,
　　1993:351.

　　史诗艺人对洪古尔人物心理话语进行精彩摹仿,其后用一个标志性连接词语"想罢"结束了人物心理话语摹仿,同时也开启了下面的纯叙述。这个纯叙述主要叙述了洪古尔在心理活动后所进行的一个动作,那就是"他大喝一声",并且用两个诗行对喝声的威力进行夸张叙述,"喊声震落岩石",达到了使听众吃惊的效果。这是史诗艺人在叙述中经常使用的吸引观众的手法。

　　讲述的连接功能在史诗艺人叙述模式中的作用是客观存在的,对使所述故事保持完整性和对叙述接收者的理解具有重要意义。

　　3. 阐释功能

　　口传史诗讲述的另一个重要功能就是阐释。在口传史诗《江格尔》诗章中,我们会经常见到一些重复性话语,如对厉害人物阐释会经常使用"有舌头的人不敢提他,有嘴巴的人不敢说他";对金黄色的虎旗经常会用"这虎旗放在旗套里,闪着圆月的光芒;从旗套里取出来,放出七个太阳的光芒";对鞭子经常会出现一长串关于鞭心、鞭皮、鞭身、鞭箍、鞭柄等的程式化词语。从功能角度看,这些是阐释性话语,也就是讲述的阐释性功能。从接收主体理解和史诗艺人演述来看,讲述的阐释功能在口头文学中具有重要意义。

　　首先,从演述过程中接收主体来分析,艺人演述的首要原则是让听众听明白。口传史诗是在文字没有普及和人们的阅读能力普遍较低时在民间广为流行的文化形式。为了能让在场听众易于理解,史诗艺人在演述中常常使用程式化词语,这些程式化语句主要内容就是对某一人物或器物的来源或构成进行阐释。只有听众明白史诗艺人所讲述的,才能达到享受这种演述的层级。

　　其次,史诗艺人演唱要有连续性,不能随意中断,这就要求史诗艺人必须有清晰的思路和一定的思考时间。口头程式理论研究已经证实,史诗艺人不是靠死记硬背来完成长篇史诗演述的,而是在现场创编。程式性话语在现场创编中发挥了重要的作用,即程式化话语给史诗艺人创造了思考时间。史诗艺人嘴里演唱着程式化语句,但思维已经进入到对接下来要叙述内容的思考。因为对于成熟的史诗艺人来讲,这些反复演述的程式化语句他们已经烂熟于胸,张口就唱。在演述这些程式化语句时,史诗艺人正在思考或已经准备好下面要演述的内容了。这样口传史诗的演述就给人一种连贯、整体的感觉,而且源源不断地叙述出来。这些程式性话语中主要部分就是阐释性的。

以汉文全译本《江格尔》70 章为例,对这些阐释话语进行归类,主要有以下几种类型。

第一,阐释器物。史诗中对某些人造之物的制作过程和事物的质料的阐释占有很大的比重,在每一诗章中几乎随处可见。如九色十层的金殿、英雄的戎装、武器、旗帜和酒。

序诗和第五章中都集中进行了江格尔宫殿制作过程以及质料的阐释:

于是四方的四十二个可汗 / 六千又十二名能工巧匠 / 纷纷赶到檀香和杨树旁边 / 算定吉利的日子 / 选好如意的时辰 / 划出修宫的地界 / 挖好五个开阔的地基 / 用火镜装饰内壁 / 用水镜点缀外壁 / 用珊瑚编织坐垫 / 用珍珠镶嵌哈娜 / 用火镜修饰外壁四角 / 用精钢铺设内壁四角 / 那心灵手巧的工匠 / 很快修好了圣主江格尔 / 九色十层的金色宫殿。①

宫殿建造过程中十分讲究质料的装饰,体现出一定的民族审美观念。综合第五章中宫殿建筑过程可知,九色十层的金殿主要用檀香木和杨木为主要材料修建而成,装饰用的材料主要有金子、银子、精钢、火镜、水镜、珊瑚、玛瑙、珍珠、象牙、狮牙和鹿牙等。从装饰质料可以看出,宫殿正是阿日本巴国富有强大的象征。宫殿由"四十二个可汗"手下的"六千又十二名能工巧匠"来设计建造。

该段对宫殿的阐释中,还表现出民族禁忌文化。选吉日破土动工这样的民间习俗在史诗演述中是不容忽视的,选日子的习俗是生活中十分重要的民间事象,凡是婚丧嫁娶、建房等重要事情都需要挑选吉日,其最终目的是期盼事情吉利,不犯民间禁忌。如果违反禁忌,就会遭受灾难。汉文全译本的第一章就讲述了阿拉德尔江格尔的父亲乌仲阿拉德尔由于违反了禁忌而遭受了灭顶之灾。乌仲阿拉德尔汗来迎娶仙女车琴公主,两人十分相悦,但车琴公主说道:"亲爱的阿拉德尔汗 / 我求你再等三年 / 那时我们的日子 / 会有说不尽的幸福。"固执的乌仲阿拉德尔汗说:"你让我再等三年,这简直是傻话 / 答应了我就把你娶走 / 不答应我就把你抢走 / 我是个讲面子的青年 / 怎能容忍别人

---

① 江格尔(汉文全译本 第一册)[M].黑勒,丁师浩,译.乌鲁木齐:新疆人民出版社,1993:6-7.

夺走我的意中人 / 我这就去见你的父汗 / 问他到底答不答应。"①

车琴公主的父亲胡尔特木汗规劝乌仲阿拉德尔汗再等 3 年,并解开一百又八个谜。乌仲阿拉德尔汗没有听,而是选择硬抢,厮杀数月,洗劫了胡尔特木汗的家园,抢走了车琴公主。胡尔特木汗的预言是他们夫妻的幸福不会长久,在前 5 年的日子过得快活,到第 6 年就会遭受大祸。预言实现了,乌仲阿拉德尔汗夫妻在结婚的第 6 年被洗劫家园,他们被杀死,只留下了孤儿江格尔。为了在宫殿修建时不触犯民间禁忌,阿拉坦策吉老人给出一项重要的建议:"把这宫殿盖得高如摩天,无疑是过分傲慢,可对江格尔诺彦来说,不是一件吉利的事情。我想宫顶的三个春吉,应与漂浮天空的白云,有三个指头的距离。"② 如把宫殿建得跟天一样高,主人江格尔就会不吉利。这些民间的禁忌往往成为人们做事的依据,影响人们的思维和行动。这也是史诗的巨大文化魅力之所在,不仅是娱乐,还有生活依据在其中,就像《荷马史诗》在当时教育了希腊人一样。

史诗中对英雄使用的武器的阐释是十分常见的,武器主要包括弓箭、宝刀、快刀、长戟、鞭子等,其中不同诗章对鞭子的阐释都较为详细和一致:

攥得鞭柄津液直流 / 鞭子的核心 / 用三岁犍牛的皮子做成 / 鞭子的包皮 / 用四岁犍牛的皮子做成 / 鞭柄用乌钢包裹 / 用精钢做了点缀 / 用银蛇编了外皮 / 用白钢做了镶边 / 用金刚石镶了鞭柄 / 鞭柄用赞丹树削成 / 上面镀了三指宽的金粉 / 又抹了四指宽的银粉 / 用粉绢绸子做了扣绳。③

在诗章中,英雄出征前会一般会有"把攥得鞭柄津液直流"这样的诗句,其后便是一连串对鞭子的程式化的描述,鞭心、鞭皮、鞭柄分别用什么材料做成,尤其对鞭柄描述更为精彩。鞭子是草原民族生活中必需品,是人们耳熟能详的东西,对这些器物的细描能引起听众的民族认同感和生活乐趣。

---

① 江格尔(汉文全译本 第一册)[M].黑勒,丁师浩,译.乌鲁木齐:新疆人民出版社,1993:30.

② 江格尔(汉文全译本 第一册)[M].黑勒,丁师浩,译.乌鲁木齐:新疆人民出版社,1993:6.

③ 江格尔(汉文全译本 第一册)[M].黑勒,丁师浩,译.乌鲁木齐:新疆人民出版社,1993:257-258.

诗章中对酒的阐释表现出深深的民族文化气息。酒的种类主要有阿尔扎和胡尔扎，酿制的原料主要就是马奶，如"那蜂蜜般的阿尔扎红酒／是用小骒马的乳汁酿成，那红糖般的阿尔扎陈酒／是用老骒马的乳汁酿成"[①]。饮酒是《江格尔》中经常出现的典型场景，是一项重要的民族习俗。诗章一般都以喝酒欢宴为开头和结尾，英雄出征前也要喝酒壮行，英雄或敌人在对方的汗宫中也要先喝酒，然后再传达汗王的命令或展开战斗。诗章《阿拉坦策吉台布和哈尔萨纳拉之战》中，阿拉坦策吉悄然进入欢宴的汗宫，没有引起这里人们的注意，他"挑着最美的阿尔扎陈酒／选着最香的胡尔扎烈酒／用七十个大力士／抬不动的花棱大大碗／一连喝了七十五碗／第二轮又喝了八十五碗"[②]。然后向哈尔萨纳拉传达了江格尔的旨意。这样喝酒方式的阐释在其他诗章中也常见。酒宴的阐释不仅是民族文化传承的表现，也对史诗演述起到结构性的作用。

第二，阐释人物。史诗艺人一般会在诗章中对英雄人物的族谱、相貌、威力和本事等方面进行阐释，对人物形成固定的程式化用语。

对江格尔汗的族谱阐释的程式一般是：先祖 + 祖父 + 父亲 + 英雄人物，即塔黑勒珠拉汗的后裔 + 唐苏克本巴汗的嫡孙 + 乌仲阿拉德尔汗的儿子 + 一代孤儿江格尔。这种程式化的族谱，在没有文字记载族谱的时代，是人们记住自己部落或祖先的好办法。对江格尔的夫人阿盖沙布德拉公主的容貌阐释是"在她发出的亮光下，女人可以穿针引线；在她放出的辉光下，男人可以放牧马群"[③]。聪明的阿拉坦策吉是江格尔右面首席英雄，是智者的代表，是军师的角色，在征战中发挥着极大的预示作用，他最大的本事就是诗章最常提到的"他能追述过去九十九年的往事，也能预卜未来九十九年的凶吉"。这句程式化词语一般用在阿拉坦策吉出现的诗行中，这种阐释既说明了阿拉坦策吉

① 江格尔（汉文全译本 第一册）[M]．黑勒，丁师浩，译．乌鲁木齐：新疆人民出版社，1993：160.

② 江格尔（汉文全译本 第一册）[M]．黑勒，丁师浩，译．乌鲁木齐：新疆人民出版社，1993：318.

③ 江格尔（汉文全译本 第一册）[M]．黑勒，丁师浩，译．乌鲁木齐：新疆人民出版社，1993：363.

是什么样的人，又为下文的叙述提供了思考的时间。勇武忠诚的狮子英雄乌兰洪古尔是江格尔左面首席，是江格尔生死兄弟，是诗章中最常见的出征英雄。国内最早的汉文版有关江格尔的故事就是边垣的《洪古尔》。

70 章汉文全译本中有关洪古尔出征的篇目达 20 章之多。洪古尔的族谱为"图布新希尔格的嫡孙，蒙根希格西力格的儿子，是希勒泰赞丹夫人，二十二岁上生的独子"①。描述洪古尔忠诚的著名程式语句是："即使躯体干枯了，不就是八根骨头吗？即使战败倒下了，不就是一碗鲜血吗？"②其以勇武闻名的诗句在诗章中经常被提到：洪古尔的铠甲被人击碎，身上的创伤化脓溃烂，脓血流满全身，仍然能战胜强敌。还有一个阿日本巴国人人皆知的典故：凭勇气，洪古尔攻入六十万顽敌中，把那参天的赞丹树连根拔起，削成武器，把树干扛在肩上，对准顽敌扫去能击倒五十个顽敌，胡乱扫去能击倒五六个。

在不同的诗章中，对人物的阐释性的程式化语句具有很大相似性。这些程式化的语句才是代代史诗艺人口耳相传的诗行。

第三，阐释战马。马在蒙古族以及其他游牧民族生活中的重要性是不言而喻的。史诗的诗章中关于英雄战马的描述贯穿始终，主要集中在英雄出征前和征途中两个阶段。出征前一系列对战马的程式化的叙述是《江格尔》演述重点内容，即使危险已经迫在眉睫，但对有关套马、牵马、备马、戎装等的叙述和阐释不会减少，这种有关民族文化常识的程式化的叙述不会为讲述史诗情节进程让路。征途中主要叙述战马所发挥的神奇的重要作用。

《阿拉坦策吉台布与哈尔萨纳拉之战》诗章中，对马夫备马的过程的叙述较为经典：

给它套上银质的辔头，给它戴上闪光的银镳。把仿照上颚纹编织的五十又二条白色偏缰，搭在大红马的鬃上，手拽银镯般粗的缰绳，把马牵到金色宫殿的门前，那颗矮小的赞丹树下，让五十个臣子拽住缰绳。取来手絮的银色汗

① 江格尔（汉文全译本 第一册）[M]. 黑勒，丁师浩，译. 乌鲁木齐：新疆人民出版社，1993：10-11.

② 江格尔（汉文全译本 第一册）[M]. 黑勒，丁师浩，译. 乌鲁木齐：新疆人民出版社，1993：526.

屉，轻轻地铺在马背上，上面又铺上一层白色的棉垫。棉垫仿照草原的轮廓，一百个额吉精心絮成，七十个额娘精心压成。然后放上硬木拼作的马鞍，马鞍是仿着高山的轮廓制成，鞍上系着五十又二条肚带，肚带是五十名大力士的儿子，使劲拉拽拧成；是名叫塔勒泰伊勒登的匠人，用沙哈古尔使劲镶成。肚带扣进白皙的肚囊，肚囊勒出七八道皱纹，肉眼看不见勒进的肚带。骏马的脖颈上，系上胡吉白银的攀胸；骏马的脖颈上，挂上八个铜制的响铃；骏马的后胯上，套上蛇纹般的后鞧。……①

　　史诗展示了关于出征前备马的全过程，描述了所用的马装备以及装备的制作。涉及的马装备有辔头、偏缰、缰绳、汗屉、棉垫、马鞍、肚带、攀胸、铃铛和后鞧；其中对棉垫制作进行的程式化描述是"一百个额吉精心絮成，七十个额娘精心压成"，接着对马鞍和肚带的制作也做了程式化的叙述。马夫牵马到备马过程实质就是民族文化的展示过程，这些民族文化在口头史诗中传承，而且经久不衰，主要因为这些是民族文化的根基，是真实的现实生活的反映。口传史诗巨大的价值主要就体现在对民族传统文化的记忆和传承。

　　征途中战马的作用是神奇的。马能听懂人语，还能与主人对话，甚至变形；尤其在主人面临困难和危险时，战马往往就是化险为夷的关键，成为推动情节发展的动力。

　　第四，阐释自然环境。日、月、星、山、海、河、风、雨、草原和沙漠等自然事物构成了史诗中的客观性存在因素，是史诗空间世界构成的基础。自然事物有时是英雄们征途中认路的标识，有的或成为英雄必闯的险关，有时构成家乡靓丽风景。在史诗演述中，有时对提到的自然事物进行阐释。如江格尔的阿日本巴国美如仙境，在序诗中常被唱道："他的国家四季常青，到处洋溢着欢声笑语。他的家园没有冬天，始终散发着春天的气息。他的家园没有夏天，始终散发着秋天的气息。他的家园没有严寒，他的家园没有酷热，微风习习吹拂，细雨绵绵地降落。"② 前两句叙述了家乡的自然环境特点，"四季常青"概

① 江格尔(汉文全译本 第一册)[M].黑勒，丁师浩，译.乌鲁木齐：新疆人民出版社，1993：306.

② 江格尔(汉文全译本 第一册)[M].黑勒，丁师浩，译.乌鲁木齐：新疆人民出版社，1993：4.

括了家乡的气候特点,后面的八句具体阐释了"四季常青"。"没有冬天""没有夏天"两句意味只有秋天和春天,这两个季节没有严寒、没有酷暑,这是人们对气候美好的愿望,表达人们对美好生活的向往之情。在诗章的开端一般会介绍阿日本巴国的阿尔泰山,有时在山后面进行阐释:"坐落在陶古斯阿尔泰山的西麓,连长翅的鹦鹉也未曾 / 在它的山顶上落过爪,连长蹄的野兽也未曾 / 在它的山坡上歇过蹄。"[①] 阿日本巴国的位置在阿尔泰山西麓,接着史诗艺人对阿尔泰山用四行诗句来阐释叙述,"长翅的鹦鹉"和"长蹄的野兽"都未曾到来,这说明阿尔泰山巍峨和庄严神圣。

讲述模式是口传史诗叙述模式的主要类型。讲述在口传史诗交流框架中具有整体性、起承性和阐释性。从史诗艺人大脑中的文本到受众的接收文本,讲述发挥了建构故事整体结构,连接人物摹仿和叙述者话语,以及阐释事物等作用。

三、摹仿模式

人物摹仿既是一种叙述模式,也是史诗艺人在演述史诗时常用的一种手段,即以故事之中人物的身份进行叙述。柏拉图提出了史诗叙述构成中的人物对话问题,但并没有对人物摹仿进一步细分与讨论。本书在此基础上,以《江格尔》为例,对口传史诗文本中摹仿人物说话问题做进一步探讨。

(一)摹仿内涵及所占比例

柏拉图在《理想国》第三篇中提出了"纯叙述"和"摹仿"两个概念,认为史诗叙述是由纯叙述和人物摹仿构成;普林斯说讲述和展示是叙述两种基本模式。普林斯对"展示"这个概念进行了解释:"展示 SHOWING 与讲述TELLING 一起,同为距离 DISTANCE 的两种基本类型,控制叙述的信息;模仿 MIMESIS。"[②] 在叙述学中,"距离"有两种含义,其一是指被叙情境(或事件细节)与叙述之间的距离,另一含义是叙述主体(叙述者、人物、被叙情境与事

---

① 江格尔(汉文全译本 第一册)[M]. 黑勒,丁师浩,译. 乌鲁木齐:新疆人民出版社,1993:125-126.

② [美] 杰拉德•普林斯. 叙述学词典 [M]. 乔国强,李孝弟,译. 上海:上海译文出版社,2016:207.

件）和受叙者之间的距离，我们在此讨论的是第一种含义。被叙情境越详细、事件细节越多，叙述者调节就越小，它们之间构成反比例关系。"讲述"和"展示"相比，前者与叙述的距离更大，展示主要就是对话模仿，细节就更多，叙述者以人物身份进行说话。从这个角度来看，"讲述"与"展示"与柏拉图所提出的"纯叙述"和"摹仿"内涵相同。可见普林斯是对柏拉图思想的继承，普林斯直接把"展示"解释为"模仿"。"摹仿论"是柏拉图和亚里士多德重要的文艺思想理论，但关于史诗的"摹仿"问题，他们二人既有区别又有联系。

柏拉图认为"纯叙述"与"摹仿"既是史诗叙述的构成成分和叙述手段，又是当时希腊文学划分文学体裁的主要依据，二者的比例关系成为文学体裁划分的基本标准："有一类诗歌和故事完全凭借摹仿展开，那就是，如你所指出的，悲剧和喜剧。另一类借用诗人的述诵，它们的最佳典型我想应是酒神颂。还有一类兼用二者，比如在史诗和其他类似情境中。"[①]因此，当讲述为零，成分全部为展示，这时作品就是完全摹仿，典型的是悲剧、喜剧；当展示为零，成分全是纯叙述时，典型的体裁就是酒神颂；当讲述与摹仿各占一定比例时就是史诗，史诗是二者的结合。摹仿论是柏拉图学术思想的基础，他认为各种艺术都是摹仿，摹仿分为两种：一种是摹仿事物的实质，另一种是重现它的表象。前者触及生活的实质；后者可称为"扮演"，是一种狭义的摹仿。柏拉图讥笑悲剧和史诗诗人都是无知的摹仿者或机械摹仿者："史诗和悲剧诗人极其逼真地摹仿人物的行动，表现他们的喜怒哀乐，试图使人们相信，他们讲述的全都是真实的往事。"[②]但亚里士多德却认为史诗与悲剧、喜剧一样也都是模仿，这就与其师柏拉图对史诗构成的两分法的观点冲突。

亚里士多德在《诗学》第一章就说："史诗的编制，悲剧、喜剧、狄苏朗勃斯（酒神颂）的编写以及绝大部分供阿洛斯和竖琴演奏的音乐，这一切总的说来都是摹仿。它们的差别有三点，即摹仿中采用不同的媒介，取用不同的

---

① 陈中梅.柏拉图诗学和艺术思想研究［M］.北京：商务印书馆，2016：62.该引文与王晓朝译的《柏拉图全集》第二卷（人民出版社，2003年版，2012年第五次印刷）第359页译文相矛盾。王晓朝译文认为悲剧、喜剧、抒情诗、酒神颂都是完全摹仿。此处引用陈中梅译文。

② 陈中梅.柏拉图诗学和艺术思想研究［M］.北京：商务印书馆，2016：64.

对象，使用不同的、而不是相同的方式。"①亚里士多德继承了柏拉图的摹仿论，对艺术摹仿的对象而言师徒二人观点相异：柏拉图认为艺术是对摹仿的摹仿，与真理隔着三层，因而是不真实的；亚里士多德认为艺术是对现实的摹仿，尤其对行动的摹仿，因而是真实的。在关于史诗的摹仿上，柏拉图认为摹仿只是对史诗中人物对话而言，并不包括史诗艺人的纯叙述，是狭义的摹仿；亚里士多德从悲剧视角认为史诗与悲剧一样都应是对行动的摹仿，更注重对完整情节摹仿，是一种戏剧化的史诗观。只有辨析摹仿论的源头上的差异，才有利于讨论口传史诗中的人物模仿叙述的问题。本书倾向于柏拉图和普林斯的关于"摹仿"的理论，摹仿就是展示，展示就是摹仿，是针对史诗中人物话语而言的。

从史诗《江格尔》的汉文全译本来看，70 个诗章中摹仿共 27 265 行，约占全部诗行的 34%；除序诗外，第五章《布和蒙根希格西力格将希尔格汗五百万怒图克交于江格尔》中模仿所占比重最小的，仅为 8.2%；第四十一章《铁嘴贺吉拉根同希尔郭勒的三位可汗打官司》摹仿比重最大，占 51.3%。摹仿比重 10% 以下的有 2 个诗章，10%～20% 的有 3 个诗章，20%～30% 的有 17 个诗章，30%～40% 的有 34 诗章，40%～50% 的有 13 个诗章，50%以上的只有 1 个诗章②。从以上数据不难看出，口传史诗《江格尔》中摹仿也占有相当的比例。

表四　汉文全译本《江格尔》人物摹仿比例

人物摹仿	0%～20%	20%～30%	30%～50%	50%以上
诗章数	5	17	47	1
所占比例	7%	24%	68%	1%

由表四可见，《江格尔》摹仿比重主要集中在 20%～50%。这样的诗章达到 64 篇，约占总数的 91%，其中 30%～50% 的数量最大，达到 47 篇，占总数的 68%。史诗《江格尔》叙述构成成分中摹仿比重均值约 34%。《伊利亚特》中摹仿约占 45%，而《奥德赛》中约占 68%。从以上比较分析可见，口传史诗

① [古希腊]亚里士多德. 诗学 [M]. 陈中梅，译. 北京：商务印书馆，1996：27.

② 见附录四。

摹仿叙述的均值分布在 30%～50%，活态口传史诗摹仿比例小于书面经典化史诗文本的比例。戏剧是完全人物摹仿，所以亚里士多德认为史诗应该戏剧化，荷马史诗两部作品中人物摹仿比重平均约占55%左右，[①]这说明了亚里士多德为什么称赞荷马史诗为史诗典范。摹仿是史诗叙述的重要组成部分，也是整个叙事文学的重要组成部分。通过对史诗摹仿比重的分析可见，摹仿比重越大，作品就越接近戏剧，当完全变成摹仿时，这个作品就是戏剧了。小说叙述中摹仿也占有极大的比例。这说明史诗、戏剧和小说都具有摹仿的"基因"，摹仿是叙事文学的基本构成模式。

《江格尔》诗章没有对主要人物的一生进行叙述，摹仿主要集中在征战。征战由一系列行动构成，可细分为起因、选将、备马、出征、战斗、取胜和归来等具体行动，这些具体行动构成了这一故事整体。无论是征战史诗还是婚姻史诗，都围绕一个中心行动来讲述，没有旁生枝蔓或太多穿插，这样诗章就较为简练，多则数千行，短则数百行。摹仿就分布在各个具体行动中，与史诗艺人的讲述共同构成史诗的叙述模式。

（二）摹仿类型

口传史诗中，摹仿叙述有时只出现一方的话语摹仿，有时是双方的完整对话。由此，摹仿叙述主要分为两种：一是单摹仿，即没有应答的摹仿，包括人物内心独白、自言自语、心理活动、命令、祝愿等；二是对话摹仿，即两个或多个人物之间的一个或多个回合的对话。

1. 单摹仿

单摹仿是指口头史诗艺人在演述中没有应答的单独摹仿，主要有人物内心独白、自言自语、心理活动、命令和祝愿等形式。

人物内心独白是口头史诗中很常见的摹仿模式，在诗章中经常会以"想""想道"等词标出。内心独白的叙述一般是心理描写，这时叙述的口吻转向了将要摹仿的人物。如《阿拉坦策吉与阿拉德尔江格尔之战》第 14 行开始："希格西力格阿爸 / 看了这般可怕的情景 / 心理暗暗地想道 / '谁料在我离家去巡视 / 八千又八百个国家 / 这么短短的时间 / 在离我家乡不远的地方 / 竟会来

---

① 见附录三。

如此凶狠的敌人。'"① 心理活动的叙述者是第一人称叙述者,"我""我家乡"等词标示史诗艺人冉皮勒这时是以希格西力格阿爸的身份进行叙述。这时的史诗艺人就可以改变叙述的语调、声音和节奏,形象地进行表演了,逼真摹仿是吸引听众的关键。该种演述效果需要叙述者与受述者在场,阅读文字化文本很难体会到史诗艺人此时的情绪和表现。

在诗章中,人物的话语有时是主人公发布命令,只有说话者一方,没有受述者的应答语。希格西力格在江格尔完成赶回马群任务后,他对赞丹格日勒夫人说道:"把这小子剁成碎块/拿去扔给猎狗吃吧!"② 这句简单的人物话语就是男主人发布给女主人的命令。接下来,诗中没有出现其夫人应答的话语,像这样的摹仿叙述在诗章中很常见。

临行的祝愿话语在史诗中常常见到,在一些隆重的场合要说一些祝愿话语,这在蒙古族文化中具有很重要的地位。这种文化也反映在史诗《江格尔》中,一些英雄单枪匹马出征前都会互相表达的祝愿。在《阿拉坦策吉巴布与哈尔萨纳拉之战》这一诗章中,阿拉坦策吉出征前祝愿说:"愿圣主江格尔诺彦/愿阿尔扎盛会的八千名勇士/愿美丽的故乡阿尔泰/依如往昔安宁太平。"③ 作为即将出征的英雄,阿拉坦策吉自己未来征程凶险未卜,但对江格尔汗、诸位英雄和阿日本巴家乡表达了最深的祝愿,即平安。类似祝愿的话语的摹仿几乎成为叙述的程式化用语,在每一诗章中,出征英雄都会表达自己的祝愿。

单摹仿是口传史诗中常见的叙述模式。史诗人物话语摹仿与戏剧人物话语摹仿之间的区别十分明显。戏剧根据需要来安排演员,一般由 3 人以上演员表演完成,每个角色都有固定的演员,而史诗是由一个史诗艺人来演述完成,史诗艺人在不同角色之间转换身份。

---

① 江格尔(汉文全译本 第一册)[M].黑勒,丁师浩,译.乌鲁木齐:新疆人民出版社,1993:111.

② 江格尔(汉文全译本 第一册)[M].黑勒,丁师浩,译.乌鲁木齐:新疆人民出版社,1993:118.

③ 江格尔(汉文全译本 第一册)[M].黑勒,丁师浩,译.乌鲁木齐:新疆人民出版社,1993:310.

2.对话摹仿

对话摹仿是指史诗艺人在演述过程中对两个人物之间的对话的摹仿，最常见的形式就是问答模式。

在《阿拉德尔江格尔与哈尔萨纳拉之初战》这一诗章中，萨那拉遭遇江格尔后发问道："看你这副模样／像一头迷路的公牛／像一支偏离方向的箭只／可你脸上有股朝气／两眼炯炯有神／你是从何而来／你的家乡在什么地方／你的名字叫什么／你的阿爸额吉都是谁？"① 连接对话的纯叙述就简单一句"江格尔直言相告"："我的家乡在阿日本巴乐土／我是塔黑勒珠拉汗的后裔／唐苏克本巴汗的嫡孙／乌仲阿拉德尔汗的儿子／一代孤儿江格尔便是我／请问你从何处来／又想去什么地方／你的胸前被烈日晒坏／你的后背被暴风吹烂／你家住在什么地方／你的名字叫作什么？"② 这种问答模式一般是两个英雄遭遇之际的常见的对话模式。问话一般先用程式比喻来打击对方的气势，然后问对方的家乡、名字和父母；答话一般会按问话来说家乡、族谱、姓名，然后是反问对方相似的问题，还对方以颜色。

总之，从广义叙述学来看，叙述主体（史诗艺人）在口传史诗中主要运用讲述和摹仿两种模式来完成史诗叙述。其中，讲述模式是主导，摹仿被穿插在整个史诗故事的叙述中。单摹仿和对话摹仿对叙事文学发展产生重要影响。戏剧就是全摹仿的艺术，摹仿在小说叙述中也极为重要。

四、综合叙述模式

讲述和摹仿是从叙述主体因素来研究叙述模式的。从其他叙述要素来看，口传史诗还具有综合叙述模式的特点。

（一）多元叙述综合体

普林斯在关于模式内涵的阐释中，还借鉴了加拿大批评家诺斯罗普·弗莱的神话原型理论。弗莱认为文学作品普遍存在的两大类型是虚构模式和主

---

① 江格尔（汉文全译本 第一册）[M].黑勒，丁师浩，译.乌鲁木齐：新疆人民出版社，1993：150-151.

② 江格尔（汉文全译本 第一册）[M].黑勒，丁师浩，译.乌鲁木齐：新疆人民出版社，1993：151.

题模式,虚构模式的文学作品以叙述故事为主,主题模式的文学作品则以表达寓意为主。普林斯根据弗莱关于虚构模式的理论,按主人公的行动力量在性质或程度上优于、等于或者低于其他人和环境的情况,将虚构文学作品分为5种基本模式:(1)神话(在性质上优于其他人和环境);(2)传奇(在程度上优于其他人和环境);(3)高模仿(在程度上优于其他人但并不优于环境);(4)低模仿(即等于他人又等于环境);(5)反讽(低于其他人和环境)。① 这几种虚构模式主要是在对西方叙事文学总体发展规律总结得出的,涉及神话、传说、民间故事、童话、史诗、悲剧、喜剧、现实主义小说和现代主义小说等文学类型。其理论的切入点就是文学作品中主要人物及其所处环境与其他人和环境之间在程度或性质上比较。主人公的行动能力和所处环境是区分这些文学体裁类型的关键因素。

在这种宏观的总结与概括中,弗莱讨论了史诗这一体裁,他认为大多数史诗都属于高模仿模式。这样观点的得出是因为弗莱的主要研究对象是西方的书面经典化史诗——荷马史诗,而不是活态史诗。高模仿的主人公超过凡人,但不超越其生存的环境,主人公普遍是人间的首领。从这一点判断,《江格尔》属于高模仿类型,因为江格尔是人间首领,甚至是世界征服者,其行动能力优于他人,正如序诗中所述:在他三岁那年,攻破三道大关,征服了凶狠的莽古斯汗;在他四岁那年,攻破了四道大关,降服了巨魔希拉汗;在他五岁那年,活捉了塔黑五魔;在他六岁那年,攻破了六道大关,斩断了无数长戟,收服阿拉坦策吉;在他七岁那年,挫败了七个敌国。可见,江格尔的征战能力超越其他人,这也是他后来能够成为阿日本巴圣主的主因。江格尔不仅优于其他人,也优于其所处环境。主要表现在其具有神的本领,打破自然规律的限制:如会变身,使用法器和宝物,能与马对话,能到另一个世界,能预知未来,能杀死妖魔。这与弗莱对浪漫传奇模式中英雄人物的描述相似:"在传奇的主人公出没的天地中,一般的自然规律要暂时让路:凡对我们常人来说不可思议的超凡勇气和忍耐,对传奇中的英雄来说却十分自然;而具有魔力的武器、

---

① ［美］杰拉德·普林斯.叙述学词典［M］.乔国强,李孝弟,译.上海:上海译文出版社,2016:127.

会说话的动物、可怕的妖魔和巫婆、具有神奇力量的法宝等等。"① 可见，史诗《江格尔》的英雄人物既具有高模仿主人公的超越凡人的勇气和力量，又具有神话传奇中的主人公超越自然环境的特征。

弗莱客观地说："据我所知，东方的虚构文学与神话传奇的模式之间，距离也不是很大的。"② 这种敏感是对的，东方活态史诗《江格尔》中也充满着神话和传说因素。在《江格尔》中，神话、传奇、高模仿三种虚构类型融合在一起，很难截然分开。不仅如此，史诗还是虚构叙述与历史纪实性叙述结合在一起的综合叙述体。"在其（史诗）背后存在着形形色色的叙事形式，如宗教神话、准历史传奇和虚构性民间传说，它们已经融合成一种传统叙事，即神话、历史和虚构的混合体。"③ 这段话警告我们，如果仅仅以其中一种叙述模式来研究史诗，就无法真正理解史诗叙述综合体的概念。史诗的叙事形式主要包含神话、历史和虚构。弗莱认为神话最基本的功能是为文学提供程式和结构原则，是其他叙述模式的原型，其他模式只是神话模式的种种变异。神话还是史诗艺人演述的重点。史诗与历史的联系更为紧密，史诗演述的主要内容是重要历史人物和重大历史事件。部族的战争英雄和为本部族做出巨大贡献的伟大人物往往是史诗歌咏的对象，只是在不同演述传统中，对英雄人物演述的方式不同：有的史诗演述英雄的一生，从出生到离世，侧重演述英雄的主要事迹，是一种传记式，如《列王纪》；有的史诗侧重英雄人物的一次行动，如《江格尔》《伊利亚特》《奥德赛》。因此，从其他叙述要素来看，口传史诗是神话、传奇、高模仿、历史等多元叙述模式的综合体。

从叙述内容的性质上，口传史诗是虚构性叙述与纪实性叙述综合体。口头史诗作为多种叙述形式的原始综合体，处在叙述发展史的顶端，甚至孕育了后来具有相反性质的叙事形式。历史等经验性叙述和传奇、寓言等虚构性叙述就是具有相反性质的叙事形式，这两支性质相悖的叙述支流逐渐发展成现今的纪实性叙述和虚构性叙述。

---

① ［加］诺斯罗普·弗莱.批评的解剖［M］.陈慧，译.天津：百花文艺出版社，2006：46.

② ［加］诺斯罗普·弗莱.批评的解剖［M］.陈慧，译.天津：百花文艺出版社，2006：48.

③ ［美］罗伯特·斯科尔斯，詹姆斯·费伦，罗伯特·凯洛格.叙事的本质［M］.于雷，译.南京：南京大学出版社，2015：9-10.

虚构与纪实是人类叙述思维的最基本方式,区分二者是历代的学界难题,无论从风格还是从指称性上区分二者都不能令人满意。从风格上区分二者有时很容易,因为虚构叙述和纪实叙述有很大的形式差别,如纪实性叙述的风格特征有:不宜用直接引语方式引用人物的话语;不宜连续用直接引语形成人物对话;不宜描述人物心情,哪怕加委婉修饰语;不宜采用人物视角来观察情节;不宜过于详细提供细节。① 依靠这样的经验区分新闻和小说很容易,但风格标准有时因为作者原因就变得不可靠。指称性区分主要就是从叙述与"实在"关系而言,这与经典叙述学中故事与话语关系相似,但指称性区分无法分清虚构中的纪实和纪实中的虚构。针对虚构性叙述与纪实性叙述的区分难题,赵毅衡提出"框架区隔"理论:

所有的纪实叙述,不管这个叙述是否讲述出"真实",可以声称(也要求接受者认为)始终是在讲述"事实"。虚构叙述的文本并不指向外部"经验事实",但它们不是如赛尔所说的"假作真实宣称",而是用双层框架区隔切出一个内层,在区隔的边界内建立一个只有"内部真实"的叙述世界,这就是笔者所说的"双层区隔"原则。②

赵先生对双层框架区隔做出解释:一度区隔是再现区隔,就把符号再现与经验世界区隔开来。被区隔出来的世界不再是经验的世界,而是符号文本构成的世界,存在于媒介中的世界。二度区隔是虚构叙述在符号再现的基础上再设置第二层区隔,是再现中的进一步再现,是二度媒介化,与经验世界隔开了两层距离。③

双层区隔理论虽然有些抽象,但对区分虚构性叙述和纪实型叙述非常有效,尤其对于属于演示类叙述的口头史诗来说更有指导意义。口头史诗艺人在演述史诗整个过程中,就会历经二度区隔和三次身份变化。一度区隔中,史诗艺人就是艺人的身份,将用语言、身体和乐器为媒介来演述传统故事;在二度区隔中,史诗艺人变为角色身份,变身为故事中的人物,以故事人物的身份说话。史诗艺人身份经历三次变化:经验真实之人,再现世界的演员,虚构世

---

① 赵毅衡.广义叙述学 [M].成都:四川大学出版社,2013:66.

② 赵毅衡.广义叙述学 [M].成都:四川大学出版社,2013:73.

③ 赵毅衡.广义叙述学 [M].成都:四川大学出版社,2013:76.

界的人物。史诗的演述与戏剧的演出在双层区隔中很不同。戏剧演员的身份就是角色人物的身份，主要在二度区隔中，在开始和结束时都以演员身份说话。史诗艺人主要在一度区隔中充当演员身份，即演述者身份，有时变身为二度区隔中角色人物身份。史诗艺人在角色身份和演员身份之间自由转换，这是戏剧演员所不能的。

（二）神话、传统故事与史诗

俄罗斯著名民间文学家李福清通过考证认为，汉语中"神话"这一术语是蒋观云（1866—1929）从日语借用而来，而日语又是从西方的 MYTH 翻译而成，MYTH 是希腊语，原意是所讲的故事。[①] 叙事学家詹姆斯·费伦也认为："在古希腊，'神话'这个词精确含义正是如此：一个传统故事。"[②] 因此，从词源学上看，古希腊语"神话"的真正内涵是"传统故事"，这与李福清的观点不谋而合。因此，在汉语中不能将作为舶来品的"神话"仅仅理解为有关神的故事，其还有故事、传统故事之意。

史诗艺人演述一部史诗也是对一个传统故事的"重复"过程。"重复"意即情节源于传统，不是史诗艺人的独创。口头程式理论认为故事歌手演述同时也在"创编"，二者几乎同时进行。现场演述与创编都离不开传统故事。如果离开传统故事进行"创编"，这种讲述就不能称之为真正的口头史诗演述了。叙述传统故事肯定离不开故事情节，虚构文学作品情节简单的含义就是某人做了某事。传统故事的情节就是某位英雄人物做了某些大事。口头史诗就是由某位史诗艺人来讲述或演述这个传统故事，因此，口头史诗构成了叙述："要使作品成为叙事，其必要及充分条件即一个说者（teller）和一则故事（tale）。"[③] 口头史诗满足叙事文学作品的最基本要求：一则故事，一个故事讲述者。这则故事是传统故事，故事讲述者就是史诗艺人。这则传统故事是带有神话性质的故事："宗教神话，作为与宗教仪式相关的叙事形式，就是一种

---

① ［俄］李福清．神话与鬼话［M］．北京：社会科学文献出版社，2001：27.

② ［美］罗伯特·斯科尔斯，詹姆斯·费伦，罗伯特·凯洛格．叙事的本质［M］．于雷，译．南京：南京大学出版社，2015：10.

③ ［美］罗伯特·斯科尔斯，詹姆斯·费伦，罗伯特·凯洛格．叙事的本质［M］．于雷，译．南京：南京大学出版社，2015：2.

神话叙事；而传奇和民间传说在传统意义上也是神话性的，口头史诗亦是如此。"① 从该论述中不难看出，口头史诗与宗教神话、传奇和民间故事在叙事的本质上是神话性的。口头史诗讲述的是一个传统故事，传统故事的实质是神话。因此，口头史诗、传统故事和神话这三者的内涵在叙述本质上具有极大的相似性。通过传统故事这个中介，我们所研究的口头史诗《江格尔》叙述的实质就是一种神话的叙述模式。从历史批评的模式论来看，神话和反讽构成了文学构思的两个端点，两个端点之间便是传奇、史诗、寓言、悲剧、喜剧等文学类型。神话是人类理想和欲望的集中展现，反讽是一种对现实彻底地绝望和背叛，又轮回到对理想和欲望的展示中。

弗莱认为文学中的神话和原型象征有 3 种组成方式。第一种组成方式是纯神话式，是没有发生移位变异的神话，通常涉及神与魔怪的斗争，可称为神谕式。在文学中呈现为两相对立的完全用隐喻来表现的世界，人们向往其中之一，厌恶另一个，恰如宗教世界中的天堂与地狱。第二种组成方式是传奇倾向，即与人类经验关系更接近的世界中那些隐约的神话模式，人的经验和神的影响综合在一起，神的影响对情节的发展起着重要的作用。相比第一种，传奇中神的活动变少，而人类经验因素的影响增强。最后一种是现实主义倾向，即强调一个故事的内容和表现，而不是其形式，这类文学更具有魔怪性而不是神祇性。②

这三种组成方式可概括为神谕式、传奇式和魔怪式。神谕式主要讲述天界神与神之间的故事；传奇式主要讲述人间具有神性的人（英雄）与具有魔力的强大敌人之间的故事；魔怪式主要讲述现实挤压下人发生的各种变异的内心故事。这是一个神性在逐渐减弱的文学演化过程。以此来看，《江格尔》属于传奇模式。

（三）隐约神话叙述模式

《江格尔》描述的阿日本巴国是人世间天堂般的草原帝国；主要人物是以江格尔为首的英雄群体，他们有时在神的帮助下去完成任务，他们有时还施

---

① ［美］罗伯特·斯科尔斯，詹姆斯·费伦，罗伯特·凯洛格. 叙事的本质 [M]. 于雷，译. 南京：南京大学出版社，2015：10.

② ［加］诺斯罗普·弗莱. 批评的解剖 [M]. 陈慧，译. 天津：百花文艺出版社，2006：198.

展法术,能变形,这些都是世间凡人所无法完成的。相比于纯神话的叙述,《江格尔》的神话性减弱,人类经验的逼真描述占了相当大的比例。因此,根据弗莱的神话原型理论,《江格尔》应属于第二种类型,即传奇式的神话与原型的组成方式,也叫隐约神话模式。

隐约神话模式的主人公是人间英雄,而不是天界之神,英雄人物身上具有一定神性,且有神佛护佑,本领超凡,一般有变身法术、预言法术、催眠术、托梦等神性特征,动物也具有神性。从整体来看,史诗情节发展与神话性因素密切相关。总之,隐约性神话是古老神话传统与生活经验真实之间的紧密融合。神话之结构功能在史诗《江格尔》的叙述中也是十分重要的。这个问题将在下一章中详细论述。关于神话本质,不同时代不同地域的人们对神话的认识和理解是不同的。本书站在马克思主义文学批评观的基础上来认识史诗《江格尔》中的神话问题。

弗莱说:"就叙事而言,神话是对一系列行动的摹仿,这些行动接近或处于欲望的可以意料的极限。"①就"神话是对一系列行动摹仿"这句而言,可以看出弗莱受亚里士多德的摹仿观念影响。亚里士多德认为悲剧是对一个严肃、完整、有一定长度的行动的摹仿。二者之主要区别:神话摹仿一系列行动,而悲剧集中摹仿一个行动;神话关乎人类欲望极限,悲剧关乎人类情感净化与升华。因此,神话与人类的最高欲望是紧密相连的。从唯物主义世界观来看,神话就是人类欲望的写照,是由一系列形象观念构成的整体结构,是这些形象(神)"开展活动的地方"。如果我们以客观的态度对待神话,就要对神话原型做出说明:弗莱是以基督教《圣经》的神话思维来研究西方叙事文学中的神话。

但史诗《江格尔》所表现的神话并不是基督教的神话象征体系,而是与佛教和萨满教联系在一起。萨满教是蒙古族早期信仰的古老宗教,后逐渐脱离萨满教,但萨满教对蒙古族的影响很十分明显,这在《江格尔》中具有明显的痕迹。

《江格尔》的神话性因素主要表现为以下几个方面:一是英雄主人公本身所具有的法术,如变身术、催眠术、治疗术;二是英雄的战马具有的神性,如讲

---

① [加]诺斯罗普·弗莱.批评的解剖[M].陈慧,译.天津:百花文艺出版社,2006:192.

人语、帮助救主人、出谋划策；三是神佛保佑或出战帮助主人公战胜强敌或让英雄死而复生；四是仪式或器物所含有的神话性因素。

1. 法术

主人公变身法术是《江格尔》中最常见的神话性叙述。在史诗中经常会听到这样诗行："江格尔明里有八十一变的本领，暗里有七十三变的法术"①；"洪古尔七十二变的仙诀，八十二变的本领，他有八十二般的法术，他有七十二变的本领，转眼间能变十三个样子"②。变身法术是最为常见神话形式。《西游记》中孙悟空的七十二变、猪八戒的三十六变、沙僧的十八变是我们再熟悉不过的变身神话。变身数量多少往往是神力表现。

张越用母题分类法归类了《江格尔》三种汉译本中的变身法术。主要分为三大类：变化人形，变神怪妖魔，变飞禽走兽、风雨土石。

变化人形又分为 10 种：秃癞小儿、瘦小男孩、乞讨者、流浪儿、流浪行人、探亲客人、普通人、敌国英雄、敌国守兵、敌手同乡；

变身为神怪妖魔的只有 3 种：神祇、阎王（鬼差）、妖魔；

变身为动物的最多，有 35 种：黄蜂、雌蜂、马蜂、蚊子、苍蝇、仙鹤、白天鹅、雄鹰、水鸟、大雁、羊鸰、蝴蝶、阿兰雀、孔雀、大鹏、乌鸦、百舌鸟、凤凰、海青鸟的肚肠、青蛇③、海鱼、水老鼠、白鸡、猫、狗、黑狗熊、八腿蜘蛛、淡黄白额蛇、八腿蚂蚁、蝉虫、壁虱、黄头螨虫、小虮子、蚂蟥、虫子；

变身为植物的有 2 种：蓬草和莎草；

变身为无生命的事物的有 11 种：岩石、山岩、石座、石桩、皮条、马粪、泥土、清风、旋风、乌云、河水。

在众英雄中，狮子英雄乌兰洪古尔的故事最多，变身法术最具有典型性，涵盖了三大类。为了能清晰展现洪古尔变身情况，在张越先生的《蒙古英雄

---

① 江格尔（汉文全译本 第一册）[M].黑勒，丁师浩，译.乌鲁木齐：新疆人民出版社，1993：162.

② 江格尔（汉文全译本 第一册）[M].黑勒，丁师浩，译.乌鲁木齐：新疆人民出版社，1993：1002.

③ 青蛇在张越《蒙古英雄史诗〈江格尔〉母题索引》的水生动物和爬行动物中重复出现，均为 C56/2710 诗章，本书中算作一种。

史诗〈江格尔〉母题索引》[①]基础上制表如下:

表五 《江格尔》汉文全译本洪古尔英雄变身表

变身模式	变身后形象	对应章节	角色功能
人—人	秃癞小儿	C14/161，C21/822，C25/1001 C30/464，C33/1596，C35/1680， C39/1904，C40/1940，C42/2055， C44/2137，C66/3183	强—弱
	瘦小男孩；流浪行人；探亲客人；普通人；敌国英雄；敌国守兵；敌手同乡；	C25/1001；C63/3065；C63/3065； C65/3120；C32/1536；C63/3067； C44/2142	
人—妖魔	阎王(鬼差)；恶魔；妖怪	C44/2127；C36/1777；C57/2761	善—恶
人—动物	马蜂；蚊子；蝴蝶；八腿蚂蚁；蜱虫；	C49/2415；C17/665 C35/1702； C35/1684 C40/1941；C57/2751； C35/1687	弱—强
	白天鹅；雄鹰；大雁；羊鸪；阿兰雀；孔雀；乌鸦	C35/1704；C17/668 C35/1702 C44/2193 C56/2710 C62/3041； C35/1701；C35/1684；C42/2057 C50/2623 C56/2710；C68/3306	
	白鸡；猫；狗；黑狗熊；八腿蜘蛛；青蛇；水老鼠；	C56/2711；C24/944 C361786； C17/666 C32/1537 C33/1596 C351684 C57/2744；C36/1774； C24/945 C25/1061 C30/1480 C33/1603 C37/1812 C39/1469 C57/2744；C56/2710；C35/1687	
人—植物	蓬草；莎草	C29/944 C35/1684；C35/1684；	明—暗
人—无生命体	岩石；马粪；清风	C35/1684；C12/498 C64/3099； C35/1689	明—暗

　　从洪古尔的神话变身统计来看，变身大致可分为人—人、人—妖魔、人—

[①] 张越.探秘《江格尔》[M].沈阳:辽宁民族出版社，2016:338-348.

动物、人—植物和人—无生命体 5 种基本模式。

第一种，人—人模式。这种模式中最多的就是英雄变身为秃癞小儿或瘦小男孩。从对汉文全译本的统计来看，洪古尔、明彦（铭彦）、赛力汗塔布格、江格尔、古哲根贡布、马吉克、贺吉拉根、浩顺、乃日巴图、西格西力格等 10 名英雄都变身为秃癞小儿。洪古尔的故事中共有 11 次变身为秃癞小儿。该模式变身的背景是一般在英雄到达敌营附近或征途中为了隐藏实力而变身；英雄的骏马被变身为满身长癞的马驹，这两种变形经常组合在一起。这种模式下，英雄主人公所具有的行动能力通过变身表面上由强变弱，其实质却是隐藏了实力，保护了自己，等到时机成熟便一举击败敌人，这是一种民族智慧和思维，即用最小的代价换取最大的胜利。这种模式可总结为强—弱模式。第二种，人—妖魔模式。该模式是英雄人物变形为妖魔形象。洪古尔变形为头顶上长着独眼、脖颈上长着 95 个脑袋的恶魔，目的是掩人耳目，欺骗敌人。这种由英雄形象变身为妖魔形象在史诗中很少见，这种模式可概括为善—恶模式。第三种，人—动物模式。该模式是英雄人物在一定的背景下变形为动物。当英雄变身为蜘蛛、蚂蚁、蚊子、苍蝇等虫类时，主要功能就是掩人耳目，混入敌营。其中变形为八腿蜘蛛的诗章达到 11 篇之多，涉及了洪古尔、明彦、哈日吉拉根、乃日巴图和手绢姑娘等 5 人。当英雄变身为飞禽或动物时，其就具有了该种动物的本领，如鸟类的飞行、老鼠钻地洞，其目的主要是与敌人斗法，其实这也是战斗中英雄希望自己具有像动物那样威力的欲望表现。这种模式可概括为弱—强模式，即某些方面的能力变得增强。第四种，人—植物模式。英雄洪古尔变身为蓬草或莎草，该模式在变身中很少见，这说明动物的威力要远远大于植物，变身为草主要为躲避强敌。第五种，人—无生命体模式。该模式是英雄人物变身为马粪、岩石、风等物体，变身后具有该种事物所具有的特性，一般隐身或躲避敌人时用，可概括为明—暗模式。

除变身法术外，英雄主人公经常使用催眠法术。在汉文全译本中，洪古尔有 6 次使用了催眠术，主要都用在敌方的守兵或汗王身上。"施展法术"让敌方昏睡不醒，然后英雄主人公通过守兵防线以达到目的。催眠法术是神话中经常见到母题，也是史诗情节的构成关键。催眠前英雄主人公一般要"口中念念有词"或"吹口仙气"等，这可能源自古老的宗教仪式。催眠作为一种法术在民间流传已久，但作为一种母题进入文学能增添文学的神话色彩。如果没有催眠法术发挥作用，那么英雄主人公通过守兵的这一关就要重新构思。

"三步脱箭"法术是英雄出征受伤后常用的治疗法术。英雄出征很多时候受重伤，那么给英雄疗伤就是极为重要的情节。这或许是现实生活中最为棘手的难题，许多将士因重伤而牺牲。这种现实的悲痛使人们在史诗中表现出极大的对治愈创伤的幻想。《江格尔》中多次提到治疗箭伤的法术。在《阿拉德尔江格尔与阿拉坦策吉之战》诗章中，江格尔被阿拉坦策吉的箭重伤，洪古尔哀求他的母亲救活江格尔："我那纯洁的额吉，求求你，给他拔掉肩膀上的箭。你有变化无穷的法术，你在他身前走三步箭就会脱去。"额吉不好拒绝孩子的请求，轻轻地用发簪敲了一下，走了两步刚迈第三步，插在江格尔肩膀上的箭忽然从伤口中露了出来，可箭头依旧插在里面。洪古尔见了大惊问道："额吉，这是怎么回事？""在迁来的第二年春天，回去挤马奶的时候，偷看了交欢的公马和骒马。因心有不纯念头，这箭就拔不出来。"额吉说罢双手合十祈祷，箭头忽然"呜"的掉在地上。[①]

这是"三步退箭"和祈祷相结合的法术，并带有很强的仪式感。发簪的敲击在仪式前的作用原文并没有交代，但这是一个重要的过程，或许这是与神沟通的必要仪式；在受伤者（江格尔）身前走三步是仪式最关键的部分，一切顺利的话完成三步后，箭就会自动从伤口中脱落，有如神助；但接下来的叙述增添了故事性，洪古尔母亲完成三步后箭没有完全出来，箭头还留在伤口里，洪古尔对此大为惊讶，其母解释了失灵的原因：她心中有过不纯洁的念头，曾在挤马奶时偷看公马和骒马偷欢交配。只有双手合十跪地祈祷，取得神灵的宽恕后法术才能灵验。这个仪式反映了一个极重要的民族观念——"纯洁"，即如果曾经有过"不纯洁"历史或"淫念"，那么箭就不会从伤口退出来。退箭失灵后，洪古尔母亲解决的方法就是祈祷，最后祈祷灵验，箭完全掉了出来，而且还伴着"呜"的声音，可见祈祷是该仪式中重要的一步，祈祷灵验的本身就带有神话色彩。

---

① 江格尔（汉文全译本 第一册）[M].黑勒,丁师浩,译.乌鲁木齐:新疆人民出版社,1993:120.

《哈日特布格图汗》《达兰可汗》《年仅八岁的乃日巴图搭救被蟒古斯抢走的霍尔穆斯坦天神之女》《阿拉坦策吉与阿拉德尔江格尔之战》《江格尔汗的部将巴特根巴特尔镇压额尔古约本乌兰》《狮子英雄乌兰洪古尔镇伏道荣阿的道格新哈日蟒古斯》《哈仍贵可汗进犯江格尔可汗被乌兰洪古尔放箭击毙》《雄狮乌兰洪古尔成亲》《哈仍贵之子罕苏乃举兵进犯江格尔家族反招大祸自家大乱》等 9 部诗章都叙述了退箭疗伤的法术。

从诗章来看,退箭法术中必须要由品行端正的女子来完成,可以在伤者身上迈过,或者在伤者身前走三步或绕三圈,同时用到的有发簪、神药①等物品。从这些不同的诗章我们能够看到:法术必须遵守的一条原则就是施法的女子必须贞洁,不能有"淫念",或品行不端的行为,这样的女子就能顺利救人。如果有过淫念或品行不端的行为,退箭就会失败,这时可以补救的方式就是祈祷或坦白自己的过去不端行为,得到原谅后也会成功。可见"淫念""不端行为"成为民族的禁忌。要求女子贞洁,其内心不能产生任何"淫念"或不准有任何不端行为是当时一种男权社会的共识,这种从思想和行为两方面要求女人贞洁的做法虽然没有上升到法律层面,但这种神话式的要求是对女人的严峻考验,更是一种信仰上的要求。

史诗神话叙述必不可少的是一些具有神力的法器,这能增添史诗的神话色彩。在《乌仲阿拉德尔汗成婚》诗章中,乌仲阿拉德尔汗强抢龙王小女儿车琴坦布绍公主后,回来的路上两遇强敌,公主使用生身爹娘赐给她的神匣,神匣中跑出来一群没嘴没耳的铁甲宝通,帮助他们杀死了敌人。在《阿拉坦策吉台布与哈尔萨那拉之战》诗章中,阿拉坦策吉用法绳拉倒了萨那拉的宫殿,使其归降。法术法器在史诗中被广泛使用,这也是传统神话故事在史诗中的体现。

2. 战马

在英雄史诗中,战马不仅重要而且还具有神话色彩,这主要表现在战马神奇出生、能说人语、能变身、帮救主人。战马是英雄出征最重要的伙伴,是最靠得住的战友。《江格尔》更突出了马对蒙古卫拉特人民特殊的重要性,对马的神化就是人民对生活意愿的反映。每一诗章对战马的叙述占有很大比

---

① 色道尔吉的译本中用神药,黑勒译本中用发簪。

重,已经成为史诗重要的构成部分。史诗艺人描述牵马鞴鞍的细节不仅展示和传承了民族文化,还阐释了马鞍、马鞭等的材料来源和制作过程。战前牵马鞴鞍,途中马帮助主人攻克难关,英雄受伤后马将主人安全带回,已经形成一套程式化的叙述模式。

战马神奇出生就是为了某位英雄。蒙古族民间谚语说:"一个好男儿出生在人间,本应为他的祖国奔波,一匹好马降到人间,本应为他的主人效力。"在《哈日哈图·桑萨尔》诗章中,史诗艺人详细叙述了洪古尔的青色白额马神奇的出生以及如何为洪古尔所用的故事。青色白额马的母亲米黄色骒马离群三年,无胎三年,怀胎三年才生产。在巴岱老马夫的指引下,洪古尔先通过变身为马粪接近了小马,又费了"三年搏斗"的力气才套住小马驹,小马驹用人语与洪古尔交流,得知洪格尔的身世后才愿意为主人效力。征途中对战马的叙述就更具有神话传奇的色彩。英雄在征途中一般会遇到两种主要困难,一是河流或高山阻碍,二是强大的敌人。前者情况下,战马会显示神力,超越其所处的环境,最后帮助主人突破险隘;后者情况下,战马会与主人交流对话,提醒主人如何战胜敌人。在主人受伤后,战马会用身体护住主人,使之不落马,并将主人送到安全地方。马在草原民族的现实生活和战争中的重要性不言而喻,马文化是民族文化重要的组成部分。

3. 神(佛)

在东西方史诗中都有神(佛)佑助英雄的现象。印度史诗神话色彩最浓,甚至称为神话史诗;荷马史诗中保存着大量的希腊神话,人间的战争就是神在天上的战争,神直接出现在史诗中,甚至也与人大打出手;中国三大史诗中神话性因素依然存在,只不过神性被转移到英雄和战马身上来,直接参与事项减少。由此看来,史诗是留存神话的主要载体之一。但史诗之前神话是怎样存在,以及存在什么形式中还有待进一步研究。在一般文学史中都将神话作为文学端源,是史诗之前的文学体裁,于是就形成了神话、史诗、抒情诗、戏剧、传奇、小说这样序列的文学史。然而神话是不是文学体裁之端或是不是一种文学类型是值得研究的问题。本书较赞同俄罗斯汉学家李福清的观点:神话并不只是神的故事,而就是希腊词的"传统故事"之意。故事(神话)是叙事文学类型的原型,也就如弗莱所述的神话原型。神话栖身于史诗、戏剧、民间故事等古老的文学类型中,史诗是承载神话的主要载体,史诗失去神话,便失去其精神实质。越古老的史诗,神话性就越强。

史诗的神话性与神(佛)参与情节程度有密切关系。神(佛)与英雄之关系主要有三种情况:其一,英雄是神佛转世下凡,闪烁佛光;其二,神赐英雄宝物;其三,直接或间接助战英雄。前两类并没有神佛直接出现,而是把神性传递给英雄人物或赠予一些神器。《江格尔》中神的类型主要有天神、山神、地神、祖先神;佛有释迦牟尼佛、麦德尔佛、宗喀巴佛、敖其尔巴尼佛和钦达木尼佛。《江格尔》主要叙述的并不是神佛的直接保佑和帮助,而是人间英雄的战斗武功。神的作用呈隐性,即英雄只有在战斗中遭遇解决不了极大困难或生死之际,神才会直接佑助英雄。

英雄人物是神(佛)的下凡转世成为当时人们普遍的信仰,神(佛)转世后在人间除妖战魔,给人们带来福祉,这样的英雄人物既受神(佛)保佑,又受人民爱戴。70 章汉文全译本《江格尔》中的《哈日海纳斯派布和查干生擒洪古尔英雄》《哈仍贵可汗进犯江格尔可汗被乌兰洪古尔放箭击毙》《洪古尔之子贺顺乌兰挫败罕苏乃可汗》《罕苏乃辅佐江格尔家族挫败额尔和蒙根特布格》《阿拉德尔江格尔可汗把阿尔泰召的狮头大印传给贺顺乌兰兄弟》等诗章叙述了江格尔就是钦达木尼佛的化身:"伟大的可汗江格尔诺颜,他有四十四样的仁德,他有四十四种的戒条,他能分辨是非曲直,他是钦达木尼的化身。"①在史诗中经常描写英雄人物头上佛光闪烁,这样的人物有江格尔、洪古尔、萨布尔、萨那拉、赛力汗塔布格等。《杜图乌兰绍布尔击败夏拉古尔古可汗》诗章描述了江格尔身上佛光闪烁的情景:"众英雄宝通的雄主,英武江格尔,端端正正地坐在正中。他的头顶散发着护身结的芳香,他的前额闪射着麦德尔佛的光芒,他的囟门放射着宗喀巴佛的光芒,他的脑门散发着敖其尔巴尼佛的光芒。"②不同部位分别有不同的神(佛)保佑,头顶闪烁佛光的英雄受到神(佛)保佑,前额、囟门、脑门分别闪耀着麦德尔佛、麦德尔佛、敖其尔巴尼佛的

---

① 江格尔(汉文全译本 第四册)[M].黑勒,丁师浩,译.乌鲁木齐:新疆人民出版社,1999:2426.

② 江格尔(汉文全译本 第二册)[M].黑勒,丁师浩,译.乌鲁木齐:新疆人民出版社,1993:1045.

光芒,这正是佛教神话在史诗中展现。

神话的色彩最浓的诗章就是神(佛)出战帮助英雄。张越从神(佛)名字视角总结了6类"神灵出战助英雄"的母题:霍尔穆斯天神,人间主宰神灵查干白发老人,阿尔善格日勒天神,天兵神差下界用狼牙棒截劈散布毒气致江格尔英雄对立内讧的敌使者,上天佛祖释迦牟尼,山神、地神、祖先神①。霍尔穆斯达天神和阿尔善格日勒神是江格尔的保护神,阿尔善格日勒神是江格尔的叔祖,又是祖先神。许多诗章都描写了神帮助英雄的故事。

神(佛)的行动类别主要有派使臣相助、降雨(冰雹)、打雷、托梦、变身下凡、现身助战、赐宝物等。其中派使臣相助占多数。天神派出的使臣有凶神、天使、小满吉、雷公、天兵神差等类型。英雄人物要获得天神的帮助一般要先有祈祷的仪式。在《洪古尔击败杭格勒哈巴哈取回他的头盔》诗章中,洪古尔向天神霍尔穆斯达祈求救援时伴有祈祷声和哀号声,天神派凶神楚格赛骑暴烈的黑龙下凡向敌人放射火箭,助洪古尔战胜95头妖魔伊德尔哈日蟒古斯。人间两位英雄无休止的打斗,影响了天庭,天神会派使者来调停,在《吃奶的娃娃乌兰洪古尔大战格楞占布拉可汗》诗章中,洪古尔和敖荣嘎赛因打斗影响了天庭的道场,佛祖释迦牟尼派3个年幼的小满吉带着金璋嘎和圣水瓶劝洪古尔和敖荣嘎赛因两位英雄和好,但后者蛮横无理,拒不接受;洪古尔接受神物,最后力大无穷,终于战胜了敌人。再如,在《大力无比的古尔曼可汗大战乌仲阿拉德尔可汗》诗章中,两位名门望族之后用兵器和臂膀缠斗了无数时日,人间主宰神灵白发查干老人居间调停,才使两位英雄收手。这种神话模式反映了当时贵族之间互相斗争的事实,正如查干老人所说:"在这碗口大的太阳脚下,在这赞布梯卜的胸脯之上,你们二人相互厮打。用工匠制的兵器,斗了一阵不见分晓,用父母赠的臂膀,争了一阵未见胜负。你们二人同为英雄,都是天下的名门望族,何苦这样结恨相斗?依着天命趁早罢手。"② 可见,史诗中查干白发老人的叙述话语实际上是处于内斗或战乱人们的心声。

降雨、打雷、下冰雹和刮大风等都是自然现象,史诗中自然环境的因素有

---

① 张越.探秘《江格尔》[M].沈阳:辽宁民族出版社,2016:338-348.

② 江格尔(汉文全译本 第五册)[M].黑勒,李金花,译.乌鲁木齐:新疆人民出版社,2004:2949.

时被赋予神话色彩。在《杜图乌兰绍布树尔击败夏拉古尔古可汗》诗章中，洪古尔被夏拉古尔古可汗率兵击败后，被放在烧红的石块上烤的时候："一块屋顶大般的乌云，飘到洪古尔的头上，降下拳头般的雨点，一次又一次地把大火熄灭。"① 这不是一次偶然或普通的降雨过程，而是神灵主导的为减轻洪古尔所受的苦难而降的雨。这样的神迹增加了故事的曲折性，突出了天佑英雄的神话意识。洪古尔在受这样酷刑之前曾经说："愿一百又三位博格达保佑我，愿阿尔泰召的八百万宝通搭救我，愿巍然屹立的阿尔泰山，愿胸怀博大的江格尔拯救我。"② 洪古尔的这番话，虽说是愿望和希望，但实际上是一种祈祷仪式，自然奇迹一般都会伴随着英雄的祈祷而出现。在《阿拉德哈日呼和勒英雄》诗章中，江格尔抵不住苏力旦可汗的攻击，便向叔父阿尔善格日勒神祷告，呼唤他来救援。阿尔善格日勒降下漫天的呼拉冰雹，响起巨雷，将苏力旦可汗击死；然后降下甘霖，洒下神奇的药水，救活侄女及其女婿，帮助江格尔夺取了苏力旦可汗的家园。

　　梦的母题在史诗中是常见的，有时成为故事的起因，有时英雄出征的途中，神灵会托梦给英雄主人公，为英雄主人公指点未来之事。在《雄狮阿尔格乌兰洪古尔成亲》诗章中，洪古尔的妻子希拉纳琴公主不自重且放荡，洪古尔十分不悦，一天夜里他梦见一个白发老人托梦给他，指出他未来要娶的妻子是珠拉赞丹公主，这样才会幸福如意。珠拉赞丹公主也托梦给洪古尔，指出现任妻子将会毁掉江格尔汗的家当，并在梦中教训了洪古尔。洪古尔梦醒后决定除掉这个罪恶淫荡的女人，然后娶珠拉赞丹公主。这个故事中，梦起到很大的结构作用，预示了后来故事情节的发展。在《古哲根贡布收复暴君希拉古尔古的努图克》诗章中，白发老人托梦给古哲根贡布英雄，提醒他前面有个叫伊尔盖的英雄等着他们，叫他们小心。白发老人托梦是隐约神话模式叙述常见的母题，一般为下文的情节做了规划和指示，是预述的一种类型。

　　当人处在极度困境中无能为力时，人们希望神迹出现，那么信仰、崇拜、

---

① 江格尔(汉文全译本 第二册)[M]. 黑勒, 丁师浩, 译. 乌鲁木齐: 新疆人民出版社, 1993: 1094.

② 江格尔(汉文全译本 第二册)[M]. 黑勒, 丁师浩, 译. 乌鲁木齐: 新疆人民出版社, 1993: 1094.

祈祷就成为必要的手段。能为一个民族解决大困难的人就会被崇拜为英雄，有的民族英雄逐渐成为这个民族的神。英雄的英勇事迹被后人以不同的方式传承：有的举行祭仪，建造庙宇，如太阳神庙；有的被民间传颂，代代传承，如史诗；有的被载入史册，刻入碑石。蒙古族卫拉特人江格尔、洪古尔等就是民族英雄，被史诗艺人代代传唱的英雄。如《江格尔》序诗所言，史诗社会文化背景是"佛宝弘扬的开始""众神崛起年代"，在信仰神佛的环境中，史诗叙述的思维不可避免被打上宗教神话烙印。因此史诗的叙述思维模式是以信仰、崇拜和祈祷为主的宗教神话型思维模式。

4. 神器

神赐给英雄宝物是隐性神话的一个重要内容。神力传递给宝物，宝物由英雄人物来使用，宝物发挥的作用是史诗情节发展的关键。张越在《蒙古英雄史诗〈江格尔〉母题索引》中总结了15项神赐宝物的母题类型：神衣、玉玺印记、三面神镜、44条腿金座、记载今昔万年大事的黄皮书、神匣、护身结、圣水、天鹅神冠、隐身帽、神器（弓）、额尔德尼神钉、仙丹、神刀和咒带等。有些神物是英雄身份象征和标志，如玉玺印记、44条腿金座；有的是助长勇力智慧的神物，如圣水、仙丹；然而大多数宝物都是英雄克敌制胜的法宝。神赐宝物是神话思维模式的重要一环，体现了当时战士们对武器工具威力的幻想，以及战胜敌人的强烈愿望。

通过对史诗神话因素分析，本书认为《江格尔》是一种隐约神话叙述模式，其突出特点是神话性叙述和现实经验性叙述结合在一起。英雄人物具有一定的神性，但并不是神本身，而是现实中的有血有肉的人；神迹的出现一般都是英雄人物处于现实的危难之中，而且要伴有一定的祈祷仪式。史诗是神话的重要载体，神话在史诗叙述中的功能是极其重要的，是情节构思的重要因素。

从史诗艺人这个叙述要素来看，口传史诗叙述模式主要有讲述模式和摹仿模式，史诗体裁中，这两种模式各占一定比例，其中活态口传史诗的讲述比例要高于人物说话摹仿的比例。从其他叙述要素来看，口传史诗又是神话、历史、虚构等多元叙述模式的综合体，其中神话叙述模式主要呈现为隐性神话叙述模式：人间现实生活经验叙述占主体，直接叙述神（佛）的活动较少，神话性主要体现在史诗人物（也包括敌方）具有一定的神性或法力。

第六章

口传史诗情节结构和时间

　　情节和时间是叙述的关键因素。书面经典化史诗的情节、结构、母题和主题等都是西方史诗理论研究的重点,本章从广义叙述学视角对口传史诗《江格尔》的情节的可述性、情节发展动力以及叙述时间等问题进行研究。

一、书面经典化史诗的情节

　　本书第一章已经从叙事视角对西方史诗理论进行过梳理与研究,此处从情节的视角重提,并不是前文简单重复,而是为了强调:西方古典史诗理论是一种对口传史诗中书面经典化阶段史诗的研究成果,是一种戏剧化的史诗理论。荷马史诗是口传史诗书面经典化代表,因其情节结构的高度戏剧化而受亚里士多德赞誉,也由此开启了西方古典史诗理论。这与亚里士多德对悲剧情节的重视程度有密切关系,他关于情节的主要观点有:第一,"因此,情节是对行动的摹仿;这里说的'情节'指事件的组合"[①]。此结论之前,他先为悲剧下定义说:悲剧是对一个行动的摹仿,因此,可以推论悲剧在某种程度上其实质就是情节组合。"情节就是事件的组合"是最早关于情节的定义,这对后来叙事学的情节理论影响很大。第二,情节是悲剧六大成分中最重要的成分,六大成分指情节、性格、言语、思想、戏景和唱段。亚里士多德阐释了情节的重要性:"事件的组合是成分中最重要的,因为悲剧摹仿的不是人,而是行动和

[①]　[古希腊]亚里士多德.诗学[M].陈中梅,译.北京:商务印书馆,1996:63.

生活。"① 在悲剧摹仿的情节、性格和思想三个对象中,情节比性格和思想更重要。只要有行动摹仿,没有性格和思想仍然可以有悲剧,但没有行动就谈不上悲剧,更谈不上性格和思想;行动不是为表现人物的性格和思想。亚里士多德认为目的才是最重要的,因为悲剧之目的是引起人们的恐惧和怜悯,最后达到净化心灵。第三,突转和发现是悲剧情节的两个重要成分。"突转,如前所说,指行动的发展从一个方向转至相反的方向;我们认为,此种转变必须符合可然或必然的原则。"② 突转主要指行动的动机与行动的结果相反,这样的例子在叙事文学中较为普遍。"发现,如该词本身所示,指从不知到知的转变,即使置身于顺达之境或败逆之境中人物认识到对方原来是自己的亲人或仇敌。"③ 发现的种类很多,可以发现人,发现物,发现事等,发现的结果最好是能带来意外惊人的效果。突转和发现同时发生效果最佳。第三,情节中不可缺少苦难。"苦难指毁灭性的或包含痛苦的行动,如人物在众目睽睽之下的死亡、遭受痛苦、受伤以及诸如此类的情况。"④ 苦难最能引起人们的恐惧和怜悯之情,是悲剧必不可少的情节。亚里士多德还用苦难为史诗和悲剧分类,《伊利亚特》便是苦难史诗。

亚里士多德把对悲剧情节的要求完全搬到史诗上。从《诗学》研究史诗所用篇幅上看,无疑,他重视悲剧,而对史诗充满偏见。幸好还有一位史诗诗人荷马对其"胃口",否则恐怕这两章关于史诗的讨论也未必存在。当时发生了什么,让作为哲学家的柏拉图、亚里士多德都对史诗及诗人充满偏见? 朱光潜先生认为:"柏拉图处在希腊文化由文艺高峰转到哲学高峰的时代。在前此几百年中,统治着希腊精神文化的是古老的神话,荷马的史诗,较晚起的悲剧喜剧以及与诗歌密切联系的音乐。"⑤ 看来,柏拉图、亚里士多德并不是出于个人喜好而有的偏见,这是整个希腊社会文化转型大潮所影响的结果。亚里士多德很明确地指出史诗情节的编制应戏剧化,而不应历史化。史诗的情节

① [古希腊]亚里士多德.诗学[M].陈中梅,译.北京:商务印书馆,1996:64.

② [古希腊]亚里士多德.诗学[M].陈中梅,译.北京:商务印书馆,1996:89.

③ [古希腊]亚里士多德.诗学[M].陈中梅,译.北京:商务印书馆,1996:89.

④ [古希腊]亚里士多德.诗学[M].陈中梅,译.北京:商务印书馆,1996:90.

⑤ 朱光潜.西方美学史[M].北京:人民文学出版社,1979:42.

戏剧化的规定正是对《荷马史诗》情节结构肯定的结果。完整的戏剧化史诗情节应包括起始、中段和结尾三部分,就好比一个活的有头有身有尾的动物能带给人愉悦感,这就是有机整体论文学思想的来源。

戏剧化的规定、生物学上的比喻和美学上的要求促成了亚里士多德的史诗观。荷马史诗被树立为史诗的典范,而古老的传统的歌颂英雄功绩的史诗及诗人遭到摒弃和严厉的批判。他称赞在史诗诗人中,唯有荷马意识到诗人该做什么,因为只有荷马叙述的关于特洛伊战争的史诗情节符合他的戏剧化理念。荷马对情节进行了重组和安排,表现了理性和秩序,而且不是以自己的身份讲述不停,而是在简单的序诗后就以人物身份进行了摹仿。戏剧完全就是摹仿,史诗摹仿的成分越多,戏剧化程度就越大,这也是本书第五章所得出的结论。戏剧化史诗观念成为西方史诗学的金科玉律,甚至成为世界上评价其他民族史诗的标准。这无疑会对古老传统史诗产生冲击,甚至直接导致口头史诗消亡。或许正是这些古老史诗中蕴藏着大量的关于人类早期的历史文化信息。好在一些民族很好地保存了古老的史诗,没有受到荷马史诗的冲击,如南斯拉夫史诗、中国三大史诗。那么对这些活态口传史诗的情节结构进行研究就具有十分重要的意义,这是研究整个口传史诗情节结构必不可少的部分。

可见,侧重情节结构安排成为西方文学创作和研究的指导思想,史诗、悲剧、喜剧、传奇、小说等构成了西方文学的主流。情节结构问题是西方诗学研究的重中之重。从亚里士多德开始,对情节的研究,几乎可以写一部情节诗学史。《诗学》开始了对史诗、悲剧情节结构的研究,并一直是西方诗学思想的主流。

20世纪,普罗普终于在情节结构研究上打破了亚里士多德的情节诗学传统,他在维谢洛夫斯基母题理论的基础上,首用角色"功能"代替母题进行情节结构研究。他对100个俄罗斯神奇故事进行解剖,总结出7种角色的31项功能,他认为所有神奇故事的情节结构都可以用一个字母符号公式来表示。当然这个公式并不是对任何故事都有效,只限于神奇故事。普罗普的伟大功绩不在发现了这样的一个公式,而是开创一种新的研究情节结构的模式和方法,这对后来的结构主义、叙事学都产生了很大影响。

可见，从情节诗学视角来看，亚里士多德侧重情节结构编排与效果，而普罗普青睐于故事结构规律的寻找和发现。

二、情节可述性

弄清情节本身所具有的内涵以及情节与事件、故事和叙述之间的关系十分重要。事件变成情节不仅需要符号媒介，还必须具备"可述性"。情节可述性与文本本身、叙述者的叙述方式以及阐释社群的接收理解都有很大关系。

（一）情节辨析

关于情节定义，叙述学家普林斯阐释出 4 种内涵：（1）某一叙述中的主要事件；情境与事件的大纲。（2）事件的安排，情境与事件被呈现给接受者。（3）叙述成分的总的动态（有目的指向且向前运动的）组织。该组织对叙述主体兴趣和情感效果负责。（4）强调因果关系的事件叙述。它与故事不同，故事是一种强调时间顺序的事件叙述。[①] 我们可以发现情节与事件、故事之间的关系十分复杂，不容易被区分。一般来讲，情节是叙述中的主要事件，主要事件构成了叙述的基本框架，也是我们经常说的情节提纲，即第 1 种内涵。第 2 种内涵正是亚里士多德所规定的：情节就是事件的组合。组合就是一种安排，这里就涉及如何开头、中间及结尾的问题。第 3 种内涵强调了情节的动态性和目的性，情节的组合或安排是有一定的主题兴趣和情感效果的，如苦难就适合悲剧的情节。第 4 种内涵指出了情节与故事的区别：情节主要靠因果关系组合，故事更强调时间顺序的组合。普林斯用两句常被引用的例子证明了自己的看法。"国王死了，随后，王后死了"是故事，而"国王死了，随后王后因悲伤而死"是情节。前者的叙述中只谈到了时间顺序，看不出王后的死与国王有因果关系；后者的叙述除了含有时间先后顺序外，主要强调了王后的死因——王后为国王的死十分悲伤，最后王后也死掉了。由第 4 种内涵来看，事件组合成为情节，情节构成故事，情节处于事件和故事之间。布莱恩·理查森总结说："情节是叙事不可或缺的要素，它是由某种因果原则联系起来的有目的性的事件序列。换言之，这些事件捆绑在同一典型的轨迹上，它会导致

---

① ［美］杰拉德·普林斯.叙述学词典［M］.乔国强，李孝弟，译.上海：上海译文出版社，2016：169.

关于问题的某种形式的解决或发展趋向。"① 由此可见,情节组合事件主要依靠因果逻辑关系,情节就是因果关系的事件序列组合。情节控制事件,主要从因果逻辑关系上对事件进行组合排列,并使之成为一个整体。正如保罗•利科所认为:情节是一个管束着故事中一系列事件的可识别的整体……故事由事件组成,正如情节将事件组成为故事一样。② 利科用"可识别"对这个故事整体进行限定,意即这个故事整体可以被人们感知认识和审美判断。

广义叙述学讨论了叙述、情节与故事之间的关系:"情节比故事面广得多:情节是故事材料的基础,故事是有头有尾、有起承转合结构的情节。一个叙述文本,必须有情节,却不一定有故事,但只要具备情节,就有资格被称为叙述。"③ 不难看出,只要有叙述文本,情节就必须存在;但有叙述文本,未必有故事存在。在纪实型叙述和虚构型叙述中都普遍存在情节,而故事则要求有一个完整的结构,故事更多存在于虚构叙述中。

事件与情节、事件与叙述之间的区别明显:"事件不一定发生在叙述里,而更多地发生在经验世界里,因此事件本身并不是叙述的组成单元,事件的媒介化表现才是情节的单元;反过来,情节只存在于媒介化的符号文本之中,不可能发生在经验世界中。"④ 在我们的现实经验世界里,事件每时每刻都在客观地发生着,但并不是每个事件都可变成情节。事件变成情节最关键的一步是媒介化,或被言语讲述出来,或被人物表演出来,或被刻画出来,或被文字写出来等。情节是媒介化的符号文本,是对事件的媒介化处理。因此,情节不可能在现实经验世界中自然发生,自然发生的是事件。事件、情节、故事之间不是一个层次上的问题,把事件媒介化和因果逻辑化是变成情节最关键的两步,把情节艺术化或虚构华才能形成故事。

受索绪尔语言学的"语言"和"言语"的两分模式启发,一些叙事学家认

---

① ［美］詹姆斯•费伦,彼得•J.拉比诺维茨.当代叙事理论指南［M］.申丹,马海良,宁一中,等译.北京:北京大学出版社,2007:174.

② ［美］詹姆斯•费伦,彼得•J.拉比诺维茨.当代叙事理论指南［M］.申丹,马海良,宁一中,等译.北京:北京大学出版社,2007:173.

③ 赵毅衡.广义叙述学［M］.成都:四川大学出版社,2013:165-166.

④ 赵毅衡.广义叙述学［M］.成都:四川大学出版社,2013:166.

为叙事也是二分模式，即叙事由故事和话语组成。语言对应故事，话语对应言语，这种两分法在俄国形式主义那里得到很好的阐释，这样转换的最终目的，是要将叙事做语法研究，找出其重要的构成成分和语法关系。语言的规律是有限的，而话语的表现却是无穷的；故事的结构是有规律可循的，而情节却是丰富多彩的。故事在这里是指一般自然顺序下的事件过程，话语则是故事的组成事件的重新安排，相当于情节。因此，情节是事件根据因果关系的组合，故事是原始事件，没有经过人为加工和媒介化处理。叙事学中故事与一般意义上作为口头作品的故事内涵不同，甚至相反，后者是一个由讲述者来完成的经过加工和艺术化处理的整体。一般来讲，"故事的情节结构"就是指后者。

"情节结构"经常被放在一起用，但内涵较模糊，有时取其情节之意，有时取结构之意。从叙事学视角看，其实情节与结构含义区别较大。情节（Plot）是事件的因果关系组合，结构（Structure）是指"在整体中各种不同成分之间和每一成分与整体之间获得的关系网络"[①]。结构涉及故事整体与成分关系，情节主要涉及具体事件的组合；结构呈现静态关系网络，而情节突出事件动态变化；情节具有丰富多样性，结构具有抽象规律性。因此区分清情节与结构具有重要意义。

在前文字时期，事件被口头言语媒介化为情节，这是情节形成的主要方式。远古重大历史事件和英雄人物被口头传颂，口传史诗是其主要的艺术形式。史诗艺人将历史事件或英雄人物用口头语言媒介化后形成情节，再对情节进行艺术化处理形成故事。口传史诗一般都是在讲述一个完整的故事，或一个英雄人物的一生，或一次重大的民族战争等。《江格尔》诗章主要讲述英雄人物行动的故事。

（二）可述性

普林斯解释了情节可述性："值得讲述的；易受感动或诉求叙述的。"[②]"值得讲述"指事件本身，"易受感动"指对接收者而言。因此从广义叙述学

---

① ［美］杰拉德·普林斯. 叙述学词典［M］. 乔国强，李孝弟，译. 上海：上海译文出版社，2016：219-220.

② ［美］杰拉德·普林斯. 叙述学词典［M］. 乔国强，李孝弟，译. 上海：上海译文出版社，2016：133.

上来讲,可述性是指事件本身能打动接受者,并容易使其激动或深受感染。

当事件经过聚合和组合后形成情节,那么情节的叙述就带有一定的伦理道德意义等观念意识,事件组合的价值就在于此。没有意义也就没有情节。这就是为什么人们要讲故事或讲史诗之根本原因。流传下来的古老故事很多都是值得讲述的事件,都能给人以很大的启迪和教益。值得讲述的事件很多,它们还有一个可述性程度的问题,即哪些事件可述性强,哪些事件可述性低或没有可述性。亚里士多德早就关注过此问题,他提出情节必须要有突转和发现,这两者是引发观众情感的最关键因素,无疑这样的情节可述性强。

西方叙述学家赫尔曼和布鲁纳都认为,非常规的一次特殊事件的可述性比较高,而普遍发生的常见事件可述性低。赫尔曼提出"甲型事件"和"乙型事件"概念,前者是无情节叙述,后者有情节叙述。布鲁纳认为只有违反或背离常规的故事才值得说。① 他们的理论主要是从事件本身的可述性来说的。

赵毅衡先生从广义叙述学视角批评了这种"违反常规"的事件可述性高的理论。他认为现实中有些叙述体裁,如小说、新闻、电影、历史才追求"反常规"事件;而有些,如庭辩、祈祷、各种仪式并不追求"反常规"。因此,事件本身的可述性并不是唯一的标准。他还认为如何说,即叙述的方式造成的文本叙述性,以及"阐释社群"的理解方式和认知满足也都是可述性高低的重要标准。② 如何说,即叙述的方式不同就会影响事件文本的叙述性,叙述能力不同的叙述者讲述同一事件,可能就会产生不同的效果;虽然不同的观众对同一故事的叙述可能会有不同的理解,但阐释社群的接收和评价对事件可述性高低具有决定性影响,阐释社群不是个体意见,是接收主体代表。

事件发生在经验世界中,偶然的、特殊的、奇异的事件本身具有较高可述性;当事件被组合成情节后,事件的可述性转变为情节的可述性。情节的可述性取决于 2 个因素:事件本身以及情节的组织者。当情节被组合成故事后,情节的可述性就变成文本的叙述性。故事的叙述性取决于 3 种因素:事件本身、叙述者和接收者。事件演变为故事的过程加入了叙述者和接收者。这个过程也是一个逐步媒介化、逻辑化、虚构化的过程,即由实到虚的过程,如从真实

---

① 赵毅衡.广义叙述学 [M].成都:四川大学出版社,2013:169.

② 赵毅衡.广义叙述学 [M].成都:四川大学出版社,2013:169.

的特洛伊战争到荷马史诗,从历史三国战争到《三国演义》。

由此可见,要把事件本身、叙述者、接收者 3 种因素综合在一起来考虑,才能更好地评价事件的可述性高低。

口传史诗《江格尔》在蒙古族卫拉特民众中流传了几百年,深受人们的喜爱。从现实中的族群部落战争到以口耳方式流传的口头文艺作品,《江格尔》是一个逐步符号媒介化、因果逻辑化和艺术虚构化的过程。其长期流传的一个重要原因就是故事情节具有可述性。其一,《江格尔》的主要内容是民族部落战争和婚姻,故事情节本身具有极强的可述性;其二,江格尔齐主要通过一人一琴说唱的传统方式来演述,该种演述方式非常适合草原游牧民族的生活斗争实际;其三,《江格尔》阐释社群的接收理解和认知满足,其阐释社群主体是蒙古卫拉特部落民众。

《伊利亚特》的故事原型是特洛伊战争;《玛纳斯》有其真实的历史人物;波斯的《列王纪》中的英雄也都有历史依据。《江格尔》中英雄人物也有原型,但难以确定。江格尔原型是谁?洪古尔原型是谁?阿日本巴国具体位置是哪?这些内容目前虽然学界没有定论,也没有充分的历史文献资料来佐证,但可以通过分析《江格尔》作品所描述的具体内容来分析确定。仁钦道尔吉分析后认为:

《江格尔》里出现的那些汗国的动荡的社会状况、战争的性质和目的、社会军事政治制度、社会各阶层的结构、人们的思想愿望以及经济文化状况与明代的蒙古族封建割据时期西蒙古卫拉特地区社会现实相符。这部史诗有声有色地描写了封建割据时期卫拉特地区社会斗争的画卷。[①]

从以上引文可以看出,史诗描述的主要内容是婚姻和战争。这两大方面事件内容具有很大的可述性,世界上许多文学、历史名著都是以战争为主要题材的,如《伊利亚特》《埃涅阿斯纪》《罗兰之歌》《战争与和平》。

婚姻是古老的主题。在不同的民族中,婚姻的风俗也是不同的,婚姻与每个人都有密切关系,所以婚姻主题的文艺作品受众多,具有极强的可述性。《江格尔》中婚姻主题的诗章还具有战争的性质,这是《江格尔》中婚姻诗章主题的特点。在《乌仲阿拉德尔汗成婚》这一诗章中,乌仲阿拉德尔汗来不及

① 仁钦道尔吉.《江格尔》论 [M].呼和浩特:内蒙古大学出版社,1999:164.

等待 3 年再与车琴公主结婚,最后就是通过战争屠杀的方式征服了车琴公主的养父胡尔特木汗。抢婚是蒙古族早期流传的婚俗,战争的目的之一就是抢夺妻子。考验型婚姻是《江格尔》中婚姻主题的一种类型。该类型婚姻中公主的父亲一般要出 3 道题:赛马、射箭和摔跤。前两项比赛一般会正常进行,最后一项比赛往往就会出现生死相争的局面。在《布和蒙根希格西力格的婚礼》诗章中,布和蒙根希格西力格在摔跤比赛中杀死对手额勒松布,逼他说出死前遗言。婚姻型与战争型结合在一起是《江格尔》诗章的一种重要类型,该种类型诗章更具有可述性。

战争本身就是一件极具可述性的重要事件,战争中顶天立地的英雄更是叙述的重点。《江格尔》侧重记载战争中英勇人物的勇武智慧、忠诚爱国、坚韧不拔、临危不惧等优秀个人品质,不是以事件记载为主的战争史,因此可述性就更强。在故事中还有神话传说、民间故事、宗教咒语等神奇事件,大大增强了故事的神奇性和可述性。

《江格尔》有可述性的一个重要因素是史诗艺人。事件的可述性与叙述者的叙述方式有密切的关系,叙述者如何说对可述性影响很大。在口传史诗中,史诗艺人就是叙述者的角色,在叙述过程中有时转换身份成为人物角色,也就是前文中所分析的摹仿人物说话。真正的史诗艺人并不是靠背诵来演述史诗的,而是靠程式来创编与演述。创编和演述是同一过程的两个方面。边演述边创编,边创编边演述,二者是同时进行的。正是这种独特的现场演述方式能给当时的接收者,尤其是不识字的人们,带来文化知识和娱乐。这种演述方式也受征战中将士们的欢迎,一段演述英雄人物的诗章能鼓舞战士们奋勇杀敌的士气。因此,事件转变为情节后,口传史诗的情节可述性强与“一人一琴”的说唱叙述方式有密切的关系。

接收者的理解和认知是检验情节可述性的重要因素。接收者往往会形成一个“阐释社群”。在这个范围内,接收者通过对叙述者叙述方式和对故事内容进行阐释,即理解和感知,并因此形成共同的观点和看法。《江格尔》是在蒙古卫拉特人中广泛流传的史诗,阐释社群就是这个卫拉特人整体。能被阐释社群接受和理解的作品都具有很强的可述性,阐释社群对《江格尔》接收理解和欣赏判断一般会达成共识或形成相似观点。当一部作品没有了观众、阐释社群,也就说明该作品没有可述性而言了。正如一部电影如果没有票房,一部小说如果没有读者,那就意味着这些作品没有可看性、可读性。

总之,口传史诗的可述性与故事情节本身、史诗艺人和阐释社群三者有密切关系。

三、《江格尔》结构特征

《江格尔》包含 200 多个诗章,主要以江格尔这个人物为中心而构成史诗集群,各诗章之间没有必然的时间－因果逻辑联系,但诗章的内部结构具有很大的相似性和规律性。

(一)总体结构特征

德国著名蒙古学家瓦·海西希运用母题分类法对蒙古史诗的结构类型进了研究,他对 70 多部蒙古史诗的母题分析研究后,总结出 14 种大类:(1)时间;(2)英雄出生;(3)英雄的家乡;(4)英雄本人;(5)与主人有特殊关系的马;(6)启程远征;(7)助手及朋友;(8)受到威胁;(9)仇敌;(10)遇敌作战;(11)英雄的机智和魔力;(12)求婚;(13)婚礼;(14)返回家乡。[①] 每一大类下又分为多个小类,小类又分为若干母题。仁钦道尔吉评价说:"海西希教授关于蒙古史诗结构的母题分类,至今仍属最详细最全面的分类。可以说,是瓦·海西希教授建立了划分蒙古史诗情节和母题类型的体系。20 年来西方学者大都是围绕海西希体系,对蒙古史诗进行研究的。"[②] 可见,瓦·海西希教授成功地运用了母题分类法,对蒙古史诗结构的研究做出了很大贡献。

对《江格尔》的情节结构研究做出突出贡献的是仁钦道尔吉。他对国内外蒙古史诗情节结构进行比较研究后认为:史诗《江格尔》是并列复合型史诗。他对海西希的母题分类法给予了充分肯定,并在此基础上提出比母题大的术语:母题系列。母题系列与母题一样是情节的构成单位;母题系列将繁多的小母题整合到一起,这样更有利于从整体上把握史诗的结构分类。在母题系列的基础上,仁钦道尔吉认为蒙古史诗主要可分为婚事母题系列和征战母题系列,前者用 A 表示,后者用 B 表示。婚事型母题又可分为 3 类:A1 抢婚

---

① 仁钦道尔吉.《江格尔》论 [M].呼和浩特:内蒙古大学出版社,1999:283.

② 仁钦道尔吉.《江格尔》论 [M].呼和浩特:内蒙古大学出版社,1999:285.

型史诗；A2 考验女婿型史诗；A3 包办婚姻型史诗。征战型史诗可分为 2 类：B1 部落复仇型史诗；B2 财产争夺型史诗。[①] 根据两大母体系列提出蒙古史诗情节结构三分法：（1）单一型情节结构；（2）串联复合型情节结构；（3）并列型复合情节结构。

　　这三大类型反映了蒙古史诗发展的 3 个历史阶段。第一大类单一型主要指诗章内容为征战型或婚事型，这两种类型是最古老和原始的类型。第二大类串联复合型史诗主要指征战型 + 婚事型或征战型 + 征战型。从史诗形式上看，该类型是在单一型情节结构史诗的基础上发展起来的，反映的社会内容更加复杂。第三类并列复合型史诗是蒙古史诗目前发展的最高阶段，包含以上两阶段的史诗形式，并形成一个有机整体，《江格尔》是这类史诗代表。《江格尔》诗章包括征战型、婚事型、征战型 + 婚事型、征战型 + 征战型。并列复合型史诗是指《江格尔》作为一个整体而不是针对各个诗章而言。与《伊利亚特》《贝奥武甫》等西方史诗相比，《江格尔》的 200 多篇诗章并没有形成贯穿始终的情节结构，诗章独立性很强，但《江格尔》又被认为是一部长篇史诗作品，这主要就在于"《江格尔》是以英雄人物的事迹为中心形成的一部宏大的英雄史诗"[②]。史诗这个特点与《格萨尔》（《格斯尔》）和《玛纳斯》十分相似，都以人物功绩为组织情节结构的原则。中国三大史诗虽然都以人物为组织结构的中心，但它们各有特点：《江格尔》整体结构上是以江格尔汗这个人物为中心来组织各诗章情节结构，以江格尔手下的十二大英雄中某一位或某两位为各诗章的主要人物，这些诗章之间并不是前后相继推动情节发展的逻辑因果关系，而是以江格尔人物为中心形成的并列的关系。但由于口头流传和社会发展各种因素的原因，史诗的异文较多，一些英雄的故事较少，一些英雄的故事较多，其中洪古尔的故事最多。《格萨尔》是以格萨尔一生为主要情节来组织全史诗的结构，从降生到回归天国的历程，重点描述他为人间除妖降魔的英雄功绩。《玛纳斯》则以玛纳斯家族的几代英雄人物为主要情节来组织整部史诗的结构，而不是以一个玛纳斯的功业为中心。因此这三大史诗的总体情节结构也各有特点，但都以人物为中心来组织结构。

① 仁钦道尔吉.蒙古英雄史诗情节结构的发展 [J].民族文学研究，1989（5）：12.

② 仁钦道尔吉.《江格尔》论 [M].呼和浩特：内蒙古大学出版社，1999：301.

《江格尔》的演述结构顺序一般是江格尔奇先演述序诗，然后再演述某一英雄的业绩。作为一次演述活动来讲，序诗的演述是必不可少的，而且不同的史诗艺人的序诗内容基本相同。70 章汉文全译本共用一个序诗，主要内容为故事发生的时间地点，孤儿江格尔，娶妻，家园，汗宫，江格尔汗、妻子、骏马、众勇士的刻画，酒宴。江格尔从孤儿到汗王的经历，仙境似的阿日本巴国家园，豪华壮观的汗宫，美丽无比的江格尔妻子，智勇双全的勇士们，欢乐喜庆的酒宴都是史诗艺人重点演述的内容。从功能来看，序诗主要起到纲领性的作用，是总体性的介绍，使听众对史诗故事有整体认知，也对后面英雄故事的叙述进行铺垫。序诗结束后，史诗艺人具体讲述某一个英雄的某一次征战故事。因此，《江格尔》演述结构是先总叙后分叙。

（二）诗章结构特征

《江格尔》诗章主要分为婚事型母题系列与征战型母题系列，但这两类史诗的母题具有很大相似性。仁钦道尔吉总结出了两类史诗的母题。

婚事型史诗母题共 17 项：（1）时间；（2）小勇士出身；（3）未婚妻的信息；（4）启程娶亲；（5）遭到劝告；（6）备马；（7）携带武器和盔甲；（8）远征；（9）途中之遇；（10）勇士变身为秃头儿；（11）遇到未婚妻之父；（12）父亲提出婚嫁条件（三项赛）；（13）赛马；（14）射箭；（15）摔跤；（16）婚礼；（17）携带妻子返回家乡。①

征战型史诗母题共 14 项：（1）汗宫聚会；（2）战争起因；（3）参战的勇士；（4）抓战马；（5）备鞍；（6）穿戴；（7）武器；（8）出征；（9）途中之遇；（10）勇士变身；（11）二勇士相逢；（12）打仗；（13）取胜；（14）凯旋。②

本书把英雄出征行动分为 4 个主要阶段：出征前、途中、作战、胜利。通过比较可以看出，在婚事型中的（6）、（7）、（8）、（9）、（10）、（11）、（17）和征战型史诗中的（4）、（5）、（6）、（7）、（8）、（9）、（10）、（11）、（12）、（13）、（14）母题内容基本一致。在两类史诗中，英雄出征前备马、穿戴、武器的母题极为相似；征途中的相遇、勇士变身等母题以及最后胜利母题都几乎一样。主要区别在于两个阶段。一是在征前出发的目的：婚事史诗英雄出征目标是娶得妻子；征战

① 仁钦道尔吉.《江格尔》论 [M].呼和浩特：内蒙古大学出版社，1999：291.

② 仁钦道尔吉.《江格尔》论 [M].呼和浩特：内蒙古大学出版社，1999：294-297.

史诗出征目的就是征服敌人。二是在作战阶段,征战型主要是与敌人蟒古斯作战,婚事型史诗主要完成赛马、射箭和摔跤三项赛。婚事型史诗中常常引起两类战争:一是与被求婚者父亲战争,一是与竞争对手战争。因此不难看出,婚事型史诗常常也具有战争性。

根据仁钦道尔吉的统计,《江格尔》200多部诗章中婚事型史诗有20多部,约占10%。本书对3种汉译本进行归纳:汉文全译本《江格尔》70章中,8章为婚事型史诗,占11%;在胡尔查《江格尔》译本15章中,婚事型史诗为4篇,占26%;在色道尔吉译本《江格尔》15章中只有1篇婚事型史诗。

表六 汉文全译本婚事型史诗表①

作品	婚事类型	代表符号	竞争对手结果	妻子及嫁妆	对应卷章页
《乌仲阿拉德尔汗成婚》	抢婚型	A1	血洗胡尔特木汗家园	车琴公主、阿荣查干仙女、神匣	C1.1.15
《布和蒙根希格西力格的婚礼》	考验型	A2	杀死竞争对手额勒松布和	阿拉坦甘珠尔、臣民半数、马群半数、骆驼半数	C1.2.50
《阿拉德尔诺彦博格达江格尔迎娶阿盖沙布德拉公主》	考验型	A2	杀死竞争对手宝日汗查干	阿盖公主、一万户臣民	C1.8.249
《赛力汗塔巴格英雄成婚》（B本《飞毛腿赛力罕塔泊克结亲》）	考验型	A2	杀死铁木耳斯图、刚嘎布和	鄂托洪哈日公主、所要孤儿、孤犬、孤犊,但没有给反要英雄骏马	C2.20.735 B.6.110

① 此表根据汉文全译本《江格尔》统计而成,仅供参考。

作品	婚事类型	代表符号	竞争对手结果	妻子及嫁妆	对应卷章页
《雄狮阿尔格乌兰洪古尔成亲》（A本《洪古尔结亲》B本《雄狮洪古尔的婚礼》）	包办型＋考验型	A3＋A2	杀死布和查干，返回路上战斗	赞啦朱丹公主、黑母陀、金匣子	C2.21.780 A.6.110 B.7.129
《人中鸦鹋洪德尕尔萨布尔成亲》	考验型	A2	把对手布和哈日摔打人事不知，体无完肤	诺木特古丝公主、五万只绵羊、五百骆驼	C2.22.884
《贺顺乌兰走马成婚》（B本《浩顺·乌兰娶亲》	考验型	A2	战胜并放走对手巴彦查干	古希赞丹公主、骆驼、骏马、冰糖、阿尔扎、绵羊修斯	C5.58.2770 B.15.326
《乃日巴图成婚》	考验型	A2	对手铁木尔布斯图三项赛失败，率兵拦阻发生战斗，被杀败逃亡	屯特古尔乌兰姑娘、未生育的黑母驼	C6.67.3179

诗章《乌仲阿拉德尔汗成婚》中，乌仲阿拉德尔汗经过战争的方式征服被求婚对象，然后娶得妻子，这带有明显的征战型史诗性质。该诗章还具有浓厚的神话色彩，许多情节中神性因素起到重要作用。仁钦道尔吉认为这篇史诗在情节、语言等方面还不成熟，或是由于遗忘或是后期的模仿之作。

其他7篇婚事型史诗共同之处是通过赛马、射箭和摔跤三项赛来完成娶妻。主要分为2种类型：杀死竞争对手，战败竞争对手。这三项赛中通过摔跤杀死竞争对手的有4篇：《布和蒙根希格西力格的婚礼》《阿拉德尔诺彦博格达江格尔迎娶阿盖沙布德拉公主》《赛力汗塔巴格英雄成婚》和《雄狮阿尔格乌兰洪古尔成亲》。摔跤往往是决定胜负的一项，史诗中的摔跤是蒙古族男人们用父母给的臂膀进行决斗的方式。在《人中鸦鹋洪德尕尔萨布尔成亲》《乃日巴图成婚》《贺顺乌兰走马成婚》3篇诗章中,虽然竞争对手并没有被直接杀死,但或体无完肤或战败后逃亡。

从表六的"竞争对手结果"一栏来看,婚事型史诗中单纯的婚事型史诗不多,婚事型史诗大都被融入你死我活的竞争和流血牺牲的战争因素。

从"妻子及嫁妆"一栏可以看出,在英雄婚事史诗中,英雄不仅娶得妻子,绝大多数还会得到一批丰厚的嫁妆,主要有臣民、牲畜、宝物等。

由此可见,由婚事而引起的征战是婚事型史诗的主要类型。

《江格尔》总体为征战型史诗,因为征战是《江格尔》最核心的事件,人口、牲畜、土地、妻子都是靠征战取得的。据此,婚事型史诗可以归为征战型史诗的一个类型。根据各个诗章叙事的核心事件以及征战的结果,本书将征战型史诗《江格尔》分为以下3种主要类型。

(1)结盟型。主要指江格尔与阿拉坦策吉、萨布尔、萨那拉和铭彦(明彦)等英雄的战斗,故事结局是这些英雄归顺江格尔,并占有或左或右的座席,后为江格尔立下赫赫战功。

(2)婚事型。通过征战或三项赛赢得胜利,娶得妻子。有3种子类型:抢婚型、考验女婿型和包办型,主要以考验女婿型为主。三项赛中摔跤竞赛中经常成为杀死竞争对手的主要方式。

(3)征服型。征服型占大多数。从征战起因划分,可归纳为3类。第一,扫除潜在威胁型。通过多种方式(听到、预知)得知敌人正在酝酿洗劫宝木巴家园的消息,敌方还未到来,江格尔会派一名英雄出征,先发制人。第二,还击敌人索要型。外邦使者前来索要三样礼物:洪古尔(铭彦)、阿仁赞神驹和阿盖夫人,如果不给,就将出兵征伐宝木巴家园。这种情况下,江格尔手下的勇士会还击使者,出征该汗国;或者江格尔妥协,但手下勇士(主要是洪古尔)不同意,最后战胜敌人,使其降服。第三,收复敌人占领型。收复被敌人占领的家园。征服型最后结果有:杀死恶魔蟒古斯,迁其臣民;使这些汗王臣服,缴纳百年贡赋;与汗王和好,愿意共同抵抗入侵者。因此,从叙述的最核心事件来看,《江格尔》诗章都描述了英雄征战的故事,无论被动出征还是被动出战,最后的结果都是宝木巴英雄取得胜利,使敌人降服,成为其臣民,缴纳贡赋。

综上所述,《江格尔》结构总体上是以江格尔为中心的聚合型结构;各诗章是以出征英雄的行动为中心的组合型结构，母题按照一定的顺序组合排列在一起，具有一定的规律性。

四、口传史诗情节发展动力

情节发展问题一直是叙事文学研究的重点。本节主要运用广义叙述学的"否定推进"理论来研究《江格尔》的情节发展动力问题，以便在此基础上对口传史诗的情节发展问题做出梳理。

（一）情节与事件、故事

口传史诗作为一种民间文学形式，母题法是研究情节较常用的方法。叙述和母题、主题关系密切：母题通常被认为是最小的叙述单元或最小的主题单元；母题是不可再进行分割的叙述单元。口传史诗讲述的是传统故事，这个故事本身就已经具备了基本情节。史诗艺人通过日积月累的学习记住一些诗章的情节内容。瓦·海西希、谢·尤·涅克留多夫、尼·波佩和弗·日尔蒙斯基等都运用母题进行蒙古史诗情节研究和结构分类。海西希的 14 项母题类型是蒙古史诗情节结构研究的重要参照；仁钦道尔吉将蒙古史诗分为婚事型母题系列和征战型母题系列，他提出的"母题系列"概念直接影响了国内外对史诗研究专家，因此，母题、母题系列就构成了口传史诗的情节构成成分。一系列母题组合在一起就构成一个情节。可见，用母题以及母题系列侧重于对情节构成成分的发现与分类，这明显受阿尔奈-汤普森的"AT 分类法"的影响。

普罗普在《故事形态学》一书中对母题法提出了质疑，他认为母题不是最小的叙述单元，母题还可以被进一步分解为多种角色和功能。他运用"功能"理论来研究神奇故事的结构形态，这为民间故事结构的研究带来了革命性的影响。卡尔梅克学者特·博尔查诺娃运用普罗普的民间故事形态学的"功能论"研究蒙古史诗情节结构，在其《关于蒙古-卫拉特英雄史诗的体裁特征》论文中把蒙古史诗的情节结构总结为 8 个组成部分：（1）开场；（2）希望找到未婚妻；（3）启程远征；（4）途中经历；（5）斗争和胜利；（6）消除不幸和灾难；（7）返回家乡；（8）英雄的婚礼。[①] 可以明显看出，特·博尔查诺娃总结的类型并不能总括蒙古英雄史诗的全部类型，只适用于一部分婚事型史诗，这 8

---

① 仁钦道尔吉.《江格尔》论 [M].呼和浩特：内蒙古大学出版社，1999：281.

项功能与母题项极为相似,以此看来并没有摆脱母题研究的影响。普罗普的"功能论"是对母题的进一步分解和抽象,而且其结论是建立在对俄罗斯 100 个神奇故事的分析基础之上。因此,母题法、功能法都以情节成分分类和分析为主,并没有对情节发展动力问题做出阐释。

事件的组合构成情节,情节构成故事,因此情节与事件、故事之间关系十分密切。情节在三者中具有重要地位。情节的特殊性在于:"情节不同于故事,也不同于事件,情节介于两者之间,这是我们首先要辨清的问题。"① 在学界,"故事情节"经常被提及,然而"事件""情节""故事"是内涵十分不同的概念,因此,辨清三者各自内涵及关系对研究口传史诗的情节发展动力是十分必要的。

1. 情节与事件

事件是情节的基础材料,情节发展有时依赖于事件本身的发展变化。普林斯为事件下了定义:"在话语 DISCOURSE 中,以做或发生的模式,由变化过程陈述 PROCESS STATEMENT 显示的状态变化。一个事件可能是一个行动 ACTION 或行为或发生的事。"② 普林斯把事件限定在话语模式中,强调事件的状态变化,即发生过了或正在发生,也就是说事件必须有发展变化才能称之为事件。他定义后又解释道:"与存在体 EXISTENTS 一起,事件是故事的基本成分。"③ 存在体就是一个句子(这个句子就是一个事件)中的行动者或场景。事件与存在体共同构成了故事的成分。普林斯并没有通过情节这一环节直接讨论事件与故事的关系。在其著作《叙事学:叙事的形式与功能》中,他仍然坚持这种思想:"叙事讲述发生于特定世界中一定数量的状态与事件。"④ 他认为事件有两种:一类是状态性事件,从他所列举的例子上看,状态性事件

---

① 赵毅衡.广义叙述学 [M].成都:四川大学出版社,2013:166.

② [美] 杰拉德•普林斯.叙述学词典 [M].乔国强,李孝弟,译.上海:上海译文出版社,2016:166.

③ [美] 杰拉德•普林斯.叙述学词典 [M].乔国强,李孝弟,译.上海:上海译文出版社,2016:166.

④ [美] 杰拉德•普林斯.叙述学词典 [M].乔国强,李孝弟,译.上海:上海译文出版社,2016:62.

主要指描写，如现实主义小说中对环境和人物的描写；另一类是行动性事件，主要涉及叙事中各种人物的行动或行为。状态性事件与行动性事件在一则叙事中的分配模式决定了该则叙事的特征，在不同体裁中，在同一作品的不同章节中二者的比例关系也是很不同的。情节由状态性事件与行动性事件构成。状态性事件具体表现为描写，是情节展开的背景或基础。

在《江格尔》诗章中，状态性事件主要表现为对备马戎装等细节的描写，这种状态性事件在诗章开始阶段占有很大比重，为史诗接下来的出征、战胜等情节发展打下基础。行动性事件主要指与英雄人物征战相关的行动，行动事件是情节发展的关键，策马奔驰、变身、作战、赛马、射箭、摔跤等行动是最后胜利的关键。

赵毅衡也认为"事件是事物的某种状态变化"，但强调事件转变为情节然后才能成为故事的组成部分；而普林斯认为事件是故事的基本成分，并没有事件变为情节这一中间环节。赵先生下结论说："如果不用某种媒介加以再现，事件就是经验世界的事件，不是组成叙述情节的事件。"[①] 因此，事件要经过情节才能成为故事的组成部分。不难看出，媒介化是事件成为情节的必要条件之一。"事件不一定发生在叙述里，而更多地发生在经验世界里，因此事件本身并不是叙述的组成单元，事件的媒介化表现才是情节的单元；反过来情节只存在于媒介化的符号文本之中，不可能发生在经验世界中。"[②] 可见，事件变身为情节必要条件有 3 个：其一是符号媒介化，事件只有被媒介化，才能存在于符号文本中；其二是叙述化，事件只有被叙述，才能产生情节，情节属于叙述者，没有叙述就没有情节；其三是人物化，情节是关于人的事件或拟人化的事物，情节的底线定义就是"被叙述出来卷入人物的事件"。

很明显，事件只有经过媒介化、叙述化和人物化，才能转变为情节。事件在现实世界或经验世界中普遍存在，一般通过"过程"和"影响"来分析事件。情节是被加工整理过的事件，叙述者及其视点等因素被融入其中，具有一定的主观性，而事件无疑是客观的，二者具有本质区别。情节在事件变为故事

---

① ［美］杰拉德·普林斯. 叙述学词典［M］. 乔国强，李孝弟，译. 上海：上海译文出版社，2016：166.

② 赵毅衡. 广义叙述学［M］. 成都：四川大学出版社，2013：169.

中起到中介作用。叙述者对事件的选择与安排决定了情节结构的形态。有些事件可以安排在故事的开端,有些适宜放在故事中间,有些可以安排在故事的结尾。其中的一些事件对情节的发展是极为有用的。事件对叙事而言其价值在于其有可述性,可述性取决于叙述者伦理道德意义的选择标准。

2. 情节与故事

情节与故事的关系更为紧密:"情节是故事的基础材料,故事是有起承转合结构的情节。"[①] 情节既是故事的基本构成材料,有时情节本身就是一个完整的故事。情节与故事是部分与整体的关系,有时又是重合的关系。情节发展的最终结果就是形成故事。因此,情节既是故事又是故事的一部分。二者也有一定的区别,情节主要依靠因果逻辑关系来组合事件,构成故事,不强调结果;而故事强调自身完整性和故事结局。情节与故事关系紧密,有时难解难分,但故事总由一个或多个情节构成,辨清这一点是很重要的。故事是情节发展的方向与目标,那么关键的问题是情节如何构成故事?这就是情节结构的安排问题,回到了亚里士多德的问题。正如利科所说:"通过把令人怜悯与恐惧的事件、突转、发现以及暴力效果包含在复杂情节中,亚里士多德把情节与我们看成和谐的不和谐的塑形同等对待。在最后的分析中,这种特征构成了情节的中介功能。"[②] 因此,情节把构成故事的事件、突转、发现、困境等各种异质因素按照一定的顺序与规则组合在一起,情节的中介功能在故事构成中发挥了重要的作用。故事作为一个整体具有明显的构成性,而不是自然之物。故事构成整体中情节结构安排就是一个重要问题,情节结构顺序和情节发展动力都是关键所在。

在口传史诗中,故事的情节结构安排主要有戏剧化模式、编年史模式和人物传记式模式等。荷马之所以在同行中脱颖而出,就在于对情节的安排上使用了戏剧化方法,而不是编年史或人物传记的方法。这种方法受到亚里士多德的首肯,因为这符合他的悲剧理念。本章第一个问题中已经重点分析了史诗戏剧化情节结构,即史诗的主要情节是对一个行动的摹仿。《伊利亚特》主要以阿喀琉斯的两次愤怒为主线,先怒而罢战,然后怒而参战。典型特征

① 赵毅衡. 广义叙述学 [M]. 成都:四川大学出版社, 2013:165.

② 付飞雄. 保罗·利科的叙述哲学 [M]. 苏州:苏州大学出版社, 2011:107-108.

被总结为从故事的中间开始，但也从中间结束。将故事的其他信息穿插在诗人的叙述之中，但并没有故事的结局，史诗在赫克托耳的葬礼中结束，即阿喀琉斯怒火得以平息。《伊利亚特》的情节结构统一完整归于荷马的独具匠心。亚里士多德认为，如以编年史的方式，将特洛伊战争10年间发生的与战争有关的事件叙述出来也未必不可，但可述性就值得商榷。如以人物传记的方式来结构，那就需要更多的关于阿喀琉斯的出生、童年、青年、壮年、爱情、学艺、参战情况以及死亡等资料，最好还需将他参加其他重大的战争都讲述出来。后两种方式需要更多资料，但由于各自的结构类型所限，材料多而杂就会形成堆积，这样也不利于观众在一天时间内看完。

　　因此，荷马史诗是古希腊史诗发展的转折点，以编年史或人物传记传承的古老史诗被边缘化或被戏剧化史诗所取代。史诗情节被要求是对一个行动的摹仿，情节是成了史诗的灵魂。荷马史诗被定格在2 000多年前的古希腊时期，西方后世的文人史诗或中世纪史诗都未能实现超越。或许编年式史诗或人物传记式史诗才是史诗原始面貌，这一点已逐渐被一些未受荷马史诗影响而依然活态传承的史诗所证实，中国少数民族史诗、南斯拉夫史诗、非洲史诗等活态史诗堪称史诗的活化石，这些史诗中还保留着原始史诗的一些古老形态，情节结构的逻辑性并不是这些活态史诗所刻意追求的。相比于情节因素，《江格尔》更注重故事结构的完整性。

（二）《江格尔》情节发展动力

　　中国三大口传史诗中，《江格尔》的情节结构是独特的。整部《江格尔》是由200多篇诗章组成的庞大的史诗集群，但各诗章之间没有形成统一的情节结构。史诗以圣主江格尔为结构性主人公，每一章都与江格尔有一定关系，这也是史诗被命名为《江格尔》的主要原因。诗章的主要人物是江格尔或其手下的英雄。

　　从目前诗章内容看，史诗总体结构特征似乎又具有人物传记和编年史相融合的特征。如有关于江格尔父亲乌仲阿拉德尔汗婚事诗章，有关于江格尔出生及成孤的诗章，主体当然是江格尔以及手下十二勇士征战的故事，但也有江格尔和洪古尔等英雄后代的故事，如洪古尔之子浩顺·乌兰继承了江格尔的汗位。因此，总体结构上《江格尔》既具有《格萨尔》人物传记性，也具有《玛纳斯》编年史性，但与这两部史诗不同。

《江格尔》诗章中没有关于江格尔或某一位英雄死亡的诗章，即使死亡了也被神奇之术救活。这或许是与《江格尔》序诗中没有死亡的理想化的内容相呼应，即阿日本巴国没有死亡，人们永远年轻。那就涉及一个问题：先有序诗还是先有诗章？目前普遍观点认为序诗是后编写的。那就可以得出推论，《江格尔》中没有关于英雄死亡诗章。这就证明了传统《江格尔》不属于纯粹的人物传记性结构特征，而是以人物功绩为主的英雄史诗。关于江格尔父辈以及晚辈的史诗可能是后来的摹仿之作。3 种汉译本的序诗叙述介绍了共 7 位英雄人物：圣主江格尔、颂其明彦、聪明的阿拉坦策吉、狮子英雄乌兰洪古尔、大肚子英雄古哲根贡布、人中鹰隼萨布尔以及臂力超人的哈日萨那拉。200 多部《江格尔》包括了各种各样异文以及后人的仿制作品。仁钦道尔吉就推测《乌仲阿拉德尔汗婚礼》是后人仿制，因为在语言、情节结构等方面均不成熟，并不是最早流传下来的史诗。因此，口传史诗的各诗章之间很难形成统一的情节结构。

虽然《江格尔》总体上不能形成统一情节结构，但各诗章是一个统一的情节结构。一个诗章除去韵律和音乐的因素，就是一个有头有身有尾的完整的英雄征战故事，一个征战故事由单个或多个情节构成。

根据仁钦道尔吉的观点，《江格尔》是并列复合型史诗，既有单一情节的史诗，又有复合型史诗。但无论属于哪种史诗，其情节发展的动力都具有一种规律性，即情节发展的动力主要源自否定性因素："情节是叙述中发生的事物情态变化。情节之所以变化，是因为某种事物状态被否定了，而这种否定导致了新状态的产生。由此可以看到，对事物旧有状态的否定，是情节推进的最重要动力，没有否定，情节不会往前推进。"[①] 任何事物发展都需要对旧事物的否定和批判，这是事物发展的规律。否定是抽象的概念，在对待具体事物时就有相应的否定形式。

《江格尔》的征服型史诗情节根据"否定推进"理论可大致分为 4 个阶段：酒宴聚会、威胁来临、扫除威胁、重归和平。这 4 个阶段实质上是和平—战争的二元对立模式。战争就是对和平的否定，通过战争才能实现新的和平。

---

① 赵毅衡. 广义叙述学 [M]. 成都：四川大学出版社，2013：198.

用图式表示为：和平—战争—和平。后一个和平绝不是前一个和平的简单重复，而是一次经历战争洗礼而换来的和平，是经过否定的力量而得到的新的肯定，即否定之否定。因此，《江格尔》单个诗章的叙述总体结构是符合"否定推进"情节发展的规律。

诗章情节发展的动力，除了一般性的否定推进的规律外，口传史诗《江格尔》是否会有独特的情节发展动力因素？这就需要对结盟型、婚事型和征服型史诗的各诗章做出考察。

维谢洛夫斯基关于情节与母题的观点是正确的：情节是母题的综合；一个母题可以归属不同的情节；母题扩大为情节；母题是原生的不可再分的，情节是派生的。[①] 蒙古史诗母题与情节研究基本上符合上述观点。

本书根据已有母题的研究成果，将征服型《江格尔》史诗母题类型归纳为：(1) 汗宫聚会；(2) 危险（威胁）出现；(3) 选派英雄；(4) 备马戎装；(5) 智者预言；(6) 英雄出征；(7) 征途之遇；(8) 变身；(9) 作战；(10) 归途；(11) 汗宫聚会。这样划分并不是为了标新立异，而是为了分析史诗情节发展动力的因素。可将这 11 项分为三大类：出征前的母题是(1)～(6)项；出征母题为(7)～(10)项；庆祝胜利为第(11)项。

出征前的母题归纳为 6 项。史诗开始，在江格尔的汗宫中举行多日的聚会，众英雄沉浸在幸福快乐的氛围中，聚会在此处的功能是暗示后面的危险，突然危险（威胁）出现，一种平衡被打破。这些威胁主要与阿日本巴国的安危息息相关，这些危险有时是江格尔神奇地听到敌人消灭宝木巴家园的话语；有时是江格尔梦到在远方有威胁存在；有时是外邦使者来到江格尔汗宫宣布命令，索要三样东西；有时是蟒古斯军队入侵。危险（威胁）的出现使整个诗章的基调发生转折，这相当于亚里士多德所说的突转，即由欢乐幸福突然转向反面，威胁来临。因此，威胁（危险）突现是史诗情节发展的第一个动力因素，是对和平幸福生活的否定。接下来的情节就是选派英雄出征。一般来说，江格尔和阿拉坦策吉是重要的决策人物，出征英雄主要由他们决定，有时也有英雄主动请缨，洪古尔出战最多，故事最多。英雄选派之后，英雄备马戎装的过程是诗章重点描述对象，是史诗演述的精彩部分之一。这其中带有一定

---

① [俄] 普罗普. 故事形态学 [M]. 贾放，译. 北京：中华书局，2004：11.

的民族文化的记忆和展示的功能,而不是为了情节的结构紧凑严谨,尤其是一些具有阐释其产生的程式化的词语经常出现在行动的关键时刻,这也充分显示了口传史诗演述的特点——程式化词语的结构功能。这部分对备马戎装的描写是普林斯定义的"状态性事件",是一种"弱情节叙述"。叙述者不急于把故事讲述完,而增加一些程式化细节描写,口头程式理论对于程式化描写解释为现场创编赢得时间,这是史诗艺人演述中极为重要的演述技巧。

备马戎装后,聪明过人的阿拉坦策吉一般会预言英雄在征途中遇到的高山、河流、蟒古斯英雄、妖魔等困难以及给出克服这些困难的办法。这些预言都会在史诗世界中实现,英雄会按照阿拉坦策吉的话来采取行动。英雄出征准备就绪后,一般要有饮酒、敬酒、上马、祝语和绕行汗宫(佛庙)等仪式,接下来便是对英雄的征途的叙述。征途叙述往往很简短精练,叙述时间远远少于行动时间。从时间上来讲,这是出征前的一系列母题或情节,其中能促进情节发展最关键的一步是威胁来临。有些威胁被得知的过程有时具有神奇的因素,如江格尔听到蟒古斯国将要出兵前来征服阿日本巴国,或在神镜中看到远方敌人的情况。

出征母题主要有:(7)征途之遇:恶劣自然、敌将、妖魔;(8)变身;(9)作战;(10)归途。作战是英雄史诗的核心事件,出征前的充分准备到漫漫征途都是为了作战这一事件。作战有3种情况:一是英雄与敌方英雄之遭遇战。英雄与蟒古斯派来的英雄遭遇,然后展开决斗,一般过程是首先询问对方身世来历,语言带有挑衅和辱骂;然后开始刀、箭、戟和石头等武器之战;如果武器之战未分胜负,就开始身体较量;胜利者逼对手说出临死前的3句怨言;然后杀死对手,焚尸灭迹。二是英雄与敌众兵之战。英雄往往会变身,混入敌营,接近目标(蟒古斯)完成任务后突围或返回;英雄偷袭成功(赶回马群或活捉蟒古斯)后,在敌营被围战或返回路上被追杀;路上有时英雄会受伤,江格尔等前来支援,最后征服对方,使其臣服。三是英雄与蟒古斯之战。蟒古斯威力巨大,灵魂不在身上而是藏在一些动物体内,这时英雄就要先杀死其灵魂之物,然后才能杀死蟒古斯。这种战斗的神奇性因素更强。

英雄变身是推动史诗情节发展的重要母题。英雄具有多种变身能力,其中英雄变身为长癞小秃子,战马被变为癞马驹是英雄最常见的变身。这是一种由强到弱的模式，隐藏自己真正实力，弱化自身能力的目的是接近敌方，这是英雄遇到了自己难以克服的苦难时一种智慧策略，而不是硬碰硬的对决。其他种类的变形都是充分利用了变形后该种事物的特征，这种特征是普通人类所不具有的特性。英雄变身情节明显属于神话范畴，但实质上是对自己能力的一种否定，变身在结构上的作用主要是促进情节的发展。因此，变身是以神话因素（或神秘力量）促进情节发展的主要动力之一。

在史诗中还有最常见的神话性因素的母题，那就是战马。可以毫不夸张地说，马的母题贯穿史诗的始终。马在史诗中是动物性、神性和人性三者的综合体。马在生活中是最重要的生产和交通工具，英雄出征前最重要的一件事是备马鞴鞍，这些描述极具生活性。战马还是战争中将士们最亲密的伙伴，马的神话性因素主要在征途和作战之中显现。征途开始后一般是英雄策马奔驰的情景，对骏马的描述令人叫绝："银合马奔驰时鼻孔呼出的热气／吹开草原上的花草／它把两条前腿／伸在一天路程之外／它把两条后腿／伸在一夜路程之外。"[①] 此处细节描写生动入微，夸张化描写言简意赅而又气势磅礴，把英雄急于完成任务的心情融于对马的描述中。英雄在征途中会遇到困难：自然环境的恶劣、妖魔鬼怪或强大的敌人。阿拉坦策吉等人的预言一般都会在史诗中应验。史诗中阻挡英雄前进的困难是路远、山高或海深。在这些困难面前，英雄的骏马往往扮演了重要的角色，帮助主人克服道道难关，甚至有时玩起追箭游戏，有时飞翔起来，有时下海遨游。马能说人语，和主人交流。马在途中发挥的作用，除直接帮主人度过眼前的难以逾越的困境外，对于叙述者来说可以推动故事情节的发展。在英雄与敌人作战时，战马的作用更加巨大。马能像神一样变形，出谋划策，能帮助主人战胜敌人，主人如果受伤还能不让主人坠马，将其送至安全地带。如果没有了对马的叙述，史诗《江格尔》会大大失色。因此，马是促进情节发展的神奇动力之一。对马的神奇性的叙述实质上是对自身能力延伸的幻想，马是人的双腿，英雄有了战马才能去征战。可见，马的神话因素促进了史诗情节的发展，也是对人自身有限能力的否定。

在《江格尔》的结盟型史诗和婚事型史诗中，神话性因素母题仍然是情

---

① 江格尔（汉文全译本 第二册）[M].黑勒，丁师浩，译.乌鲁木齐：新疆人民出版社，1993：635.

节发展的重要动力。洪古尔的婚礼的诗章中神话性因素更浓,梦中仙人指路,
其第二位未婚妻赞丹珠拉公主托梦洪古尔,后来又变身为天鹅救活洪古尔,
赞丹珠拉的贞洁是对第一位妻子淫荡的否定。在荷马史诗、印度史诗、波斯史
诗中,神话性因素也都是促进情节发展的主要动力。神话性因素具有一定的
结构作用以及很强的否定性,是对人自身能力的否定。可见,神话性因素是史
诗情节得以发展的重要动力。

汗宫再聚会是《江格尔》诗章独特的母题,与诗章开始的母题遥相呼应,
该母题是史诗中诗行最少的,似乎所有的征战最后都会以阿日本巴国胜利告
终。再聚会就是对战争的否定,即否定之否定的结局,虽然是肯定,但与开始
的肯定是有极大的不同了。否定之否定的聚会是又一次战争前的肯定,依次
循环,《江格尔》诗章就形成一个不断否定的叙述过程。

当一种平衡被否定性力量打破之后,随之会产生新的发展。口传史诗情
节发展动力就源于否定性力量,威胁来临就是对和平的否定,英雄变形、战马
等神奇性因素就是对人自身能力局限性的否定,这些否定性因素直接推动口
传史诗故事情节的发展。然而一个不可忽视的事实是,情节是对事件的因果
逻辑组织,因此情节发展的根本性原因在于叙述者对情节组织安排的观念。
叙述者讲述一个完整的故事,就必须对情节做出合乎阐释社群的伦理道德观
念的安排。

五、口传史诗叙述时间特点

时间问题一直是叙述学研究的核心问题。人们掌握时间的方式主要有
两种:一种是物理方式,观察日月星辰、四季等自然事物的变化,以及用钟表
测定时间;另一种是叙述。前者主要在日常生活常用,而后者在纪实型叙述和
虚构型叙述中常用。叙述就是一种时间的安排。在广义叙述学的基本分类中,
过去、过去现在、现在、类现在和未来 5 种时间向度是叙述分类的基本原则之
一。保罗·利科的名言称:"时间变为人类的时间,取决于时间通过叙述形式
表达的程度,只有叙述形式变成时间经验时,叙述才获得其全部意义。"[①]这也
就是说,叙述形式必须被时间化才能被人理解,因此,叙述就是人的时间经验

① 付飞雄.保罗·利科的叙述哲学[M].苏州:苏州大学出版社,2011:98.

具体化。叙述讲述的情节只有在过去、现在或未来时态中存在，没有脱离时间的叙述形式。赵毅衡重视对时间问题的研究："叙述在根本上是一种时间性表意活动。叙述也是人感觉时间，整理时间经验的基本方式，是人理解时间的手段，没有叙述，人无法感受时间。"[①] 叙述是在时间中的叙述，时间通过叙述被人感觉和理解，叙述与时间之间通过人产生密切联系，叙述是人感觉、整理和理解时间的方式手段。可见，时间问题是叙述学不可回避的问题，叙述就是在时间中展开的关于时间经验的安排。

（一）《江格尔》被叙述时间

叙述的时间关系非常复杂。赵毅衡认为叙述时间 NARRATIVE TIME 主要有 4 种范畴和 3 种形态：4 种范畴为被叙述时间 NARRATIVED TIME、叙述行为时间 NARRATION TIME、叙述文本内外时间间距 TEXTUAL-EXTRATEXTUAL TIME GAP、叙述意象时间 TEMPORAL INTENTIONALITY；3 种形态为：时刻 MOMENT；时段 DURATION；时向 DIRECTIONALITY。[②] "叙述是一种错综的时间意识网络：各种体裁的叙述行为，其出发点、过程、对象和接收，各有其时间特点，而且不同的叙述体裁，甚至每个叙述文本，都用迥异的关系网处理时间。"[③] 叙述是人类特有的能力，是一种积极的意识活动，是对发生的事件的表达，因此叙述实质上是一种"时间意识网络"，又因叙述类型和体裁不同，因而叙述时间也具有很大的不同。

口传史诗主要有 3 个发展阶段和 4 种文本类型：一是前文字阶段，口头文本；二是口头-文字并存时期，口头文本、录音文本和文字化文字；三是书面经典化阶段，书面化文本。口传史诗由于其发展时间长，文本形态多样化，有演示类叙述、记录类叙述和记录演示类叙述，所以叙述时间的范畴与其他文学体裁相比存在很大差异并且十分复杂。

在现场演述中，史诗艺人是故事的叙述者；其讲述内容为传统的故事，一般是英雄人物的故事；其讲述模式是纯叙述与人物摹仿相结合；其受众即接收者是现场的观众，具有现场性，而不是与小说一样的读者；其演述的程序是

① 赵毅衡. 广义叙述学 [M]. 成都：四川大学出版社，2013：145.

② 赵毅衡. 广义叙述学 [M]. 成都：四川大学出版社，2013：145.

③ 赵毅衡. 广义叙述学 [M]. 成都：四川大学出版社，2013：145.

先序诗然后诗章。因此,作为现场表演的口传史诗是一种演示类叙述,但也具有自己的特点,即其被叙述时间、叙述行为时间、接受时间三者之间并不完全重合。"演示叙述的最大特点,是其被叙述时段、叙述时段、接收时段三者重合"[①] 一次史诗的演述时间,即叙述行为时间,是由序诗与诗章这两者的演述时间构成。《江格尔》诗章演述前都会演唱序诗,这也是《江格尔》演述的规矩。被叙时间主要是情节时间,这应与诗章演述时间重合。叙述行为时间与被叙时间并不完全重合,接收时间与叙述行为时间重合。这就是现场演述时的叙述时间的一个特点。

现场演述的口传史诗被录音录像后,其叙述行为时间、被叙时间和接收时间并没有发生改变,其演示类叙述的本质特点没有改变。现场演述被录制并长期保存,这样录制文本可以随时播放,观众不用去现场就可以感受现场的气氛,还原了现场性。长期保存就取代了演示类叙述的现场性,具有了记录类叙述的特点。这样整个演示类叙述与记录类叙述在时间上具有了趋同性,高科技电子媒介弥补了演示类叙述的不足,并增强了演示类叙述的竞争力。目前演示类叙述成为一种很重要的叙述方式,阅读的人减少,看视频的人越来越多。

《江格尔》文字化文本主要源自录音文本和文字记录本。汉文全译本多数是根据录音整理的文本,保留了演述的现场特点,并没有因阅读需要而进行大的增删。这样《江格尔》文字文本具有演示类叙述和记录类叙述的特点,因此也被称为记录演示类叙述。

被叙述时间有时还被称为情节时间、故事时间、所指时间、底本时间等,由于情节、故事、所指、底本等概念在叙述学中具有一定的相对性,因而运用时很容易混淆。笔者认为被叙述时间可以简称为"被叙时间",被叙NARRATIVED 就是一个叙述学术语,主要是指叙述中的一组情境或事件,与叙述相对,被叙涉及事件的组织和安排。被叙时间就是事件被组织和安排后的时间,与现实生活中事件真实发生的经验时间不同。被叙述时间是上述三者中较难把握的和重要的时间范畴。一个原因是被叙时间构成情况极为复

---

① 赵毅衡. 广义叙述学 [M]. 成都:四川大学出版社,2013:162.

杂；另一个原因是被叙时间清晰度与体裁、风格和民族传统都有一定的关系。

被叙时间构成虽复杂，但还是可以被度量和标记的："叙述文本中，有三种被叙述时间标志：一是以篇幅衡量，文字长短对时间有相对的参照意义；二是以空缺衡量，在两个事件中的省略有时间值；三是以意义衡量，'三个月过去了'指明了时间间隔。这三者综合起来，才形成叙述的时间框架。"① 第一种标志是篇幅的大小，一般情况下，篇幅巨大的作品，字数多或诗行多，被叙时间就相对就长，但这种情况也不绝对。乔伊斯的《尤利西斯》就是一个反例。第二种标志就是空缺时间的长短，由于一个情节中的两个事件发生的时刻不同，因而中间有一定的省略或空缺，这个省略或空缺在计算被叙时间时应算在内。第三种是意义衡量，一般会有话语提示多长时间过去了，这也算在被叙时间之内。被叙时间由篇幅、空缺和意义三种时间因素综合在一起。

《江格尔》作为一个整体来看，其被叙时间难以计算，但单个诗章被叙时间是有一定研究价值的，可以用这三项衡量标志来研究。

汉文全译本《江格尔》在篇幅上主要以诗行来统计，行数最多的是《阿拉德尔江格尔可汗把阿尔泰召的狮头大印传给贺顺乌兰兄弟》，共计 4 771 行；行数最少的是《阿拉德尔江格尔与哈尔萨纳拉之初战》，只有 212 行，70 章平均诗行为 1 151 行。通过进一步比较发现，篇幅短小的诗章一般是情节结构较单一的史诗，篇幅较长的诗章一般是复合型结构。诗章的被叙时间主要就是英雄征战时间，但由于现场环境以及史诗艺人等原因，每个诗章的被叙述时间是不一样的，甚至同一史诗艺人演述同一个诗章，其被叙时间也不相同，这一点在《故事歌手》中已被证实。换言之，同一诗章其被叙时间不是固定的，而且很灵活。

空缺时间主要就是两个事件之间的时间，由于没有什么重要事件发生，所以被叙时间就相对少，甚至省略。在《江格尔》中，空缺时间主要是战胜对手后返回的路上的时间，这个时间在史诗中一般经常被省略。在《阿拉坦策吉台布与哈尔萨纳拉之战》诗章中，阿拉坦策吉征服哈尔萨纳拉之后，返程的时间叙述很简略："于是，江格尔汗率领大队人马，浩浩荡荡地启程赶路，不一

---

① 赵毅衡. 广义叙述学 [M]. 成都：四川大学出版社，2013：148.

日,回到金色的班布来宫。"①路程是与来的时候一样的,因此返回时也需要同样的时间,但返途中没有一些重要事件发生,所以史诗艺人就会一笔带过。回去后的重要事件就是汗宫聚会,庆祝胜利。

　　意义衡量的标志性词语在史诗中最为常见。史诗叙述中经常出现夸张性的时间数字,这也是《江格尔》史诗叙述时间的一个显著特点。《江格尔》诗章一般都在长时间聚会中开始和结束:"盛宴持续了八十个昼夜,酒会连续了七十个昼夜,歌舞延续了六十个昼夜。"②80 天、70 天、60 天这些夸张性的聚会时间成为诗章开始和结束的标志,起到了结构的作用。这么长时间的聚会只能在诗章中"诗性"地存在,这也证实了保罗·利科关于叙述与时间的观点:人类掌握时间的方式有诗性的叙述和物理测量,前者是感性的、易变的,后者是机械的、准确的。《阿拉坦策吉台布与哈尔萨纳拉之战》诗章中除开头和结尾外,在英雄征途中,夸张性时间也常常被提及,阿拉坦策吉征途中所涉及的时间词句有"一口气跑完五十天的路程""顿时跑完当年的路程""朝北跑了二十五天的路程""朝南跑了十五天的路程""朝北游了二十五天的路程""朝南游了十五天的路程""整整跑了七天七夜"等,虽然有些时间数字,但这些时间是模糊的,不是精确的,带有明显的夸张性。

　　被叙述时间除了以上三种标志外,还能够根据时素来判断。被叙述时间是"被叙述出来的文本内以各种符号标明的时间,并不是指事件'在现实中'发生的时间。"③文本内的时间符号,指的是可以标示叙述时间的特殊符号,该符号的主要作用就是标明叙述文本的时间值,换言之,被叙述时间就是被表述情境与事件的时间幅度。赵毅衡先生用时素 CHRONYM 这个概念来表示,并归纳出"明确时素""形象时素"和"伪时素"等种类。纪实型叙述的被叙述时间较明确,一般使用准确时间来叙述,即某年某月某日的方法,即"明确时素",如日记、历史、传记;虚构叙述的叙述时间一般较模糊,较常用"形象时

① 江格尔(汉文全译本 第一册)[M].黑勒,丁师浩,译.乌鲁木齐:新疆人民出版社,1993:329

② 江格尔(汉文全译本 第一册)[M].黑勒,丁师浩,译.乌鲁木齐:新疆人民出版社,1993:303.

③ 赵毅衡.广义叙述学[M].成都:四川大学出版社,2013:147.

素"来标示，"即特殊时代的打扮、衣着、建筑、谈吐、风俗、背景事件等"①。被叙述时间的形象时素对研究文本故事发生的时代具有重要的作用。"伪时素"也经常出现在由文字媒介转化为图像媒介的虚构叙述中，尤其表现在人物的穿着打扮依靠想象或推测来制定。因此，被叙述时间与时素有密切关系。

口传史诗的被叙述时间没有明确时素，这也导致口传史诗传统故事的发生时间的确定问题陷入困境。《江格尔》中只提到模糊的被叙述时间："在很久很久以前，佛宝弘扬的开始，众神崛起的年代，……"②可见，没有明确的故事发生时间，这也是传统故事的最常见的叙述手段。但"形象时素"在《江格尔》中能够发挥重要的时间标示作用。

《江格尔》作为一部文学作品，已经被从社会、历史、军事、政治、文化、哲学等多角度研究与关注。仁钦道尔吉在综合比较的基础上，根据《江格尔》的社会内容、历史人物、历史事件和部落名称等判定史诗描写的是封建割据时代四卫拉特与周围地区的多民族混战的历史，由此推断史诗《江格尔》初具长篇规模的时间是从早期四卫拉特联盟的建立到土尔扈特部西迁之前的200年间，长篇史诗是在小型史诗的基础上形成的。

"形象时素"是文学虚构作品的组成因素，是被叙述时间的标示。《江格尔》中的"形象时素"在穿着打扮、谈吐交流、风俗习惯等方面十分有特色。

《江格尔》中对于穿着打扮的状态描写并不是很多，但一些描述具有时代性、民族性：

> 若问这位美丽的公主，长的是什么模样？她举目往左边看去，你能数得清海里的鱼苗；她回眸往右边看去，你能数得清海里的小鱼。她的面颊比血还红，她的头上戴着白色羔皮帽，是额吉用巧手裁剪，是众大臣的妻子精心缝做。她那油黑的发辫，在红润的面颊衬映下闪着光彩，她那黑色的绸巾，在雪白的额头飘拂。她戴的银质耳坠，像羔驼粪一样大小，在脖子上熠熠生辉。③

侧面描写把江格尔妻子阿盖沙布德拉公主光彩照人的一面突显，这种比喻较为新奇，与"女人可以穿针引线，牧人可以牧马"的比喻效果相似；汉文

---

① 赵毅衡.广义叙述学[M].成都：四川大学出版社，2013：148.

② 江格尔（汉文全译本 第一册）[M].黑勒，丁师浩，译.乌鲁木齐：新疆人民出版社，1993：1.

③ 江格尔（汉文全译本 第一册）[M].黑勒，丁师浩，译.乌鲁木齐：新疆人民出版社，1993：9.

学常把女子的脸红喻为"面带桃花",但该文中比喻女子脸颊却"比血还红",突显红红的脸颊是当时人们的审美追求或女子健康的表征;公主的银质耳坠,在诗章中总是被比喻为"羔驼粪一样大小",从当时的草原民族的视角来看,牲畜粪便是十分具有使用价值的宝贝,在牧民的生活中发挥能很重要的作用。因此,这种穿着打扮的比喻就具有鲜明的时代性和民族性。

史诗中人物对话交流的诗行占有很大的比例,其对话内容和交流方式包含着时代性。在诗章《少年英雄乌兰洪古尔镇伏道荣阿的道格新哈日蟒古斯》中,15 个脑袋的蟒古斯问:"你是何处来的害人精,你打算去什么地方,掌管你脑袋的诺彦是谁,掌管你户籍的人又是谁,快快给我如实报来。"①这种盘问在史诗中常见,一般主要问主人、父母、家乡等信息。主人问题反映出当时社会制度是封建农奴制的特点,对父母的询问反映出家族观念。盘问中还带有一种霸气,未交手之前在语言上占上风,恐吓对手,使其害怕。洪古尔的回击也十分厉害:"……请你告诉我你从何处来,我看你的这副模样,很像一头吐沫的牦牛,很像一座发声的山岩,很像一颗老朽的枯树,很像一个被七人耻笑的莽汉,很像一个被八人讥笑的笨蛋。你的大名叫个什么,你的尊号又称作什么?"②洪古尔不仅回答了对方的问题,还以一连串的比喻,贬损甚至辱骂对方。这种话语交锋在史诗中常见,在语言气势上先打败对手,话语之战有时是真正战斗的先兆,有时话语之战就能恐吓住敌人,而不用发生流血冲突了。所以,对话中的贬损、辱骂、恐吓对方是当时经常被使用的战斗手段。这些对话使用的社会背景无疑与封建部落割据混战的真实历史环境密切相关。

现有的很多习俗都源自古代,表现在文化各方面中。习俗具有很强的稳定性、民族性、地域性,但也具有一定的时代性。在建筑江格尔汗宫时,阿拉坦策吉不让宫顶与天齐高,认为这样会对圣主不吉利;英雄在杀死敌人前会逼其说三句怨言;杀死蟒古斯后一般要将其焚尸灭迹,将灵魂寄托在动物体内的蟒古斯往往就是萨满形象的代表,这与萨满教衰落的社会大背景有一定

---

① 江格尔(汉文全译本 第四册)[M].黑勒,丁师浩,译.乌鲁木齐:新疆人民出版社,1999:1851.

② 江格尔(汉文全译本 第四册)[M].黑勒,丁师浩,译.乌鲁木齐:新疆人民出版社,1999:1852.

关系。这些习俗都具有一定的时代性。因此，蒙古族《江格尔》的被叙时间与民族文化的时间标记习惯有一定的关系。

（二）《江格尔》演述时间

《江格尔》的演述时间就是指讲述或演唱一个《江格尔》诗章所占用时间，经常被称为叙述时间、讲述时间、叙述行为时间、述本时间等，与上文所述的被叙述时间相对，是处在两个空间世界中的时间概念。口传史诗的演述时间是经验世界的时间，而被叙时间则涉及故事世界的时间。

加·巴图那生在《〈江格尔〉在和布克赛尔流传情况调查》记载：1930年末，六苏木旗的鲁布松·普日拜之女出嫁时，财主巴地嘎尔在乌兰哈德冬牧场上为姑娘举行送行宴会，邀请当地江格尔奇霍吉郭尔说唱《江格尔》，说的是洪古尔娶亲的章节，说了一个多小时，嘴角吐了白沫，人们给他喝了两碗酒后，声音变高。半夜吃过肉、饭后，青年们想唱歌。老人不让，认为说不完《江格尔》不规矩。一直唱到天发白，才唱完。[①]江格尔奇霍吉郭尔演述洪古尔娶亲故事的时间是几乎就是一夜的时间，这个时间与洪古尔娶亲故事的时间是完全不同的。可见，口传史诗演述时间一般就是叙述一个诗章的时间。《江格尔》各诗章之间没有情节的关联性，所以讲述时间基本就以一个诗章为准，在演述诗章前，史诗艺人要先演述序诗。演述序诗时间与演述诗章时间就是一次完整的演述时间。有时在正月里或喜庆的节日里江格尔奇会演唱数日，演唱多个诗章。然而，由于各种原因在上个世纪末本世纪初《江格尔》活态传承就出现危机，目前随着众多史诗艺人的离世，很多诗章已失传。

当今口传史诗《江格尔》的文字文本大多数是由史诗艺人现场演唱的录音记录整理而成，因而兼具记录类叙述和演示类叙述的特点，这类叙述在《广义叙述学》中被称为记录演示类叙述。这种特殊叙述形式的出现主要是因为电子数字科技发展带来的结果，这些高新科技的录播存储功能极大地改变了演示类叙述的现场性，即现场被复制和后移，从而具有记录类叙述的特质，即长期被保存。因此，以口传史诗为代表的记录演示类叙述在叙述时间上具有独特性。

---

① 中国民间文艺家协会新疆维吾尔自治区分会.《江格尔》论文集 [C]. 乌鲁木齐：新疆人民出版社，1988：58.

第一，记录演示类叙述的叙述行为时间主要就是演述时间，演述时间由纯叙述时间和摹仿叙述时间组合而成。纯叙述时间就是史诗艺人以自己的口吻来叙述故事的时间；摹仿时间是史诗艺人以人物口吻进行叙述所用的时间。摹仿时间与叙述行为时间等值，因为摹仿人物说话的时间与经验世界中人物的说话是一样的。在口传史诗由史诗艺人演述时，演述时间可以用时间单位来表示，如天、夜、小时、分；但被整理为文字文本后，就很难用时间单位来测量，而是转变为诗行的篇幅。"小说、新闻、报告等文字媒介叙述，实际上是空间展开的，根本没有叙述行为时间可言。"① 因此，考察口传史诗的文字文本的叙述时间要以篇幅行数来代替，但叙述时间与被叙时间在纯叙述中没有直接的时间关联，一段话可以叙述几万年的事情。汉文全译本《江格尔》中纯叙述诗行平均约占 66%，摹仿叙述约占 34%。该数据说明《江格尔》是以史诗艺人纯叙述为主要表达方式。这种演述类型在荷马之前应该是主流，亚里士多德指责了除荷马外的其他史诗诗人："荷马是值得赞扬的，理由很多。特别应该指出的是，在史诗诗人中，惟有他才意识到诗人应该怎么做。诗人应该尽量少以自己的身份讲话，因为这不是摹仿者的作为。其他史诗诗人始终以自己的身份表演，只是摹仿个别的人，而且次数很有限。但荷马的做法是，先用不多的诗行做引子，然后马上以一个男人、一个女人或一个其他角色的身份表演。人物无一不具性格，所有的人物都有性格。"② 亚里士多德站在戏剧立场来评价当时史诗，认为只有荷马史诗才符合这个高标准。笔者对荷马史诗汉译本中纯叙述和摹仿人物做了统计，分别如下：《伊利亚特》的人物摹仿占 46%③，《奥德赛》人物摹仿占 69%④，两部史诗平均人物摹仿占 55%。从该数据可以看出，人物摹仿占一半篇幅以上，这是荷马史诗赢得亚里士多德赞扬的最主要原因。亚里士多德的摹仿论是这一评价的基础，他认为史诗、悲剧、喜剧等都是摹仿。史诗艺人无疑是个摹仿者，站在摹仿者的角色进行摹仿

① 赵毅衡. 广义叙述学 [M]. 成都：四川大学出版社，2013：152.
② ［古希腊］亚里士多德. 诗学 [M]. 陈中梅，译. 北京：商务印书馆，1996：169.
③ 此数据依据［古希腊］荷马. 伊利亚特 [M]. 罗念生，王焕生，译. 北京：人民文学出版社：1994.
④ 此数据依据［古希腊］荷马. 奥德赛 [M]. 王焕生，译. 北京：人民文学出版社，1997.

才是诗人最重要的事情,才能将人物性格突显出来。如果只从史诗诗人身份进行叙述,就很难表现人物的各自性格,这就是亚里士多德认为戏剧优于史诗的一个重要原因。亚里士多德的戏剧化史诗观对希腊、西方乃至世界史诗创作研究都带来深刻影响。《诗学》对悲剧进行了充分研究和肯定,确立荷马史诗为史诗典范,这一点在第一章已经详述。但对其他希腊史诗来说更是一场灾难,无疑,我们可以推论以史诗艺人身份来表演史诗是更传统的史诗手法,希腊史诗在亚里士多德时代开始戏剧化转向。《江格尔》中摹仿人物的对话比远远小于荷马史诗,因此,《江格尔》演述是活态口传史诗类型。

第二,记录演示叙述的摹仿叙述时间比例介于戏剧和历史之间,并与经验叙述时间等值。广义叙述学认为:"演示叙述的最大特点,是其被叙述时段、叙述时段、接收时段三者的重合。"① 也就是说,戏剧作为演示类叙述的代表性体裁,其被叙述时段、叙述时段和接收时段重合。戏剧主要是通过摹仿人物的话语来进行叙述,即"摹仿叙述"。因此,摹仿时间也就是叙述行为时间,这样被叙时间与叙述行为时间等同,这两者与观众的接收时间也是等同的。戏剧以演员摹仿人物说话为主,相当于口传史诗演述中史诗艺人摹仿人物说话部分,摹仿人物说话与经验世界中人物的说话时间是等值的。但在经典叙事学中,戏剧不在叙事学研究的范畴,主要原因是在时向上戏剧属于现在时态,而叙述则必须是过去时态;在再现模式上戏剧主要是摹仿,而叙述是与之相对的另一种方式。但广义叙述学将戏剧列为演示类叙述的重要体裁,在于将表演作为一种重要的叙述方式,叙述是人掌握时间的方式之一。叙述中摹仿人物说话时间的比例越大就越接近戏剧,当叙述时间完全都是摹仿时间,这种叙述体裁就是戏剧,同时虚构性就越强;叙述中纯叙述时间越多,体裁就越接近历史,真实性增强。荷马史诗的平均摹仿比例达到 55% 以上,《江格尔》的摹仿比例为 36% 多。因此,从摹仿时间比例分析,史诗介于戏剧和历史之间,荷马史诗更接近戏剧,虚构性强;《江格尔》更接近历史,更具有真实性和历史感。

第三,记录演示类叙述仍具有现场性,叙述时长没有改变,叙述时刻具有灵活性。现场表演结束后现场性随之结束,但现场性正在被电子媒介高科技

---

① 赵毅衡.广义叙述学[M].成都:四川大学出版社,2013:162.

所改变。录音录像设备把整个演述过程录制存储下来,在需要的时候可以随时播放,即叙述时刻具有灵活性,播放时表演的现场性重现,叙述时长没有变化;观众却依然认为正在发生,有种"此刻在场"感觉。因此演示类叙述的整个现场被无限后移,这样演示类叙述就具有了记录类叙述特征,变成记录演示类叙述,即叙述可以长期保存,并让此后的接收者反复读取。录音录像等高科技使演示叙述的现场性发生改变,但并没有改变戏剧演示类叙述的本质,只是复制和后移了戏剧表演现场,像文字一样适宜被长期保存,并被观众随时欣赏。

口传史诗是古老的传统叙述艺术。史诗艺人面对受众现场讲述过去发生的故事,史诗艺人既是叙述者又是演员;演述地点可能是在宫廷、权贵之家或简陋的百姓活动场所;演述的道具一般只有一件伴唱的乐器;方式有说、唱或二者结合;因而口传史诗是一种古老的现场表演的叙述艺术,具有演示叙述的特点。但其与演示类叙述代表性体裁戏剧又有很大的不同。

首先,史诗演述模式是叙述和摹仿的结合,戏剧只有摹仿模式。那么口传史诗的叙述行为时段就包括两部分,纯叙述时段和摹仿说话时段。纯叙述时段与被叙时段一般难以对应,纯叙述时段可以加速也可以放缓被叙述时段。《江格尔》中经常出现夸张性时间词语来加速讲述英雄的漫漫征途。其次,当口传史诗作为一种现场表演的艺术时,其叙述时间特点为叙述行为时间、被叙述时间、接收时间三项并不完全重合。被叙时间除了情节时间外还有序诗的时间,序诗与整个诗章并没有直接的情节联系,诗章开始前说唱序诗是《江格尔》一种特殊的演述习惯。最后,史诗由一个史诗艺人来表演,叙述行为时间呈直线型,由叙述时间和摹仿时间组成;戏剧一般最少有三个演员,他们的表演时间主要就是摹仿人物说话时间,被叙时间与叙述行为时间同步。因此,口传史诗作为演示类叙述,在叙述行为时间上与戏剧有明显不同。

口传史诗被录音后形成了录音文本,也就具有了记录演示类叙述的叙述时间特征。第一,史诗艺人在被录音时可能会受到一些影响,但录音文本对口传史诗的演示叙述本质并没有改变。第二,录音文本最大的优势在于复制和存储了演述现场,当时不在场的观众在其他时间可以收听。第三,叙述行为时间、被叙时间和接收时间的时长没有发生变化,只是接收时间的时刻发生了改变。接收时间的时刻由原来的现场演述时刻改变为观众的需要时刻。

（三）《江格尔》录音文字本叙述时间特点

口传史诗的文字记录本产生时间较早。印度史诗、荷马史诗都是较早就被文字记录并进入书面传承的。文字是对口传史诗的第一次大冲击，口传史诗从此有了口头文本和文字文本；录音技术被使用后，录音文字本比文字记录文本更具有现场叙述的特征，时间上更倾向于演示类叙述。《江格尔》文字文本主要源于录音整理和文字记录，汉文全译本《江格尔》绝大部分诗章是根据现场录音整理而成的。与作为演示类叙述和记录类叙述的《江格尔》相比，录音文本在叙述时间上具有一定特点。

首先，录音文字本的叙述行为时间不可测量，只能以诗行篇幅来衡量。现场演述及其录音的叙述行为时间都可以用天、夜、上午、下午等传统时间计算法来粗略统计，也可用现代的时、分、秒等物理时间来精确测量，但在录音整理的文字文本中，史诗艺人已不在场，即其音容笑貌在文字中不可见，唯其有声话语被转化为文字，只在最后标记该诗章是谁演唱（或记录）和整理。这样就由以声音等非特造符号为媒介的演示类叙述转变为以文字等人造符号为媒介的记录类叙述。

整理者如能把史诗艺人的话语原封不动地转变为文字的话，那么这个文字文本就能很好地保留口传史诗的口头叙述特征，能为口传史诗研究提供可靠的第一手资料。口传史诗从声音媒介变为文字媒介后，一个大变化就是叙述行为时间变得不可以物理时间来测量，而只能以文字的篇幅来衡量。史诗是长篇叙事诗，这是目前被人们普遍接受的概念。因而，这就给一些史诗研究者提供了以篇幅大小论史诗的理论基础。持有该论调的学者爱德华·海默斯认为口头史诗应普遍超过 200～300 诗行，这个数量的标准确实不高，但芬兰著名史诗专家劳里·杭柯 ① 主张史诗应普遍超过 1 000 诗行，这才是史诗最低标准，并将史诗称为"超级故事"。于是，篇幅就成了判断史诗的重要标准，史诗一般都以宏大篇幅为重要标志。西方学者对史诗诗行篇幅的要求实际上是受荷马史诗影响的结果。荷马史诗在《诗学》中被确立为史诗的典范后，荷

---

① 朝戈金.多长算是长：论史诗的长度问题［J］.中央民族大学学报（哲社版），2015（5）：131.

马史诗的诗行篇幅也就成为史诗篇幅的标准。诗行汉译本《伊利亚特》共有15 693行，《奥德赛》共有12 110行。后世文人仿制史诗也都追求宏大篇幅，维吉尔创作的文人史诗《埃涅阿斯纪》、但丁的《神曲》、弥尔顿的《失乐园》等都是长篇巨制；随着中世纪一些英雄史诗的出现，诗行篇幅明显少于荷马史诗，但也都是几千诗行。鉴于荷马史诗以及西方中世纪史诗的影响，劳里·杭柯的千行标准也算过高。寰宇世界史诗，从诗行篇幅来判断史诗的体裁，或认为史诗是长篇叙事诗的观点就显得狭隘。史诗不宜以诗行和篇幅为衡量。朝戈金先生在《多长算是长：论史诗的长度问题》一文中认为诗行篇幅并不是确定史诗的标准，口头叙事艺术的精髓和规律，在于其"演述中创编"的性质。① 诗行并不是判定口传史诗优劣的标准，口传史诗文字文本是史诗艺人一次演述的记录，并不是该史诗的唯一版本，口头叙事还是取决于演述过程史诗艺人现场创编的能力水平。

　　从广义叙述学的观点来看，史诗由演示类叙述逐渐演变为记录类叙述和记录演示类叙述，叙述行为时间以诗行篇幅来衡量，这就导致上文所述的以诗行篇幅衡量史诗体裁的做法。这实际上就是以叙述行为时间来评价史诗，叙述行为时间越长，史诗价值就越大。这明显是一个悖论。史诗演述时间受到史诗艺人、演述语境及修辞策略等影响较大，具有很强的主观性。史诗演述时间就是叙述行为时间，演述时间越长，诗行肯定就会越多，但这与史诗的真正价值和意义并无直接关系。史诗并不是越长就越好，二者并不是正比例关系。亚里士多德早在《诗学》就规定过史诗的长度："关于长度，上文所提的标准是适用的，即应以可被从头至尾一览无遗为限。若符合这一要求，作品的结构就应比早先的史诗短，以约等于一次看完的几部悲剧的长度的总和为宜。"② 陈中梅解释"约等于一次看完几部悲剧的长度的总和"的时间约是"一天"。因此，演述时间的长短并不是史诗内容或价值的直接因素，演述时间与受众以及其审美快感有一定关系。

　　汉文全译本《江格尔》70章共有80 572行，从总长度看远远超过荷马史

① 朝戈金. 多长算是长：论史诗的长度问题 [J]. 中央民族大学学报（哲社版），2015（5）：135.
② ［古希腊］亚里士多德. 诗学 [M]. 陈中梅，译. 北京：商务印书馆，1996：169.

诗，但由于其各诗章不形成一个整一情节结构，所以应以各诗章的行数篇幅来衡量《江格尔》的演述时间。诗章最长 4 771 行，最少为 212 行，平均诗行在 1 150 行左右。仁钦道尔吉认为《江格尔》是并列复合型史诗，其中就包括单一情节史诗和串联复合情节史诗，后者是由两个或两个以上前者串联而成，单一情节史诗主要包括征战史诗或娶亲史诗，小型史诗主要就是单一情节史诗，这些是更古老的史诗；《江格尔》是在小型史诗的基础上发展而成。可见，小型史诗是大中型史诗形成的基础。诗章行数仅能反映叙述行为时间的多少，但史诗诗行的多少并不是史诗质量的标准。口传史诗一般篇幅会偏小，难怪海默斯将 200～300 行定位口传史诗标准。从中国三大史诗诗章行数来看，用诗行篇幅的多少来确定史诗的理论是不可靠的，将史诗定义为长篇叙事诗也值得商榷。长篇、中篇、短篇是针对小说的字数而言的。但长篇用来限制史诗就显得不合适，同一诗章同一史诗艺人，可根据情况将史诗加长或缩短，都是很容易实现的。因此，口传史诗不应以诗行篇幅来确定其价值。

其次，被叙时间在叙述媒介转变后没有发生变化。换言之，录音整理文字本中被叙时间与演述叙述的被叙时间相同。在本章第一问题中已经详述了被叙时间的测量和标记的方式方法。在以戏剧为代表的演示类叙述中，被叙时段、叙述行为时段和接收时段三者重合。但由于史诗演述本身所具有的特性，史诗中三者不完全重合。史诗并不与戏剧一样是纯粹的摹仿叙述，而属于纯叙述与人物摹仿的结合。当口传史诗由演示类叙述转变为录音整理文字文本后，叙述者消失，即史诗艺人不再出现在文本中。文字文本并不能直接反映史诗艺人演述该诗章所用的时间，即叙述行为时间，文字文本呈现给读者的是文字篇幅，即史诗的行数，篇幅越大，叙述行为时间就越长。叙述行为时间变身为诗行篇幅，但被叙时间没有改变。

在录音整理文字文本中，被叙时间与篇幅没有必然的关系。被叙时间是口传史诗中最具有稳定性的时间因素，这主要因为口传史诗中故事是流传下来的，情节结构较为稳定。口传史诗被叙时间就是史诗情节从开始到结束，而不是这个故事在经验世界发生的时间。《江格尔》是没有整一情节结构的史诗集群，被叙时间只能是各个诗章的被叙时间，诗章被叙时间是从情节开始到结束，情节基本就是一次征战故事。被叙时间是情节时间，不管史诗艺人用长时间还是短时间完成诗章中故事,其情节时间是不变化的。朝戈金先生将印度的史诗歌手古帕拉·奈卡称为"压缩大师",原因是他能将自己曾演唱15 小时 7 000 多行的同一部史诗用 27 分钟唱完。[①]另一个没有被提及名字的歌手用 3 个小时演述整部《格萨尔》,而同样故事内容被另一位歌手演述了 16 小时。[②]看来,"压缩大师"压缩的是叙述行为时间,如果转成文字文本就是篇幅,但没有改变被叙时间。因为压缩的一个基本条件就是情节故事的完整。因此,口传史诗的被叙时间没有被压缩,被压缩的是情节细节和修辞言语。

第三,诗行篇幅直接影响接收时间。演示叙述的叙述行为时间变为用文字文本的诗行篇幅来衡量后,受众的接收时间受到较大影响。叙述行为时间与受众接收时间成正比;诗行篇幅与阅读时间也成正比。在史诗作为演示类叙述中,受众接收时间是被动的,即只能在演述时段内才能接收,演述结束,接收也随着结束。但在录音整理文本中,受众接收时间得到"解放",可以在现场时间外来欣赏,接收时间的时长还是由叙述行为时间来决定。在录音整理文字文本中,受众接收时间变得更加自由,不再受叙述行为时间决定,而是由读者根据自己的阅读目的进行时间安排。因此,从受众接收时间角度来看,演示类叙述中受众接收时间最受限制,在记录类叙述中,接收时间最为自由。

电子媒介兴起后,演示类叙述的在场性被大大改变,演示叙述被录制存储并形成新的叙述类型——记录演示类叙述;以电子媒介为基础又产生出新的综合性艺术类型——电影、电视等。口传史诗在新兴的电子媒介变革中又一次受到重大影响。无疑,文字造成了对口传史诗或口头文学的第一次重大影响。《江格尔》已经经历了声音媒介、文字媒介、电子媒介三个重要阶段,现正在被拍摄成电影、电视。相比于口头存在、录音存在、文字存在状态,口传史诗的电影电视存在正在变为现实。由此可见,从非人造的媒介都到人造媒介,口传史诗的故事一直在媒介化,声音化、文字化、数字化是口传史诗三种主要经历的变化,不仅是口传史诗,甚至推广至口头文学,都经历了这种媒介

①　朝戈金.多长算是长:论史诗的长度问题 [J].中央民族大学学报(哲社版),2015(5):135.

②　朝戈金.多长算是长:论史诗的长度问题 [J].中央民族大学学报(哲社版),2015(5):135.

化的变迁。媒介改变的是史诗故事的外在形式,而史诗故事原型本身没有质变,这就是世界范围内很多故事具有相似性的一个重要原因。故事在一定范围内会发生变异,并产生异文,这也是民间口头文学的最普遍的现象。史诗故事变异是十分复杂的问题,具体表现为在人物名称的变换或细节的增减等方面,但最为稳定的因素就是情节结构。因此,被叙时间一般就不会发生大的变化,即故事原型没有改变。

　　总之,口传史诗是最古老的叙述艺术,在经过文字、电子数字等媒介的影响后,其叙述时间问题变得复杂多变。本节通过对口传史诗《江格尔》三种存在状态的叙述时间分析,认为口传史诗在不同存在状态中,其叙述类型也在发生变化。在广义叙述学的叙述分类基础上,其叙述时间关系随着叙述类型的变化而改变。在作为演示类叙述时,以声音为主要媒介,诗章演述时间[①]、被叙时间和接收时间三者重合,现场性突出;当现场演述被录音保存后,其叙述类型转变为记录演示类叙述,此时以声音为唯一媒介,诗章演述时间、被叙时间和接收时长依然重合。作为记录演示类叙述时,其受众的接收时刻后移,不再受现场性——"此刻在场"限制,变成"彼刻在场";当作为录音整理文字文本时,被叙时间没有发生变化,叙述行为时间不能用物理时间来测量,只能由诗行篇幅来体现,接收时段和接收时长都不再受现场性的限制,具有更大的时间自由。

---

① 史诗艺人的演述时间由序诗演述时间和诗章演述时间两部分组成,江格尔奇演述诗章前都要演述序诗。

第七章

口传史诗空间叙事

任何事件都发生在一定时空范围之内,叙述也离不开时空因素。叙述一直被认为是时间艺术,对叙述时间的研究就成为叙事学的重点内容,由于空间因素相对静止,对空间叙事研究重视不够。在口传史诗叙述研究中对空间叙事问题的研究更显不足。叙事学空间转向后,空间因素正在被越来越多的学者关注,空间叙事学兴起,并成为广义叙述学的一个重要分支。空间叙事涉及文本空间世界的特征问题,口传史诗的文本空间世界是一个由虚构世界、实在世界、可能世界和不可能世界构成的混合体,虚构性明显。学界目前对史诗与虚构世界关系问题的探究较少,可能世界理论为探讨二者关系问题提供了新的理论和方法,本章运用该理论来研究口传史诗的空间世界构成和空间叙事特征。

一、文本空间世界

在西方诗学传统中,对艺术与现实世界的关系探讨一直是研究的中心问题。模仿论较早探讨了艺术与现实世界的关系,认为艺术是对现实事物的模仿;反映论(或再现论)认为艺术反映或再现的是现实,关注现实的典型性,而不是表象。模仿论和反映论都认为艺术源于现实,在研究中着力于对真实世界的揭示,但并未关注艺术与虚构世界之关系。表现论认为艺术表现的是艺术家的心灵世界,更多关注艺术家情感世界而非现实世界;形式论认为艺术的内在形式结构才是最重要的,与外在社会、作者、世界等因素无关,只关注作品自身形式。表现论、形式论是晚近兴起的批评理论,虽然表现出独特的研究视角，但仍未关注艺术与虚构世界的关系。可见，文学作品与现实世界的关系是文学研究的重点，而对文学与虚构世界之间的关系研究还很不足。

然而我们不得不面对的一个事实是许多文学作品是由多个世界构成的混合体。口传史诗就是如此。口传史诗的文本世界是史诗艺人描述出来的想象世界，史诗艺人讲述传统的英雄故事既具有实在世界空间特点，又具有强烈的虚幻空间色彩，因此口传史诗的文本是现实世界、虚构世界、可能世界和不可能世界的综合体。这4种世界之间并不完全是对立或孤立存在的，而是包含重叠成分，是十分复杂的混合体。

广义叙述学可能世界理论认为世界分为可能世界和不可能世界。现实世界和虚构世界都是可能世界的一种类型，不可能世界只是逻辑的不可能世界。可能世界理论为解决文学与虚构世界之间的关系提供了理论支撑。

（一）可能世界理论

可能世界理论的发展与宗教哲学、逻辑学、量子力学有密切关系。可能世界理论发端于17世纪宗教哲学领域，20世纪被运用到文艺学的研究中，拟解决文学作品虚构问题。17世纪德意志哲学家莱布尼茨首创了可能世界理论。他认为现实世界是上帝为人类所选的可能世界中最好的一种，一个可能世界就是或可替代实在世界的任何世界，但实际上没有替代。从其观点可见，可能世界是没有发生的世界，而发生的只有现实世界。现实世界是可能世界中的一种。种种可能世界环绕在现实世界的周围，随时有变成现实世界的可能。莱布尼茨为上帝辩护是可能世界理论的出发点，上帝至善，所以会给人类最好的可能世界。虽然莱布尼茨站在唯心主义立场，其宗旨是为阐释宗教，但给后人留下了可能世界理论的遗产，这为解决哲学、逻辑、文学中虚构世界问题提供了参考。可能世界理论在20世纪的哲学、逻辑学范围被重新讨论，并且被引用到文学艺术研究领域。布赖德雷史诗艺人和施瓦尔茨在哲学和逻辑学范围内讨论了可能世界类型，以现实世界为基础将可能世界分为非现实但可能世界和非现实又非可能世界。现实世界都是一样，非现实但可能世界就是可以变为现实的可能世界，非现实又非可能世界是在逻辑上不可能的世界。后两者实际就是虚构世界。他们的另一个贡献就是比较了可能世界与现实世界的基本差异：可能世界可以包含与现实世界同样的个体，但在属性上不同；可能世界包含某些现实世界里不存在的个体；可能世界缺少某些现实世界里存在的个体。① 因此，从可能世界与现实世界之间关系可以看出，某些个体因素具有"跨世界同一性""即某个因素即属于此世界，亦属于彼世界"②。

20世纪中叶，可能世界理论在英国复兴，以戴维·刘易斯和索尔·克里普克为代表。刘易斯认为事情本可能是同它们现在不同的样子，本可能够以无数的方式成为不同的样子，事情本可能的样子就是可能世界。"可能世界既真实存在又相互隔绝，因此一个个体就不能存在于两个不同世界中。存在于一个世界里的个体可以在其他世界里有它的对应物。"③ 可见，刘易斯的对应理论主要讨论了可能世界的思维基础，即跨世界同一性问题。可能世界的个体与实在世界中的个体存在对应关系。索尔·克里普克形象地诠释到："可能世界是被规定的，而不是被高倍望远镜发现的。"④ 换言之，可能世界不是真正的客观存在，不是凭借视觉可观察到的，但可能世界是可以被想象的，可以用语言文字描述的。因此，可能世界与虚构世界有相通之处，二者都是主观想象的世界。

可能世界理论被引用到文学研究领域，为文学虚构性研究提供了有价值的参考。与可能世界相对的是不可能世界，不可能世界只能是逻辑之不可能，也只能存在于虚构世界中。因此，可能世界、不可能世界都包含在虚构世界中，这样对文学虚构作品的分析就能进一步深入和具体。目前该理论在文学艺术的运用上虽然取得一定成果，但基本还处于摸索阶段，而且还有一些空白领域，比如口传史诗空间叙事问题，本节运用可能世界理论对该问题进行探讨。

可能世界理论也直接促进了叙事学理论的发展。20世纪兴起的量子理论为可能世界叙事学发展提供更有力的支撑。泰格马克和惠勒的量子分析框架理论将世界分为3个亚系统，即主体、客体和环境。这为可能世界叙事学的

① 张新军. 可能世界叙事学 [M]. 苏州：苏州大学出版社，2011：24.
② 赵毅衡. 广义叙述学 [M]. 成都：四川大学出版社，2013：187.
③ 张新军. 可能世界叙事学 [M]. 苏州：苏州大学出版社，2011：24.
④ ［美］索尔·克里普克. 命名与必然性 [M]. 梅文，译. 上海：上海译文出版社，2005：25.

研究提供了参考模式：将主体保留，把客体改造为虚构世界（可能世界），把环境改造为现实世界。这样主体、虚构世界和现实世界就构筑成可能世界叙事学的研究框架。

（二）口传史诗文本世界构成

口传史诗空间叙事特征与口传史诗的文本空间世界构成有密切关系。文本都在一定的时空范围展开，文本的时间与叙事关系一直是经典叙事学研究重镇，而对空间因素与叙事的关注是近些年才兴起的。文本的空间世界实质上是心理建构的世界，属于精神领域，即通常所说的虚构世界。该世界的构成极为复杂，由实在世界（现实世界）、虚构世界、可能世界和不可能世界等多种世界混合在一起而构成奇特的空间世界。口传史诗的文本世界就具有混合性特点。

实在世界与虚构世界之间的关系看似是一种平等对立的关系，但从马克思主义文艺理论来看，二者实质上是决定与被决定的关系：实在世界决定虚构世界，虚构世界反映实在世界。第一个"实在世界"是我们人类生活其中的真正世界，虚构世界是人类特有的精神现象，当然被包含于实在世界之中，这是物质决定精神的具体范畴；第二个"实在世界"是对第一个实在世界的符号再现，存在于人类的话语和想象中，是虚构世界的组成部分。因此，实在世界有两层内涵，一是作为物质存在的实在世界，真实的时空世界，也就是莱布尼茨所说的上帝为人类选择的世界；二是作为符号的实在世界，是存在实在世界的反映。广义叙述学将实在世界分成存在实在世界和符号实在世界，并总结了两个实在世界的特征，即唯一性和细节饱满是存在实在世界的特征。符号实在世界又被称为文本实在世界或媒介化世界，该世界是对存在实在世界的反映，就不具有存在实在世界的两个特性，因为二者具有本质上的区别。存在实在世界的唯一性根源于这个实在世界发展的偶然性，人类的进化、现存生物世界等都与偶然性的事件有必然的关系，存在实在世界的唯一性是不可改变的。关于实在世界的叙述就是纪实性叙述，如历史、日记、新闻。而符号实在世界是对存在实在世界的一种符号化、媒介化或文本化，不再具有存在的唯一性，而具有符号的再现性。根据符号学原理，任何符号的再现都是片面的，不完整的。因此，符号实在世界细节饱满度无法与存在实在世界相

比,即使自然主义、现实主义的长篇描述也根本不可能达到存在实在世界的
程度。存在实在世界是哲学、逻辑学主要讨论的范畴,而符号实在世界是诗学
研究的范畴。因此,存在实在世界与符号实在世界具有本质性区别,弄清二者
关系对研究文本世界的构成具有指导意义。由此可知,口传史诗文本世界是
实在世界一种,即符号实在世界。

　　口传史诗文本中的实在世界是符号世界,其本质是对实在世界的反映,
即史诗艺人用语言符号媒介化的实在世界。口传史诗中主要的空间世界是
实在世界,英雄人物完成征战任务的行动都是在具体实在世界空间进行的。
史诗《江格尔》主要以英雄相聚的班布来宫为空间中心来展开征战活动的叙
述。英雄征战的具体空间一般为汗宫、征途、目标地、返途、汗宫。江格尔手下
英雄出征几乎都是这种空间模式,其空间世界主要就是由汗宫、征(返)途和
目标地(敌营)三个具体空间意象构成。这三个空间都具有实在世界的特点。
"金殿就盖在阿尔泰的西麓,希和尔山的半山腰,额尔敦岭的南坡上,查干山
坡五百棵赞丹树荫下,本巴大海的入口处,乌日根、沙尔图两条河的岸边。"①
史诗艺人在叙述汉宫位置时常常用有名字的山、河(海)与沙漠等自然意象来
定位,要表达具体位置常用两条河流的交叉处、某海的入口处和某山坡的赞
丹树下等多个自然意象的组合,这充分表现出游牧民族记忆空间的方法和习
惯。具体位置的表达方式能够体现一个民族的文化习俗,史诗中一些地名至
今还与现实世界中名字还保持一致,如阿尔泰山。英雄出征一般以日出、日落
来判断方向,以骑马多少时日来计算离开家乡的距离,沿途中经常遇到高山、
大海或荒漠,这些都是北方游牧民族现实生活中的客观自然意象。从对敌营
描述来看,敌营也是具有存在实在世界的特点,主要有两类:一种是跟江格尔
汗宫一样的宫殿;一种是有高大城墙的敌营。通过对敌营的分类能为江格尔
的征战对象作出分析:与前者的战争可能是草原部落之间甚至是民族部落之
间的战争;与后者的战争可能就是与相对较远的过定居生活的民族的战争。
口传史诗的叙述主要就是围绕这三个空间世界展开,因此,实在世界是口传
史诗《江格尔》最主要的空间世界。

---

① 江格尔(汉文全译本 第一册)[M].黑勒,丁师浩,译.乌鲁木齐:新疆人民出版社,
　 1993:128.

　　虚构世界与可能世界、不可能世界的关系在学界难以达成一致意见，分歧主要在于虚构世界是可能世界还是不可能世界。持前者态度的是亚里士多德思想的继承者，即认为诗描述可能发生的事情，而历史描述偶然发生事情，可能发生的事情并不是已经发生的事情，因而虚构世界是可能世界；持后一种态度者认为虚构的世界永远不可能实在化，因而虚构世界就是不可能世界。广义叙述学提出第三种观点，即虚构世界是混杂世界："虚构世界是心智构成的，是想象力的产物，虚构文本不会局限于一个固定的世界……虚构文本再现的世界，是一个'三界通达'的混杂世界。"①"三界"之意即是任何叙述文本都不会由单独一个世界构成，而是由多个世界构成；"通达"就是不同世界中个体的因素具有同一性：在两个世界中可表现为个体的对应性，也可表现为两个世界中名称相同。综合以上观点，本书赞同虚构世界是一种精神建构，是一种想象力的表现，包含可能世界与不可能世界，但并不是与实在世界构成平等对立之关系，而是被实在世界所决定。《江格尔》文本空间世界就包含实在世界、可能世界和不可能世界。

　　可能世界是理论建构，属于人的精神领域，是存在实在世界之外任何一种可能实现而没有实现的世界。由于偶然性并没有变成事实，但已具备成为实在世界的潜质。可能世界不具备实在世界的物质性，假如当年项羽击败了刘邦，中国的历史就要重写，项羽建立的政权就不可能是大汉王朝了，这就是可能世界，而刘邦建立的汉朝才是真正的史实，是实在世界。可能世界具有无限多样性，但只能以理论形式存在，那么对可能世界的叙述就是虚构叙述。因而，可能世界理论对虚构型作品的研究就具有很大的实用价值。赵毅衡较早注意了可能世界理论价值并将其运用到广义叙述学研究中，用之探讨虚构叙述与纪实叙述的本质区别问题。虚构叙述本质的研究就需涉及虚构空间世界，因为任何叙述都是在一定时空范围内展开的。他认为："几乎任何一个虚构世界（也就是虚构文本的指称世界），都是不同世界的因素混杂构成的，从实在世界，到各种可能世界，到不可能世界，都可能出现。"②口传史诗《江格尔》的文本世界就充分体现了这样的特点。

---

① 赵毅衡．广义叙述学［M］．成都：四川大学出版社，2013：187.

② 赵毅衡．广义叙述学［M］．成都：四川大学出版社，2013：182.

不可能世界是文本虚构世界的一个重要组成部分。随着科技快速发展，可能世界的范围越来越宽，而不可能世界只能在逻辑上存在："可能世界范围极宽，没有物理或生理的不可能（体能上、技术上，不可能只是暂时的，只是当今条件下的判断），也没有'事实'的不可能（因为事态的发展充满了偶然性，没有必然），更没有心理不可能。只有在逻辑上可以形成'不可能世界'。"[①]很明显，不可能世界只是逻辑上的"不可能世界"，现实中在物理、生理上的不可能正在被科学解决，只是时间问题；事实的不可能也不存在，因为任何事实都是可能世界中一个偶然性结果；一切不可能之事都可在心里成为可能，虚构艺术就是不可能之事在内心成为可能。口传史诗文本世界主要就涉及心里可能领域。

阿日本巴家园具有虚构世界的典型特征："他的国家四季常青／到处洋溢着欢声笑语／他的家园没有冬天／始终散发着春天的气息／他的家园没有夏天／始终散发着秋天的气息／他的家园没有严寒／他的家园没有酷热／微风习习地吹拂／细雨绵绵地降落／圣主江格尔的家园／犹如仙境一般。"[②]一般情况下，我们都会认为这仅是一种"理想国""乌托邦"或"桃花源"，是一种虚构的或幻想而已，因此并不再对之进行细致的分析或研究。这也充分说明传统诗学研究重视艺术与现实世界关系，而忽略对艺术与虚构世界关系的研究。可能世界理论研究了虚构世界构成问题，并提供了研究的方法。我们可以把序诗中对阿日本巴国仙境般的描述理解为一种可能世界，那么会有以下三种推测：其一，阿日本巴国是虚构的或幻想的空间世界。因为从蒙古族生存的地理空间来说，蒙古高原从不缺少酷热和严寒，严重缺少的是细雨微风，但序诗却把阿日本巴国描述得如人间仙境，那么这种叙述表达的是与现实相反的幻想或愿望，是反向思维的结果。能为此说提供辩护的是各诗章中没有对这仙境般环境的重述，诗章中自然环境充满了严寒、酷热、荒漠和各种凶险。其二，阿日本巴国是符号实在世界。如果这不是虚构世界的话，那么就只能是对存在实在世界的真实反映。史诗序诗所描述的场景是现实世界中真正存在

---

① 赵毅衡. 广义叙述学 [M]. 成都：四川大学出版社，2013：181-182.

② 江格尔（汉文全译本　第一册）[M]. 黑勒, 丁师浩, 译. 乌鲁木齐：新疆人民出版社，1993：4.

的自然环境，如果这是对实在世界客观描绘的话，就说明他们的先辈到达过这样四季变换不明显的气候宜人的地方。《江格尔》序诗中仙境的般的描述是先辈传承下来的美好记忆，能为此提供支撑的是蒙古大军曾经征服欧亚大陆的真实历史，那么到达过这气候宜人的地方是极有可能的事实。其三，阿日本巴国是不可能世界。阿日本巴国家园没有死亡，人们永远年轻，从逻辑上讲，这是不可能发生的，但序诗以及诗章会经常这样演述。因此从可能世界理论来说这是一种不可能世界。诗章中江格尔为拯救英雄洪古尔而进入地府，天界神佛为拯救英雄而降临人间等一些情节也属于不可能世界范畴。

　　口传史诗的文本世界是史诗艺人的现场创编而成，是一种心理建构，可称之为虚构世界，这是分析研究的基础。因此文本所表现的实在世界是故事人物居住世界一种符号再现，是符号实在世界，是一种主观意识；文本中的不可能世界是史诗艺人心里构建和想象的世界，如人间草原天堂阿日本巴，神佛居住之天庭，鬼魂栖身之地府，不可能世界是逻辑上的不可能世界，但在文学艺术中存在大量的不可能世界。可能世界相对于实在世界和不可能世界而言，也是一种主观意识，两者都是虚构世界的组成部分。因此《江格尔》文本世界主要包括符号实在世界、可能世界和不可能世界。

　　（三）《江格尔》虚构世界特征

　　可能世界叙事学就是叙事转向后产生的一个新的叙事学分支，是叙事学与可能世界理论相结合的产物。可能世界叙事学为研究文学虚构性提供了新的视角和框架。勒内·韦勒克认为虚构性、创造性或想象性是文学的突出特征，虚构性是文学的核心性质。"文学的本质最清楚地显现于文学所涉猎的范畴中。文学艺术的中心显然是在抒情诗、史诗和戏剧等传统的文学类型上。它们处理的都是一个虚构的世界、想象的世界。"[①] 文学虚构性主要通过作品中虚构世界来表征，通过考察一部作品的虚构世界特征就可以对该作品的虚构叙事和经验现实之间的关系进行辨析，进而明确叙事如何构筑经验现实以及现实经验如何制约人们对虚构世界的认知。

　　虚构世界特征是文学虚构性研究范畴，可能世界叙事理论认为虚构世界

---

① ［美］勒内·韦勒克，奥斯汀·沃伦.文学理论［M］.刘象愚，邢培明，陈圣生，等译.南京：江苏教育出版社，2005：15.

特征主要表现在认知广度有限性、认识强度的聚焦性、语义密度、系统嵌套和不可能的虚构世界等几个方面，下面以《江格尔》为例进行研究。

1. 认知广度有限性

文学虚构世界是一种特殊的可能世界，不像现实世界一样存在，而是存在于人的思维世界中。由于人类认知、言语表意的有限性，人们对虚构世界的认知也必定是不完整的。虚构世界的不完整性已成学界共识。文学虚构世界的不完整性受多种因素影响。"影响虚构世界不完整性的变量有物理因子（如残缺文本）、美学追求（如含蓄空灵）、作者风格（如海明威式的简约）。"[①] 虚构世界虽不完整，但其特征是多种多样的。《江格尔》是历史叙事和虚构叙事相结合的典范，作品的虚构性特征突出，从可能世界叙事理论角度看，其虚构世界认知有限性主要受简约叙述风格和文本因素影响。

简约叙述是《江格尔》叙述很突出特点。史诗的序诗中经常这样描述阿日本巴家园：

> 江格尔的宝木巴地方，是幸福的人间天堂。那里的人们永葆青春，永远像二十五岁的青年，不会衰老，不会死亡。// 江格尔的乐土，四季如春，没有炙人的酷暑，没有刺骨的严寒，清风飒飒吟唱，宝雨纷纷下降，百花烂漫，百草芬芳。// 江格尔的乐土，辽阔无比，快马奔驰五个月，跑不到它的边陲，圣主的五百万奴隶，在这里藩衍生息。// 巍峨的白头山拔地通天，金色的太阳给它萨满霞光。苍茫的沙尔达嘎海，有南北两个支流，日夜奔腾喧笑，闪耀着璀璨的光芒！// 江格尔饮用的奎屯河水，清冽甘美汹涌澎湃，不分冬夏长流不竭。// 宝木巴的主人，是孤儿江格尔。他全掌四谛，造福人民，英雄业绩，光照人家，勇士的美名，遐迩传诵。[②]

这段仅用 6 节 35 行描述了理想的宝木巴家园，展现了蒙古卫拉特人们对永葆青春、气候四季如春、疆土广阔富饶、自然环境优美以及君王神圣英明的向往，这就是当时卫拉特人民心中共同的愿景。序诗和各个章节中经常会出现对宝木巴家园的这样简约的叙述。这种简约叙述风格是一代代江格尔奇传承下来的，这给受述者留下极大的想象空间。与柏拉图的《理想国》和托马

---

① 张新军. 可能世界叙事学 [M]. 苏州：苏州大学出版社，2011：53.

② 江格尔 [M]. 色道尔吉，译. 北京：人民文学出版社，1983：110-111.

斯·莫尔的《乌托邦》相比,史诗《江格尔》聚焦于征战和婚姻,没有专门展开对阿日本巴国的政治、经济、法律、机关、交通、宗教、外交等其他方面的详细描述,而是把这些嵌套在征战与婚姻两种题材之中,进行简约叙述和粗线条勾勒。帕维尔似乎给予了一个合理的解释:"推崇稳定世界观的时代往往采取策略将不完整性最小化,而转型和冲突的时代则倾向于将虚构世界的不完整性最大化。"① 与前两者相比,《江格尔》虚构世界不完整性较大,只重点叙述征战与婚姻题材。据此看来,《江格尔》应产生于民族世界观转型与冲突的时代,这与仁钦道尔吉关于《江格尔》产生于 13 世纪末到 17 世纪初的推断相吻合,这个时期蒙古卫拉特部落内外战争冲突频发,人民渴望有阿日本巴国这样美好的家园,希望有江格尔、洪古尔这样的民族英雄来保护家园。

虚构世界认知有限性还表现在文本因素上。荷马史诗、《埃涅阿斯纪》等西方书面经典化史诗十分重视情节结构的安排,史诗的戏剧化艺术特征倾向十分明显,甚至有些学者认为史诗应该从中间写起,通过穿插、选择等手段把整个故事娓娓道来。西方史诗的这种结构整一性特点并非生而有之,而是在传承过程中经过史诗艺人不断地加工才形成的,主要是满足观众的审美需求。而《江格尔》属于活态史诗,还在人们口中传承,现存 200 多部作品。每部作品自成一部独立的诗章,即一个完整的子故事,以圣主江格尔为核心组成一个故事集群。巴尔扎克的《人间喜剧》结构与《江格尔》结构极为相似,尤其是同一个人物在不同作品中反复出现,江格尔、洪古尔、阿拉坦策吉等人几乎在每一诗章中出现,这些作品一起丰富和完善了英雄人物的整体形象。这种分散又集中的结构类型与整一性结构史诗相比,体现出其活态口传的独特性:传承、演唱都很方便和灵活。仁亲道尔吉认为《江格尔》属于复合型情节结构,由总体情节结构和章节情节结构构成:"长篇英雄史诗《江格尔》的情节结构分为总体情节结构和各个长诗(各章)的情节结构两种。它的总体情节结构是在情节上独立的 200 多部长诗的并列复合体,故称作并列复合型英雄史诗。"② 其各个长诗的情节结构分为序诗和基本情节,基本情节被归纳为四大类型,婚姻型、征战型、婚姻 + 征战型、征战 + 征战型。如果用这种观

---

① 张新军.可能世界叙事学 [M].苏州:苏州大学出版社,2011:53.

② 仁钦道尔吉.《江格尔》论 [M].呼和浩特:内蒙古大学出版社,1999:286.

点看,荷马史诗、《埃涅阿斯纪》都应属于婚姻＋征战类型。海伦是战争的起因,埃涅阿斯要抢娶提尔努斯的公主作为妻子。从口传史诗整个发展阶段来看,荷马史诗已经完成了从口头到书面的过渡,并逐步成为结构整一宏大的整体;而英雄史诗《江格尔》产生年代较晚,正处于口头－文字并存时期,我们所见之书面版本大多是根据录音加工整理而成。这些诗章在中国、俄罗斯和蒙古被发现和整理,同一诗章出现了许多异文,即同一故事被不同江格尔奇演唱,这就是相同故事的不同述本;也出现了一个故事变异后的文本,如江格尔奇演唱中即兴加入的成分。这些文本因素也对《江格尔》虚构世界认知的完整性产生影响。

　　虚构世界是本体论上的不完整,这必然造成认知上的不完整。《江格尔》虚构世界认识有限性并不构成文学的缺点,反而激励受众对虚构世界的想象性参与和研究热情,更重要的作用在于加强了对虚构世界的主题的感知。

　　2. 文化聚焦性

　　文学虚构叙事常常表现出因果论、价值论和目的论。这就需要把事件和人物进行有目的的调配,并要通过一定视角讲述才能构建充满意蕴的人文世界。因此,"许多信息经过视点过滤而变形、放大或迷失。"[①] 聚焦使虚构世界的某个侧面可以获得最大限度的放大。蒙古族史诗《江格尔》通过叙述者(江格尔奇)的视点,聚焦性主要体现在对民族文化的记忆与传承上。马文化是蒙古族文化的重要组成部分。战马是蒙古人最亲密的战友,对马的描述已成为史诗的一个极为重要组成部分。出征前有套马、备鞍,马在战争中就是战士的双腿、战士的保护神,如果主人遇到危险还会帮主人化险为夷,甚至开口说话。如阿拉坦策吉出征前关于马的重要性的描述:"荣耀的江格尔,我的圣主,我的大红马跑得飞快神速,我还身强体健精力充沛,我的雕弓利箭锋芒犹在,愿为宝木巴建立伟大的业绩。"[②] 在阿拉坦策吉建功立业三个前提条件中,马的因素放在第一位,然后是身体和武器,可见马对于勇士来说是第一重要因素。接着就具体描绘了马夫套马,对大红马的两耳、两眼、笼头、辔头、毡片、鞍垫、木鞍以及大红马的动作等做了极为细致的描绘,这样的聚焦性描写体

---

① 张新军. 可能世界叙事学 [M]. 苏州: 苏州大学出版社,2011: 54.

② 江格尔 [M]. 色道尔吉,译. 北京: 人民文学出版社,1983: 30.

现了蒙古族的马文化。虚构叙事也体现出马文化聚焦性描写。马是英雄征途中唯一可以对话交流的伙伴:"你呼啸飞驰好像离弦的箭,你迅猛非凡好像凌云的海青,为什么还没跑出自己的墙垣?用这样的速度前进,何时跑完我们的旅程?"① 大红马听完阿拉坦策吉的抱怨后开始飞速前进。大红马还是英雄战胜敌人的助手,阿拉坦策吉用法绳捆住萨那拉的宫殿后,大红马一起跟他使劲,才把萨那拉的宫殿拉倒塌。可见,经过一代代史诗艺人的演唱,史诗对马的聚焦性描述实质上是对民族文化的记忆与传承,用此种方式传承民族文化不可不说是一种民族智慧。

在人物描述上,主要聚焦英勇事迹,而不注重人物一生的完整性的详细刻画。对人物的出生一般不做细致的描述,只是介绍祖先和祖父、父母亲。《江格尔》序诗中这样介绍江格尔:"在那古老的黄金世纪,在佛法弘扬的初期,孤儿江格尔,诞生在宝木巴圣地。江格尔是塔海兆拉可汗的后裔,唐苏克•宝木巴可汗的孙子,乌琼•阿拉达尔可汗的儿子。"② 接着简述江格尔 3 岁、4 岁、5岁、6 岁、7 岁的英勇事迹。在 70 万大军中经常提到"六千又十二勇士",主要介绍的是十二勇士,其中洪古尔、阿拉坦策吉是最主要的两位,前者是左手的头名勇士,后者是右手的头名勇士。洪古尔是勇武型勇士的代表,阿拉坦策吉是智慧型勇士代表,这与《伊利亚特》的阿基留斯和奥德修斯极为相似,是属于类型化人物形象。对洪古尔的描写侧重于他的勇武忠诚:

> 江格尔的左手头名勇士,是淳厚朴实的雄狮洪古尔。他是大力士特步新•西鲁盖的后裔,摔跤手西克锡力克的独生子,贤淑的母亲姗丹格日勒夫人二十二岁那年所生的爱子。// 洪古尔是江格尔的手足,是七十万大军的光荣;洪古尔是宝木巴的擎天柱,是千百万勇士的榜样。// 洪古尔在战斗中,从不知后退,如狼似虎!洪古尔豁出宝贵的生命,单人匹马征服了七十个魔王。③

这段简要介绍了洪古尔的地位、身世、影响和勇武,并交代了洪古尔和江格尔亲如手足的关系,洪古尔的形象也在其他诗章中逐渐得到充实,"赤诚勇武的好汉,从不在敌人面前低头,不怕任何困难"是给听众或读者的最深印

---

① 江格尔 [M].色道尔吉,译.北京:人民文学出版社,1983:33.

② 江格尔 [M].色道尔吉,译.北京:人民文学出版社,1983:1.

③ 江格尔 [M].色道尔吉,译.北京:人民文学出版社,1983:10-11.

象。对阿拉坦策吉的描述主要集中在他的智慧上："江格尔的右手头名勇士，名叫巴彦胡恩格·阿拉谭策吉。千里眼阿拉谭策吉端坐在黑缎垫子上，他掌管宝木巴七十个属国的政教大权。无论遇到什么疑难的案件，他能迅速无误地堪破、裁断。"①智慧是其主要特点，他能预测未来的九十九年的事情，能知晓过去九十九年的事情。许多诗章中，阿拉坦策吉是重要的角色人物，往往能知晓对手的来龙去脉和真实情况，能预判事件的结局。这与《水浒传》中军师吴用形象相对应。对其他人物如人中鹰隼萨布尔、铁臂力士萨那拉、美男子明彦的介绍也突出其主要英雄事迹，而不是刻画人物的完整形象。史诗的空白是永远的空白，正如我们永远无法知道"麦克白夫人有几个孩子"一样。

《江格尔》没有对英雄最终死亡的描述，这也是《江格尔》最独特的地方，即便英雄战死了，最后也在神力的帮助下起死回生，如洪古尔。英雄死亡意象在《江格尔》中是空白，这与卫拉特蒙古人的文化信仰和生命观有一定的联系。除了文化信仰之外，还能在史诗叙述的模式上给以解释。在伊朗史诗《列王纪·勇士鲁斯塔姆》中有对主要人物一生的相对完整性叙述，如对鲁斯塔姆的出生、选马、少年、青年、中年、老年和最后死亡做了一个较为细致的叙述，因而这些史诗就具有人物传记性。而《江格尔》的叙述模式与上述史诗不同，各个诗章主要叙述英雄的一次出征行动，以完成江格尔的一次命令为叙述主线索。《江格尔》是以江格尔和他的英雄们为诗章的主要人物，并不以江格尔或某英雄的一生事迹的叙述为主。

另外，酒宴、摔跤、赛马和射箭也是蒙古族史诗《江格尔》中经常出现的聚焦点。诗章一般都是在酒宴中开始，也以酒宴结束；即使开场没有出现酒宴，结尾都会以酒宴收场，举行芳醇美酒的盛宴，成为故事结束的标志。通过聚焦性，把民族文化彰显出来。

3. 细节密度

人的想象能力决定了虚构世界规模的大小，但这也导致虚构世界无法被测量。虚构世界是无所不包的，自然与超自然、可能与不可能，无论什么样的客体或事态都可以被虚构世界所容纳。同时虚构世界也具有特定的时空维度

---

① 江格尔 [M]. 色道尔吉，译. 北京：人民文学出版社，1983：10.

和具体的虚构个体。特定的时空维度指故事世界在话语层面的时空维度。叙事学在叙事时间研究上取得很多成果，如利科的《时间与叙事》在故事时间与话语时间之间建立联系。但在空间研究上，在故事空间与话语空间之间还缺乏有效研究，该部分试用文本密度理论对故事空间和话语空间做出阐释。文本密度的相对强度指特定篇幅的叙事文本所表达的关于故事世界的信息量或细节密度。与虚构世界的文本密度有关的内容包括理解文本所需的外部信息、叙事集群、文本布局和通向文本世界的认知途径等。

史诗《江格尔》每一诗章自始至终都充满了大量关于马的描述信息。在洪古尔婚礼的一章中：听了洪古尔想要结婚的请求后，江格尔让马夫快给自己备马，接着史诗就开始了对骏马的一系列细节描述："马背上先铺了毛垫，上面是精致的鞍屉，再铺六层平整的鞍鞴，上面是铁砧般巨大的雕鞍，雕鞍是珍贵的鞍垫和鞍幔。// 彩色斑斓的肚带，曾在毒蛇的唾液里浸染，肚带上有八十八个扣环，环环扣紧，把那肥壮的肚皮，勒出了七十二道皱纹。丰满的臀部上，系着一百零八个银铃。美丽的脖颈上，挂了八个铸铁铃"① 从第一个环节马背上的毛垫开始，描述了鞍鞴、雕鞍、鞍垫、鞍幔、肚带、银铃等，接着细描马的前腿、眼睛、后胯、长尾、耳朵、脑鬃及四蹄。通过对马的细节描述，史诗艺人叙述了马的颜色、特性、种类和价值，并对马具及其作用进行介绍。诗章对骏马的细节描述越多，那么文本密度就越高。这些信息反映出蒙古族人民对骏马的独特情感，这也为对民族文化进行深入研究奠定了基础。

宫殿是史诗《江格尔》中经常出现的空间意象，对宫殿的描写十分细腻全面。序诗中对宫殿的叙述体现了宫殿建筑的整个过程：选址，选日，破土动工，建筑顺序。对宫殿的入口、出口、北墙、南墙、宫殿的四角、宫殿的整体外观以及旗帜都进行细致描述。各个诗章也很重视对江格尔宫殿的描述，而且往往置于开篇，如在《萨纳拉归顺江格尔》诗章中："阿尔泰山摩天劈地，孔雀未曾在它的顶峰栖息，野兽未曾在它的山腰留下足迹。// 沙尔达嘎还茫茫无际，百川都向它那里汇聚，海滨是宝石的白头山，山阳矗立着江格尔的宫邸。// 江格尔的宫殿壮丽雄伟，六十六个檐角凌空飞起，八十八个纹窗璀璨夺目，

---

① 江格尔 [M].色道尔吉，译.北京：人民文学出版社，1983：111.

七千根画栋绚丽多彩。巍峨的宫顶穿过云海。距那天宫只有三指远。"① 该段叙述了宫殿所处地理位置,描述了依山傍海的自然环境。"孔雀未曾在它的顶峰栖息,野兽未曾在它的山腰留下足迹"是传统的程式化诗句,这些诗句在大部分诗章都会唱到;史诗用一些固定的数字(六十六、八十八等)来表示宫殿的宏伟之势,"距那天宫只有三指远"表示宫殿之高大。因此细节密度较大是《江格尔》的虚构叙述较突出特点,这是一种表征人文世界的手段。

4. 世界嵌套

一个文本世界可以嵌套在另一个文本世界里,但最终都要嵌套在一个上层真实世界里。可能世界叙事学将文本中人物的内心世界看作若干微型世界,这样将虚构世界描述为以文本现实世界为核心的一个庞大的文本系统。文本世界主要分为叙述者想象的可能世界、故事人物想象的可能世界和读者想象的世界。"可能世界的嵌套性可以彰显各个世界之间的因果条件关系,通过将虚构世界的特定命题进行恰当定位而判断真伪,即它是一个叙述事实还是纯属人物臆想。因为低层可能世界总是寄生于它所嵌入的上层世界,所以上层世界可以评论下层可能世界,如《驯悍记》的戏中戏世界格局。"② 史诗《江格尔》就有天界、人间和下界的三界观念。一般认为神主宰天界,人生活在人间,妖魔鬼怪则统治下界,只有巫师这样通法术之人才能在三界之间互通,这属于传统的神话思维,这种观念根源于古老的宗教——萨满教,后来又受到藏传佛教的影响。如果从可能世界理论来看,天界与下界是逻辑上的不可能世界,人间是符号实在世界。叙述者的文本世界是虚构世界,人物想象的世界嵌套在叙述者文本世界中。史诗中对家乡宝木巴的描述就是叙述者的想象世界:没有衰老,没有死亡,四季常青,没有战乱,没有压迫,人民生活幸福。叙述者的想象世界是草原游牧民族生活愿望的反映。史诗中人物想象世界嵌套在叙述者的文本世界中,如英雄萨那拉的父母临去世时向萨那拉描述的宝木巴:

亲爱的儿子,你要牢记:在这阳光灿烂的大地,江格尔主宰万物。他有八十二个变化,他有七十二种法术。他是宝木巴的圣主,他为民造福。江格尔

---

① 江格尔 [M].色道尔吉,译.北京:人民文学出版社,1983:27.

② 张新军.可能世界叙事学 [M].苏州:苏州大学出版社,2011:56.

的宝木巴地方，是人间天堂。孤独的人到了那里，人丁兴旺，贫穷的人到了那里，富庶隆昌，那里没有骚乱，永远安宁，有永恒的幸福，有不尽的生命。我们一旦离开人世，你赶快奔向宝木巴乐土。白天不要停步，黑夜不要住宿，你要找江格尔，与他会晤。①

在萨那拉父母的眼中，江格尔就如同神，宝木巴是人间天堂。人物想象的世界嵌套在叙述者的文本世界中，并与叙述者口中的江格尔和宝木巴形象相符，彰显了两个可能世界之间的因果关系。因为圣主江格尔的英明统治才让宝木巴家园如此美丽，人民如此幸福，所以萨那拉父母临终前所述的世界不是故事人物的臆想，是萨纳拉父母心中的现实世界，这个现实世界是嵌套在上一层文本世界中的。江格尔会八十二种法术，七十二般变化，战马能说话，洪古尔会变成秃小子等，这些人物的魔法世界环绕在文本现实世界的周围，与文本现实世界组成复杂的嵌套文本系统。《奥德赛》中这种嵌套性也很强，包括奥林波斯山诸神们的世界、人间的世界、鬼魂的阴间世界，神的世界总在评论人间世界，并且决定人的命运，可见，在当时人们的主导思维是一种神性思维，人们只有在这样的思维中才能敬神、爱神和惧神。

5. 不可能虚构世界

虚构世界包括逻辑可能世界也包括逻辑不可能世界。中国人观念中的桃花源、西方人眼中的理想国、乌托邦都构成了逻辑可能世界，但逻辑不可能世界也有其存在的意义和价值。逻辑不可能世界经常存在于文学艺术文本和个人内心世界之中。在早期文学世界中，如史诗，不可能的虚构世界多源于神话，这或许是人类重大事件记忆的特殊化表达，民俗学家、人类学家正在努力揭示人类无文字时期的生活。普罗普的《神奇故事的历史根源》就是这方面的名著。虽然多数人认为不可能世界的存在价值在于高度娱乐性，但不可能世界是人内心的组成部分，存在于人的头脑中，其价值或许不仅仅是高度娱乐性，或许更在于对人心理的安抚和暗示。史诗《江格尔》充满了大量的逻辑不可能性情节和场景：宝木巴家园人永远保持年轻，不会衰老，不会死亡；很多英雄会变身，战马会说话；敌人的灵魂藏在动物体内；阿拉坦策吉用法绳拉倒萨那拉的宫殿；洪古尔的红颜知己变身天鹅救活洪古尔；江格尔将已经牺

---

① 江格尔 [M].色道尔吉，译.北京：人民文学出版社，1983：50-51.

牲的洪古尔救活,等等。这些不可能虚构世界不仅能让人们欢乐更是对人们内心的抚慰或积极暗示,表现出蒙古卫拉特人们积极乐观的英雄主义精神。

史诗《江格尔》描述了众多的虚构世界,这些想象的世界通过一代代江格尔奇创编演述而传承下来,并形成了典型场景。因此口传史诗虚构世界的叙述是由口头传统、叙述者江格尔奇、受述者大众以及现场的语境等多种叙述因素共同决定的,是叙述者从现实世界抽取个体按照某种属性和关系组合而成,并不是叙述者的异想天开或凭空捏造。虚构世界是民族文化主体的集体想象与记忆,深深嵌套在现实世界之中。

二、口传史诗空间意象及其叙事

(一)叙事研究空间转向

任何叙述都离不开时间、因果和空间三种因素,然而叙事研究却一直存在重时间-因果而轻空间的现象。叙事学研究著作汗牛充栋,但绝大部分是有关时间、情节、结构、故事与话语关系的研究,对空间因素的叙事研究则明显不足。究其原因,首先与西方叙事研究传统有必然的关系。叙事必须讲述已经发生的事情,因此叙事一直被认为是一门有关过去的时间艺术。赵毅衡将这称之为"过去时陷阱"不无道理。普林斯率先行动,他在新版《叙述学词典》(2003版)中把1987年的旧版中关于"叙述"的定义改了一个词,即把"重述"改为"传达"。这一小小改动却意味着对一种观念的纠偏,即叙事不是仅关乎过去,而是关乎过去、现在、未来三种时间向度。其次,受结构主义的影响。叙事与人类存在一样古老,而叙事学却诞生于20世纪60年代,这与结构主义侧重于情节结构的因果关系研究有直接关系。再次,受现代语言学的影响。受索绪尔关于语言和言语的分类影响,学者们对故事结构研究也采用语言学模式,即将叙事结构分为故事与话语,故事就是事件的真实时间顺序,话语则是时间情节重新安排。

时间问题和因果关系一直是经典叙事学研究的重镇。保罗·利科的《时间与叙述》是专门对时间与叙事问题的哲学研究,毫不夸张地说,任何一部叙事学著作都离不开对时间问题的探讨,甚至叙事或叙述的定义都是围绕时间因素来进行,然而叙述中的空间因素却没有受到如此的重视与研究。空间叙事虽然没有取得像时间－因果研究的众多成果，但一些叙事学著作也讨论了空间问题。西摩·查特曼在《故事与话语》中首次涉及"故事空间"和"话语空间"概念；米克·巴尔在《叙述学：叙事理论导论》中将空间概念定位在聚焦与地点之间，讨论了感知空间的三种官能感觉、空间在故事中的内容与功能以及空间与事件之间的关系；在空间叙事研究中，加布里尔·佐伦的《走向叙事空间理论》提出了纵向叙事空间三层次和横向三层次叙事空间理论，纵向叙事空间为地志的空间、时空体的空间和文本的空间，横向空间为总体空间、空间复合体与空间单位。

　　广义叙述学打破了传统叙事学的时间理念，叙事在更大范畴中被广泛讨论。叙事空间因素也受到重视和研究，甚至在叙述研究领域还一度发生了空间转向。经典叙事学的重时间－因果而轻空间的偏颇得到纠正，更多学者加入对空间叙事的研究中来。叙事研究的空间转向既是理论的自觉，也是文学实际创作空间转向的结果，尤其是现代后现代小说重视空间叙述，这才"打破了时间性的万能叙事"。米歇尔·福柯、加斯东·巴什拉、列斐伏尔（勒菲弗）、丹尼尔·贝尔、弗雷德里克·詹姆逊、戴维·哈维以及爱德华·W.苏贾等理论家在这一叙事理论空间转向中都起到了重要作用。福柯在《不同空间的正文与上下文》中敏锐地指出："我们时代的焦虑与空间有着根本的关系，比之与时间的关系更甚。"[①]巴什拉在《空间诗学》中运用现象学和心理学对文学作品的空间意象进行分析，他认为："家屋、阁楼、地窖、抽屉、匣盒、橱柜、介壳、窝巢、角落等，都属于一系列空间方面的原型意象，它们都具有某种私密感、浩瀚感、巨大感、内外感、圆整感。"[②]苏贾在《后现代地理学——重申社会理论中的空间》中试图解构传统时间叙事，重构人文地理空间叙事。他指出对地理空间问题的重视并不是走历史决定论的老路："对空间的重申，也不仅仅是简单地对社会理论进行一次隐喻性的重构——这是一种表面化的语言学空间化，使地理学看起来如同历史一样在理论上显得重要。"[③]西方叙事研究的

---

① 包亚明.后现代与地理学的政治[M].陈志梧，译.上海：上海教育出版社，2001：18.

② 龙迪勇.空间叙事学[M].北京：生活·读书·新知三联书店：2015：19.

③ [美]爱德华·W.苏贾.后现代地理学——重申社会理论中的空间[M].王文斌，译.北京：商务印书馆，2004：10.

空间转向意味着空间因素在叙事学研究中受到普遍重视,而不是空间叙事研究取代了时间－因果叙事研究,在后经典叙事之后,经典叙事学并不意味着过时,只是时间、因果、空间因素都一样受到重视与研究。

在国内,对空间叙事研究的成果主要有《广义叙述学》和《空间叙事学》等,前者对文本世界进行了探讨与研究,提出了文本世界是虚构混杂世界的综合体,后者弥补了中国在空间叙事研究领域的空白,提出主题－并置空间叙事模式,该理论对口传史诗空间叙事模式研究具有一定启示意义。

(二)《江格尔》空间意象功能

空间与时间一样都是世界构成因素。在文本世界中,"空间 SPACE"是指"描绘情境与事件(场景 SETTING 和故事空间)和发生叙述事例 NARRATING INSTANCES 的某一地方或数个地方。"[①]空间在叙述中所起到的作用除了标示地点外,还具有框架和主题等功能。《江格尔》文本世界由符号实在世界、可能世界以及不可能世界构成,其中符号实在世界是最主要的叙事空间。

在史诗《江格尔》中,英雄故事讲述是在空间顺序中展开的。以江格尔汗宫、征途和敌营为主要空间,英雄从汗宫出发,通过一系列征战后,又回到汗宫,恰似是一个环形。英雄出征的一系列事件主要就在汗宫、征途以及敌营等地点展开叙述。这些地点构成故事的空间结构框架,即英雄出征开头和结尾一般在汗宫,而征战的过程则在途中和敌营。这些地点被史诗艺人以各种感知官能描述出来,事件的地点就变成了文本的空间。米克·巴尔进一步指出:"故事包括对安排与限定的操作,这是素材被描述出来的方式。由于这一过程,地点与一定的感知点相联系。这些地点透过与其相联系的感知点呈现出来,从而形成故事的空间。"[②]可见,地点构成故事空间就必须与感知官能结合起来。感知主要指人的视觉、听觉和触觉等。江格尔的汗宫是众英雄喝酒聚会的场所,是江格尔发布命令的地方,也是感觉威胁来临的地点。征途有去途和返途之别:去途一般会遇到自然困境、妖女、敌方的英雄;返途一般会有

---

① [美]杰拉德·普林斯.叙述学词典[M].乔国强,李孝弟,译.上海:上海译文出版社,2016:210.

② [荷]米克·巴尔.叙述学:叙事理论导论[M].谭君强,译.北京:北京师范大学出版社,2015:128.

敌人的追击。敌营是英雄完成任务的地方,有时在敌营英雄战胜对手,有时则受伤。在较为特殊的诗章中,江格尔则到另一个空间世界(地府)去救人。这些地点都是与人物的感知官能结合在一起,形成故事空间世界。

空间还有具有主题的功能。江格尔的汗宫是每一位史诗艺人着重描述的空间意象。

在那洁白的毡房,六千又十二名勇士纷纷喧嚷:"要为江格尔建筑一个宫殿,这宫殿要巍峨壮丽,举世无双!"/周围的四十二个可汗议论:在何等吉庆宝地,建筑这座宫殿? 要向着光明,向着太阳,在芬芳的大草原南端,在平顶山之南,十二条河流汇聚的地方,在白头山的西麓,在宝木巴海滨,在香檀和白杨环抱的地方,建筑这座奇迹般的宫殿最为吉祥。/最好的日子,最好的时辰,四十二位可汗,率领六千又十二名能工巧匠,破土动工。/珊瑚玛瑙铺地基,珍珠宝石砌墙壁,北墙上嵌镶雄狮的獠牙,南墙上嵌镶梅花鹿角。/阿拉谭策吉老人,洞悉九十九年的吉凶,牢记过去九十九年的福祸,他用洪亮的声音宣布:"这宫殿要庄严雄伟,比青天低三指;要是筑到九重天上,对江格尔并不吉利。"/六千又十二名能工巧匠,先筑中间的主殿,再建五个高大的角楼。/宫殿的入口,嵌镶明亮的水晶石,宫殿的出口,装饰火红的玻璃。祝福北方的人民奶食丰富,北墙上裱糊斑鹿皮;祝福南方的人民肉食充裕,南墙上裱糊梅花鹿皮。/宫殿外面的四角,镶上金刚。/江格尔的这座宫殿,高十层,光华四射,五彩缤纷,矗立在绿色的草原上,雄伟,庄严,美丽,辉煌。周围四十九种魔王,望而生畏,不敢前来侵犯。/宫殿的前面,悬挂着一面金光灿灿的黄旗。这黄旗放在套子里,发出艳艳红光;抽出套子,放射出七个太阳的光芒。①

这段精彩的叙述将宫殿这个空间意象呈现出来。该段主要从宫殿建筑的缘由、地点、时间、过程、材料、高度、出入口、墙上装饰、宫殿外四角、宫殿整体形象、宫殿前面旗帜等方面进行叙述,是对整个宫殿建筑过程的符号化再现。这个空间意象是多种主题的凝聚。

其一是信仰主题。宫殿的选址、破土动工时间、宫殿修筑的高度和规模等都要符合民族文化和宗教信仰。宫殿的选址最为关键,经过"四十二位可

---

① 江格尔[M].色道尔吉,译.北京:人民文学出版社,1983:5-8.

汗"的讨论研究,最后才决定下来,宫殿周围必须有河流、山、树木、草原等适于游牧民族生存的自然资源,这样的自然环境也被认为是最吉祥的。建筑破土动工的时间必须是良辰吉日。宫殿不能与天齐高,要离青天三指远,意味着对天神的敬畏,这样才对江格尔吉利。

其二是象征主题。宫殿南、北墙上嵌镶雄狮的獠牙和鹿角,象征着威力武功;墙上裱糊装饰着鹿皮,这象征着宝木巴人民有充足食物;宫殿的整体外形雄伟、庄严、美丽和辉煌,因此这座宫殿已经不仅仅是故事发生的地点,更是江格尔权威的象征。

其三是权威主题。汗宫内部作为权威代表的空间意象是江格尔的四十四条腿的赞丹宝座,"六千又十二名"勇士以江格尔为核心围成七圈坐在周围;江格尔的十二名勇士分为左席和右席,分列两侧,右手的首席是聪明的阿拉坦策吉老人,左手的第一名勇士是狮子英雄洪古尔,英雄的席位是其权威与能力的象征,空间位置与政治权威就紧密联系起来。

由此可见,宫殿是史诗《江格尔》中重要的空间意象和主题象征。

三、《江格尔》主题叙事

（一）主题叙事

《江格尔》是以主人公江格尔的名字命名的一部流传于民间的活态史诗集群。中国史诗专家仁钦道尔吉记载:"英雄史诗《江格尔》在新疆各地的土尔扈特、厄鲁特、和硕特、乌梁海和察哈尔等各部族人中以口头形式普遍流传着,中国学者录制了民间口头流传的《江格尔》,其中共有 157 部长诗及异文,约二十多万诗行。"[①] 这就说明活态史诗《江格尔》具体有多少部长诗和异文并不确定,它处于不断的变化中。从录制的 157 部长诗来看,亦包含多部异文。《江格尔》的总体叙事结构就是一部由序诗和多个诗章组成的史诗集群,各诗章并列在一起,它们之间没有必然的叙事性联系。但各诗章由于有共同的主人公江格尔而又聚合在一起,这就意味着整部《江格尔》目前还没有形成一个情节整一的结构,换言之,难以从时间叙事学角度像分析小说一样对整部作品进行详细的结构研究。那么该如何把握《江格尔》整部作品的叙述结构

---

① 仁钦道尔吉,郎樱.中国史诗 [M].南京:江苏凤凰文艺出版社,2017:488.

特征就成为经典叙事学研究的难点。

《江格尔》叙事结构类型具有一定的代表性，而且还是一种比较古老的叙事类型，与许多中外叙事作品，如《水浒传》《西游记》《儒林外史》《圣经》《十日谈》《一千零一夜》的叙事结构特征相似。通过比较可以发现，这些作品的叙事具有很强的主题性和分叙性。所谓主题性就是指这些作品以某一主题为核心并由多个故事构成的，比如《水浒传》中 108 位英雄，《西游记》中师徒四人等；所谓分叙性是指这些故事不是一次必须叙述完成，而是具有可以分开叙事的特性，即这些英雄故事都可各自独立，不依靠整体或其他故事，这样更便于在民间流传和接受。江格尔及其十二英雄故事在蒙古族卫拉特人民中广为流传，中世纪的英雄传奇故事在欧洲可谓家喻户晓，《圣经》故事为基督徒所熟知。由此可见，这些作品在叙事结构上具有共同点。

无疑，在文学艺术发展史上，确实有那么一类特殊的叙事作品，其构成文本的所有故事或情节线索都是围绕着一个确定的主题或观念展开的，这些故事和情节线索之间即没有特定的因果关联，也没有明确的时间顺序，它们之所以被罗列或并置在一起，仅仅是因为它们共同说明着同一个主题或观念。①

这种传统的艺术类型在现实中确实有大量留存，是一笔很珍贵的文化文学遗产，这些作品并不具有整一的结构，部分之间主要是并列关系，但这种主题（观念）叙事模式在经典叙事学研究中被忽略了，主要是因为经典叙事学源于结构主义并以叙事时间为主要研究对象。但构成整部作品的小故事（子叙事）本身是一个结构完整的故事，这些小故事被某种人物、任务、观念、主题或行动等组合在一起，可它们之间则很少有时间－因果等方面的叙事性联系。《空间叙事学》从思想内容层面将这种叙事称为"主题叙事"或"观念叙事"，从形式结构层面将之称为"并置叙事"。由于目前学界对这类叙事作品在内容和形式上的特点还没有描述和研究，所以这类作品叙事类型被命名为"主题－并置叙事"。其实，诺斯罗普·弗莱在《批评的解剖》中涉及了主题叙事的概念，并将叙事模式分为"主题叙事"和"虚构叙事"两大类，只不过他重点研究了虚构叙事模式。因此，主题叙事主要也就是指结构上没有内在性因

---

① 龙迪勇.空间叙事学［M］.北京：生活·读书·新知三联书店：2015：176.

果关联而依靠某一主题聚合在一起的叙事。

《空间叙事学》总结了主题-并置叙事的共同特征：（1）主题是此类叙事作品的灵魂或纽带，不少此类叙事作品甚至往往是主题先行。（2）在文本的形式或结构上，往往是多个故事或多条线索的并置。（3）构成文本的故事或情节线索之间既没有特定的因果关联，也没有明确的时间顺序。（4）构成文本的各条线索或各个"子叙事"之间的顺序可以互换，互换后的文本与原文本并没有本质性的差异。[①]主题是作品结构的灵魂，在构成整部作品中具有不可替代的作用，但不是抽象或归纳出来的思想主题。后三项特征主要是从形式结构（子叙事）上来概括的，重点强调的是构成文本的子叙事之间没有时间-因果的叙事性关联，它们之间是并列或并置关系，在文本中的位置变换并不影响整部作品。主题-并置叙事主要是从作品结构视角上总结出来的一种空间叙事模式。《空间叙事学》在主题-并置叙事研究中主要分析了左拉的《人是怎么结婚的》《人是怎么死的》两部小说，并且涉及了电影、戏剧等其他叙事形式，但没有涉及口传史诗这一范围。本节继续探讨主题-并置叙事在口传史诗中的存在情况及特征。

（二）传统主题

主题-并置叙事在书面文学和口头文学中都普遍存在。口传史诗是口头文学的重要类型，口传史诗《江格尔》也具有明显的主题-并置叙事特征。在具体研究之前，我们要对汉语"主题"一词进行简要辨析。

汉语"主题"对应两个英文单词 THEME 和 TOPOS。普林斯认为，THEME "是一种可从不同种类的（和间断的）（或容许二者统一的）文本成分中提取的语义宏观结构框架 FRAME 分类。这些成分（用来）阐明并表达文本或部分文本是关于（或可认为是关于）更为宽泛或抽象的整体（概念、思想等）。"[②]可见，THEME 是一种关于宽泛和抽象的概念或思想的分类。TOPOS是"经常出现在（文学）文本中的任何一种对母题所作的稳定安排。睿智的

---

① 龙迪勇．空间叙事学［M］．北京：生活·读书·新知三联书店：2015：176-177.

② ［美］杰拉德·普林斯．叙述学词典［M］．乔国强，李孝弟，译．上海：上海译文出版社，2016：229-230.

傻瓜、老顽童以及安乐之所这类传统主题在西方文学中很常见。"① 为了区别起见,一般将 TOPOS 译为传统主题。可见,区分传统主题 TOPOS 和主题 THEME 是很有必要的。主题 THEME 是对文学作品的思想观念的归纳、总结和分类,理性思维明显,这个主题与内容关系密切;而传统主题 TOPOS 与母题紧密联系,是母题的集合,甚至可以说"传统主题由母题这一明确的复合体所构成"②。一般认为母题是叙事的最小单位,母题和母题组合成故事,因此,具体性明显。从普林斯所列举的关于传统主题的例子分析,睿智的傻瓜和老顽童是人物主题,安乐之所是地点主题。因此,传统主题是具体的母题分类归纳的结果。口传史诗《江格尔》主题叙事模式中"主题"是传统主题之意。

《江格尔》集群不具有完整统一的结构,而是众多故事围绕江格尔人物主题组合而成。《江格尔》中的各个诗章基本都与江格尔有关,一些诗章中江格尔是故事主角,如《阿拉坦策吉与阿拉德尔江格尔之战》《阿拉德尔江格尔与哈尔萨纳拉之初战》《阿拉德尔诺彦博格达江格尔迎娶阿盖沙布德拉公主》;一些诗章中江格尔是命令的发出者,他派手下某一英雄出征。总之,江格尔是整部史诗《江格尔》的灵魂或纽带,换言之,各个诗章(子叙事)就是以江格尔为主题线索被组合在一起。

在子叙事方面,即形式结构上,书面化主题叙事与活态口头史诗主题叙事相同之处是作品结构松散,都不能形成一个具有有机整体性的情节结构。不同之处表现在子叙事的篇数、顺序等方面。在书面化作品中,各个子叙事篇数已经固定下来,子叙事的顺序已经基本固定。但在活态口传史诗中,诗章在史诗艺人头脑中存在,诗章的具体篇数是因人而异的,有些艺人能演述的诗章多,而有些艺人只会一两篇,甚至有些艺人只能演述个别片段。在活态口传史诗的文字化文本③存在中,篇数和顺序是不固定的。目前从中国、俄

---

① [美]杰拉德·普林斯.叙述学词典[M].乔国强,李孝弟,译.上海:上海译文出版社,2016:232.

② [美]杰拉德·普林斯.叙述学词典[M].乔国强,李孝弟,译.上海:上海译文出版社,2016:230.

③ 文字化文本就是指根据口头演述记录或录音整理而成的文本,基本保留口头特征,这与书面经典化文本具有一定的区别。

罗斯和蒙古采集《江格尔》的总篇数是 200 多部,在中国新疆录制的史诗诗章是 157 篇长诗,而且异文也包含其中。这些作品在不同时期以不同篇数的诗章出版,有 15 章本、25 章本、124 章本和 70 章本,等等。因此,口传史诗的子叙事之间叙事性关联更少,篇数和顺序不确定。这也说明口传史诗《江格尔》主题-并置叙事特征更鲜明。

主题-并置叙事的实质是不是空间叙事? 龙迪勇从词源学角度,梳理了西方学者关于主题 TOPIC 源自拉丁文 TOPOS 的研究。TOPOS 直译为"空间",但他认为译为"场所"更符合古希腊罗马的文化语境,据此得出"主题 TOPOS"源自"场所"的结论。接着对"场所"内涵进一步阐释:

从本义来讲,场所就是各种事件发生于其中的一种特殊的地方(空间);但从引申义讲,场所则可指代容纳某类主题的话语或思想于其中的框架性的"容器"。就"收集"的事件而言,它们可能发生在同一时期,但更多的事件恐怕还是发生在不同的历史时期,可不管怎么说,它们都汇集到"场所"这一空间中了。因此,场所中的事件总是呈现出一种多重叠加、互在其中的共时性特征。①

从中不难看出,构成整部作品的子叙事在同一场所或空间中发生,也就意味着子叙事具有同一主题,哪怕是不同历史时期的事件也在同一场所发生。于是,主题、场所、空间之间具有了某种联系性,场所不再是单纯的地点,而具有了人文性,相同或不同时期发生于此的事件丰富了场所的历史文化内涵,因此场所成为历史文化记忆的重要空间。子叙事因发生在同一场所而并置在一起,形成一部没有内在因果性联系的作品,但这些子事件具有多重叠加、互在其中的共时性特征。主题原意为"场所"或"空间","场所"后来引申为主题的"容器",并由此得出结论,主题-并置叙事其实质就是一种空间叙事。根据场所的性质,空间叙事进一步可分为具体空间叙事和抽象空间叙事。前者基本就是以具体地点命名的作品;抽象空间叙事作品的"空间特性只有经过仔细的分析和研究之后才会呈现出来"②。上面所引其所分析的"场所"的本义与引申义是无可争议的。许多叙事性作品就是以场所来命名。主

---

① 龙迪勇.空间叙事学[M].北京:生活・读书・新知三联书店,2015:205.

② 龙迪勇.空间叙事学[M].北京:生活・读书・新知三联书店,2015:205.

题 TOPOS 之本义是地点、场所。但汉语"主题"内涵有主题 THEME 和传统主题 TOPOS 之分,而且传统主题不仅包括地点主题,还包括人物主题、动物主题等。

因此,传统主题的范围大于地点主题,地点主题是传统主题一种重要类型。正如上文所述,主题 THEME 是抽象的观念或思想,而传统主题 TOPOS 是母题集合,主要有人物主题、地点主题(场所主题)和动物主题等。《江格尔》是传统主题中的人物主题,其叙事结构明显具有空间叙事特点。

(三)《江格尔》空间叙事特点

《江格尔》是以人物江格尔为主题而聚合在一起的,其子叙事(各个诗章)之间没有时间-因果性关联,因此,其总体叙事结构是主题-并置叙事模式。这个"主题"是传统主题中的人物主题。那么这种人物主题叙事是不是一种空间叙事? 这就要对作为子叙事的诗章来进行研究。正如上文所述,《江格尔》的各个诗章(除序诗外)是一个时间-因果性叙事模式,但同时《江格尔》诗章的叙述也具有明显的空间因素。

在英雄出征的诗章中,一般会涉及 3 个较为固定的空间,即江格尔的汗宫、征途和敌营,即出发点、空间路线和目标点。这 3 个空间在具体诗章中再可细分为 5 个具体地点:地点 1- 出发点,即江格尔汗宫;地点 2- 征途,即去途;地点 3- 目标地,即敌营;地点 4- 归途;地点 5- 回归点,即江格尔汗宫。各诗章的故事都与这 3 个空间和 5 个地点密切相关,并具有一定的规律。

第一,作为出发点的汗宫是《江格尔》演述的重点,而略述作为回归点的汗宫。地点 1 江格尔的汗宫是任何诗章都重点描述的对象。除了在序诗中对汗宫进行重点描述外,汗宫具有很多空间功能,是英雄出征前最重要的聚集地。众英雄饮酒聚会、外邦威胁降临、江格尔发布命令、英雄出征前详细的备马戎装过程和出征前的仪式等众多事件几乎都发生在汗宫。地点 1 与地点 5 都是指江格尔的汗宫,但它们区别是地点 1 是作为出发点的汗宫,地点 5 作为回归点的汗宫。绝大多数史诗在演述中都会略述地点 5,即简要叙述在汗宫举行 60 天宴会、70 天盛会、80 天欢乐聚会。

第二,故事的主要事件一般主要集中在三四个地点,形成了 3 种空间叙事规律:地点 1- 地点 2- 地点 3;地点 1- 地点 3- 地点 4;地点 1- 地点 2- 地点

3-地点 4。如果在去的征途中发生战斗或遇到一些自然苦难以及妖女之类的话,在敌营的战斗基本就决定胜负,那么一般归途就很少有被追击的战斗,也就是故事情节集中在地点 1、地点 2 和地点 3;如果去的路上没有发生战斗,那么一般情况下情节集中在地点 3 和地点 4,即在敌营的战斗取得初步胜利,在归来的路上与追击者进行战斗,并最终使敌人屈服,这样故事集中在地点 1、地点 3 和地点 4;如果去时征途、返途与敌营都发生事件或战斗,那么故事就较为复杂,地点 1、地点 2、地点 3 和地点 4 都会有一些事件发生。

诗章《阿拉坦策吉台布与哈尔萨纳拉之战》(C1.9)中的事件主要集中在地点 1、地点 2 和地点 3。对汗宫描述如下:"在这座名山的脚下/矗立着一座金色的宫殿/它有六十又六个棱角/闪着耀眼夺目的光芒/它有八十又八个窗棂/上面镶着钦达木尼宝石/它有七千根柱子/是模仿北斗星的形状制成/它离漂浮天空的白云/不到三指头的距离。"①汗宫作为空间意象在史诗中占有重要地位。史诗艺人描述了在汗宫举行阿尔扎酒宴;江格尔发布命令,让阿拉坦策吉出征东南方向的哈尔萨纳拉;阿拉坦策吉领命,备马戎装,行前祝愿,这些事件都在地点 1 汗宫这一具体空间完成。在去途中主要的事件就是如何克服阻碍前进道路的大海,这是地点 2 的主要事件。阿拉坦策吉到达目标地哈尔萨纳拉的宫殿后,主要事件有拴马,痛击守卫,硬闯汗宫,敌营饮酒,宣布江格尔命令,与敌作战,江格尔沙场决战,哈尔萨纳拉归降。这些主要在地点 3 中完成。归途以及回到汗宫则没有太多的叙述,给萨纳拉安排座席,举行盛会。地点 4 和地点 5 只用几行就叙述完成。诗章《雄狮阿尔格乌兰洪古尔威镇蟒古斯兄弟三人》(C1.11)的主要情节也集中在前 3 个地点。

诗章《天下美男子铭彦抢赶图鲁克汗一万匹黄斑马》(C2.15)中,故事事件主要集中于地点 1、地点 3 和地点 4。地点 1 中的事件有汗宫聚会,江格尔落泪,贺吉拉根探问原因,江格尔指派铭彦赶马,铭彦哭述,众人鼓励铭彦出征,铭彦领命,备马戎装,向喇嘛祈祷。地点 2 去途中描述奔跑状态,然后帮助者,即一位姑娘出现并指点道路。地点 3 是图鲁克汗的宫殿,事件有铭彦修整,变身小癞子,混入敌营,想出妙计,驱赶黄斑马离开敌营。地点 4 是归途,敌营

① 江格尔(汉文全译本 第一册)[M].黑勒,丁师浩,译.乌鲁木齐:新疆人民出版社,1993:302.

两英雄追赶铭彦并与之战斗，萨布尔、洪古尔接应，战胜对手。地点5是返回汗宫，敌人屈服。

第三，两处空间线索交叉叙述，即地点4与地点1。最常见的情节是单枪匹马的出征英雄在返途中受到追击面临威胁或身受重伤时，史诗艺人会把叙述视点转到江格尔汗宫，此时江格尔汗宫正在举行盛会，阿拉坦策吉或江格尔会预知出征英雄的境况，提议前去接应，众英雄上马出发。去接应途中一般会叙述极为简练，不会插叙其他事件。接应的英雄与出征的英雄汇合，此时两条叙述线索重合。英雄们合力战胜敌人，胜利归来，回到地点5。这两条叙述线索是按照空间顺序展开的。接应的地理空间顺序是地点1- 地点2- 地点4- 地点5。在诗章《阿拉坦策吉台布与哈尔萨纳拉之战》中，阿拉坦策吉与哈尔萨纳拉展开激战，江格尔带领众英雄前去接应。双方在沙场开战，萨纳拉最后归降，共同返回江格尔汗宫。荷马史诗中的《奥德赛》也是以双线空间顺序展开叙述的，一条空间顺序是奥德修斯返家，一条是其妻和儿子在家中线索，是两处空间同时叙述。

可见，《江格尔》诗章叙述具有明显的空间叙述规律，这些空间地点在史诗叙述中的一个主要功能是为史诗艺人建立叙述框架，帮助史诗艺人记忆长篇史诗。口头程式理论认为史诗艺人不是靠死记硬背来演述长篇史诗的，而是靠程式句法，史诗艺人只有掌握了词句程式方法，才能滔滔不绝地演述史诗。由此看来，史诗艺人不仅需要掌握程式句法，还需要有空间观念，空间场所或地点为史诗构建了基本框架。正如上文所述，《江格尔》中"三个空间五处地点"就是故事展开的框架。每一处空间中发生事件基本一致，如聚会、发布命令、备马戎装都是在汗宫中发生。空间记忆和程式句法是史诗艺人演述长篇史诗的法宝，二者是相辅相成的关系，空间地点提供叙述的框架和事件，程式句法填充细节和言语。史诗叙述时间长短与程式细节有关，史诗叙述是否完整与空间地点有关。

从亚里士多德的有机整体论思想来看，《江格尔》各诗章之间没有形成一个有机整体，这些诗章是以江格尔这个英雄人物为主题而聚合在一起，形成一个史诗集群。如果从空间视角来看，《江格尔》总体空间是以江格尔的阿日本巴国为疆界，以江格尔的宫殿为圆心点，以四面八方的出征地（敌营）为"圆周",形成一个有中心点的不规则的图形。虽然各诗章之间没有形成时间–因果的逻辑联系,但各个诗章本身是有一个有头、有身、有尾的有机整体,具有时间–因果的逻辑联系,而且各个诗章本身叙事具有突出的空间规律。

　　总之,从对作品的分析和研究来看,作为整体的《江格尔》其主题–并置空间叙事特征明显;从各诗章本身来看,《江格尔》兼具时间–因果叙事和主题–并置空间叙事的双重特征。

结　语

....

　　研究口传史诗叙述的特征,不但要把口传史诗叙述看作一个有机整体,而且要把它的发展看成一个动态过程,要进一步分析不同发展阶段的口传史诗叙述所必须具备的各叙述要素,从各叙述要素的相互关系中揭示其叙述特征与规律。

　　口传史诗主要有 3 种存在形态:口头史诗、文字化史诗和书面经典化史诗。口头史诗是最原始阶段的史诗形态,属于演示类叙述,史诗艺人(叙述者)与观众(受述者)同时在场,史诗艺人是最重要的叙述要素,其文本形态是大脑文本和声音文本;文字化史诗是口传史诗的一种过渡形态,是口头史诗文字符号化的结果,属于记录演示类叙述 ①,史诗艺人与观众同时不在场,史诗艺人潜隐为书面叙述者,文本形态为文字化文本;书面经典化史诗是文字化史诗的高级形态,是口头史诗文学化产物,属于记录类叙述,形态为文学经典文本,具有权威性和稳定性。通过对上述 3 个发展阶段口传史诗的各叙述要素及其关系分析,不难看出,这 3 种形态并不是所有口传史诗所必须经历的发展过程,而且书面经典化也不是口传史诗的最后或最高阶段。口头史诗的演述是叙述交流活动,叙述者、受述者以及语境等因素都对史诗叙述产生影响。文字化史诗和书面经典化史诗仍保留着口头史诗的叙述模式,即讲述和摹仿

---

① 记录演示类叙述文本指用文字记录下来的口头史诗现场演述的内容,包括对录音录像的文字记录,这种文字记录保留着口头演唱的韵律与格调,表现在诗行的排列中。这与广义叙述学中记录演示类叙述内涵略有不同。

模式,主要不同点在于史诗艺人消失,受述者变成读者,现场语境因素消失。从总体发展阶段来看,口传史诗各叙述要素之间的相互关系是复杂的,只有对不同阶段口传史诗的叙述要素进行研究,才能全面把握其叙述总体特征。无论以哪种形态存在,口传史诗实质上都是叙述性的交流活动。

任何叙述都不开符号,言语、身体、色彩、图像、文字等都是叙述交流之符号。广义叙述学重点研究叙述交流过程中两次叙述化过程,即一次叙述化和二次叙述化;两次叙述化过程涉及多项叙述因素:叙述发送者、叙述接收者、人物、事件、符号文本、二次化文本、叙述时间、叙述空间等。重叙述过程研究使广义叙述学真正进入了整个人类叙述研究领域。作为一种流传至今的古老的口头交流艺术,口传史诗有较为复杂的存在形态和发展阶段,唯有对其叙述发展过程进行研究,才能抓住其叙述的特征及规律,如套用经典叙述学理论来研究显然不合适。学界对书面经典化史诗和活态口传史诗都取得了较好的成果,前者形成了西方古典史诗理论;后者诞生了口头程式理论。然而目前学界缺少系统全面深入地对口传史诗整个发展阶段不同形态的文本叙述的研究,更缺少对口头-文字并存期口传史诗叙述的关注。中国三大史诗正处于这样一种特殊形态:从其发展阶段来看处于活态传承阶段,但从其存在形态来看又形成了文字书面化文本,即录音整理本或文字记录本,但还没有形成书面经典化文本,即权威本。由于篇幅和学识所限,本书未能对中国三大史诗和世界其他文字书面化史诗进行全面研究,而选择了汉文全译本《江格尔》作为具体剖析对象,对其他口传史诗只偶尔提及,这是本研究的遗憾和不足之处。

学界对口传史诗的研究是从书面经典化史诗(荷马史诗)开始的,这使荷马史诗在世界产生巨大影响;对荷马史诗的研究意味着对史诗叙述研究的开始。柏拉图为理性辩护而贬低诗人,但他对史诗的研究却开启了史诗叙述模式研究的先河,即史诗叙述由诗人纯叙述和人物摹仿叙述构成。亚里士多德在《诗学》中将荷马史诗视为当时史诗典范,因为荷马史诗的结构符合他的情节整一观念。亚里士多德是把史诗作为悲剧的陪衬而进行研究的,其史诗观是戏剧化的史诗观,这对西方史诗研究产生了极大影响。柏拉图、亚里士多德对史诗的批评意味着古希腊史诗时代的结束。荷马史诗是史诗艺术最高成就的代表，这种观念深入西方文化根脉。黑格尔站在哲学美学高度总结了史诗的性质和特征，他是古典史诗理论的集大成者。黑格尔认为史诗的天职就是叙事，西方古典史诗理论就是一部史诗叙述理论。西方古典史诗理论是建立在书面经典化口传史诗基础之上。把史诗作为一种民间文化来研究是很晚的现象。一些旅行家、人类学家和民俗学家从民间发现了古老的史诗，当这些活态口头史诗被发现、整理、录音、研究后，出现了母题研究理论和口头程式理论。母题理论是对传统情节结构研究的新突破。口头理论研究了史诗艺人学艺、表演、创作的过程，认为创作和表演同时进行，每一次演述都与以往不同，真正的口传史诗艺人不是靠背诵来演述史诗，而是运用程式化语句。口头程式理论是活态口传史诗研究的理论成果，解开了史诗艺人（叙述者）如何能演述长篇史诗的技巧。该理论证实了荷马史诗也是源于口头史诗。中国三大史诗都是活态口传史诗，对它们进行叙述研究就必须站在比较的视角上，只有对西方的史诗叙述研究进行梳理和比较才能更好地运用广义叙述学理论对口传史诗《江格尔》进行全面深入的研究。这也是将西方史诗叙事论放在第一章的缘由。

口传史诗的叙述实质上是一种叙述交流活动，这也是其根本特征。史诗艺人、观众、传统故事文本、现场语境等叙述要素在叙述活动中相互作用。广义叙述学没有直接将口传史诗纳入叙述分类表是可以理解的。从叙述分类规律来看，口传史诗叙述在不同阶段呈现不同的叙述类型，具有演示叙述和记录叙述的双重特性。口传史诗的两次叙述化过程特点突出，即一次叙述化和二次叙述化处于相互转化过程中。口传史诗叙述特征和叙述类型的分类是其他叙述要素研究的基础。

口头史诗的叙述主体和接收主体都是真实存在的，叙述主体即史诗艺人，相当于小说中的叙述者；接收主体为观众，相当于读者，观众中会产生新的史诗艺人。史诗叙述者的身份是独特的，这决定其叙述者的功能也是独特的：叙述功能、创编功能、传承功能、情感功能和交流功能，其中创编功能和传承功能是史诗艺人特有的叙述功能。

口传史诗的文本类型主要有：（1）存在于史诗艺人头脑中的文本，存在接收主体头脑中的文本，即大脑文本；（2）口头文本（声音文本、录音文本）；

（3）文字化文本,包括文字记录文本和录音文字文本;（4）书面经典化文本。后两种文本是前两种文本的变体。最接近现场演述的文本是根据录音整理的文字文本。根据广义叙述学底本与述本关系原理,即底本与述本是聚合和组合之关系,本书认为现存《江格尔》的各种文本都为述本,但并不是共有一个底本的述本集合,而是每一个述本都有一个自己的底本。述本的底本与艺人、传统和现场语境等叙述要素都有密切关系。底本是存储于史诗艺人头脑中的资料库,这些资料是以一种聚合状态存在。

从叙述模式来看,《江格尔》主要有讲述（纯叙述模式）和摹仿两种主要类型。二者所占诗行的比例关系对叙述体裁的分类具有重要意义。当叙述全部变成摹仿时,其体裁就是戏剧;纯叙述比例越高就越接近口头故事或神话传说。因此史诗的摹仿比例越高就越戏剧化。神话原型理论认为文学最基本的原型就是神话,神话是文学形式结构的模型,各种文学类型无不是神话的延续和演变。史诗是佛莱神话原型研究的重要体裁。用该理论研究史诗《江格尔》神话故事后发现:《江格尔》的神话叙述是一种隐约型神话叙述模式,即史诗讲述的英雄人物具有一定神的能力,但不是对神本身或神所在世界的叙述,而是主要对英雄人物所在现实世界生活经验的叙述。

情节结构与叙述时间问题是叙事学重点研究对象。民间故事的母题法在史诗情节结构研究中被广泛使用,海西希总结蒙古史诗共有14种母题,并将之排列,仁钦道尔吉在此基础上提出母题系列概念,认为蒙古史诗主要分为婚事型和征战型两大类,并将《江格尔》归于并列复合型史诗。广义叙述学在分析情节结构构成的基础上更进一步探讨了事件、情节、故事等问题,事件是形成情节的基础,情节由不同的事件构成,事件的重新安排就是情节的具体体现,情节是故事构成的主要因素。根据情节中核心事件,本书认为《江格尔》是征战型史诗,在此基础上对史诗类型进一步细分为3种,即结盟型、婚事型和征服型,婚事型叙述往往与征战结合在一起。情节发展的动力在《江格尔》中主要表现为"否定推进"力量,情节由母题构成,具有否定性的母题构成了史诗的情节动力,这符合唯物辩证法的关于事物发展的基本原理。

叙事一直被认为是时间艺术,因而时间因素是叙事研究的重点问题。叙事关注的是时间在"故事"和"话语"中的存在形式。广义叙述学打破经典叙述学"过去时"的时间局限,研究了过去、现在、将来 3 种主要时间向度,并以此对叙述进行了分类。口传史诗由于有 3 种存在形态,因而其叙述时间具有特殊性。本书对《江格尔》被叙时间、演述时间以及录音文本时间特点等问题进行了研究。被叙时间、演述时间和接受时间在口头演述中是重合的,被叙时间很难用物理时间来测量,只能通过一些"时素"来进行判断;当口头文本被整理为文字后,被叙时间没有变化,而演述时间消失,接收时间变为阅读时间。因此,口传史诗的叙述时间问题只有在广义叙述学视域下才被充分讨论与研究。

口传史诗的空间世界和叙事具有密切的关系。仅从文学与现实世界关系视角难以进行全面研究。广义叙述学的可能世界理论为研究口传史诗的虚构性提供了可能,虚构性主要表现为虚构空间世界。口传史诗文本世界是一种由现实世界、可能世界和不可能世界共同构成的虚构世界混合体。《江格尔》各诗章除了具有时间-因果的叙述逻辑外,还具有十分明显的空间叙事特征,其空间意象具有很强的主题功能和框架功能。江格尔汗宫、征途和敌营是史诗中经常出现的空间地点。《江格尔》整体叙事结构是一种没有时间-因果联系的叙事,整部史诗没有形成一个有机整体结构,而是以江格尔这个人物为中心把故事聚合在一起。从空间视角来看,史诗就是以江格尔汗宫为中心,向四面八方征战的故事。因此,无论从整体还是从各个诗章来看,《江格尔》都具有空间叙事特征。

本书运用了广义叙述学理论,以《江格尔》为具体案例对口传史诗的叙述特征和多个叙述要素进行了全面深入的研究。研究的前提基础是从文字符号视角对口传史诗内涵的重新阐释和对其存在形态的 3 个发展阶段的划分,把口传史诗按其符号存在形态进行分段归类,这样每部史诗就有了明确的发展坐标。纵观口传史诗发展历史,我们可以看出,在不同发展阶段文本形态会发生变化,即从口头文本到文字化文本,再到书面经典化文本,无论口传史诗文本形态如何变化,但其叙述交流活动的本质没有改变,这使得对整个口传史诗的叙述研究成为可能。

人类生活本身充满了叙述交流性,口传史诗是对话交流艺术的原初形态,在史诗不同形态中,叙述话语被程式化传承,成为叙述交流活动的核心叙述要素，正如巴赫金在《马克思主义与语言学》中所言："实际上话语是一个两面性的行为。它在同等程度上由两面所决定，即无论它是谁，还是它为了谁，它作为一个话语，正是说话者与听话者相互关系的产物。任何话语都是在对'他人'的关系中来表现一个意义的。"① 口传史诗的叙述充满着对话交流的哲学意蕴。

---

① 钱中文.巴赫金全集(第二卷)[M].石家庄:河北教育出版社，2009:427.

参考文献

一、《江格尔》汉文译著

[1] 边垣 . 洪古尔 [M]. 北京：作家出版社，1958.

[2] 胡尔查译文集（第一卷）[M]. 胡尔查，译 . 呼和浩特：远方出版社，2009.

[3] 江格尔 [M]. 色道尔吉，译 . 北京：人民文学出版社，1983.

[4] 江格尔（汉文全译本 第一册、第二册）[M]. 黑勒，丁师浩，译 . 乌鲁木齐：新疆人民出版社，1993.

[5] 江格尔（汉文全译本 第三册、第四册）[M]. 黑勒，丁师浩，译 . 乌鲁木齐：新疆人民出版社，1999.

[6] 江格尔（汉文全译本 第五册）[M]. 黑勒，丁师浩，李金花，译 . 乌鲁木齐：新疆人民出版社，2004.

[7] 江格尔（汉文全译本 第六册）[M]. 黑勒，李金花，译 . 乌鲁木齐：新疆人民出版社，2004.

[8] 《江格尔》校勘新译（上、下册）[M]. 贾木查，译 . 乌鲁木齐：新疆大学出版社，2005.

二、中文论著

[1] 阿布都外力·克热木 . 维吾尔民间达斯坦 [M]. 北京：光明日报出版社，2014.

[2] 曹顺庆 . 中西比较诗学 [M]. 北京：中国人民大学出版社，2012.

[3] 曹顺庆.南橘北枳:曹顺庆教授讲比较文学变异学 [M].北京:中央编译出版社,2014.

[4] 朝戈金.口传史诗诗学:冉皮勒《江格尔》程式句法研究 [M].南宁:广西人民出版社,2000.

[5] 陈岗龙.蒙古民间文学比较研究 [M].北京:北京大学出版社,2001.

[6] 陈岗龙.草原文化史诗研究 [M].呼和浩特:内蒙古教育出版社,2016.

[7] 陈中梅.神圣的荷马:荷马史诗研究 [M].北京:北京大学出版社,2008.

[8] 陈中梅.荷马的启示:从命运观到认识论 [M].北京:北京大学出版社,2009.

[9] 陈中梅.柏拉图诗学和艺术思想研究 [M].北京:生活·读书·新知三联书店,2016.

[10] 邓启耀.中国神话的思维结构 [M].重庆:重庆出版社,2005.

[11] 董乃斌.中国文学叙事传统研究 [M].北京:中华书局,2012.

[12] 董晓萍.现代民间文艺学讲演录 [M].桂林:广西师范大学出版社,2008.

[13] 冯文开.中国史诗学史论 [M].北京:中国社会科学出版社,2016.

[14] 傅修延.中国叙事学 [M].北京:北京大学出版社,2015.

[15] 郭昭第.中国叙事美学论要 [M].北京:人民族出版社,2016.

[16] 胡亚敏.叙事学 [M].武汉:华中师范大学出版社,2004.

[17] 贾木查.史诗《江格尔》探渊 [M].乌鲁木齐:新疆人民出版社,1996.

[18] 郎樱.玛纳斯论 [M].呼和浩特:内蒙古大学出版社,1999.

[19] [俄] 李福清.神话与鬼话 [M].北京:社会科学文献出版社,2001.

[20] 李志雄.亚里士多德古典叙事理论 [M].湘潭:湘潭大学出版社,2009.

[21] 刘惠明.作为中介的叙事:保罗·利科叙事理论研究 [M].广州:世界图书出版广东有限公司,2013.

[22] 刘魁立.刘魁立民俗学论集 [C].上海:上海文艺出版社,1998.

[23] 刘守华,陈建宪.民间文学教程 [M].武汉:华中师范大学出版社,2002.

[24] 刘锡诚.二十世纪中国民间文学学术史 [M].北京:中国文联出版社,2014.

[25] 龙迪勇．空间叙事学 [M]．北京：生活·读书·新知三联书店，2015.

[26] 罗文敏．疑惑与分歧：西方六部文学经典重释 [M]．北京：中国社会科学出版社，2012.

[27] 罗文敏．《堂吉诃德》与小说叙事 [M]．北京：中国社会科学出版社，2014.

[28] 吕微．神话何为——神圣叙事的传承与阐释 [M]．北京：社会科学文献出版社，2001.

[29] 马汉广．后现代语境中文学观念与研究范式转变 [M]．哈尔滨：黑龙江大学出版社，2016.

[30] 《马克思主义文艺理论研究》编辑部．美学文艺学方法论（上、下册）[C]．北京：文化艺术出版社，1985.

[31] 民族文学译丛（第一集）[C]．北京：中国社会科学院少数民族文学研究所编印，1983.

[32] 诺布旺丹．艺人·文本和语境——文化批评视野下的格萨尔史诗传统 [M]．西宁：青海人民出版社，2014.

[33] 潘一禾．故事与意义——西方现代文学名著品评 [M]．杭州：浙江大学出版社，2015.

[34] 祁连休，程蔷，吕微．中国民间文学史 [M]．石家庄：河北教育出版社，2008.

[35] 仁钦道尔吉．蒙古史诗源流 [M]．呼和浩特：内蒙古大学出版社，2001.

[36] 仁钦道尔吉．蒙古英雄史诗发展史 [M]．北京：社会科学文献出版社，2013.

[37] 仁钦道尔吉，郎樱．中国史诗 [M]．南京：江苏凤凰文艺出版社，2017.

[38] 仁钦道尔吉．《江格尔》论 [M]．呼和浩特：内蒙古大学出版社，1999.

[39] 萨仁格日勒．蒙古史诗生成论 [M]．北京：中央民族大学出版社，2001.

[40] 申丹．西方叙事学：经典与后经典 [M]．北京：北京大学出版社，1998.

[41] 申丹．叙述学与小说文体学研究 [M]．北京：北京大学出版社，2001

[42] 申丹．叙事、文体与潜文本——重读英美经典短篇小说 [M]．北京：北京大学出版社，2011.

[43] 申丹,韩加明,王丽亚.英美小说叙事理论研究[M].北京:北京大学出版社,2005.

[44] 斯钦巴图.江格尔与蒙古宗教文化[M].呼和浩特:内蒙古大学出版社,1999.

[45] 斯钦巴图.蒙古史诗:从程式到隐喻[M].北京:民族出版社,2006.

[46] 谭君强.叙事理论与审美文化[M].北京:社会科学出版社,2002.

[47] 特·官布扎布,阿斯钢译.蒙古秘史(现代汉语版)[M].北京:新华出版社,2013.

[48] 吐娜,潘美玲,巴特尔.巴音郭楞蒙古族史——东归土尔扈特、和硕特历史文化研究[M].北京:中国言实出版社,2014.

[49] 伍蠡甫.西方文论选(上、下卷)[C].上海:上海译文出版社,1979.

[50] 杨恩洪.民间诗神——格萨尔艺人研究[M].北京:中国藏学出版社,1995.

[51] 杨义.中国叙事学[M].北京:人民出版社,1997.

[52] 叶隽.歌德学术史研究[M].南京:译林出版社,2013.

[53] 尹虎彬.古典经典与口头传统[M].北京:中国社会科学出版社,2002.

[54] 张慧敏.想象与叙事——通话·史诗·寓言[M].北京:社会科学文献出版社,2013.

[55] 张新军.可能世界叙事学[M].苏州:苏州大学出版社,2011.

[56] 张寅德.叙述学研究[C].北京:中国社会科学出版社,1989

[57] 张越.探秘《江格尔》[M].沈阳:辽宁民族出版社,2016.

[58] 赵一凡.西方文论讲稿:从胡塞尔到德里达[M].北京:生活·读书·新知三联书店,2009.

[59] 赵一凡.西方文论讲稿续编:从卢卡奇到萨义德[M].北京:生活·读书·新知三联书店,2009.

[60] 赵毅衡.符号学原理与推演[M].南京:南京大学出版社,2011.

[61] 赵毅衡.广义叙述学[M].成都:四川大学出版社,2013.

[62] 赵毅衡.形式之谜[M].上海:复旦大学出版社,2016.

[63] 中国民间文艺家协会新疆维吾尔自治区分会.《江格尔》论文集[C].乌

鲁木齐：新疆人民出版社，1988.

[64] 中国社会科学院少数民族文学研究所.民族文学论丛[C].呼和浩特：内蒙古大学出版社，2000.

[65] 周式中,孙宏,谭天健,雷树田.世界诗学百科全书[M].西安：陕西人民出版社，1999.

[66] 朱光潜.西方美学史[M].北京：人民文学出版社，2010.

三、外文译著

[1] ［俄］E. M.梅列金斯基.英雄史诗的起源[M].王亚民,张淑明,刘玉琴,译.北京：商务印书馆，2007.

[2] ［美］J. G.弗雷泽.金枝（上下）[M].汪培基,徐育新,张泽石,译.北京：商务印书馆，2013.

[3] ［美］J.希利斯•米勒.解读叙事[M].申丹,译.北京：北京大学出版社，2002.

[4] ［美］M. H.艾布拉姆斯.镜与灯[M].郦稚牛,张照进,童庆生,译.北京：北京大学出版社，2004.

[5] ［美］M. H.艾布拉姆斯,杰弗里•高尔特•哈珀姆.文学术语词典（第十版,中英对照）[M].北京：北京大学出版社，2014.

[6] ［美］阿尔伯特•贝茨•洛德.故事的歌手[M].尹虎彬,译.北京：中华书局，2004.

[7] ［美］爱德华•W.苏贾.后现代地理学——重申社会理论中的空间[M].王文斌,译.北京：商务印书馆，2004.

[8] ［法］保罗•利科.活的隐喻[M].汪堂家,译.上海：上海译文出版社，2004.

[9] ［英］伯特•罗素.西方哲学简史[M].文利,译.西安：陕西师范大学出版社，2010.

[10] ［美］查尔斯•E.布莱斯勒.文学批评——理论与实践导论（第五版）[M].赵勇,李莎,常培杰,等译.北京：中国人民大学出版社，2017.

[11] ［美］戴维•赫尔曼.新叙事学[M].马海良,译.北京：北京大学出版社，

2002.

[12] ［美］戴维•赫尔曼,詹姆斯•费伦,等.叙事理论——核心概念与批评性辨析［M］.谭君强,等译.北京:北京师范大学, 2016.

[13] ［美］丁乃通.中西叙事文学比较研究［M］.陈建宪,黄永林,李扬,等译.武汉:华中师范大学出版社, 2005.

[14] ［瑞典］多桑.多桑蒙古史［M］.冯承均,译.上海:上海书店出版社, 2001.

[15] ［德］恩斯特•卡西尔.神话思维［M］.黄龙保,周振选,译.北京:中国社会科学出版社, 1992.

[16] ［匈］格雷戈里•纳吉.荷马诸问题［M］.巴莫曲布嫫,译.桂林:广西师范大学出版社, 2008.

[17] ［德］黑格尔.美学［M］.朱光潜,译.北京:商务印书馆, 1981.

[18] ［美］华莱士•马丁.当代叙事学［M］.伍晓明,译.北京:北京大学出版社, 2005.

[19] ［美］杰拉德•普林斯.叙述学词典［M］.乔国强,李孝弟,译.上海:上海译文出版社, 2011.

[20] ［美］杰拉德•普林斯.故事的语法［M］.徐强,译.北京:中国人民大学出版社, 2013.

[21] ［美］杰拉德•普林斯.叙事学——叙事的形式与功能［M］.徐强,译.北京:中国人民大学出版社, 2015.

[22] ［德］卡尔•赖希尔.突厥语民族口头史诗:传统、形式和诗歌结构［M］.阿地里•居玛吐尔地,译.北京:中国社会科学出版社, 2011.

[23] ［法］勒内•格鲁塞.草原帝国［M］.何溦,译.重庆:重庆出版社, 2006.

[24] ［美］勒内•韦勒克.近代文学批评史(第一卷)［M］.杨岂深,杨自伍,译.上海:上海译文出版社, 1987.

[25] ［美］勒内•韦勒克.近代文学批评史(第二卷).［M］杨自伍,译.上海:上海译文出版社, 1989.

[26] ［美］勒内•韦勒克,奥斯汀•沃伦.文学理论［M］.刘象愚,邢培明,陈圣生,等译.南京:江苏教育出版社, 2005.

[27]［以色列］里蒙-凯南．叙事虚构作品［M］．姚锦清，黄虹伟，傅浩，等译．北京：生活·读书·新知三联书店，1989.

[28]［美］理查德·鲍曼．作为表演的口头艺术［M］．杨利慧，安德明，译．桂林：广西师范大学出版社，2008.

[29]［法］列维·斯特劳斯．野性的思维［M］．李幼蒸，译．北京：商务印书馆，1987.

[30]［美］罗伯特·斯科尔斯，詹姆斯·费伦，罗伯特·凯洛格．叙事的本质［M］．于雷，译．南京：南京大学出版社，2015.

[31]［美］罗伯特·休斯．文学结构主义［M］．刘豫，译．北京：生活·读书·新知三联书店，1988.

[32]［法］罗兰·巴尔特．罗兰·巴尔特文集［M］．李幼蒸，译．北京：中国人民大学出版社，2017.

[33]［英］马克·柯里．后现代叙事理论［M］．宁一中，译．北京：北京大学出版社，2003.

[34]［荷］米克·巴尔．叙述学——叙事理论导论［M］．谭君强，译．北京：北京师范大学出版社，2015.

[35]［加］诺斯罗普·弗莱．批评的解剖［M］．陈慧，袁宪军，吴伟仁，译．天津：百花文艺出版社，2006.

[36]［俄］普罗普．故事形态学［M］．贾放，译．北京：中华书局，2006.

[37]［俄］普罗普．神奇故事的历史根源［M］．贾放，译．北京：中华书局，2006.

[38]［美］斯蒂·汤普森．世界民间故事分类学［M］．郑海，郑凡，刘薇琳，等译．上海：上海文艺出版社，1991.

[39]［美］苏珊·S.兰瑟．虚构的权威——女性作家与叙述声音［M］．黄必康，译．北京：北京大学出版社，2002.

[40]［法］托多罗夫．巴赫金、对话理论及其他［M］．蒋子华，张萍，译．天津：百花文艺出版社，2001.

[41]［意］维柯．新科学［M］．朱光潜，译．北京：人民文学出版社，2008.

[42]［俄］维谢洛夫斯基．历史诗学［M］．刘宁，译．天津：百花文艺出版社，

2003.

[43] [苏] 谢·尤·涅克留多夫. 蒙古人民的英雄史诗 [M]. 徐昌汉, 高文风, 张积智, 译. 呼和浩特: 内蒙古大学出版社, 1991.

[44] [古希腊] 亚里士多德. 诗学 [M]. 陈中梅, 译. 北京: 商务印书馆, 2005.

[45] [古希腊] 亚里士多德, 贺拉斯. 诗学·诗艺 [M]. 罗念生, 杨周翰, 译. 北京: 人民文学出版社, 2000.

[46] [美] 约翰·迈尔斯·弗里. 口头诗学: 帕里-洛德理论 [M]. 朝戈金, 译. 北京: 社会科学文献出版社, 2000.

[47] [美] 詹姆斯·费伦. 作为修辞的叙事: 技巧、读者、伦理、意识形态 [M]. 陈永国, 译. 北京: 北京大学出版社, 2002.

[48] [美] 詹姆斯·费伦, 彼得·J. 拉比诺维茨. 当代叙事理论指南 [C]. 申丹, 马海良, 宁一中, 译. 北京: 北京大学出版社, 2007.

[49] [伊朗] 志费尼. 世界征服者史(上下) [M]. 何高济, 译. 北京: 商务印书馆, 2004.

三、期刊论文

[1] 旦布尔加甫. 卫拉特-卡尔梅克《江格尔》在欧洲: 以俄罗斯的搜集整理为中心 [J]. 民族文学研究, 2018(1): 38.

[2] 李国德. 论歌德对普罗普故事结构研究的影响 [J]. 俄罗斯文艺, 2018(1): 34.

[3] 刘劲杨. 论整体论与还原论之争 [J]. 中国人民大学学报, 2014(3): 66.

[4] 仁钦道尔吉. 蒙古英雄史诗情节结构的发展 [J]. 民族文学研究, 1989(5): 12.

[5] 仁钦道尔吉. 《史诗〈江格尔〉校勘新译》述评 [J]. 民族文学研究, 2010(3): 164.

[6] 朝戈金. 多长算是长: 论史诗的长度问题 [J]. 中央民族大学学报(哲社版), 2015(5): 131.

四、博士学位论文

[1] 额尔敦. 《江格尔》美学研究 [D]. 北京: 中央民族大学, 2007.

［2］李叶．蒙古族文学审美意象研究——以《江格尔》为中心［D］．长春：吉林大学，2017.

［3］李志雄．亚里士多德的古典叙事理论研究［D］．杭州：浙江大学，2007.

［4］邱蓓．论虚构叙述世界——可能世界理论视域下的叙述学研究［D］．上海：上海外国语大学，2018.

［5］斯琴．蒙古英雄史诗《江格尔》与萨满教［D］．北京：中央民族大学，2007.

［6］王琦．汤显祖戏曲文本叙事研究［D］．南昌：江西师范大学，2017.

［7］乌力吉仓．冉皮勒《江格尔》口头诗学研究［D］．呼和浩特：内蒙古大学，2016.

［8］尹雪华．先秦两汉史传作品叙事研究［D］．福州：福建师范大学，2007.

［9］烛兰琪琪格．《江格尔》故事统计研究［D］．呼和浩特：内蒙古大学，2019.

五、外文文献

［1］David Herman，Manfred Jahn，Marie-Laure Rayan. *Routledge Encycloedia of Narrative Theory* ［M］. London and New York：Routledge，2005.

［2］Gleanth Brooks，Robert Penn Warren. *Understanding Poetry* ［M］. Beijing：Foreign Language Teaching and Research Press，2004.

［3］Lauri Honko. *Textualization of Oral Epics* ［M］. New York：Mouton de Gruyter，2000.

附　录

附录一　《伊利亚特》摹仿人物话语诗行比例

卷	总诗行	摹仿人物	摹仿占比
一	611	375	61.37%
二	877	281	32.04%
三	461	240	52.06%
四	544	242	44.49%
五	909	335	36.85%
六	529	323	61.06%
七	482	243	50.41%
八	565	291	51.50%
九	713	587	82.33%
十	579	292	50.43%
十一	848	302	35.61%
十二	471	122	25.90%
十三	837	283	33.81%
十四	522	248	47.51%
十五	746	293	39.28%
十六	867	256	29.53%
十七	761	267	35.09%

卷	总诗行	摹仿人物	摹仿占比
十八	617	266	43.11%
十九	424	272	64.15%
二十	503	229	45.53%
二十一	611	270	44.19%
二十二	515	287	55.73%
二十三	897	353	39.35%
二十四	804	453	56.34%
总计	15 693	7 110	45.31%

附录二 《奥德赛》摹仿人物话语诗行比例

卷	总诗行	摹仿人物	摹仿占比
一	444	312	70.27%
二	434	282	64.98%
三	497	343	69.01%
四	847	516	60.92%
五	493	210	42.60%
六	331	174	52.57%
七	347	193	55.62%
八	586	285	48.63%
九	566	565	99.82%
十	574	574	100.00%
十一	640	631	98.59%
十二	453	453	100.00%
十三	440	251	57.05%
十四	533	398	74.67%
十五	557	332	59.61%
十六	481	416	86.49%

卷	总诗行	摹仿人物	摹仿占比
十七	606	377	62.21%
十八	428	258	60.28%
十九	604	333	55.13%
二十	394	322	81.73%
二十一	434	226	52.07%
二十二	501	208	41.52%
二十三	372	218	58.60%
二十四	548	360	65.69%
总计	12 110	8 237	68.02%

附录三 荷马史诗摹仿人物话语比例

史诗名称	诗行总数	摹仿行数	摹仿占比	备注
《伊利亚特》	15 693	7 110	45.31%	罗念生、王焕生汉译本，1994 年版，人民文学出版社
《奥德赛》	12 110	8 237	68.02%	王焕生汉译本，1997 年版，人民文学出版社
总计	27 803	15 347	55.19%	

附录四 汉文全译本《江格尔》讲述和摹仿比例数据表

诗章	歌手	总行数	摹仿行数	讲述行数	摹仿比例
序诗	巴·扎拉格 贾·尼凯	285	11	274	3.8%
第一章 乌仲阿拉德尔汗成婚	贾·朱乃	746	264	482	35.4%
第二章 布和蒙根希格西力格的婚礼	胡·普日拜	783	209	574	26.7%

续表

诗章	歌手	总行数	摹仿行数	讲述行数	摹仿比例
第三章 阿拉德尔江格尔两岁变成孤儿	皮·冉皮勒	542	219	323	40%
第四章 阿拉坦策吉与阿拉德尔江格尔之战	皮·冉皮勒	355	96	259	27%
第五章 布和蒙根希格西力格将希尔格汗五百万怒图克交于江格尔	皮·冉皮勒	521	43	478	8.2%
第六章 阿拉德尔江格尔与哈尔萨纳拉之初战	皮·冉皮勒	212	52	190	24.5%
第七章 江格尔手执道格新希尔格玉溪召集众狮子英雄	加·朱乃	2 048	782	1 266	38.18%
第八章 阿拉德尔诺彦博格达江格尔迎娶阿盖沙布德拉公主	托·巴德玛	1 219	292	927	23.95%
第九章 阿拉坦策吉台布与哈尔萨纳拉之战	鲁日甫	706	129	577	18.27%
第十章 阿尔格乌兰洪古尔与洪德尕尔萨布尔之战	皮·冉皮勒	645	236	409	36.6%
第十一章 雄狮阿尔格乌兰洪古尔威镇蟒古斯兄弟三人	达日木 托·巴德玛	2 034	844	1 199	41.5%

诗章	歌手	总行数	摹仿行数	讲述行数	摹仿比例
第十二章 哈图哈日·桑萨尔	普日布加甫 确精扎布 宝音贺西格	1 820	797	1 023	43.8%
第十三章 阿尔格乌兰洪古尔生擒 哈日吉拉根汗后又同他 和好	托·巴德玛	634	132	502	20.8%
第十四章 阿尔格乌兰洪古尔与凶 恶的道格新芒乃汗之战	贾·尼凯	566	188	378	33.2%
第十五章 天下美男子铭彦抢赶图 鲁可汗一万匹黄斑马	巴·扎拉格	1 011	364	647	36%
第十六章 天下美男子铭彦生擒强 大的古尔曼可汗	巴·扎拉格	919	339	580	36.8%
第十七章 阿尔格乌兰洪古尔大战 胡日勒占布拉汗之子	普尔布加甫	442	116	326	26.2%
第十八章 哈尔萨纳拉攻破扎安台 吉汗国归降江格尔	皮·冉皮勒 巴·洪古尔	1 071	429	642	40.1%
第十九章 洪德孕尔萨布尔击败凶 暴的海拉干汗令其归降 江格尔	塔布克·斌巴	346	104	242	33.2%
第二十章 赛力汗塔巴格英雄成婚	达日木	1 083	359	724	33.1%
第二十一章 雄狮阿尔格乌兰洪古尔 成亲	皮·冉皮勒 扎德玛	2 548	929	1619	36.5%

续表

诗章	歌手	总行数	摹仿行数	讲述行数	摹仿比例
第二十二章 人中鸦鹘洪德尕尔萨布尔成亲	塔布克·斌巴	457	157	300	34.4%
第二十三章 盗赶江格尔一万八千匹血红马的阿利雅蒙浩来被擒	塔布克·斌巴	349	83	266	23.7%
第二十四章 阿拉德尔江格尔率众击败阿拉坦索牙可汗	皮·冉皮勒	1403	406	997	28.9%
第二十五章 阿尔格乌兰洪古尔生擒蟒古斯汗顿舒尔格日勒	皮·冉皮勒	919	375	544	40.8%
第二十六章 杜图乌兰绍布树尔击败夏拉古尔古可汗	冉皮勒 盖勒格 阿·太白	3 985	1 208	2 777	30.3%
第二十七章 哈日海纳斯派布和查干生擒洪古尔英雄	皮·冉皮勒 库·加瓦 阿·斌巴	3 207	1 090	2 117	33.9%
第二十八章 古哲根贡布收复暴君希拉古尔古的努图克	孟图克	2 817	1 217	1 600	43.2%
第二十九章 扎亚图阿拉德尔汗之子宝尔汉宝日芒乃击败杜希	贾·朱乃	369	84	285	22.8%
第三十章 色伊尔汗宝通	罗里甫 皮·冉皮勒	995	358	637	36%
第三十一章 乌兰洪古尔寻找叔叔	普尔布加甫	1 060	428	632	40.4%

诗章	歌手	总行数	摹仿行数	讲述行数	摹仿比例
第三十二章 哈日特布格图汗	彭吉嘎	594	398	196	33%
第三十三章 乌兰洪古尔大战纳仁达 来可汗	贾米扬·沙嘎	1 451	409	1 042	28.2%
第三十四章 江格尔汗的部将巴特根 巴特尔使压尔古约本	尼玛	1 081	411	670	38%
第三十五章 乌兰洪古尔怒斩蟒古斯 布尔固德汗	嘎尔布 道客	1 314	464	850	35.3%
第三十六章 洪古尔击败杭格勒哈巴 哈取回他的头	阿·敖布勒	1 893	814	1 079	43%
第三十七章 狮子英雄乌兰洪古尔镇 伏哈日胡胡勒可	巴·宝斯合木 吉	680	432	248	36.5%
第三十八章 少年英雄乌兰洪古尔镇 伏道　荣阿的道格新哈 日蟒斯	才·哈儿茨合	881	219	662	24.9%
第三十九章 吃奶的娃娃乌兰洪古尔 大战格楞占布拉可汗	才·哈儿茨合 朱·罗热甫	1 656	518	1 138	31.3%
第四十章 吃奶的婴孩乌兰洪古尔、 孤胆英雄额莫勒策格、铁 木尔布斯三人降伏宝日 芒耐兄弟三人	才·哈儿茨合 朱·罗热甫	963	315	648	32.7%

续表

诗章	歌手	总行数	摹仿行数	讲述行数	摹仿比例
第四十一章 铁嘴贺吉拉根同希尔郭勒的三位可汗打官司	贾·朱乃	828	426	402	51.4%
第四十二章 狮子英雄乌 兰洪古尔降伏哈日苏农海	沙·宗古鲁布达·都达	1 510	553	957	36.6%
第四十三章 乌兰洪古尔十五岁 降伏阿萨尔哈日蟒古斯	贾·朱乃	879	334	545	38%
第四十四章 凶恶的玛拉哈布哈	李杰	2 631	840	1 791	31.9%
第四十五章 洪古尔之子贺顺乌兰怒斩花脸毒蛇	李杰 阿·斌巴	961	328	633	34.1%
第四十六章 两岁的贺顺乌兰去打仗	贾·朱乃	942	382	560	40.6%
第四十七章 哈日吉拉根英雄大战希尔格日勒可汗	巴生哈拉	1 500	507	993	33.8%
第四十八章 贺顺乌兰、哈日吉拉根、阿利雅尚胡尔三人生擒巴德曼乌兰	皮·冉皮勒	1 083	506	577	46.7%
第四十九章 哈仍贵可汗进犯江格尔可汗被乌兰洪古尔放箭击毙	贾·朱乃	844	141	703	16.7%
第五十章 哈仍贵汗之子罕苏乃举兵进犯江格尔家族反招大祸自家大乱	贾·朱乃	962	298	664	31%

诗章	歌手	总行数	摹仿行数	讲述行数	摹仿比例
第五十一章 洪古尔之子贺顺鸟兰挫败罕苏乃可汗	贾·朱乃	1 263	502	761	39.7%
第五十二章 罕苏乃辅佐江格尔家族挫败额尔和蒙根特布格	贾·朱乃	995	258	737	26%
第五十三章 洪古尔二十五岁时击败骄横的杜德达荣阿可汗	贾·朱乃	506	126	380	25%
第五十四章 洪古尔、贺顺父子二人征服三个蟒古斯	夏格加加瓦	1 479	418	1 061	28.3%
第五十五章 江格尔之子阿尔布斯哈日生擒额尔古蒙根特布格汗	皮·冉皮勒	1 219	356	863	29.2%
第五十六章 哈日吉拉根、贺顺鸟兰二勇士击败蟒古斯国的妖将呼和芒乃	闹·巴生	1 091	284	807	26%
第五十七章　达兰可汗	李杰	741	236	505	31.8%
第五十八章 贺顺鸟兰走马成婚	多·普尔	815	290	525	35.6%
第五十九章 阿拉德尔江格尔可汗把阿尔泰召的狮头大印传给贺顺鸟兰兄弟	贾·朱乃	4 771	926	3845	19.4%
第六十章 大力无比的古尔曼可汗大战鸟仲阿拉德尔可汗	无	1 488	562	926	37.8%

续表

诗章	歌手	总行数	摹仿行数	讲述行数	摹仿比例
第六十一章 令人生畏的道格新芒乃汗大战鸟仲阿拉德尔可汗	无	1 448	609	839	42.1%
第六十二章 人中鸦鹊洪古尔打败杭格勒哈巴哈之子哈日特布格宝通	贾·德力格	366	131	235	35.8%
第六十三章 希拉赫尔曼可汗	巴·洪古尔	1 088	452	636	41.5%
第六十四章 哈古尔古吉尔苏遥可汗	鸟·宗古鲁普	361	167	194	46.2%
第六十五章 洪古尔击败郎格蟒古斯搭救阿拉德尔江格尔	李吉·阿迪亚	1 221	483	738	39.6%
第六十六章 年仅八岁的乃日巴图搭救被蟒古斯抢走的霍尔穆斯坦天神之女	尼·布鲁盖 （女）	542	172	370	31.7%
第六十七章 乃日巴图成婚	尼·宝丽嘎 （女）	631	199	432	31.5%
第六十八章 阿拉德岭日呼和勒英雄	无	818	271	547	33.1%
第六十九章 杭格勒迪金伯格英雄	贾·朱乃	979	230	749	23.5%

注：附录一、二、三、四均为笔者统计而成，仅供参考。